黄金时代

插图珍藏本

王小波 作品

湖南文艺出版社
HUNAN LITERATURE AND ART PUBLISHING HOUSE

博集天卷
CS-BOOKY

图书在版编目（CIP）数据

黄金时代 / 王小波著 . — 长沙：湖南文艺出版社，2015.12
ISBN 978-7-5404-7385-3

Ⅰ.①黄… Ⅱ.①王… Ⅲ.①中篇小说－小说集－中国－当代
②短篇小说－小说集－中国－当代 Ⅳ.①I247.7

中国版本图书馆 CIP 数据核字（2015）第 286347 号

上架建议：名家·经典

黄金时代

著　　者：	王小波
出 版 人：	刘清华
责任编辑：	薛　健　刘诗哲
监　　制：	毛闽峰　李　娜
特约编辑：	丛龙艳　张宇宏
封面设计：	仙境设计
内文排版：	百朗文化
出版发行：	湖南文艺出版社

（长沙市雨花区东二环一段 508 号　邮编：410014）

网　　址：	www.hnwy.net
印　　刷：	北京鹏润伟业印刷有限公司
经　　销：	新华书店
开　　本：	880mm×1270mm　1/32
字　　数：	320 千字
印　　张：	12.5
版　　次：	2016 年 1 月第 1 版
印　　次：	2017 年 1 月第 2 次印刷
书　　号：	ISBN 978-7-5404-7385-3
定　　价：	36.00 元

质量监督电话：010-59096394
团购电话：010-59320018

【写在前面】

《黄金时代》《白银时代》和《青铜时代》是王小波作品的精华。

记得他曾经说过:"《黄金时代》(他指的是中篇小说《黄金时代》)是我的宠儿。"

"时代三部曲"表面上是王小波作品的合集,每部之间似乎没有什么联系,但其实是有一个逻辑顺序的。这个逻辑顺序就是:《黄金时代》中的小说写现实世界;《白银时代》中的小说写未来世界;《青铜时代》写的故事都发生在过去。

1997年王小波离去时,他的文字骤然显现在读者面前。

对于当时的阅读热潮,有人颇有微词,他们认为这是"炒作"的效果,或是因为他的猝然离世。总之,一些人以为"王小波热"是偶然的。

但是在我内心深处,我知道它不是的。

王小波的文学修养、才能和成就在中国文学史上是极其珍贵的,他的文本的价值将随着时间的推移而显现。年青一代仍然在读他的作品,"王小波热"并没有过去。后人还将阅读他的作品。

也许这就是"不朽"吧。

朽与不朽是最严酷的评价标准。没有人，能做任何事，去影响它一丝一毫。

朽与不朽也不会因任何人的情感、愿望、"炒作"，而改变一丝一毫。

从内心深处，我隐秘地希望王小波是不朽的。

李银河

2003 年 9 月 2 日于曼谷

目录
Contents

黄金时代

【一】

我二十一岁时，正在云南插队。陈清扬当时二十六岁，就在我插队的地方当医生。我在山下十四队，她在山上十五队。有一天她从山上下来，和我讨论她不是破鞋的问题。那时我还不大认识她，只能说有一点知道。她要讨论的事是这样的：虽然所有的人都说她是一个破鞋，但她以为自己不是的。因为破鞋偷汉，而她没有偷过汉。虽然她丈夫已经住了一年监狱，但她没有偷过汉，在此之前也未偷过汉。所以她简直不明白，人们为什么要说她是破鞋。如果我要安慰她，那并不困难。我可以从逻辑上证明她不是破鞋。如果陈清扬是破鞋，即陈清扬偷汉，则起码有一个某人为其所偷。如今不能指出某人，所以陈清扬偷汉不能成立。但是我偏说，陈清扬就是破鞋，而且这一点毋庸置疑。

陈清扬找我证明她不是破鞋，起因是我找她打针。这事经过如下：农忙时队长不叫我犁田，而是叫我去插秧，这样我的腰就不能经常直立。认识我的人都知道，我的腰上有旧伤，而且我身高在一米九以上。如此插了一个月，我腰痛难忍，不打封闭就不能入睡。我们队医务室那一把针头镀层剥落，而且都有倒钩，经常把我腰上的肉钩下来。后来我的腰就像中了霰弹枪，伤痕久久不褪。就在这种情况下，我想起十五队的队医陈清扬是北京医学院毕业的大夫，对针头和钩针大概还能分清，所以我去找她看病。我看完病回来，不到半个小时，她就追到我屋里来，要我证明她不是破鞋。

陈清扬说，她丝毫也不蔑视破鞋。据她观察，破鞋都很善良，乐于助人，而且最不乐意让人失望。因此她对破鞋还有一点钦佩。问题不在于破鞋好不好，而在于她根本不是破鞋。就如一只猫不是一只狗一样。假如一只猫被人叫成一只狗，它也会感到很不自在。现在大家都管她叫破鞋，弄得她魂不守舍，几乎连自己是谁都不知道了。

陈清扬在我的草房里时，裸臂赤腿穿一件白大褂，和她在山上那间医务室里装束一样。所不同的是披散的长发用个手绢束住，脚上也多了一双拖鞋。看了她的样子，我就开始琢磨：她那件白大褂底下是穿了点什么呢，还是什么都没穿。这一点可以说明陈清扬很漂亮，因为她觉得穿什么不穿什么无所谓。这是从小培养起来的自信心。我对她说，她确实是个破鞋。我还举出一些理由来：所谓破鞋，乃是一个指称，大家都说你是破鞋，你就是破鞋，没什么道理可讲。大家说你偷了汉，你就是偷了汉，这也没什么道理可讲。至于大家为什么要说你是破鞋，照我看是这样：大家都认为，结了婚的女人不偷汉，就该面色黝黑，乳房下垂。而你脸不黑而且白，乳房不下垂而且高耸，所以你是破鞋。假如你不想当破鞋，就要把脸弄黑，把乳房弄下垂，以后别人就不说你是破鞋了。当然这样很吃亏，假如你不想吃亏，就该去偷个汉来。这样你自己也认为自己是个破鞋。别人没有义务先弄明白你是否偷汉再决定是否管你叫破鞋。你倒有义务叫别人无法叫你破鞋。陈清扬听了这话，脸色发红，怒目圆睁，几乎就要打我一耳光。这女人打人耳光出了名，好多人吃过她的耳光。但是她忽然泄了气，说，好吧，破鞋就破鞋吧。但是垂不垂黑不黑的，不是你的事。她还说，假如我在这些事上琢磨得太多，很可能会吃耳光。

倒退到二十年前，想象我和陈清扬讨论破鞋问题时的情景。那时我面色焦黄，嘴唇干裂，上面沾了碎纸和烟丝，头发乱如败棕，身穿一件破军衣，上面好多破洞都是橡皮膏粘上的，跷着二郎腿，坐在木板床上，完全是一副流氓相。你可以想象陈清扬听到这么个人说起她的乳房下垂不下垂时，手心是何等地发痒。她有点神经质，都是因为有很多精壮的男人找她看病，其实却没有病。那些人其实不是去看大夫，而是去看破鞋。只有我例外。我的后腰上好像被猪八戒筑了两耙。不管腰疼真不真，光那些窟窿也能成为看医生的理由。这些窟窿使她产生一个希望，就是也许能向我证明她不是破鞋。有一个人承认她不是破鞋，和没人承认大不一样。可是我偏让她失望。

我是这么想的：假如我想证明她不是破鞋，就能证明她不是破鞋，那事情未免太容易了。实际上我什么都不能证明，除了那些不须证明的东西。春天里，队长说我打瞎了他家母狗的左眼，使它老是偏过头来看人，好像在跳芭蕾舞。从此后他总给我小鞋穿。我想证明我自己清白无辜，只有以下三个途径：

1. 队长家不存在一只母狗；
2. 该母狗天生没有左眼；
3. 我是无手之人，不能持枪射击。

结果是三条中一条也不成立。队长家确有一棕色母狗，该母狗的左眼确是后天打瞎的，而我不但能持枪射击，而且枪法极精。在此之前不久，我还借了罗小四的气枪，用一碗绿豆做子弹，在空粮库里打下了二斤耗子。当然，这队里枪法好的人还有不少，其中包括罗小四。气枪就是他的，而且他打瞎队长的母狗时，我就在一边看着。但是我不能揭发别人，罗小四和我也不错。何况队长要是能惹得起罗小四，也不会认准了是我。所以我保持沉默。沉默就是默认。所以春天我去插秧，撅在地里像一根半截电线杆，秋收后我又去放牛，吃不上热饭。当然，我也不肯无所作为。有一天在山上，我正好借了罗小四的气枪，队长家的母狗正好跑到山上叫我看见，我就射出一颗子弹打瞎了它的右眼。该狗既无左眼，又无右眼，也就不能跑回去让队长看见——天知道它跑到哪儿去了。

我记得那些日子里，除了上山放牛和在家里躺着，似乎什么也没做。我觉得什么都与我无关。可是陈清扬又从山上跑下来找我。原来又有了另一种传闻，说她在和我搞破鞋。她要我给出我们清白无辜的证明。我说，要证明我们无辜，只有证明以下两点：

1. 陈清扬是处女；

2. 我是天阉之人，没有性交能力。

这两点都难以证明。所以我们不能证明自己无辜。我倒倾向证明自己不无辜。陈清扬听了这些话，先是气得脸白，然后满面通红，最后一声不吭地站起来走了。

陈清扬说，我始终是一个恶棍。她第一次要我证明她清白无辜时，我翻了一串白眼，然后开始胡说八道。第二次她要我证明我们俩无辜，我又一本正经地向她建议举行一次性交。所以她就决定，早晚要打我一个耳光。假如我知道她有这样的打算，也许后面的事情就不会发生。

【二】

我过二十一岁生日那天，正在河边放牛。下午我躺在草地上睡着了。我睡去时，身上盖了几片芭蕉叶子，醒来时身上已经一无所有（叶子可能被牛吃了）。亚热带旱季的阳光把我晒得浑身赤红，痛痒难当，我的"小和尚"直翘翘地指向天空，尺寸空前。这就是我过生日时的情形。

我醒来时觉得阳光耀眼，天蓝得吓人，身上落了一层细细的尘土，好像一层爽身粉。我一生经历的无数次勃起，都不及那一次雄浑有力，大概是因为在极荒僻的地方，四野无人。

我爬起来看牛，发现它们都卧在远处的河汊里静静地嚼草。那时节万籁无声，田野上刮着白色的风。河岸上有几对寨子里的牛在斗架，斗得眼珠通红，口角流涎。这种牛阴囊紧缩，阳具直挺。我们的牛不干这种事。任凭别人上门挑衅，我们的牛依旧安卧不动。为了防止斗架伤身，影响春耕，我们把它们都阉了。

每次阉牛我都在场。对于一般的公牛，只用刀割去即可。但是对于格外生性者，就须采取锤骗术，也就是割开阴囊，掏出睾丸，一木锤砸个稀烂。从此后受术者只知道吃草干活儿，别的什么都不知道，连杀都不用捆。掌锤的队长毫不怀疑这种手术施之于人类也能得到同等的效力，每回他都对我们呐喊：你们这些生牛蛋子，就欠砸上一锤才能老实！按他的逻辑，我身上这个通红通红、直不棱登、长约一尺的东西就是罪恶的化身。

当然，我对此有不同的意见。在我看来，这东西无比重要，就如我之存在本身。天色微微向晚，天上飘着懒洋洋的云彩。下半截沉在黑暗里，上半截仍浮在阳光中。那一天我二十一岁，在我一生的黄金时代，我有好多奢望。我想爱，想吃，还想在一瞬间变成天上半明半暗的云。后来我才知道，生活就是个缓慢受锤的过程，人一天天老下去，奢望也一天天消失，最后变得像挨了锤的牛一样。可是我过二十一岁生日时没有预见到这一点。我觉得自己会永远生猛下去，什么也锤不了我。

那天晚上我请陈清扬来吃鱼，所以应该在下午把鱼弄到手。到下午五点多钟我才想起到戽鱼的现场去看看。还没走进那条小河汊，两个景颇族孩子就从里面一路打出来，烂泥横飞，我身上也挨了好几块，直到我拎住他们的耳朵，他们才罢手。我喝问一声：

"鸡巴，鱼呢？"

那个年纪大点的说："都怪鸡巴勒农！他老坐在坝上，把坝坐鸡巴倒了！"

勒农直着嗓子吼："王二！坝打得不鸡巴牢！"

我说："放屁！老子砍草皮打的坝，哪个鸡巴敢说不牢？"

到里面一看，不管是因为勒农坐的也好，还是因为我的坝没打好也罢，反正坝是倒了，戽出来的水又流回去，鱼全泡了汤，一整天的劳动全都白费。我当然不能承认是我的错，就痛骂勒农。勒都（就是那另一个孩子）也附和我。勒农上了火，一跳三尺高，嘴里吼道：

"王二！勒都！鸡巴！你们姐夫舅子合伙搞我！我去告诉我家爹，拿铜炮枪打你们！"

说完，这小兔崽子就往河岸上蹿，想一走了之。我一把薅住他脚脖子，把他揪下来。

"你走了，我们给你赶牛哇？做你娘的美梦！"

这小子哇哇叫着要咬我，被我劈开手按在地上。他口吐白沫，杂着汉话、景颇话、傣话骂我，我用正庄京片子回骂。忽然间他不骂了，往我下体看去，脸上露出无限羡慕之情。我低头一看，我的"小和尚"又直立起来了。只听勒农啧啧赞美道：

"哇！想日勒都家姐哟！"

我赶紧扔下他去穿裤子。

晚上我在水泵房点起汽灯，陈清扬就会忽然到来，谈起她觉得活着很没意思，还说到她在每件事上都是清白无辜。我说她竟敢觉得自己清白无辜，这本身就是最大的罪孽。照我的看法，每个人的本性都是好吃懒做，好色贪淫，假如你克勤克俭，守身如玉，这就犯了矫饰之罪，比好吃懒做、好色贪淫更可恶。这些话她好像很听得进去，但是从不附和。

那天晚上我在河边上点起汽灯，陈清扬却迟迟不至，直到九点钟以后，她才到门前来喊我："王二，浑蛋！你出来！"

我出去一看，她穿了一身白，打扮得格外整齐，但是表情不大轻松。她说道：你请我来吃鱼，做倾心之谈，鱼在哪里？我只好说，鱼还在河里。她说，好吧，还剩下一个倾心之谈。就在这儿谈吧。我说，进屋去谈。她说，那也无妨，就进屋来坐着，看样子火气甚盛。

我过二十一岁生日那天，打算在晚上引诱陈清扬，因为陈清扬是我的朋友，而且胸部很丰满，腰很细，屁股浑圆。除此之外，她的脖子端正修长，脸也很漂亮。我想和她性交，而且认为她不应该不同意，假如她想借我的身体练开膛，我准让她开，所以我借她身体一用也没什么不可以。唯一的问题是她是个女人，女人家总有点小气。为此我要启发她，所以我开始阐明什么叫作"义气"。

在我看来，义气就是江湖好汉中那种伟大友谊。《水浒传》中的豪杰们，杀人放火的事是家常便饭，可一听说"及时雨"的大名，立即倒身便拜。我也像那些草莽英雄，什么都不信，唯一不能违背的就是义气。只要你是我的朋友，哪怕你十恶不赦，为天地所不容，我也要站到你身边。那天晚上我把我的伟大友谊奉献给陈清扬，她大为感动，当即表示道：这友谊她接受了。不但如此，她还说要以更伟大的友谊还报我，哪怕我是个卑鄙小人，她也不背叛。我听她如此说，大为放心，就把底下的话也说了出来：我已经二十一岁了，男女间的事情还没体验过，真是不甘心。她听了以后就开始发愣，大概是没有思想准备。说了半天，她毫无反应。我把手放到她肩膀上去，感觉她的肌肉绷得很紧。这娘儿们随时可能翻了脸给我一耳光，假定如此，就证明女人不懂什么是交情。可是她没有。忽然间她哼了一声，就笑起来，还说：我真笨！这么容易就着了你的道儿！

我说：什么道儿？你说什么？

她说：我什么也没有说。

我问她，我刚才说的事儿你答应不答应？她说"呸"，而且满面通红。我看她有点不好意思，就采取主动，动手动脚。她搡了我几把，后来说，不在这儿，咱们到山上去。我就和她一块儿到山上去了。

陈清扬后来说，她始终没搞明白我那个伟大友谊是真的呢，还是临时编出来骗她的。但是她又说，那些话就像咒语一样让她着迷，哪怕为此丧失一切，她也不懊悔。其实伟大友谊不真也不假，就如世上一切东西一样，你信它是真，它就真下去。你疑它是假，它就是假的。我的话也半真不假。但是我随时准备兑现我的话，哪怕天崩地裂也不退却。就因为这种态度，别人都不相信我。我虽然把交朋友当成终身的事业，所交到的朋友不过陈清扬等二三人而已。那天晚上我们到山上去，走到半路，她说要回家一趟，要我到后山上等她。我有点怀疑她要晾我，但是我没说出来，径直走到后山上去抽烟。等了一些时间，她来了。

陈清扬说，我第一次去找她打针时，她正在伏案打瞌睡。在云南每个人都有很多时间打瞌睡，所以总是半睡半醒。我走进去时，屋子里暗了一下，因为是草顶土坯房，大多数光从门口进来。她就在那一刻醒来，抬头问我干什么。我说腰疼。她说躺下让我看看。我就一头倒下去，扑到竹板床上，几乎把床砸塌。我的腰痛得厉害，完全不能打弯。要不是这样，我也不会来找她。

陈清扬说，我很年轻时就饿纹入嘴，眼睛下面乌黑。我的身材很高，衣服很破，而且不爱说话。她给我打过针，我就走了，好像说了一声"谢了"，又好像没说。等到她想起可以让我证明她不是破鞋时，已经过了半分钟。她追了出来，看见我正取近路走回十四队。我从土坡上走下去，逢沟跳沟，逢坎跃坎，顺着山势下得飞快。那时正逢旱季的上午，风从山下吹来，喊我也听不见。而且我从来也不回头。我就这样走掉了。

陈清扬说，当时她想去追我，可是觉得很难追上。而且我也不一定能够证明她不是破鞋。所以她走回医务室去。后来她又改变了主意去找我，是因为所有的人都说她是破鞋，因此所有的人都是敌人。而我可能不是敌人。她不愿错过了机会，让我也变成敌人。

那天晚上我在后山上抽烟。虽然在夜里，我还是能看见很远的地方。因为月光很明亮，当地的空气又很干净。我还能听见远处的狗叫声。陈清扬一出十五队，我就看见了，白天未必能看这么远。虽然如此，还是和白天不一样。也许是因为到处都没人。

我也说不准夜里这片山上有人没人，因为到处是银灰色的一片。假如有人打着火把行路，那就是说，希望全世界的人都知道他在那里。假如你不打火把，就如穿上了隐身衣，知道你在那里的人能看见，不知道的人不能看见。我看见陈清扬慢慢走近，怦然心动，无师自通地想到，做那事之前应该亲热一番。

陈清扬对此的反应是冷冰冰的。她的嘴唇冷冰冰的，对爱抚也毫无反应。等到我毛手毛脚给她解扣子时，她把我推开，自己把衣服一件件脱下来，叠好放在一边，自己直挺挺躺在草地上。

陈清扬的裸体美极了。我赶紧脱了衣服爬过来，她又一把把我推开，递给我一个东西，说：

"会用吗？要不要我教你？"

那是一个避孕套。我正在兴头上，对她这种口气只微感不快。套上之后又爬到她身上去，心慌气躁地好一阵乱弄，也没弄对。忽然她冷冰冰地说：

"喂！你知道自己在干什么吗？"

我说，当然知道。能不能劳你大驾躺过来一点？我要就着亮儿研究一下你的结构。只听啪的一声巨响，好似一声耳边雷，她给了我一个大耳光。我跳起来，拿了自己的衣服，拔腿就走。

【三】

那天晚上我没走掉。陈清扬把我拽住，以伟大友谊的名义叫我留下来。她承认打我不对，也承认没有好好待我，但是她说我的伟大友谊是假的，还说，我把她骗出来就是想研究她的结构。我说，既然我是假的，你信我干吗？我是想研究一下她的结构，这也是在她的许可之下。假如不乐意，可以早说，动手就打不够意思。后来她哈哈大笑了一阵，说，她简直见不得我身上那个东西。那东西傻头傻脑，恬不知耻，见了它，她就不禁怒从心起。

　　我们俩吵架时，仍然是不着一丝。我的"小和尚"依然直挺挺，在月光下披了一身塑料，倒是闪闪发光。我听了这话不高兴，她也发现了。于是她用和解的口气说，不管怎么说，这东西丑得要命，你承不承认？

　　这东西好像个发怒的眼镜蛇一样立在那里，是不大好看。我说，既然你不愿意见它，那就算了。我想穿上裤子，她又说，别这样。于是我抽起烟来。等我抽完了一支烟，她抱住我。我们俩在草地上干那件事。

　　我过二十一岁生日以前，是一个童男子。那天晚上我引诱了陈清扬和我到山上去。那一夜开头有月光，后来月亮落下去，出来一天的星星，就像早上的露水一样多。那天晚上没有风，山上静得很。我已经和陈清扬做过爱，不再是童男子了。但是我一点都不高兴。因为我干那事时，她一声也不吭，头枕双臂，若有所思地看着我，所以从始至终就是我一个人在表演。其实我也没续多久，马上就完了。事毕我既愤怒又沮丧。

　　陈清扬说，她简直不敢相信这件事是真的：我居然在她面前亮出了丑恶的男性生殖器，丝毫不感到惭愧。那玩意儿也不感到惭愧，直挺挺地从她两腿之间插了进来。因为女孩子身上有这么个口子，男人就要使用她，这简直没有道理。以前她有个丈夫，天天对她做这件事。她一直不说话，等着他有一天自己感到惭愧，自己来解释为什么干了这些。可是他什么也没说，直到进了监狱。这话我也不爱听。所以我说，既然你不乐意，那么为什么要答应？她说，她不愿被人看成小气鬼。我说，你原本就是小气鬼。后来她说，算了，别为这事吵架。她叫我晚上再来这里，我们再试一遍。也许她会喜欢。我什么也没说。早上起雾以后，我和她分了手，下山去放牛。

　　那天晚上我没去找她，倒进了医院。这事原委是这样的：早上我到牛圈门前时，有一伙人等不及我，已经在开圈拉牛。大家都挑壮牛去犁田。有个本地小伙子，叫三闷儿，正在拉一头大白牛。我走过去，告诉他，这牛被毒蛇咬了，不能干活儿。他似乎没听见。我劈手把牛鼻绳夺了下来，他就朝我挥了一巴掌。我当胸推了他一把，推了他一个屁股蹲。然后很多人拥了上来，把我们拥在中间要打架。北京知青一伙，当地青年一伙，抄起了棍棒和皮带。吵了一会儿，又说不打架，让我和三闷儿摔跤。三闷儿摔不过我，就动了拳头。我一脚把三闷儿踢进了圈前的粪坑，让他沾了一身牛屎。三闷儿爬起来，抢了一把三齿要砍我，别人劝开了。

早上的事情就是这样。晚上我放牛回来，队长说我殴打贫下中农，要开我的斗争会。我说，你想借机整人，我也不是好惹的。我还说要聚众打群架。队长说，他没想整我，是三闷儿的娘闹得他没办法。那婆娘是个寡妇，泼得厉害。他说，此地的规矩就是这样。后来他说，不开斗争会，改为帮助会，让我上前面去检讨一下。要是我还不肯，就让寡妇来找我。

会开得很乱。老乡们七嘴八舌，说知青太不像话，偷鸡摸狗还打人。知青们说，放狗屁，谁偷东西，你们当场拿住了吗？老子们是来支援边疆建设，又不是充军的犯人，哪能容你们乱栽赃。我在前面也不检讨，只是骂。不提防三闷儿的娘从后面摸上来，抄起一张沉甸甸的拔秧凳，给了我后腰一下，正砸在我的旧伤上，登时我就背过气去了。

我醒过来时，罗小四领了一伙人呐喊着要放火烧牛圈，还说要三闷儿的娘抵命。队长领了一帮人去制止，副队长叫人抬我上牛车去医院。卫生员说，抬不得，腰杆断了，一抬就死。我说，腰杆好像没断，你们快把我抬走。可是谁也不敢肯定我的腰杆是断了还是没断，所以也不敢肯定我会不会一抬就死。我就一直躺着。后来队长过来一问，就说，快摇电话把陈清扬叫下来，让她看看腰断了没有。过了一会儿，陈清扬披头散发眼皮红肿地跑了来，劈头第一句话就是：你别怕，要是你瘫了，我照顾你一辈子。然后一检查，诊断和我自己的相同。于是我就坐上牛车，到总场医院去看病。

那天夜里陈清扬把我送到医院，一直等到腰部 X 光片子出来，看过认为没问题后才走。她说过一两天就来看我，可是一直没来。我住了一个星期，可以走动了，就奔回去找她。

我走进陈清扬的医务室时，身上背了很多东西，装得背篓里冒了尖。除了锅碗瓢盆，还有足够两人吃一个月的东西。她见我进来，淡淡地一笑，说，你好了吗？带这些东西上哪儿？

我说要去清平洗温泉。她懒懒地往椅子上一仰，说，这很好，温泉可以治旧伤。我说，我不是真去洗温泉，而是到后面山上住几天。她说，后面山上什么都没有，还是去洗温泉吧。

清平的温泉是山坳里一片泥坑，周围全是荒草坡。有一些病人在山坡上搭了窝棚，成年住在那里，其中得什么病的都有。我到那里不但治不好病，还可能染上麻风。而后面荒山里的低洼处沟谷纵横，疏林之中芳草离离，我在人迹绝无的地方造上一间草房，空山无人，流水落花，住在里面可以修身养性。陈清扬听了，禁不住一笑，说，那地方怎么走？也许我去看看你。我告诉她路，还画了一张示意图，自己进山去了。

我走进荒山，陈清扬没有去看我。旱季里浩浩荡荡的风刮个不停，整个草房都在晃动。陈清扬坐在椅子上听着风声，回想起以往发生的事情，对一切都起了怀疑。她很难相信自己会莫名其妙地来到这极荒凉的地方，又无端地被人称作破鞋，然后就真的搞起了破鞋。这件事真叫人难以置信。陈清扬说，有时候她走出房门，往后山上看，看到山丘中有很多小路蜿蜒通到深山里去。我对她说的话言犹在耳。她知道沿着一条路走进山去，就会找到我。这是无可怀疑的事。但是越是无可怀疑的事就越值得怀疑。很可能那条路不通到任何地方，很可能王二不在山里，很可能王二根本就不存在。

过了几天，罗小四带了几个人到医院去找我。医院里没人听说过王二，更没人知道他上哪儿去了。那时节医院里肝炎流行，没染上肝炎的病人都回家去疗养，大夫也纷纷下队去送医上门。罗小四等人回到队里，发现我的东西都不见了，就去问队长可见过王二。队长说，谁是王二？从来没听说过。罗小四说，前几天你还开会斗争过他，尖嘴婆打了他一板凳，差点把他打死。这样提醒了以后，队长就更想不起来我是谁了。那时节有一个北京知青慰问团要来调查知青在下面的情况，尤其是有无被捆打逼婚等情况，因此队长更不乐意想起我来。罗小四又到十五队问陈清扬可曾见过我，还闪烁其词地暗示她和我有过不正当的关系。陈清扬则表示，她对此一无所知。

等到罗小四离开，陈清扬就开始糊涂了。看来有很多人说，王二不存在。这件事叫人困惑的原因就在这里。大家都说存在的东西一定不存在，这是因为眼前的一切都是骗局。大家都说不存在的东西一定存在，比如王二，假如他不存在，这个名字是从哪里来的？陈清扬按捺不住好奇心，终于扔下一切，上山找我来了。

我被尖嘴婆打了一板凳后晕了过去，陈清扬曾经从山上跑下来看我。当时她还忍不住哭了起来，并且当众说，如果我好不了，她就要照顾我一辈子。结果我并没有死，连瘫都没瘫。这对我是很好的事，可是陈清扬并不喜欢。这等于当众暴露了她是破鞋。假如我死，或是瘫掉，就是应该的事，可是我在医院里只住了一个星期就跑了出来。对她来说，我就是那个急匆匆从山上赶下去的背影，一个记忆中的人。她并不想和我做爱，也不想和我搞破鞋，除非有重大的原因。因此她来找我就是真正的破鞋行径。

陈清扬说，她决定上山找我时，在白大褂底下什么都没穿。她就这样走过十五队后面的那片山包。那些小山上长满了草，草下是红土。上午风从山上往平坝里吹，冷得像山上的水，下午风吹回来，带着燥热和尘土。陈清扬来找我时，乘着白色的风。风从衣服下面钻进来，流过全身，好像爱抚和嘴唇。其实她不需要我，也没必要找到我。以前人家说她是破鞋，说我是她的野汉子时，她每天都来找我。那时好像有必要。自从她当众暴露了她是破鞋，我是她的野汉子后，再没人说她是破鞋，更没人在她面前提到王二（除了罗小四）。大家对这种明火执仗的破鞋行径是如此地害怕，以致连说都不敢啦。

关于北京要来人视察知青的事，当地每个人都知道，只有我不知道。这是因为我前些日子在放牛，早出晚归，而且名声不好，谁也不告诉我，后来住了院，也没人来看我。等到我出院以后，就进了深山。在我进山之前，总共就见到了两个人，一个是陈清扬，她没有告诉我这件事。另一个是我们队长，他也没说起这件事，只叫我去温泉养病。我告诉他，我没有东西（食品、炊具等等），所以不能去温泉。他说，他可以借给我。我说，我借了不一定还。他说，不要紧。我就向他借了不少家制的腊肉和香肠。

陈清扬不告诉我这件事是因为她不关心，她不是知青。队长不告诉我这件事，是因为他以为我已经知道了。他还以为我拿了很多吃的东西走，就不会再回来。所以罗小四问他王二到哪儿去了时，他说，王二？谁叫王二？从没听说过。对于罗小四等人来说，找到我有很大的好处，我可以证明大家在此地受到了很坏的待遇，经常被打晕。对于领导来说，我不存在有很大的便利，可以说明此地没有一个知青被打晕。对于我自己来说，存在不存在没有很大的关系。假如没有人来找我，我在附近种点玉米，可以永远不出来。就因为这个原因，我对自己存不存在的事不太关心。

我在小屋里也想过自己存不存在的问题。比方说，别人说我和陈清扬搞破鞋，这就是存在的证明。用罗小四的话来说，王二和陈清扬脱了裤子干。其实他也没看见。他想象的极限就是我们脱裤子。还有陈清扬说，我从山上下来，穿着黄军装，走得飞快。我自己并不知道我走路是不回头的。因为这些事我无从想象，所以是我存在的证明。

还有我的"小和尚"直挺挺，这件事也不是我想出来的。我始终盼着陈清扬来看我，但陈清扬始终没有来。她来的时候，我没有盼着她来。

【四】

我曾经以为陈清扬在我进山后会立即来看我，但是我错了。我等了很久，后来不再等了。我坐在小屋里，听着满山树叶哗哗响，终于到了物我两忘的境界。我听见浩浩荡荡的空气大潮从我头顶涌过，正是我灵魂里潮兴之时。正如深山里花开，龙竹笋剥剥地爆去笋壳，直翘翘地向上。到潮退时我也安息，但潮兴时要乘兴而舞。正巧这时陈清扬来到草屋门口，她看见我赤条条坐在竹板床上，阳具就如剥了皮的兔子，红通通，亮晶晶，足有一尺长，直立在那里，登时惊慌失措，叫了起来。

陈清扬到山里找我的事又可以简述如下：我进山后两个星期，她到山里找我。当时是下午两点钟，可是她像那些午夜淫奔的妇人一样，脱光了内衣，只穿一件白大褂，赤着脚走进山来。她就这样走过阳光下的草地，走进了一条干河沟，在河沟里走了很久。这些河沟很乱，可是她连一个弯都没转错。后来她又从河沟里出来，走进一个向阳的山洼，看见一间新搭的草房。假如没有一个王二告诉她这条路，她不可能在茫茫荒山里找到一间草房。可是她走进草房，看到王二就坐在床上，"小和尚"直挺挺，却吓得尖叫起来。

陈清扬后来说，她没法儿相信她所见到的每件事都是真的。真的事要有理由。当时她脱了衣服，坐在我的身边，看着我的"小和尚"，只见它的颜色就像烧伤的疤痕。这时我的草房在风里摇晃，好多阳光从房顶上漏下来，星星点点落在她身上。我伸手去触她的乳头，直到她脸上泛起红晕，乳房坚挺。忽然她从迷梦里醒来，羞得满脸通红。于是她紧紧地抱住我。

我和陈清扬是第二次做爱，第一次做爱的很多细节当时我大惑不解。后来我才明白，她对被称作破鞋一事，始终耿耿于怀。既然不能证明她不是破鞋，她就乐于成为真正的破鞋。就像那些被当场捉了奸的女人一样，被人叫上台去交代那些偷情的细节，等到那些人听到情不能持，丑态百出时，怪叫一声：把她捆起来！就有人冲上台去，用细麻绳把她五花大绑，她就这样站在人前，受尽羞辱。这些事一点都不讨厌。她也不怕被人剥得精赤条条，拴到一扇磨盘上，扔到水塘里淹死。或者像以前达官贵人家的妻妾一样，被强迫穿得整整齐齐，脸上贴上湿透的黄表纸，端坐着活活憋死。这些事一点都不讨厌。她丝毫也不怕成为破鞋，这比被人叫作破鞋而不是破鞋好得多。她所讨厌的是使她成为破鞋那件事本身。

我和陈清扬做爱时，一只蜥蜴从墙缝里爬了进来，走走停停地经过房中央的地面。忽然它受到惊动，飞快地出去，消失在门口的阳光里。这时陈清扬的呻吟就像泛滥的洪水，在屋里蔓延。我为此所惊，伏下身不动。可是她说，快，浑蛋。还拧我的腿。等我"快"了以后，阵阵震颤就像从地心传来。后来她说，她觉得自己罪孽深重，早晚要遭报应。

她说自己要遭报应时，一道红晕正从她的胸口褪去。那时我们的事情还没完。但她的口气是说，她只会为在此之前的事遭报应。忽然之间我从头顶到尾骨一齐收紧，开始极其猛烈地射精。这事与她无关，大概只有我会为此遭报应。

后来陈清扬告诉我，罗小四到处找我。他到医院找我时，医院说我不存在。他找队长问我时，队长也说我不存在。最后他来找陈清扬，陈清扬说，既然大家都说他不存在，大概他就是不存在吧，我也没有意见。罗小四听了这话，禁不住哭了起来。

我听了这话，觉得很奇怪。我不应该因为尖嘴婆打了我一下而存在，也不应该因为她打了我一下而不存在。事实上，我的存在乃是不争的事实。我就为这一点钻了牛角尖。为了验证这不争的事实，慰问团来的那一天，我从山上奔了下去，来到了座谈会的会场上。散会以后，队长说，你这个样子不像有病，还是回来喂猪吧。他还组织人力，要捉我和陈清扬的奸。当然，要捉我不容易，我的腿非常快。谁也休想跟踪我。但是也给我添了很多麻烦。到了这个时候我才悟到，犯不着向人证明我存在。

我在队里喂猪时，每天要挑很多水。这个活计很累，连偷懒都不可能，因为猪吃不饱会叫唤。我还要切很多猪菜，劈很多柴。喂这些猪原来要三个妇女，现在要我一个人干。我发现我不能顶三个妇女，尤其是腰疼时。这时候我真想证明我不存在。

晚上我和陈清扬在小屋里做爱。那时我对此事充满了敬业精神，对每次亲吻和爱抚都贯注了极大的热情。无论是经典的传教士式、后进式、侧进式、女上位，我都能一丝不苟地完成。陈清扬对此极为满意。我也极为满意。在这种时候，我又觉得用不着去证明自己是存在的。从这些体会里我得到一个结论，就是永远别让人注意你。北京人说，不怕贼偷，就怕贼惦记。你千万别让人惦记上。

过了一些时候，我们队的知青全调走了。男的调到糖厂当工人，女的调到农中去当老师。单把我留下来喂猪，据说是因为我还没有改造好。陈清扬说，我叫人惦记上了。这个人大概就是农场的军代表。她还说，军代表不是个好东西。原来她在医院工作，军代表要调戏她，被她打了个大嘴巴。然后她就被发配到十五队当队医。十五队的水是苦的，也没有菜吃，待久了也觉得没有啥。但是当初调她来，分明有修理她一下的意思。她还说，我准会被修到半死。我说过，他能把我怎么样？急了老子跑他娘。后来的事都是由此而起。

那天早上天色微明，我从山上下来，到猪场喂猪。经过井台时，看见了军代表，他正在刷牙。他把牙刷从嘴里掏出来，满嘴白沫地和我讲话，我觉得很讨厌，就一声不吭地走掉了。过了一会儿，他跑到猪场里，把我大骂了一顿，说，你怎么敢走了？我听了这些话，一声不吭。就是他说我装哑巴，我也一声不吭。然后我又走开了。

军代表到我们队来蹲点，蹲下来就不走了。据他说，要是不能从王二嘴里掏出话来，死也不甘心。这件事有两种可能的原因，一是他下来视察，遇见了我对他装聋作哑，因而大怒，不走了。二是他不是下来视察，而是听说陈清扬和我有了一腿，特地来找我的麻烦。不管他为何而来，反正我是一声也不吭，这叫他很没办法。

军代表找我谈话，要我写交代材料。他还说，我搞破鞋，群众很气愤，如果我不交代，他就发动群众来对付我。他还说，我的行为够上了坏分子，应该受到专政。我可以辩解说，我没搞破鞋。谁能证明我搞了破鞋？但我只是看着他，像野猪一样看他，像发傻一样看他，像公猫看母猫一样看他，把他看到没了脾气，他就让我走了。

最后他也没从我嘴里套出话来。他甚至搞不清我是不是哑巴。别人说我不是哑巴，他始终不敢相信，因为他从来没听我说过一句话。他到今天想起我来，还是搞不清我是不是哑巴。想起这一点，我就万分地高兴。

【五】

最后我们被关了起来，写了很长时间的交代材料。起初我是这么写的：我和陈清扬有不正当的关系。这就是全部。上面说，这样写太简单，叫我重写。后来我写：我和陈清扬有不正当关系，我干了她很多回，她也乐意让我干。上面说，这样写缺少细节。后来又加上了这样的细节：我们俩第四十次非法性交。地点是我在山上偷盖的草房。那天不是阴历十五就是阴历十六，反正月亮很亮。陈清扬坐在竹床上，月光从门里照进来，照在她身上。我站在地上，她用腿圈着我的腰。我们还聊了几句。我说，她的乳房不但圆，而且长得很端正，脐窝不但圆罗，而且很浅。这些都很好。她说，是吗，我自己不知道。后来月光移走了，我点了一根烟，抽到一半，她拿走了，接着吸了几口。她还捏过我的鼻子，因为本地有一种说法，说童男的鼻子很硬，而纵欲过度行将死去的人鼻子很软。这些时候她懒懒地躺在床上，倚着竹板墙。其他的时间她像澳大利亚考拉一样抱住我，往我脸上吹热气。最后月亮从门对面的窗子里照进来。这时我和她分开。但是我写这些材料，不是给军代表看。他那时早就不是军代表了，而且已经复员回家去了。他是不是代表，反正犯了我们这种错误，总是要写交代材料。

我后来和我们学校人事科长关系不错。他说，当人事干部最大的好处就是可以看到别人写的交代材料。我想，他说的包括了我写的交代材料。我以为我的交代材料最有文采。因为我写这些材料时住在招待所，没有别的事可干，就像专业作家一样。

我逃跑是晚上的事。那天上午，我找司务长请假，要到井坎镇买牙膏。我归司务长领导，他还有监视我的任务。他应该随时随地看住我，可是天一黑我就不见了。早上我带给他很多酸琶果，都是好的。平原上的酸琶果都不能吃，因为里面是一窝蚂蚁。只有山里的酸琶果才没蚂蚁。司务长说，他个人和我关系不坏，而且军代表不在。他可以准我去买牙膏。但是司务长又说，军代表随时会回来。要是他回来时我不在，司务长也不能包庇我。我从队里出去，爬上十五队的后山，拿个镜片晃陈清扬的后窗。过一会儿，她到山上来，说是头两天人家把她盯得特紧，跑不出来。而这几天她又来月经。她说，这没关系，干吧。我说，那不行。分手时她硬要给我二百块钱。起初我不要，后来还是收下了。

后来陈清扬告诉我，头两天人家没有把她盯得特紧，后来她也没有来月经。事实上，十五队的人根本就不管她。那里的人习惯于把一切不是破鞋的人说成破鞋，而对真的破鞋放任自流。她之所以不肯上山来，让我空等了好几天，是因为对此事感到厌倦。她总要等有了好心情才肯性交，不是只要性交就有好心情。当然这样做了以后，她也不无内疚之心。所以她给我二百块钱。我想，既然她有二百块钱花不掉，我就替她花。所以我拿了那些钱到井坎镇上，买了一条双筒猎枪。

后来我写交代材料，双筒猎枪也是一个主题。人家怀疑我拿了它要打死谁。其实要打死人，用二百块钱的双筒猎枪和四十块钱的铜炮枪打都一样。那种枪是用来在水边打野鸭子的，在山里一点都不实用，而且像死人一样沉。那天我到井坎街上时，已经是下午时分，又不是赶街的日子，所以只有一条空落落的土路和几间空落落的国营商店。商店里有一个售货员在打瞌睡，还有很多苍蝇在飞。货架上写着"吕过吕乎"，放着铝锅铝壶。我和那个胶东籍的售货员聊了一会儿天，她叫我到库房里看了看。在那儿我看见那条上海出的猎枪，就不顾它已经放了两年没卖出去的事实，把它买下了。傍晚时我拿它到小河边试放，打死了一只鹭鸶。这时军代表从场部回来，看见我手里有枪，很吃了一惊。他唠叨说，这件事很不对，不能什么人手里都有枪。应该和队里说一下，把王二的枪没收掉。我听了这话，几乎要朝他肚子上打一枪。如果打了的话，恐怕会把他打死。那样多半我也活不到现在了。

那天下午我从井坎回队的路上，涉水从田里经过，曾经在稻棵里站了一会儿。我看见很多蚂蟥像鱼一样游出来，叮上了我的腿。那时我光着膀子，衣服包了很多红糖馅的包子（镇上饭馆只卖这一种食品），双手提包子，背上还背了枪，很累赘。所以我也没管那些蚂蟥。到了岸上我才把它们一条条揪下来用火烧死。烧得它们一条条发软起泡。忽然间我感到很烦很累，不像二十一岁的人。我想，这样下去很快就会老了。

后来我遇上了勒都。他告诉我说，他们把那条河汊里的鱼都捉到手了。我那一份已经晒成了鱼干，在他姐姐手里。他姐姐叫我去。他姐姐和我也很熟，是个微黑俏丽的小姑娘。我说，一时去不了。我把那一包包子都给了勒都，叫他给我到十五队送个信，告诉陈清扬，我用她给我的钱买了一条枪。勒都去了十五队，把这话告诉陈清扬。她听了很害怕，觉得我会把军代表打死。这种想法也不是没有道理，傍晚时我就想打军代表一枪。

傍晚时分我在河边打鹭鸶，碰上了军代表。像往常一样，我一声不吭，他喋喋不休。我很愤怒，因为已经有半个多月了，他一直对我喋喋不休，说着同样的话：我很坏，需要思想改造。对我一刻也不能放松。这样的话我听了一辈子，从来没有像那天晚上那么火。后来他又说，今天他有一个特大好消息，要向大家公布。但是他又不说是什么，只说我和我的"臭婊子"陈清扬今后的日子会很不好过。我听了这话格外恼火，想把他就地掐死，又想听他说出是什么好消息以后再下手。他却不说，一直卖着关子，只说些没要紧的话，到了队里以后才说，晚上你来听会吧，会上我会宣布的。

　　晚上我没去听会，在屋里收拾东西，准备逃上山去。我想一定发生了什么大事，以致军代表有了好办法来收拾我和陈清扬，至于是什么事，我没想出来，那年头的事很难猜。我甚至想到可能中国已经复辟了帝制，军代表已经当上了此地的土司。他可以把我锤骟掉，再把陈清扬拉去当妃子。等我收拾好要出门，才知道没有那么严重。因为会场上喊口号，我在屋里也能听见。原来是此地将从国营农场改作军垦兵团。军代表可能要当个团长。不管怎么说，他不能把我阉掉，也不能把陈清扬拉走。我犹豫了几分钟，还是把装好的东西背上了肩，还用砍刀把屋里的一切都砍坏，并且用木炭在墙上写了："×××（军代表名），操你妈！"然后出了门，上山去了。

　　我从十四队逃跑的事就是这样。这些经过我也在交代材料里写了。概括地说，是这样的：我和军代表有私仇，这私仇有两个方面：一是我在慰问团面前说出了曾经被打晕的事，叫军代表很没面子；二是争风吃醋，所以他一直修理我。当他要当团长时，我感到不堪忍受，逃到山上去了。我到现在还以为这是我逃上山的原因。但是人家说，军代表根本就没当上团长，我逃跑的理由不能成立。所以人家说，这样的交代材料不可信。可信的材料应该是，我和陈清扬有私情。俗话说，色胆包天，我们什么事都能干出来。这话也有一点道理，可是我从队里逃出来时，原本不打算找陈清扬，打算一走算了。走到山边上才想到，不管怎样，陈清扬是我的一个朋友，该去告别。谁知陈清扬说，她要和我一起逃跑。她还说，假如这种事她不加入，那伟大友谊岂不是喂了狗。于是她匆匆忙忙收拾了一些东西跟我走了。假如没有她和她收拾的东西，我一定会病死在山上。那些东西里有很多治疟疾的药，还有大量的大号避孕套。

　　我和陈清扬逃上山以后，农场很惊慌了一阵。他们以为我们跑到缅甸去了。这件事传出去对谁都没好处，所以就没向上报告，只是在农场内部通缉王二和陈清扬。我们的样子很好认，还带了一条别人没有的双筒猎枪，很容易被人发现，可是一直没人找到我们。直到半年以后，我们自己回到农场来，各回各的队，又过了一个多月，才被人保组叫去写交代。也是我们流年不利，碰上了一个运动，被人揭发了。

【六】

　　人保组的房子在场部的路口上，是一座孤零零的土坯房。你从很远的地方就能看见，因为它粉刷得很白，还因为它在高岗上。大家到场部赶街，老远就能看见那间房子。它周围是一片剑麻地，剑麻总是暗绿色，剑麻下的土总是鲜红色。我在那里交代问题，把什么都交代了。我们上了山，先在十五队后山上种玉米，那里土不好，玉米有一半没出苗。我们就离开，昼伏夜行，找别的地方定居。最后想起山上有个废水碾，那里有很大一片丢荒了的好地。水碾里住了一个从麻风寨跑出来的刘大爹。谁也不到那里去，只有陈清扬有一回想起自己是大夫，去看过一回。我们最后去了刘大爹那里，住在水碾背后的山洼里，陈清扬给刘大爹看病，我给刘大爹种地。过了一些时候，我到清平赶街，遇上了同学。他们说，军代表调走了，没人记着我们的事。我们就回来了。整个事情就是这样的。

　　我在人保组里待了很长时间。有一段时间，气氛还好，人家说，问题清楚了，你准备写材料。后来忽然又严重起来，怀疑我们去了境外，勾结了敌对势力，领了任务回来。于是他们把陈清扬也叫到人保组，严加审讯。问她时，我往窗外看。天上有很多云。

人家叫我交代偷越国境的事。其实这件事上，我也不是清白无辜。我确实去过境外。我曾经打扮成老傣的模样，到对面赶过街。我在那里买了些火柴和盐。但是这没有必要说出来。没必要说的话就不说。

后来我带人保组的人到我们住过的地方去勘查。我在十五队后山上搭的小草房已经漏了顶，玉米地招来很多鸟。草房后面有很多用过的避孕套，这是我们在此住过的铁证。当地人不喜欢避孕套，说那东西阻断了阴阳交流，会使人一天天弱下去。其实当地那种避孕套，比我后来用过的任何一种都好。那是百分之百的天然橡胶。

后来我再不肯带他们去那些地方看，反正我说我没去国外，他们不信。带他们去看了，他们还是不信。没必要做的事就别做。我整天一声不吭。陈清扬也一声不吭。问案的人开头还在问，后来也懒得吭声。街子天里有好多老傣、老景颇背着新鲜的水果蔬菜走过，问案的人也越来越少。最后只剩了一个人。他也想去赶街，可是不到放我们回去的时候，让我们待在这里无人看管，又不合规定。他就到门口去喊人，叫过路的大嫂站住。但是人家经常不肯站住，而是加快了脚步。见到这种情况，我们就笑起来。

人保组的同志终于叫住了一个大嫂。陈清扬站起来，整理好头发，把衬衣领子折起来，然后背过手去。那位大嫂就把她捆起来，先捆紧双手，再把绳子在脖子和胳膊上扣住。那位大嫂抱歉地说，捆人我不会呀。人保组的同志说，可以了。然后他再把我捆起来，让我们在两把椅子上背靠背坐好，用绳子拦腰捆上一道，然后他锁上门，也去赶集。过了好半天他才回来，到办公桌里拿东西，问道：要不要上厕所？时间还早，一会儿回来放你们。然后又出去。

到他最后来放开我们的时候，陈清扬活动一下手指，整理好头发，把身上的灰土掸干净，我们俩回招待所去。我们每天都到人保组去，每到街子天就被捆起来，除此之外，有时还和别人一道到各队去挨斗。他们还一再威胁说，要对我们采取其他专政手段——我们受审查的事就是这样的。

后来人家又不怀疑我们去了国外，开始对她比较客气，经常叫她到医院去，给参谋长看前列腺炎。那时我们农场来了一大批军队下来的老干部，很多人有前列腺炎。经过调查，发现整个农场只有陈清扬知道人身上还有前列腺。人保组的同志说，要我们交代男女关系问题。我说，你怎知我们有男女关系问题？你看见了吗？他们说，那你就交代投机倒把问题。我又说，你怎知我有投机倒把问题？他们说，那你还是交代投敌叛变的问题。反正要交代问题，具体交代什么，你们自己去商量。要是什么都不交代，就不放你。我和陈清扬商量以后，决定交代男女关系问题。她说，做了的事就不怕交代。

于是我就像作家一样写起交代材料来。首先交代的就是逃跑上山那天晚上的事。写了好几遍，终于写出陈清扬像考拉。她承认她那天心情非常激动，确实像考拉。因为她终于有了机会，来实践她的伟大友谊。于是她腿圈住我的腰，手抓住我的肩膀，把我想象成一棵大树，几次想爬上去。

后来我又见到陈清扬，已经到了九十年代。她说，她离了婚，和女儿住在上海，到北京出差。到了北京就想到，王二在这里，也许能见到。结果真的在龙潭湖庙会上见到了我。我还是老样子，饿纹入嘴，眼窝下乌青，穿过了时的棉袄，蹲在地上吃不登大雅之堂的卤煮火烧。唯一和过去不同的是手上被硝酸染得焦黄。

陈清扬的样子变了不少，她穿着薄呢子大衣、花格呢裙子、高跟皮靴、戴金丝眼镜，像个公司的公关职员，她不叫我，我绝不敢认。于是我想到每个人都有自己的本质，放到合适的地方就大放光彩。我的本质是流氓土匪一类，现在做个城里的市民、学校的教员，就很不像样。

陈清扬说，她女儿已经上大二，最近知道了我们的事，很想见我。这事的起因是这样的：她们医院想提拔她，发现她档案里还有一堆东西。领导上讨论之后，认为是"文革"时整人的材料，应予撤销。于是派人到云南外调，花了一万元差旅费，终于把它拿了出来。因为是本人写的，交还本人。她把它拿回家去放着，被女儿看见了。该女儿说，好哇，你们原来是这么造的我！

其实我和她女儿没有任何关系。她女儿产生时，我已经离开云南了。陈清扬也是这么解释的，可是那女孩说，我可以把精液放到试管里，寄到云南让陈清扬人工授精。用她原话来说就是：你们两个浑蛋什么干不出来。

我们逃进山里的第一个夜晚，陈清扬兴奋得很。天明时我睡着了，她又把我叫起来，那时节大雾正从墙缝里流进来。她让我再干那件事，别戴那劳什子。她要给我生一窝小崽子，过几年就耷拉到这里。同时她揪住乳头往下拉，以示耷拉之状。我觉得耷拉不好看，就说，咱们还是想想办法，别叫它耷拉。所以我还是戴着那劳什子。以后她对这件事就失去了兴趣。

后来我再见陈清扬时，问道，怎么样，耷拉了吧？她说，可不是，耷拉得一塌糊涂。你想不想看看有多耷拉。后来我看见了，并没有一塌糊涂。不过她说，早晚要一塌糊涂，没有别的出路。

我写了这篇交代材料交上去，领导上很欣赏。有个大头儿，不是团参谋长就是政委，接见了我们，说我们的态度很好。领导上相信我们没有投敌叛变。今后主要的任务就是交代男女关系问题。假如交代得好，就让我们结婚。但是我们并不想结婚。后来又说，交代得好，就让我调回内地。陈清扬也可以调到上级医院。所以我在招待所写了一个多月交代材料，除了出公差，没人打搅，我用复写纸写，正本是我的，副本是她的。我们有一模一样的交代材料。

　　后来人保组的同志找我商量，说是要开个大的批斗会。所有在人保组受过审查的人都要参加，包括投机倒把分子、贪污犯，以及各种坏人。我们本该属于同一类，可是团领导说了，我们年轻，交代问题的态度好，所以又可以不参加。但是有人攀我们，说都受审查，他们为什么不参加。人保组也难办。所以我们必须参加。最后的决定是来做工作，动员我们参加。据说受受批斗，思想上有了震动，以后可以少犯错误。既然有这样的好处，为什么不参加？到了开会的日子，场部和附近生产队来了好几千人。我们和好多别的人站到台上去。等了好半天，听了好几篇批判稿，才轮到我们王陈二犯。原来我们的问题是思想淫乱，作风腐败，为了逃避思想改造，逃到山里去。后来在党的政策感召下，下山弃暗投明。听了这样的评价，我们心情激动，和大家一起振臂高呼："打倒王二！打倒陈清扬！"斗过这一台，我们就算没事了。但是还得写交代，因为团领导要看。

　　在十五队后山上，陈清扬有一回很冲动，要给我生一群小崽子，我没要。后来我想，生生也不妨，再跟她说，她却不肯生了。而且她总是理解成我要干那件事。她说，要干就干，没什么关系。我想，纯粹为我，这样太自私了，所以就很少干。何况开荒很累，没力气干。我所能交代的事就是在地头休息时摸她的乳房。

　　旱季里开荒时，到处是热风，身上没有汗，可是肌肉干疼。最热时，只能躺在树下睡觉。枕着竹筒，睡在棕皮蓑衣上。我奇怪为什么没人让我交代蓑衣的事。那是农场的劳保用品，非常贵。我带进山两件，一件是我的，一件是从别人门口顺手拿来的。一件也没拿回来。一直到我离开云南，也没人让我交还蓑衣。

　　我们在地头休息时，陈清扬拿斗笠盖住脸，敞开衬衣的领口，马上就睡着了。我把手伸进去，有很优美的浑圆的感觉。后来我把扣子又解开几个，看见她的皮肤是浅红色。虽然她总穿着衣服干活儿，可是阳光透过了薄薄的布料。至于我，总是光膀子，已经黑得像鬼一样。

陈清扬的乳房是很结实的两块，躺着的时候给人这样的感觉。但是其他地方很纤细。过了二十多年，大模样没怎么变，只是乳头变得有点大，有点黑。她说，这是女儿作的孽。那孩子刚出世，像头粉红色的小猪，闭着眼一口叼住她那个地方狠命地吃，一直把她吃成个老太太，自己却长成个漂亮大姑娘，和她当年一样。

年纪大了，陈清扬变得有点敏感。我和她在饭店里重温旧情，说到这类话题，她就有恐慌之感。当年不是这样。那时候在交代材料里写到她的乳房，我还有点犹豫。她说，就这么写。我说，这样你就暴露了。她说，暴露就暴露，我不怕！她还说是自然长成这样，又不是她捣了鬼。至于别人听说了有什么想法，不是她的问题。

过了这么多年我才发现，陈清扬是我的前妻哩。交代完问题，人家叫我们结婚。我觉得没什么必要了。可是领导上说，不结婚影响太坏，非叫去登记不可。上午登记结婚，下午离婚。我以为不算呢。乱秧秧的，人家忘了把发的结婚证要回去。结果陈清扬留了一张。我们拿这二十年前发的破纸头登记了一间双人房。要是没有这东西，就不许住在一间房子里。二十年前不这样。二十年前他们让我们住在一间房子里写交代材料，当时也没这个东西。

我写了我们住在后山上的事。团领导要人保组的人带话说，枝节问题不要讲太多，交代下一件案子吧。听了这话，我发了犟驴脾气，妈妈的，这是案子吗？陈清扬开导我说，这世界上有多少人，每天要干多少这种事，又有几个有资格成为案子。我说，其实这都是案子，只不过领导上查不过来。她说，既然如此，你就交代吧。所以我交代道：那天夜里，我们离开了后山，向作案现场进发。

【七】

我后来又见到陈清扬，和她在饭店里登记了房间，然后一起到房间里去，我伸手帮她脱下大衣。陈清扬说，王二变得文明了。这说明我已经变了很多。以前我不但相貌凶恶，行为也很凶恶。

我和陈清扬在饭店里又作了一回案。那里暖气烧得很暖，还装着茶色玻璃。我坐在沙发上，她坐在床上，聊了一会儿天，逐渐有了犯罪的气氛。我说，不是让我看有多耷拉吗，我看看。她就站起来，脱了外衣，里面穿着大花的衬衫。然后她又坐下去，说，还早一点。过一会儿，服务员来送开水。他们有钥匙，连门都不敲就进来了。我问她，碰上了人家怎么说？她说，她没被碰上过。但是听说人家会把门一摔，在外面说：真他妈的讨厌！

我和陈清扬逃进山以前，有一次我在猪场煮猪食。那时我要烧火，要把猪菜切碎（所谓猪菜，是番薯藤、水葫芦一类东西），要往锅里加糠添水。我同时做着好几样事情。而军代表却在一边喋喋不休，说我是如何之坏。他还让我去告诉我的"臭婊子"陈清扬，她是如何之坏。忽然间我暴怒起来，抢起长刀，照着梁上挂的盛南瓜子儿的葫芦劈去，把它劈成两半。军代表吓得一步跳出房去。如果他还要继续数落我，我就要砍他脑袋了。我是那样凶恶，因为我不说话。

后来在人保组，我也不大说话，包括人家捆我的时候。所以我的手经常被捆得乌青。陈清扬经常说话。她说：大嫂，捆疼了。或者：大嫂，给我拿手绢垫一垫。我头发上系了一块手绢。她处处与人合作，苦头吃得少。我们处处都不一样。

陈清扬说，以前我不够文明。在人保组里，人家给我们松了绑。那条绳子在她的衬衣上留下了很多道痕迹。这是因为那绳子平时放在烧火的棚子里，沾上了锅灰和柴草末。她用不灵活的手把痕迹掸掉，只掸了前面，掸不了后面。等到她想叫我来掸时，我已经一步跨出门去。等到她追出门去，我已经走了很远。我走路很快，而且从来不回头看。就因为这些原因，她根本就不爱我，也说不上喜欢。

照领导定的性，我们在后山上干的事，除了她像考拉那次之外，都不算案子。像我们在开荒时干的事，只能算枝节问题。所以我们没有继续交代下去。其实还有别的事。当时热风正烈，陈清扬头枕双臂睡得很熟。我把她的衣襟完全解开了。这样她袒露出上身，好像是故意的一样。天又蓝又亮，以至阴影里都是蓝黝黝的光。忽然间我心里一动，在她红通通的身体上俯身下去。我都忘了自己干了些什么了。我把这事说了出来，以为陈清扬一定不记得。可是她说："记得记得！那会儿我醒了。你在我肚脐上亲了一下吧？好危险，差一点爱上你。"

陈清扬说，当时她刚好醒来，看见我那颗乱蓬蓬的头正在她肚子上，然后肚脐上轻柔的一触。那一刻她也不能自持。但是她还是假装睡着，看我还要干什么。可是我什么都没干，抬起头来往四下看看，就走开了。

我写的交代材料里说，那天夜里，我们离开后山，向作案现场进发，背上背了很多坛坛罐罐，计划是到南边山里定居。那边土地肥沃，公路两边就是一人深的草。不像十五队后山，草只有半尺高。那天夜里有月亮，我们还走了一段公路，所以到天明将起雾时，已经走了二十公里，上了南面的山。具体地说，到了章风寨南面的草地上，再走就是森林。我们在一棵大青树下露营，拣了两块干牛粪生了一堆火，在地上铺了一块塑料布。然后脱了一切衣服（衣服已经湿了），搂在一起，裹上三条毯子，滚成一个球，就睡着了。睡了一个小时就被冻醒。三重毯子都湿透了，牛粪火也灭了。树上的水滴像倾盆大雨往下掉。空气里飘着的雨点有绿豆大小。那是在一月里，旱季最冷的几天。山的阴面就有这么潮。

陈清扬说，她醒时，听见我在她耳边打机关枪。上牙碰下牙，一秒钟不止一下。而且我已经有了热度。我一感冒就不容易好，必须打针。她就爬起来说，不行，这样两个人都要病，快干那事。我不肯动，说道：忍忍吧。一会儿就出太阳。后来又说：你看我干得了吗？案发前的情况就是这样的。

案发时的情形是这样的：陈清扬骑在我身上，一起一落，她背后的天上是白茫茫的雾气。这时好像不那么冷了，四下里传来牛铃声。这地方的老傣不关牛，天一亮水牛就自己跑出来。那些牛身上拴着木制的铃铛，走起来发出闷闷的响声。一个庞然大物骤然出现在我们身边，耳边的刚毛上挂着水珠。那是一头白水牛，它侧过头来，用一只眼睛看我们。

白水牛的角可以做刀把，晶莹透明，很好看。可是质脆容易裂。我有一把匕首，也是白牛角把，却一点都不裂，很难得。刃的材料也好，可是被人保组收走了。后来没事了，找他们要，却说找不到了。还有我的猎枪，也不肯还我。人保组的老郭死乞白赖地说要买，可是只肯出五十块钱，最后连枪带刀，我一样也没要回来。

我和陈清扬在饭店里作案之前聊了好半天。最后她把衬衣也脱下来，还穿着裙子和皮靴。我走过去坐在她身边，把她的头发撩了起来。她的头发有不少白的了。

陈清扬烫了头。她说，以前她的头发好，舍不得烫。现在没关系了。她现在当了副院长，非常忙，也不能每天洗头。除此之外，眼角脖子下有不少皱纹。她说，女儿建议她去做整容手术。但是她没时间做。

后来她说，好啦，看吧。就去解乳罩。我想帮她一把，也没帮上。扣在前面，我把手伸到后面去了。她说，看来你没学坏。就转过身来让我看。我仔细看了一阵，提了一点意见。不知为什么，她有点脸红，说，好啦，看也看过了，还要干什么？就要把乳罩戴上。我说，别忙，就这样吧。她说，怎么，还要研究我的结构？我说，那当然。现在不着急，再聊一会儿。她的脸更红了，说道：王二，你一辈子学不了好，永远是个浑蛋。

我在人保组，罗小四来看我，趴窗户一看，我被捆得像粽子一样。他以为案情严重，我会被枪毙掉，便把一盒烟从窗里扔进来，说道：二哥，哥们儿一点意思。然后哭了。罗小四感情丰富，很容易哭。我让他点着了烟从窗口递进来，他照办了，差点肩关节脱臼才递到我嘴上，然后他问我还有什么事要办。我说没有。我还说，你别招一大群人来看我。他也照办了。他走后，又有一帮孩子爬上窗台看，正看见我被烟熏得睁一眼闭一眼，样子非常难看。打头的一个不禁说道：耍流氓。我说，你爸你妈才耍流氓。他们不流氓能有你？那孩子抓了些泥巴扔我。等把我放开，我就去找他爸，说道：今天我在人保组，叫人像捆猪一样捆上。令郎人小志大，趁那时朝我扔泥巴。那人一听，揪住他儿子就揍。我在一边看完了才走。陈清扬听说这事，就有这种评价：王二，你是个浑蛋。

其实我并非永远是浑蛋。我现在有家有口，已经学了不少好。抽完了那根烟，我把她抱过来，很熟练地在她胸前爱抚一番，然后就想脱她的裙子。她说，别忙，再聊会儿，你给我也来支烟。我点了一支烟，抽着了给她。

陈清扬说，在章风山她骑在我身上一上一下，极目四野，都是灰蒙蒙的水雾。忽然间觉得非常寂寞，非常孤独。虽然我的一部分在她身体里摩擦，她还是非常寂寞，非常孤独。后来我活过来了，说道：换换，你看我的。我就翻到上面去。她说，那一回你比哪回都浑蛋。

陈清扬说，那回我比哪回都浑蛋，是指我忽然发现她的脚很小巧好看。因此我说，老陈，我准备当个拜脚狂。然后我把她两腿捧起来，吻她的脚心。陈清扬平躺在草地上，两手摊开，抓着草。忽然她一晃头，用头发盖住了脸，然后哼了一声。

我在交代材料里写道，那时我放开她的腿，把她脸上的头发抚开。陈清扬猛烈地挣扎，流着眼泪，但是没有动手。她脸上有两点很不健康的红晕。后来她不挣扎了，对我说，浑蛋，你要把我怎么办？我说，怎么了？她又笑，说道，不怎么。接着来。所以我又捧起她的双腿。她就那么躺着不动，双手平摊，牙咬着下唇，一声不响。如果我多看她一眼，她就笑笑。我记得她脸特别白，头发特别黑，整个情况就是这样的。

陈清扬说，那一回她躺在冷雨里，忽然觉得每一个毛孔都进了冷雨。她感到悲从中来，不可断绝。忽然间一股巨大的快感劈进来。冷雾、雨水，都沁进了她的身体。那时节她很想死去。她不能忍耐，想叫出来，但是看见了我，她又不想叫出来。世界上还没有一个男人能叫她肯当着他的面叫出来。她和任何人都格格不入。

陈清扬后来和我说，每回和我做爱都深受折磨。在内心深处她很想叫出来，想抱住我狂吻，但是她不乐意。她不想爱别人，任何人都不爱，尽管如此，我吻她脚心时，一种辛辣的感觉还是钻到她心里来。

我和陈清扬在章风山上做爱，有一头老水牛在一边看。后来它哞了一声跑开了，只剩我们两人。过了很长时间，天渐渐亮了。雾从天顶消散。陈清扬的身体沾了露水，闪起光来。我把她放开，站起来，看见离寨子很近，就说："走。"于是离开了那个地方，再没回去过。

【八】

我在交代材料里说，我和陈清扬在刘大爹后山上作案无数。这是因为刘大爹的地是熟地，开起来不那么费力。生活也安定，所以温饱生淫欲。那片山上没人，刘大爹躺在床上要死了。山上非雾即雨，陈清扬腰上束着我的板带，上面挂着刀子，脚上穿高筒雨靴，除此之外，不着一丝。

陈清扬后来说，她一辈子只交了我一个朋友。她说，这一切都是因为我在河边的小屋里谈到伟大友谊。人活着总要做几件事情，这就是其中之一。以后她就没和任何人有过交情。同样的事做多了没意思。

我对此早有预感。所以我向她要求此事时就说，老兄，咱们敦敦伟大友谊如何？人家夫妇敦伦，我们无伦可言，只好敦友谊。她说，好。怎么敦？正着敦反着敦？我说，反着敦。那时正在地头上。因为是反着敦，就把两件蓑衣铺在地上，她趴在上面，像一匹马，说道："你最好快一点，刘大爹该打针了。"我把这些事写进了交代材料，领导上让我交代：

1. 谁是"敦伦"；

2. 什么叫"敦敦"伟大友谊；

3. 什么叫"正着敦"，什么叫"反着敦"。

把这些都说清以后，领导上又叫我以后少掉文，是什么问题就交代什么问题。

在山上敦伟大友谊时，嘴里喷出白气。天不那么凉，可是很湿，抓过一把能拧出水来。就在蓑衣旁边，蚯蚓在爬。那片地真肥。后来玉米还没熟透，我们就把它放在捣臼里捣，这是山上老景颇的做法。做出的玉米粑粑很不坏。在冷水里放着，好多天不坏。

陈清扬趴在冷雨里，乳房摸起来像冷苹果。她浑身的皮肤绷紧，好像抛过光的大理石。后来我把"小和尚"拔出来，把精液射到地里。她在一边看着，面带惊恐之状。我告诉她，这样地会更肥。她说，我知道。后来又说，地里会不会长出小王二来——这像个大夫说的话吗？

雨季过去后，我们化装成老傣，到清平赶街。后来的事我已经写过，我在清平遇上了同学。虽然化了装，人家还是一眼就认出我来。我的个子太高，装不矮。人家对我说：二哥，你跑哪儿去了？我说：我不会讲汉话哟！虽然尽力加上一点怪腔，还是京片子。一句就露馅儿了。

回农场是她的主意。我自己既然上了山，就不准备下去。她和我上山，是为了伟大友谊。我也不能不陪她下去。其实我们随时可以逃走，但她不乐意。她说现在的生活很有趣。

陈清扬后来说，在山上她也觉得很有趣。漫山冷雾时，腰上别着刀子，足蹬高筒雨靴，走到雨丝里去。但是同样的事做多了就不再有趣。所以她还想下山，忍受人世的摧残。

我和陈清扬在饭店里重温伟大友谊，说到那回从山上下来，走到岔路口上。那地方有四条岔路，各通一方。东西南北没有关系，一条通到国外，是未知之地；一条通到内地；一条通到农场；一条是我们来的路。那条路还通到户撒。那里有很多阿昌铁匠，那些人世世代代当铁匠。我虽然不是世世代代，但我也能当铁匠。我和那些人熟得很，他们都佩服我的技术。阿昌族的女人都很漂亮，身上挂了很多铜箍和银钱。陈清扬对那种打扮十分神往，她很想到山上去当个阿昌。那时雨季刚过，云从四面八方升起来。天顶上闪过一缕缕阳光。我们有各种选择，可以到各个方向去。所以我在路口上站了很久。后来我回内地时，站在公路上等汽车，也有两种选择，可以等下去，也可以回农场去。当我沿着一条路走下去的时候，心里总想着另一条路上的事。这种时候我心里很乱。

陈清扬说过，我天资中等，手很巧，人特别浑。这都是有所指的。说我天资中等，我不大同意，说我特别浑，事实俱在，不容抵赖。至于说我手巧，可能是自己身上体会出来的。我的手的确很巧，不光表现在摸女人方面。手掌不大，手指特长，可以做任何精细的工作。山上那些阿昌铁匠打刀刃比我好，可是要比在刀上刻花纹，没有人能比得上。所以起码有二十个铁匠提出过，让我们搬过去，他打刀刃我刻花纹，我们搭一伙。假如当初搬了过去，可能现在连汉话都不会说了。

假如我搬到一位阿昌大哥那里去住，现在准在黑洞洞的铁匠铺里给户撒刀刻花纹。在他家泥泞的后院里，准有一大窝小崽子，共有四种组合形式：

1. 陈清扬和我的；
2. 阿昌大哥和阿昌大嫂的；
3. 我和阿昌大嫂的；
4. 陈清扬和阿昌大哥的。

陈清扬从山上背柴回来，撩起衣裳，露出极壮硕的乳房，不分青红皂白，就给其中一个喂奶。假如当初我退回山上去，这样的事就会发生。

陈清扬说，这样的事不会发生，因为它没有发生。实际发生的是，我们回了农场，写交代材料、出斗争差。虽然随时都可以跑掉，但是没有跑。这是真实发生了的事。

陈清扬说，我天资平常，她显然没把我的文学才能考虑在内。我写的交代材料人人都爱看。刚开始写那些东西时，我有很大的抵触情绪。写着写着就入了迷。这显然是因为我写的全是发生过的事。发生过的事有无比的魅力。

　　我在交代材料里写下了一切细节，但是没有写以下已经发生的事情：

　　我和陈清扬在十五队后山上，在草房里干完后，到山涧里戏水。山上下来的水把红土剥光，露出下面的蓝黏土来。我们爬到蓝黏土上晒太阳。暖过来后，"小和尚"又直立起来。但是刚发泄过，不像急色鬼。于是我侧躺在她身后，枕着她的头发进入她的身体。我们在饭店里，后来也是这么重温伟大友谊。

　　我和陈清扬侧躺在蓝黏土上，那时天色将晚，风也有点凉。躺在一起心平气和，有时轻轻动一下。据说海豚之间有生殖性的和娱乐性的两种搞法，这就是说，海豚也有伟大友谊。我和陈清扬连在一起，好像两只海豚一样。

　　我和陈清扬在蓝黏土上，闭上眼睛，好像两只海豚在海里游动。天黑下来，阳光逐渐红下去。天边起了一片云，惨白惨白，翻着无数死鱼肚皮，瞪起无数死鱼眼睛。山上有一股风，无声无息地吹下去。天地间充满了悲惨的气氛。陈清扬流了很多眼泪。她说是触景伤情。

　　我还存了当年交代材料的副本，有一回拿给一位搞英美文学的朋友看。他说，很好，有维多利亚时期地下小说的韵味。至于删去的细节，他也说删得好，那些细节破坏了故事的完整性。我的朋友真有大学问。我写交代材料时很年轻，没什么学问（到现在也没有学问），不知道什么是维多利亚时期地下小说。我想的是不能教会了别人。我这份交代材料不少人要看，假如他们看了情不自禁，也去搞破鞋，那倒不伤大雅，要是学会了这个，那可不大好。

　　我在交代材料里还漏掉了以下事实，理由如前所述。我们犯了错误，本该被枪毙，领导上挽救我们，让我写交代材料，这是多么大的宽大！所以我下定决心，只写出我们是多么坏。

我们俩在刘大爹后山上时，陈清扬给自己做了一件筒裙，想穿了它化装成老傣，到清平去赶街。可是她穿上以后连路都走不了啦。走到清平南边遇到一条河，山上下来的水像冰一样凉，像腌雪里蕻一样绿。那水有齐腰深，非常急。我走过去，把她用一个肩膀扛起来，径直走过河才放下来。我的一边肩膀正好和陈清扬的腰等宽，记得那时她的脸红得厉害。我还说，我可以把你扛到清平去，再扛回来，比你扭扭捏捏地走更快。她说，去你妈的吧。

筒裙就像个布筒子，下口只有一尺宽。会穿的人在里面可以干各种事，包括在大街上撒尿，不用蹲下来。陈清扬说，这一手她永远学不会。在清平集上观摩了一阵，她得到了要扮就扮阿昌的结论。回来的路是上山，而且她的力气都耗光了。每到跨沟越坎之处，她就找个树墩子，姿仪万方地站上去，让我扛她。

回来的路上扛着她爬坡。那时旱季刚到，天上白云纵横，阳光灿烂。可是山里还时有小雨。红土的大板块就分外地滑。我走上那块烂泥板，就像初次上冰场。那时我右手扣住她的大腿，左手提着猎枪，背上还有一个背篓，走在那滑溜溜的斜面上，十分吃力。忽然间我向左边滑动，马上要滑进山沟，幸亏手里有条枪，拿枪拄在地上。那时我全身绷紧，拼了老命，总算支持住了。可这个笨蛋还来添乱，在我背上扑腾起来，让我放她下去。那一回差一点死了。

等我刚能喘过气来，就把枪带交到右手，抡起左手在她屁股上狠狠打了两巴掌。隔了薄薄一层布，倒显得格外光滑。她的屁股很圆。鸡巴，感觉非常之好的啦！她挨了那两下登时老实了。非常地乖，一声也不吭。

当然打陈清扬屁股也不是好事，但是我想别的破鞋和野汉子之间未必有这样的事。这件事离了题，所以就没写。

【九】

我和陈清扬在章风山上做爱时，她还很白，太阳穴上的血管清晰可见，后来在山里晒得很黑，回到农场又变得白皙。后来到了军民共建边防时期，星期天机务站出一辆大拖拉机，拉上一车有问题的人到砖窑出砖。出完了砖，再拉到边防线上的生产队去，和宣传队会齐。我们这一车是历史反革命、贼、走资派、搞破鞋的等等，敌我矛盾人民内部都有，干完了活儿到边境上斗争一台，以便巩固政治边防。出这种差，公家管饭，武装民兵押着蹲在地上吃。吃完了，我和陈清扬倚着拖拉机站着，过来一帮老婆娘，对她品头论足。结论是她真白，难怪搞破鞋。

我去找过人保组老郭，问他们叫我们出这种差是什么意思。他们说，无非是让对面的坏人知道这边厉害，不敢过来。本来不该叫我们去，可是凑不齐人数。反正我们也不是好东西，去去也没什么的。我说，去去原是不妨，你叫人别揪陈清扬的头发。搞急了，老子又要往山上跑。他说，他不知道有这事，一定去说说。其实我早想上山，可是陈清扬说，算了，揪揪头发又怎么了。

我们出斗争差时，陈清扬穿我的一件学生制服。那衣服她穿上非常大，袖子能到掌心，领子拉起来能遮住脸腮。后来她把这衣服要走了。据说这衣服还在，大扫除擦玻璃她还穿。挨斗时她非常熟练，一听见说到我们，就从书包里掏出一双洗得干干净净，用麻绳拴好的解放鞋，往脖子上一挂，等待上台了。

陈清扬说，在家里刚洗过澡，她拿我那件衣服当浴衣穿。那时她表演给女儿看，当年怎么挨斗。人是撅着的，有时还得抬脸给人家看，就和跳巴西桑巴舞一样。那孩子问道：我爸呢？陈清扬说：你爸爸坐飞机。那孩子就咯咯笑，觉得非常有趣。

我听见这话，觉得如有芒刺在背。第一，我也没坐飞机。挨斗时是两个"小四川"押我，他俩非常客气，总是先道歉说：王哥，多担待。然后把我撅出去。押她的是宣传队的两个"小骚货"，又撅胳膊又揪头发。照她说的，好像人家对我比对她还不好，这么说对当年那两个"小四川"不公平。第二，我不是她爸爸。等斗完了我们，就该演节目了。把我们撅下台，撅上拖拉机，连夜开回场部去。每次出过斗争差，陈清扬都性欲勃发。

我们跑回农场来，受批判，出斗争差。这也是一阵阵的。有时候团长还请我们到他家坐，说起我们犯错误，他还说，这种错误他也犯过。然后就和陈清扬谈前列腺。这时我就告辞，除非他叫我修手表。有时候对我们很坏，一礼拜出两次斗争差。这时政委说，像王二、陈清扬这样的人，就是要斗争，要不大家都会跑到山上去，农场还办不办？平心而论，政委说的也有道理，而且他没有前列腺炎。所以陈清扬书包里那双破鞋老不扔，随时备用。过了一段时间，不再叫我们出斗争差，有一回政委出去开会，团长到军务科说了说，就把我放回内地去了。

有关斗争差的事是这样的：当地有一种传统的娱乐活动，就是斗破鞋。到了农忙时，大家都很累。队长说，今晚上娱乐一下，斗斗破鞋。但是他们怎么娱乐的，我可没见过。他们斗破鞋时，总把没结婚的人都撅走。再说，那些破鞋面黑如锅底，奶袋低垂，我不爱看。

后来来了一大批军队干部，接管了农场，就下令不准斗破鞋。理由是不讲政策。但是到了军民共建时期，又下令说可以斗破鞋。团里下了命令，叫我们到宣传队报到，准备参加斗争。马上我就要逃进山去，可是陈清扬不肯跟我走。她还说，她无疑是当地斗过的破鞋里最漂亮的一个。斗她的时候，周围好几个队的人都去看，这让她觉得无比自豪。

团里叫我们随宣传队活动，是这么交代的：我们俩是人民内部矛盾，这就是说，罪恶不彰，要注意政策。但是又说，假如群众愤怒了，要求狠狠斗我们，那就要灵活掌握。结果群众见了我们就愤怒。宣传队长是团长的人，他和我们私交也不坏，跑到招待所来和我们商量：能不能请陈大夫受点委屈？陈清扬说，没有关系。下回她就把破鞋挂在了脖子上。但是大家还是不满意。他只好让陈清扬再受点委屈。最后他说，大家都是明白人，我也不多说，您二位多担待吧。

我和陈清扬出斗争差的时候，开头总是待在芭蕉树后面。那里是后台。等到快轮到我们时，她站起来，把头上的发卡取下来衔在嘴里，再一个个别好，翻起领口，拉下袖子，背过双手，等待受捆了。

陈清扬说，他们用竹皮绳、棕绳来捆她，总把她的手捆肿。所以她从家里带来了晾衣服的棉绳。别人也抱怨说，女人不好捆，浑身圆滚滚，一点都不吃绳子。与此同时，一双大手从背后擒住她的手腕，另一双手把她紧紧捆起来，捆成五花大绑。

后来人家把她押出去，后面有人揪住她的头发，使她不能往两边看，也不能低下头，所以她只能微微侧过头去，看汽灯青白色的灯光。有时她正过头来，看见一些陌生的脸，她就朝那人笑笑。这时她想，这真是个陌生的世界！这里发生了什么，她一点都不了解。

陈清扬所了解的是，现在她是破鞋。绳子捆在她身上，好像一件紧身衣。这时她浑身的曲线毕露。她看到在场的男人裤裆里都凸起来。她知道是因为她，但为什么这样，她一点都不理解。

陈清扬说，出斗争差时，人家总要揪着她头发让她往四下看。为此她把头发梳成两缕,分别用皮筋系住,这样人家一只手捉住她的手腕,另一只手揪她的头发就特别方便。她就这样被人驾驶着看到了一切,一切都流进她心里。但是她什么都不理解。但是她很愉快,人家要她做的事她都做到了,剩下的事与她无关。她就这样在台上扮演了破鞋。

等到斗完了我们,就该演文艺节目了。我们当然没资格看,就被搡上拖拉机,拉回场部去。开拖拉机的师傅早就着急回家睡觉,早就把机器发动起来。所以连陈清扬的绑绳也来不及松开。我把她抱上拖拉机,然后车上颠得很,天又黑,还是解不开。到了场部以后,索性我把她扛回招待所,在电灯下慢慢解。这时候陈清扬面有酡颜,说道:敦伟大友谊好吧?我都有点等不及了!

陈清扬说,那一刻她觉得自己像个礼品盒,正在打开包装。于是她心花怒放。她终于解脱了一切烦恼,用不着再去想自己为什么是破鞋,到底什么是破鞋,以及其他费解的东西:我们为什么到这个地方来,来干什么等等。现在她把自己交到了我手里。

在农场里,每回出完了斗争差,陈清扬必要求敦伟大友谊。那时总是在桌子上。我写交代材料也在那张桌子上,高度十分合适。她在那张桌上像考拉那样,快感如潮,经常禁不住喊出来。那时黑着灯,看不见她的模样。我们的后窗总是开着的,窗后是一个很陡的坡。但是总有人来探头探脑。那些脑袋露在窗台上好像树枝上的寒鸦。我那张桌子上老放着一些山梨,硬得人牙咬不动,只有猪能吃。有时她拿一个从我肩上扔出去,百发百中,中弹的从陡坡上滚下去。这种事我不那么受用,最后射出的精液都冷冰冰的。不瞒你说,我怕打死人。像这样的事倒可以写进交代材料,可是我怕人家看出我在受审查期间继续犯错误,给我罪加一等。

【十】

后来我们在饭店里重温伟大友谊，谈到各种事情。谈到了当年的各种可能性，谈到了我写的交代材料，还谈到了我的"小和尚"。那东西一听别人谈到它，就激昂起来，蠢动个不停。因此我总结道，那时人家要把我们锤掉，但是没有锤动。我到今天还强硬如初。为了伟大友谊，我还能光着屁股上街跑三圈。我这个人，一向不大知道要脸。不管怎么说，那是我的黄金时代，虽然我被人当成流氓。我认识那里好多人，包括赶马帮的流浪汉、山上的老景颇等等。提起会修表的王二，大家都知道。我和他们在火边喝那种两毛钱一斤的酒，能喝很多。我在他们那里大受欢迎。

除了这些人，猪场里的猪也喜欢我，因为我喂猪时，猪食里的糠比平时多三倍。然后就和司务长吵架，我说，我们猪总得吃饱吧。我身上带有很多伟大友谊，要送给一切人。因为他们都不要，所以都发泄在陈清扬身上了。

我和陈清扬在饭店里敦伟大友谊，是娱乐性的。中间退出来一次，只见"小和尚"上血迹斑斑。她说，年纪大了，里面有点薄，你别那么使劲。她还说，在南方待久了，到了北方手就裂。而蛤蜊油的质量下降，抹在手上一点用都不管。说完了这些话，她拿出一小瓶甘油来，抹在"小和尚"上面。然后正着敦，说话方便。我就像一根待解的木料，躺在她分开的双腿中间。

陈清扬脸上有很多浅浅的皱纹，在灯光下好像一条条金线。我吻她的嘴，她没反对。这就是说，她的嘴唇很柔软，而且分开了。以前她不让我吻她嘴唇，让我吻她下巴和脖子交界的地方。她说，这样刺激性欲。然后继续谈到过去的事。

陈清扬说，那也是她的黄金时代。虽然被人称作破鞋，但是她清白无辜。她到现在还是无辜的。听了这话，我笑起来。但是她说，我们在干的事算不上罪孽。我们有伟大友谊，一起逃亡，一起出斗争差，过了二十年又见面，她当然要分开两腿让我趴进来。所以就算是罪孽，她也不知罪在何处。更主要的是，她对这罪恶一无所知。

然后她又一次呼吸急促起来。她的脸变得赤红，两腿把我用力夹紧，身体在我下面绷紧，压抑的叫声一次又一次穿过牙关。过了很久才松弛下来。这时她说很不坏。

很不坏之后，她还说这不是罪孽。因为她像苏格拉底，对一切都一无所知。虽然活了四十多岁，眼前还是奇妙的新世界。她不知道为什么人家要把她发到云南那个荒凉的地方，也不知为什么又放她回来。不知道为什么要说她是破鞋，把她押上台去斗争，也不知道为什么又说她不是破鞋，把写好的材料又抽出来。这些事有过各种解释，但没有一种她能听懂。她是如此无知，所以她无罪。一切法律书上都是这么写的。

陈清扬说，人活在世上，就是为了忍受摧残，一直到死。想明了这一点，一切都能泰然处之。要说明她怎会有这种见识，一切都要回溯到那一回我从医院回来，从她那里经过进了山。我叫她去看我，她一直在犹豫。等到她下定了决心，穿过中午的热风，来到我的草房前面，那一瞬间，她心里有很多美丽的想象。等到她进了那间草房，看见我的"小和尚"直挺挺，像一件丑恶的刑具。那时她惊叫起来，放弃了一切希望。

陈清扬说，在此之前二十多年前一个冬日，她走到院子里去。那时节她穿着棉衣，艰难地爬过院门的门槛。忽然一粒沙粒钻进了她的眼睛。这是那么地疼，冷风又是那样地割脸，眼泪不停地流。她觉得难以忍受，立刻大哭起来，企图在一张小床上哭醒。这是与生俱来的积习，根深蒂固。放声大哭从一个梦境进入另一个梦境，这是每个人都有的奢望。

　　陈清扬说，她去找我时，树林里飞舞着金蝇。风从所有的方向吹来，穿过衣襟，爬到身上。我待的那个地方可算是空山无人。炎热的阳光好像细碎的云母片，从天顶落下来。在一件薄薄的白大褂下，她已经脱得精光。那时她心里也有很多奢望。不管怎么说，那也是她的黄金时代，虽然那时她被人叫作破鞋。

　　陈清扬说，她到山里找我时，爬过光秃秃的山冈。风从衣服下面吹进来，吹过她的性敏感带，那时她感到的性欲，就如风一样捉摸不定。它放散开，就如山野上的风。她想到了我们的伟大友谊，想起我从山上急匆匆地走下去。她还记得我长了一头乱蓬蓬的头发，论证她是破鞋时，目光笔直地看着她。她感到需要我，我们可以合并，成为雄雌一体，就如幼小时她爬出门槛，感到了外面的风。天是那么蓝，阳光是那么亮，天上还有鸽子在飞。鸽哨的声音叫人终生难忘。此时她想和我交谈，正如那时节她渴望和外面的世界合为一体，融化到天地中去。假如世界上只有她一个人，那实在是太寂寞了。

　　陈清扬说，她到我的小草房里去时，想到了一切东西，就是没想到"小和尚"。那东西太丑，简直不配出现在梦幻里。当时陈清扬也想大哭一场，但是哭不出来，好像被人捏住了喉咙。这就是所谓的真实。真实就是无法醒来。那一瞬间她终于明白了在世界上有些什么，下一瞬间她就下定了决心，走上前来，接受摧残，心里快乐异常。

　　陈清扬还说，那一瞬间，她又想起了在门槛上痛哭的时刻。那时她哭了又哭，总是哭不醒。而痛苦也没有一点减轻的意思。她哭了很久，总是不死心。她一直不死心，直到二十年后面对"小和尚"。这已经不是她第一次面对"小和尚"。但是以前她不相信世界上还有这种东西。

　　陈清扬说，她面对这丑恶的东西，想到了伟大友谊。大学里有个女同学，长得丑恶如鬼（或者说，长得也是这个模样），却非要和她睡一张床。不但如此，到夜深人静的时候，还要吻她的嘴，摸她的乳房。说实在的，她没有这方面的嗜好。但是为了交情，她忍住了。如今这个东西张牙舞爪，所要求的不过是同一种东西。就让它如愿以偿，也算是交友之道。所以她走上前来，把它的丑恶深深埋葬，心里快乐异常。

　　陈清扬说，到那时她还相信自己是无辜的。甚至直到她和我逃进深山里去，几乎每天都敦伟大友谊。她说，这丝毫也不能说明她有多么坏，因为她不知道我和我的"小和尚"为什么要这样。她这样做是为了伟大友谊，伟大友谊是一种诺言。守信肯定不是罪孽。她许诺过要帮助我，而且是在一切方面。但是我在深山里在她屁股上打了两下，彻底玷污了她的清白。

【十一】

　　我写了很长时间交代材料，领导上总说，交代得不彻底，还要继续交代。所以我以为，我的下半辈子要在交代中度过。最后陈清扬写了一篇交代材料，没给我看，就交到了人保组。此后就再没让我们写材料。不但如此，也不叫我们出斗争差。不但如此，陈清扬对我也冷淡起来。我没情没绪地过了一段时间，自己回了内地。她到底写了什么，我怎么也猜不出来。

　　从云南回来时我损失了一切东西：我的枪，我的刀，我的工具。只多了一样东西，就是档案袋鼓了起来。那里面有我自己写的材料，从此不管我到什么地方，人家都能知道我是流氓。所得的好处是比别人早回城，但是早回来没什么好，还得到京郊插队。

　　我到云南时，带了很全的工具，桌拿子、小台钳都有。除了钳工家具，还有一套修表工具。住在刘大爹后山上时，我用它给人看手表。虽然空山寂寂，有些马帮却从那里过。有人让我鉴定走私表，我说值多少就值多少。当然不是白干。所以我在山上很活得过。要是不下来，现在也是万元户。

至于那条双筒猎枪，也是一宝。原来当地卡宾枪老套筒都不稀罕，就是没见过那玩意儿。筒子那么粗，又是两个管，我拿了它很能唬人。要不人家早把我们抢了。我，特别是刘老爹，人家不会抢，恐怕要把陈清扬抢走。至于我的刀，老拴在一条牛皮大带上。牛皮大带又老拴在陈清扬腰上。睡觉做爱都不摘下来。她觉得带刀很气派。所以这把刀可以说已经属于陈清扬。枪和刀我已说过，被人保组要走了。我的工具下山时就没带下来，就放在山上，准备不顺利时再往山上跑。回来时行色匆匆，没顾上去拿，因此我成了彻底的穷光蛋。

我对陈清扬说，我怎么也想不出来在最后一篇交代里她写了什么。她说，现在不能告诉我。要告诉我这件事，只能等到了分手的时候。第二天她要回上海，她叫我送她上车站。

陈清扬在各个方面都和我不同。天亮以后，洗了个冷水澡（没有热水了），她穿戴起来。从内衣到外衣，她都是一个香喷喷的 lady [①]。而我从内衣到外衣都是一个地道的土流氓。无怪人家把她的交代材料抽了出来，不肯抽出我的。这就是说，她那破裂的处女膜长了起来。而我呢，根本就没长过那个东西。除此之外，我还犯了教唆之罪，我们在一起犯了很多错误，既然她不知罪，只好都算在我账上。

我们结了账，走到街上去。这时我想，她那篇交代材料一定淫秽万

① 意为"女士"。

分。看交代材料的人都心硬如铁，水平无比之高，能叫人家看了受不住，那还好得了？陈清扬说，那篇材料里什么也没写，只有她真实的罪孽。

陈清扬说她真实的罪孽，是指在清平山上。那时她被架在我的肩上，穿着紧裹住双腿的筒裙，头发低垂下去，直到我的腰际。天上白云匆匆，深山里只有我们两个人。我刚在她屁股上打了两下，打得非常之重，火烧火燎的感觉正在飘散。打过之后我就不管别的事，继续往山上攀登。

陈清扬说，那一刻她感到浑身无力，就瘫软下来，挂在我肩上。那一刻她觉得如春藤绕树，小鸟依人。她再也不想理会别的事，而且在那一瞬间把一切都遗忘。在那一瞬间她爱上了我，而且这件事永远不能改变。

在车站陈清扬说，这篇材料交上去，团长拿起来就看，看完了面红耳赤，就像你的"小和尚"。后来见过她这篇交代材料的人，一个个都面红耳赤，好像"小和尚"。后来人保组的人找了她好几回，让她拿回去重写，但是她说，这是真实情况，一个字都不能改。人家只好把这个东西放进了我们的档案袋。

陈清扬说，承认了这个，就等于承认了一切罪孽。在人保组里，人家把各种交代材料拿给她看，就是想让她明白，谁也不这么写交代。但是她偏要这么写。她说，她之所以要把这事最后写出来，是因为它比她干过的一切事都坏。以前她承认过分开双腿，现在又加上，她做这些事是因为她喜欢。做过这事和喜欢这事大不一样。前者该当出斗争差，后者就该五马分尸千刀万剐。但是谁也没权力把我们五马分尸，所以只好把我们放了。

陈清扬告诉我这件事以后，火车就开走了。以后我再也没见过她。

三十而立

【一】

　　王二生在北京城，我就是王二。夏天的早上，我骑车子去上班，经过学校门口时，看着学校庄严的大门，看着宽阔的操场和操场后面高耸的烟囱，我忽然觉得：无论如何，我也不能相信。

　　仿佛在不久之前，我还是初一的学生。放学时在校门口和同学们打书包仗。我的书包打在人身上一声闷响，把人家摔出一米多远。原来我的书包里不光有书，还有一整块板砖。那时节全班动了公愤，呐喊一声，在我背后追赶。我奔过操场，逃向那根灰色的烟囱。后来校长出来走动，只见我高高爬在脚手梯上，迎着万里东风，敞开年轻的胸怀，高叫着："×你妈！谁敢上来我一脚踹他下去！"这好像是刚刚发生的事情。

　　转眼之间我就长大了很多，身高一米九十，体重八十多公斤。无论如何，一帮初一的男孩子不能把这样一条大汉攥得爬上烟囱，所以我绝不相信。

不知不觉我从自行车上下来，推车立在路旁。学校里静悄悄，好像一个人也没有，这叫我心头一凛。多少次我在静悄悄的时候到校，穿过静悄悄的走廊，来到熟悉的教室，推开门时几十张脸一齐转向我——我总是迟到。假如教室里有表扬批评的黑板报，批评一栏里我总是赫然有名。下课以后班长、班干部、中队长、小队长争先恐后来找我谈话，然后再去向班主任、辅导员表功。像拾金不昧、帮助盲人老大爷回家之类的好事不是每天都能碰到，而我是一个稳定的好事来源。只要找我谈谈话，一件好事就已诞生："帮助了后进生王二！"我能够健康地成长，没有杀死校长老师，没有放火和在教室里撒尿，全是这些帮助的功劳。

二十年前谁都不会相信——校长不相信，教师不相信，同学们不相信，我自己也不相信，王二能够赶前四十分钟到校，但是这件事已经发生。如今王二是一名大学教师，在上实验课之前先到实验室看看。按说实验课有实验员许由负责，但是我对他不放心。

如今轮到我为别人操心，这真叫人难以置信。我和许由有三十年的交情，我们在幼儿园里合谋毒杀阿姨，好像是昨天发生的事情。我清清楚楚地记得自己在大班里凶悍异常，把小朋友都打遍。我还记得阿姨揪住我的耳朵把它们朝刘备的方向改造。我永远也不会忘记那天午睡过后，阿姨带我们去大便。所有的孩子排成长龙，蹲在九曲十八回的长沟上排粪，阿姨躲在玻璃门外监视。她应该在大家屙完之后回来给大家擦屁股，可是那天她打毛衣出了神，我们蹲得简直要把肠子全屙出来，她也不闻不问。那个气味也真不好闻。我站起来，自己拿手纸擦了屁股，穿上裤子，然后又给别人擦屁股。全班小朋友排成一排，由我排头擦去，真有说不出的得意。有多少今日的窈窕淑女，竟被我捷足先登，光顾了屁股，真是罪过！忽然间阿姨揪住了耳朵，她把我尽情羞辱了一番。

　　我气得鼓鼓的。星期天回家以后，我带了一瓶家里洗桃子的高锰酸钾水来。我妈说这种药水有毒，我想拿它毒死阿姨。吾友许由见了我的红色药水，问清用途，深表赞同。他还有一秘方可以加强药力，那就是石灰。许由抓住什么都往下吞，有一回吞石灰，被叔叔掐住了脖子，说石灰能把肠子烧穿。后来我们又在药水里加入了脚丫泥、尿、癞蛤蟆身上的浆汁等等，以至药水变得五彩缤纷。后来这瓶药水没来得及洒入阿姨的饭盒，就已被人揭发，这就是轰动幼儿园的王二毒杀案。根据以上事实，无论如何我也不能相信，如果不是为了毒死校长，我能为一个实验如此操心。

　　事实如此，不论我信与不信。一九八三年七月初的某个早上，我从本质上已经是个好人、好教师、好公民、好丈夫。事实证明，社会是个大熔炉，可以改造各种各样的人，甚至王二。现在我不但是某大学农业系的微生物讲师，还兼着基础部生物室的主任。我不但要管好自己，还要管好别人（如"后进生许由"之流，因为这家伙是我在校长那儿拍了胸脯才调进来的）。所以我在车棚里放下车子，就往实验室狂奔。推开门一看，果然不出我之所料。实验台上放着一锅剩面条，地上横七竖八几个啤酒瓶子。上回校长到实验室视察，看见实验台上放着吃剩的香肠，问我："这是什么？"我说是实验样品。他咆哮起来："什么实验？造大粪的实验！"叫我心里好一阵发麻。我把这些东西收拾了，又闻见一股很奇怪的味：又像死猫死狗，又像是什么东西发了酵。找了半天，没找到味源。赶紧到里屋把许由揪起来。他睡眼惺忪地说："王二，你干什么？正梦见找到老婆——""呸！七点四十了。快起来！我问你，屋里什么味？"

　　"别打岔。我这个梦非比一般，比哪回梦见的都好看。正要——"

　　我一把揪住他耳朵："我问你，屋里什么东西这么臭？"

　　"这有什么可大惊小怪的？死耗子呗。我下了耗子药。"

　　"不是那种味！是你身上的味！"

"我哪知道。"他坐起来。这个东西就是这么不要脸,光屁股睡觉。"嘿,我鞋呢? 王二,别开这种玩笑!"

"你死了吧! 谁给你看着鞋!"

"呀! 王二,我想起来了。我把球鞋放到烤箱里烤,忘了拿出来了!"

我冲到烤箱前,打开门——我主! 几乎熏死。急忙打开通风机,戴上防毒面具,套上胶皮手套,把他的臭球鞋用报纸包起来,扔进了厕所。回来一看,上午的实验许由根本就没准备,再过十五分钟学生就要来了,桌面上光秃秃的。我翻箱倒柜,把各种器具往外拿,折腾得汗都下来了。回头一看许由,这家伙穿着工作服,消消停停坐在显微镜前,全神贯注地往里看。见了这副景象,我不禁心头火起,大吼一声:

"许由! 我要用胶布,给我上医务室拿点来。"

"不要慌。等一会儿。"

"什么时候了? 火燎雀子毛了! 快去!"

"别急。我还要穿几件衣服。"

"你穿得够整齐了。"

他风度翩翩地一撩衣服下摆。天,怎么不使雷劈了他! 这家伙还光着屁股。他连做几个芭蕾动作,把三大件舞得像钟摆一样,进屋去穿衣服。过一会儿又舞出来,上医务室了。我把实验准备好,他还没回来,这不要紧,他不能死在那儿。擦擦汗,掸去身上的土,我又恢复了常态。学生还得一会儿来,我先看看许由刚才看什么。

显微镜里白花花的,满视野全是活的微生物,细长细长,像一盒活大头针。这是什么? 许由能搞来什么稀罕玩意儿? 我要叫它难住,枉自教了微生物。这东西很眼熟,可就是想不起来了。

忽然许由揪住了我的后领:"王二,你是科班出身,说说这是什么?"

"胶布拿来了? 每个实验台分一块。"

"别想混过去。你说！说呀！"

我直起身来，无可奈何地收起室主任的面孔，换上王二的嘴脸朝他奸笑一声。

"你以为能难倒我？我查查书，马上就能告诉你。可是你呀，连革兰氏染色都不会。"

"是是是。我承认你学问大。你今年还发过两篇论文，对不对？这些暂且不提。你就说说这镜下是什么。"

"我对你说实话，不知道。一时忘了，提笔忘字，常有的事。"

"这个态度是好的。告诉你吧，这是我的……"

我心里咯噔一声，往显微镜里一看——可不是吗，他的精虫像大尾巴蛆一样爬。"你把它收拾了！快！"

"别这么假正经！我还不知你是谁吗？"

"小声点，学生来了，看见这东西，我们就完了！"

"完什么？完不了。让他们看看人的精液，也长长见识。"

"他们要问，哪儿来的这东西？大天白日的，这儿又不是医院的门诊！怎么回答？"

"当然是你的了。你为科学，拿自己做了贡献，这种精神与自愿献血同等高尚。学校该给你营养补助。像你这种结了婚、入不敷出的同志能做到这一步，尤为难能可贵。"

我正急了眼要骂，学生来了，几个女孩子走过来说："王老师早。你干什么呢？"

"早。都到自己实验台上去，看看短不短东西。缺东西，向许老师要。"

"老师，你看什么片子？我们也看看！"

我赶紧俯身占住镜筒，可是这帮学生很赖皮。有人硬拿脸来挤我，长头发灌了我一脖子。太有伤风化！

　　我只好让开。这帮丫头就围上去，一边看一边叽叽喳喳："活的哎！""还爬呢！""老师，这是什么呀？"

　　"噢，这是我的工作，不干你事。回位子去。"

　　"我们想知道！我们一定要知道！"

　　我叫起来："班长！课代表！都上哪儿去了，谁不回位子，这节课我给你们零分！"

　　"老师，你怎么啦？""嘿！装个老头样。""告诉一下何妨？"

　　"跟你们女孩子说这个不妥。还要听？好，告诉你们，这是荷兰进口的种猪精液。我要看看精子活力如何。"

　　这节课上得我头都大了。百分之七十的时间在回答有关配种的问题，女生兴趣尤大。她们从人工授精问到人造母猪的构造，净是我不了然的问题，弄得我火气越来越大。快下课时，校长进来，狠狠白了我一眼，还叫我下课去一下。

　　我去见校长，在校长室门口转了几圈才进去。不瞒你说，一见到师长之类的人物，就会激发我灵魂深处的劣根性，使我不像个好人。我进门时，校长正在浇花，他转过身来装个笑脸："小王，你看我的花怎么样？"

　　"报告校长，这是蔷薇科蔷薇属，学名不知道。因为放在别的地方不长，只在驴棚里长，老百姓叫它毛驴花。"

　　"那么我就是毛驴了？你的嘴真无可救药。坐，近来工作如何？"

　　"报告，进展顺利。学生上实验课闹的事，已和他们班主任谈过，叫他做工作，再不行，打电话叫刑警。许由在实验室做饭，我已对他提出最严重警告，再不听就往他锅里下泻药。实验室耗子成灾，我也有解决的方法，去买几只猫来。"

　　"全是胡说，只有养猫防鼠还不太离谱。可是你想了没有，我就在你隔壁。晚上我这儿开会，你的猫闹起来了怎么办？"

"我有措施。我把它阉了，它就不会闹。我会阉各种动物，大至大象，小到黄花鱼，我全有把握。"

"哈哈。我叫你来，还不是谈实验室的事。反正我也要搬走，随你闹去，我眼不见心不烦。谈谈你的事。你多大了？"

"三十有二。"

"三十而立嘛。你是大人了，别老像个孩子，星期天带爱人到我家玩。你爱人叫什么名字？"

"张小霞，小名二妞子。报告校长，此人是一名悍妇，常常侵犯我的公民权利。如果您能教育感化她，那才叫功德无量。"

"好，胡扯到此为止。告诉你一件事，你不要有情绪。你要借调出国，党委讨论过了，不能同意啊。"

"这干他们什么事？为什么不同意？吃错药了？"

"不要这样。我们新建的学校，缺教师这是事实。再说，你也太不成体统。大家说，放你这样的人出去，给学校丢人。同志们对你有偏见，我是尽力说服了的。你还是要以此事为动力，改改你的毛病……"

校长不酸不凉把我一顿数落，我全没听进去。这两年我和矿院吕教授合作搞项目，凭良心说，我干了百分之九十的工作。白天在学校上课，晚上到他那儿做试验。受累不说，还冒了被炸成肉末儿的危险。因为做的是炸药。我这么玩命，所为何事？就因为吕教授手下有出国名额。只要项目搞成，他就得把我借到他手下，出国走一圈，到外边看看洋妞儿有多漂亮。这本是讲好了的事，如今这项目得了国家科技一等奖，吕教授名利双收，可这点小事他都没给我办成。忽然听见校长喊我："喂喂，出神啦？"

"报告校长，我在认真听。你说什么来着？"

"我在问你，还有什么意见？"

我当然有意见！不过和他说不着。"没有！我要找老吕，把他数落数落。"

"你不用去了，吕教授已经走了。他说，名额废了太可惜，你既然不能去，他就替你去。凭良心说，他也尽了力。一晚上给我打七次电话，害得我也睡不着。我是从矿院调来的，你是矿院的子弟，咱们也不能搞得太过分。最主要的问题是：这件事你事先向组织上汇报了吗？下次再有这种事，希望你能让我挺起腰杆为你说话。首先要把许由管管，其次自己也别那么疯。人家说，凡听过你课的班，学生都疯疯癫癫的。"

"报告校长，这不怪我。这个年级的学生全是三年困难时坐的胎。那年头人人挨饿，造他们时也难免偷工减料。我看过一个材料，犹太孩子特别聪明、守规矩，全是因为犹太人在这种事上一丝不苟。事实证明，少摸一把都会铸成大错……"

"闭嘴，看你哪像大学教师的样子？我都为你脸红。回去好好想想，就谈到这里吧。"

我从校长室出来，怒发冲冠，想拿许由出气。一进实验室的门，看见许由在实验台上吃饭，就拼命尖叫起来："又在实验室吃饭！！！你这猪……"吼到没了气停下来喘，只见他双手护耳。这时听见校长在隔壁敲墙。走到许由面前，一看他在吃香椿拌豆腐，弄了那么一大盆，我接着教训他：

"你这不是塌我的台吗？这东西产气，吃到你肚子里还了得？每次我在前边讲，你就在后面出怪声，好像吹喇叭。然后学生就炸了窝！"

"得了，王二，假正经干吗？你看我拌的豆腐比你老婆弄得不差。"

"里面吃去。许由，你净给我找麻烦！"

"哧哧，你别拿这模样对我，我知道为什么。你出国没出成。王二，人生不如意之事，十有八九，别放在心上。人没出国，还有机会，我还有什么机会？老婆还不知上哪儿去找哩。"

说到这个事，我心里一凉。也许他不是这个意思，是我多心。我和许由三十年的交情，从来都是我出主意他干。从小学到中学，我们干尽了偷鸡摸狗的勾当，没捅过大娄子。千不该万不该，"文化大革命"里我叫他和我一块儿到没人的实验室里造炸药玩，惹出一场大祸来。现在许由的脸比得过十次天花还要麻，都是我弄出来的。

他的脸里进进了好几根试管，现在有时洗脸时还会把手割破，这全怪我在实验台上摔了一根雷管。没人乐意和大麻壳结婚，所以他找不着老婆。我们俩从来没谈过那场事故的原因，不过我想大家心里都有数。我对他说：

"你用不着拿话刺我！"

"王二，我刺你什么了？"

"是我把你炸伤的！我记着呢！"

"王二，你他妈的吃枪药了！你这叫狗眼看人低。嘿！在校长那儿吃了屁，拿我出气。我不理你，你自己想想吧！"

他气冲冲走开了。

和许由吵过之后，我心里乱纷纷的。这是我第一次和许由吵架，这说明我很不正常。我听说有些人出国黄了，或者评不上讲师就撒癔症，骂孩子打老婆搅得鸡犬不宁。难道我也猥琐如斯？这倒是件新闻。

我在实验室里踱步，忽然觉得生活很无趣，它好像是西藏的一种酷刑：把人用湿牛皮裹起来，放在阳光下曝晒。等牛皮干硬收缩，就把人箍得乌珠进出。生活也如是：你一天天老下去，牛皮一天天紧起来。这张牛皮就是生活的规律：上班下班，吃饭排粪，连做爱也是其中的一环，一切按照时间表进行，躺在牛皮里还有一点小小的奢望——出国，提副教授。一旦希望破灭，就撒起癔症。真他妈的扯淡！真他妈的扯淡得很！

不知不觉我在实验室的高脚凳上坐下来，双手支着下巴，透过试管架，看那块黑板。黑板上画了些煤球。我画煤球干什么？想了半天才想起是我画的酵母。有些猥琐的念头，鬼鬼祟祟从心底冒出来。比方说我出国占矿院的名额，学校干吗卡我？还有我是个怎样的人干你们事等等。后来又想：我何必想这些屁事。这根本不该是我的事情。

我看着那试管架，那些试管挺然翘然，引起我的沉思。培养基的气味发臭，叫我闻到南国沼泽的气味，生命的气味也如是。新生的味道与腐烂的味道相混，加上水的气味。南方的太阳又白又亮，在天顶膨胀，平原上草木葱茏，水边的草根下沁出一片片油膜。这是一个梦，一个故事，要慢慢参透。

从前有一伙人，从帝都流放到南方荒蛮之地。有一天，其中一位理学大师要找个地方洗一洗，没找到河边，倒陷进一个臭水塘里来了。他急忙把衣服的下摆撩起。乌黑的淤泥印在雪白的大腿上。太阳晒得他发晕，还有刺鼻的草木气味。四下空无一人，忽然他那话儿无端勃起，来得十分强烈，这叫他惊恐万分。他解开衣服，只见那家伙红得像熟透的大虾，摸上去烫手，没法儿解释为什么，他也没想到女人。水汽蒸腾，这里有一个原始的欲望，早在男女之先。忽然一阵笑声打破了大师的惶惑——一对土人男女骑在壮硕的水牛上经过。人家赤身裸体，搂在一起，看大师的窘状。

有人对我说话，抬头一看，是个毛头小子，戴着红校徽，大概是刚留校的，我不认识他。他好像在说一楼下水道堵了，叫我去看一下，这倒奇了。"你去找总务长，找我干什么？"

"师傅，总务处下班了。麻烦你看一下，反正你闲着。"

"真的吗？我闲着，你很忙，是吗？"

"不是这回事，我是教师，你是锅炉房的。"

"谁是锅炉房的？喂喂，下水道堵了，干你什么事？"

"学校卫生，人人有责嘛。你们锅炉房不能不负责任！"

"× 你妈！你才是锅炉房！你给我滚出去！"

　　骂走这家伙，我才想起为什么人家说我是锅炉房的。这是因为我常在锅炉房里待着，而且我的衣着举止的确也不像个教师。也许就是因为这个，我才出不了国。这没什么。我原本是个管工，到什么时候都不能忘本。要不是他说我"闲着"，我也可能去跟他捅下水道，你怎么能对一个工人说"反正你闲着"？

　　太阳从西窗照进来，到下班的时候了，我还不想走。愤懑在心里淤积起来，想找个人说一说。许由进来，问我在不在学校吃饭。许由真是个好朋友，我想和他说说我的苦闷。但是他不会懂，他也没耐心听。

　　我想起拉封丹的一个寓言：有两个朋友住在一个城里，其中一个深夜去找另一个。那人连忙爬起来，披上铠甲，右手执剑，左手执钱袋，叫他的朋友进来说："朋友，你深夜来访，必有重大的原因。如果你欠了债，这儿有钱。如果你遭人侮辱，我立刻去为你报仇。如果你是清夜无聊，这儿有美丽的女奴供你排遣。"

　　许由就是这样的朋友，但是现在他对我没用处。我心里的一片沉闷，只能向一个女人诉说，真想不出她是谁。

【二】

　　我骑上车出了校门，可是不想回家，在街上乱逛。我老婆见我烦闷时，只会对我喋喋不休，叫我烦上加烦。我心里一股苦味，这是我的本色。

　　好多年前，我在京郊插队时，常常在秋天走路回家，路长得走不完。我心里紧绷绷的，不知道走到哪里去，也不知走完了路以后干什么。路边全是高高的杨树，风过处无数落叶就如一场黄金雨从天顶飘落。风声呼啸，时紧时松。风把道沟里的落叶吹出来，像金色的潮水涌过路面。我一个人走着，前后不见一个人。忽然之间，我的心里开始松动。走着走着，觉得要头朝下坠入蓝天，两边纷纷的落叶好像天国金色的大门。我心里一荡，一些诗句涌上心头。就在这一瞬间，我解脱了一切苦恼，回到存在本身。

我看到天蓝得像染过一样，薄暮时分，有一个人从小路上走来，走得飞快，踢土扬尘的姿势多熟悉呀！我追上去在她肩上一拍，她一看是我，就欢呼起来："是他妈的你！是他妈的你！"这是我插队时的女友小转铃。

我们迎着风走回去，我给她念了刚刚想到的诗，其中有这样的句子：

走在寂静里，走在天上，
而阴茎倒挂下来。

虽然她身上没有什么可以倒挂下来，但是她说可以想象。小转铃真是个难得的朋友，她什么都能想象。

我应该回劲松去，可是转到右安门外去了，小转铃就住在附近。我也不知道自己为什么走到这儿来，我绝没有找她的意思，可是偏偏碰上了。

她穿浅黄色的上衣、红裙子，在路边上站着，嘴唇直哆嗦，一副要哭的样子，看样子早就看见我了。我赶紧从车上下来，打个招呼说：

"铃子，你好吗？"

她说："王二，你他妈的……"然后就哭了，我觉得这件事不妙——我们俩最好永远别见面。

小转铃叫我陪她去吃饭。走进新开的得月楼，一看菜单，我差点骂出口来：像这种没名的馆子竟敢这么要钱，简直是不要脸。这个东我做不起，可要她请我又不好意思。过去我可以说：铃子，我有二十块钱，你有多少钱？现在不成了。我是别人的丈夫，她是别人的妻子。所以我支支吾吾，东张西望，小转铃见我这个样子，先是噘嘴，后来就火了。

"王二，你要是急着回家，就滚！要是你我还有在一块儿吃饭的交情，就好好坐着。别像狗把心叼走了一样。"

"你这是怎么了？我在想，这年头吃馆子，最好能知道两人共有多少钱，等付账时闹个大红脸就不好了。"

"这用你说吗？我要是没钱，早开口了！王二，你真叫我伤心。你一定被你那个二姐子管得不善！"

"你别这么说。我就不会说这种话。"

小转铃的脸红了。她说："我就是想说这个。好吧，不谈这种话，你好吗？最近还写东西吗？"

我说顾不上了，近来忙着造炸药。她听了直撇嘴。正说着，服务员来叫点菜。她像怄气一样点了很多。我不习惯在桌面上剩东西，所以她可能是要撑死我。

十年前，我常和小转铃去喝酒。我喝过酒以后，总是很难受，但每次都是我要喝。而小转铃体质特异，喝白酒如饮凉水，喝多少也没反应，天生一个酒漏。夏天在沙河镇上，我们喝了一种青梅酒，这东西喝起来味道尚可，事后却头疼得像是脑浆子都从耳朵眼里流出来。酒馆里只有一种下酒菜，乃是猪脑子。铃子说看着都恶心。我还是要了一盘，尝了一口，腥得要命。她不敢看那个东西，把它推到桌角，我们找个题目开始讨论。

所谓讨论，无非是没事扯淡罢了。那天谈的是历史哲学。据说克莉奥佩屈拉①的鼻子决定了罗马帝国的兴衰，由此类推，一切巨大的后果莫不为细小的前因所注定。而且早在亿万斯年之前，甚至在创世之初，就有一个最微小的机缘，决定了今日今时，有一个王二和小转铃，决定了他们在此喝酒，还决定了下酒菜是猪脑子，小转铃不肯吃。你也可以说这是规律

---

① 今译作"克莱奥帕特拉"，古埃及托勒密王朝末代女王，别称"埃及艳后"。

使然，也可以说是命中注定。小转铃说，倘若真的如此，她简直不想活
了。为了证明此说不成立，她硬着头皮吃了一口猪脑子。这东西一进了
嘴，她就要吐，我也劝她把它吐了，可是她硬把它吞了下去，眼见它像只
活青蛙，一跳一跳进了她的胃。小转铃就是这么倔！

小转铃对什么都认真，而我总是半真不假。坐在她面前，我不无内疚
之感，抓起啤酒瓶往肚子里灌，脸立刻就红了。

铃子说："王二，我今天难得高兴。请你把着点量，别灌到烂醉如泥。
记得吗？那次在沙河镇上，你出了大洋相！"

那天晚上我出的什么洋相已经记不清了，只记得是她把我扛回去的，
很难想象她能扛得起我。但她要是硬要扛，好像也没什么扛不动的东西。
我站起来到柜台上买了一瓶白兰地。回来后铃子问我要干什么。我说，我
今晚上不想回家，想和她上公园里坐一宿，这瓶酒到后半夜就用得着了。
小转铃大喜：

"王二，你要让我高兴，总能想出办法。不必去公园，上我家去，近
得很。"

"不好吧？你丈夫准和我打起来。"

"我早离婚了。"

"为什么？"

"不为什么！"

我说，离婚可不容易，尤其是通过法院判离。她说，可不是？她们报
社就派了一位副主编来做工作，叫她别离婚。"假正经！完全是假正经！"

"你怎么和他说的？"

"我说，有的人配操我的 ×，有的人就不配！老先生当场晕倒，以后
再没人找碴儿！"

"你别故作惊人之语啦，没这话吧？"

"我说过！我什么时候对你说过假话？我可不像你，说句真话就脸红。你的论文还在我这儿呢！我常看，获益极多！"

提起那篇论文，我的心往下一沉，好似万丈高楼一脚蹬空。我早已忘了除了爆炸物化学和微生物，好多年前还写过一篇哲学论文。这种事怎么会忘记？我有点怀疑自己是存心忘记的，这是件很奇怪的事。

我在知青点最后一个冬天，别人都回城去了，男生宿舍里只有我一个。我叫铃子搬过来，我们俩形同夫妇。我从城里搬来很多书，看到那么多漂亮的书堆在炕上，真叫人心花怒放！

那一年城里中国书店开了一家机关服务部，供应外文旧书。我拿了我妈搞来的介绍信和我爸爸的钱混进去，发现里面应有尽有。有好多过去的书全在扉页上题了字、盖了印章。其中很多人已经死了，还有好多人不知去向。站在高高的书架下面，我觉得自己像盗墓贼一样。我记得有几千本书上盖着"志摩藏书"的字样——曾几何时，有过很多徐志摩那样的人，在荒漠上用这些书筑起孤城。如今城已破，人已亡，真叫人有不胜唏嘘之情！

我在知青点看了一冬天的书。躺在热炕上，看到头疼时，就看看窗玻璃上的冰花。这时小转铃就凑上来说："王二，讲讲呀！"她翻着字典慢慢看，一天也看不了几页。

我从小受家传的二手洋奴教育，英文相当不赖，所以能有阅读的乐趣，但是我只颠三倒四乱讲几句，又埋头读书。天黑以后，像狗一样趴在炕上，煤油灯炙黄了头发。到头皮发紧，眼皮发沉时，我才说："铃子，咱们得睡了。"但是自己还在看书，影影绰绰觉得小转铃在身边忙碌，收拾东西，还从我身上剥衣服。最后她吹熄了灯，我才发觉自己精赤条条躺在被窝里。

我在黑暗里给小转铃讲自己刚看的书，因为兴奋和疲惫，虚火上升。

小转铃对我做了必要的措施，嘴里还催促着："讲。后来呢？"

等到开始干时她不说话了，刚刚结束，她又说："后来呢？"

这真叫岂有此理！我说："喂，你这么讲像话吗？"

"对不起，对不起，可是后来呢？"

"后来还没看到。我还得点起灯来再看！"

"你别看了！你现在虚得很，我能觉出来，好好睡一觉吧。"

有一天晚上我总是睡不着，想到笛卡儿的著名思辨"我思故我在"。我不诧异笛卡儿能想出东西来，我只奇怪自己为什么不是笛卡儿。我好像缺少点什么，这么一想，思绪不宁。我爬起来，抽了两支烟，又点起煤油灯，以笛卡儿等辈曾达到的境界来看，我们不但是思维混乱，而且有一种精神病。

小转铃醒来，问我要干什么。我说要做笛卡儿式的思辨。这一番推论不知推出个什么来。她大喜，说："王二，推！快推！"以后就有了那篇论文。

我不乐意想到自己写下的东西，就对小转铃说："铃子，我们有过好时光！那一冬读书的日子，以后还会有吗？"

她放下酒杯说："看书没有看你的论文带劲。"

又提到那篇论文！这就如澡堂里一池热水，真不想跳下去。我不得不想起来，我那篇论文是这么开头的：假若笛卡儿是王二，他不会思辨。假若堂吉诃德是王二，他不会与风车搏斗。王二就算到了罗得岛，也不会跳跃。因为王二不存在。不但王二不存在，大多数人也不存在，这就是问题症结所在。

发了这个怪论以后，我又试图加以证明。如果说王二存在，那么他一定不能不存在。但是王二所在的世界里没有这种明晰性，故此他难以存在。有如下例子为证：

凡人都要死。皇帝是人，皇帝万岁。

还有：

人都要死，皇帝是人，皇帝也会死。

这两种说法王二都接受，你看他还有救吗？很明显，这个世界里存在着两个体系，一个来自生存的必要，一个来自存在本身，于是乎对每一个问题同时存在两个答案。这就叫虚伪，我那篇论文题目就叫《虚伪论》。

我写那篇东西时太年轻，发了很多过激议论。只有一点还算明白：我没有批判虚伪本身。不独如此，我认为虚伪是伟大的文明。小转铃对此十分不满，要求把这段删去，而我拿出吕不韦作春秋的气概说：一字千金不易。现在想，当时好像有精神病。

想到这件事，不知不觉喝了很多酒。天已经晚了，饭厅里只剩了几桌客人。有一个服务员双手叉腰站在厨房门口，好像孙二娘在看包子馅儿。我在恍惚之间被她拖进了厨房，倒挂在铁架上。大师傅说："这牛子筋多肉少，肉又骚得紧。调馅儿时须是要放些胡椒。"

那母夜叉说道："索性留下给我做个面首，牛子，你意下如何？"

她上唇留一撮胡须，胸前悬着两个暖水袋。我说道："毋宁死。"她踢了我一脚，说："不识抬举。牛子，忍着些。过一个时辰来给你放血。"于是就走了。厨房里静悄悄的。忽然一只狮子猫，其毛白如雪，像梦一样飘进来，蹲在我面前。

铃子对我说："王二！醉啦？出什么神？"

其实我还没醉，还差得远。我坐端正，又想起自己写过的论文。不错，我是写过，虚伪还不是终结。从这一点出发后，每个人都会进化。

所谓虚伪，打个比方来说，不过是脑子里装个开关罢了。无论遇到任何问题，必须做出判断：事关功利或者逻辑，然后就把开关拨动。扳到功利一边，咱就喊"皇帝万岁万万岁"；扳到逻辑一边，咱就从大前提、小前提，得到必死的结论。由于这一重负担，虚伪的人显得迟钝，有时候弄不利索，还要犯大错误。

人们可以往复杂的方向进化：在逻辑和功利之间构筑中间理论。通过学习和思想斗争，最后达到这样的境界：可以无比真诚地说出"皇帝万岁"和"皇帝必死"，并且认为，这两点之间不存在矛盾。也不知道为什么，这条光荣的道路一点都不叫我动心。我想的是退化而返璞归真。

在我看来，存在本身有无穷的魅力，为此值得把虚名浮利全部放弃。我不想去骗别人，受逼迫时又当别论。如此说来，我得不到什么好处。但是，假如我不存在，好处又有什么用？

当时我还写道，以后我要真诚地做一切事情，我要像笛卡儿一样思辨，像堂吉诃德一样攻击风车。无论写诗还是做爱，都要以极大的真诚完成。眼前就是罗得岛，我就在这里跳跃——我这么做什么都不为，这就是存在本身。

在我看来，春天里一棵小草生长，它没有什么目的。风起时一匹公马发情，它也没有什么目的。草长马发情，绝非表演给什么人看的，这就是存在本身。

我要抱着草长马发情的伟大真诚去做一切事，而不是在人前羞羞答答地表演。在我看来，人都是为了要表演，失去了自己的存在。我说了很多，可一样也没照办。这就是我不肯想起那篇论文的原因。

服务员拿了把笤帚扫地。与其说是扫地，不如说是扬场。虽然离饭店关门还有半个钟头，我们不得不站起来，恋恋不舍地到外面去。那年冬天我和铃子也是这么恋恋不舍地离开集体户。

我和小转铃在集体户住了二十多天，把一切都吃得精光，把柴火也烧得精光。最后离开时，林子里传来了鞭炮声。原来已经是大年三十，天上飘着好大的雪，天地皆白，汽车停开，行人绝迹。我们俩在一片寂静中走回城去。

如今我和铃子上她家去，走过一条田间的土路，这条路我从来没走过，也不知道通到哪里去。我有点怕到小转铃那里去，这也许是因为她对生活的态度还像往日一样强硬。

我和小转铃走过茫茫大雪回城去，除了飞转的雪片和沙沙的落雪声，看不见一个影子，听不见一点声音。冷风治好了持续了好几天的头疼。忽然之间心底涌起强烈的渴望，前所未有：我要爱、要生活，把眼前的一世当作一百世一样。这里的道理很明白：我思故我在，既然我存在，就不能装作不存在。无论如何，我要对自己负起责任。

到了小转铃家，弄水洗了脸，我们坐在院子里继续喝酒。不知为什么，这回越喝越清醒，平时要喝这么多早醉了。小转铃坐在我对面的躺椅里，一声也不吭。我看着她，不觉怦然心动。

那一年我们踏雪回家，走到白雾深处，我看着她也怦然心动。那时候四面一片混沌，也不知天地在哪里，我看见她艰难地走过没膝的深雪，很想把她抱起来。她的小脸冻得通红，呵出的白气像喷泉一样。那时候天地茫茫，世界上好像再没有别的人。我想保护她，得到她，把她据为己有。

没人能得到小转铃，她是她自己的。这个女人勇悍绝伦，比我还疯狂。我和她初次做爱时，她流了不少血，涂在我们俩的腿上。不过片刻她就跳起来，嬉笑着对我说："王二，不要胡！这么大的东西就往这里杵！"

我和她是上大学时分手的。在此之前同居了很长时间。性生活不算和谐，但是也习惯了。小转铃是性冷淡，要用润滑剂，但是她从没拒绝过，也没有过怨言。我也习惯了静静躺在身下的娇小身躯。但是最后还是吹了，我总觉得是命中注定。

小转铃就坐在面前，上身戴个虎纹乳罩，下身穿了条短裙，在月光下显得很漂亮。我还发现她穿了耳朵眼儿，不过这没用。她的鞋尖还是一塌糊涂，这说明她走路时还是要踢石子。这就叫江山易改，本性难移。

我知道，如果小转铃说："王二，我需要你。"结果会难以想象。小转铃也知道，我经不起诱惑。但是她什么都没有说，只是放下了酒杯又抽烟。其实她很想说，但是她不肯。

小转铃说过，她需要我这个朋友，她要和我形影不离，为此她不惜给我当老婆。和一个朋友在一起过一辈子可够累的。所以我这么和她说：也许咱们缘分不够，也许你能碰上一个人，不是不惜给他当老婆，而是原本就是他老婆。不管怎么说，小转铃是王二的朋友，这一点永远不会变。说完这些话，我就和她分手了。

假如今天小转铃肯说："王二，我是你老婆。"这事情就不妙得很。二姐子可不容人和她打离婚。但是这件事没有发生。我们直坐到月亮西斜，我才说："铃子，我要回去了。"

有一瞬间小转铃嘴唇抖动，又像是要哭的样子，但是马上又恢复了平静。她说："你走吧，有空常来看我。"我赶紧往家赶，可了不得了，已经是夜里两点钟！

【三】

我蹑手蹑脚出了院门，骑车回家去。把车扛上楼，锁在扶手上，轻轻开门进去，屋里一团漆黑。脱下鞋，小心翼翼往床上一躺，却从床上掉下来。然后灯亮了，我老婆端坐在床上。刚才准是她一脚把我从床上踹下来的，她面色赤红，头发都竖了起来。

"你上哪儿去了？我以为你死了哩！学校、矿院，到处都打了电话，还去了派出所。原来你去喝酒！和谁混了一夜？"

　　我虽然很会撒谎，可是不会骗老婆。和某些人只说实话，和某些人只说假话，这是我的原则。于是我期期艾艾地说："和小转铃碰上了，喝了一点。"

　　她尖叫一声，拿被子蒙上头，就在床上游仰泳。现在和她说什么都没用，我去厕所洗了脚回来，关上灯又往床上一躺。忽然脖子被勒住，憋得我眼冒金星。二姐子在我耳边咬牙切齿地说："叫你知道我的厉害！"

　　这个泼妇是练柔道的，胳膊真有劲。平时她也常向我挑衅，但是我不怕她。不管她对我下什么绊儿，我只把她拎起来往床上一扔。她是四十七公斤级的，我是九十公斤级的，差了四十多公斤。现在在床上被她勒住了脖子，这就有点棘手。这女人成天练这个名堂，叫作什么"寝技"。我翻了两下没翻起来，太阳穴上青筋乱蹦。最后我奋起神威，炸雷也似大喝一声（行话叫喊威），往起一挣，只听天崩地裂一声巨响，床塌了。我在地上滚了几滚，又撞倒了茶几，稀里哗啦。我终于摔开她，爬起来去开灯，只见她坐在地上哭，这时候应该先发制人。

　　"夜里三点啦！你疯什么？诈尸呀！"

　　我是如此理直气壮，她倒吃一惊，半天才觉过味来："你浑蛋！离婚！"

　　"明天早上陪你去，今晚上先睡觉。"

　　"我找你妈告状去！"

　　"你去吧，不过我告诉你，你没理。"

　　"我怎么会没理？"

　　"事情是这样的：不管怎么说，我和小转铃是多年的老朋友了，见面哪能不理呢？陪她吃顿饭，喝一点，完全应该。"

　　"一点？一点是多少？"

　　"也就是半斤吧。不是白干，是白兰地。"

"好浑蛋，喝了这么多。在哪儿吃的饭？"

"齐家河得月楼。菜糟得一塌糊涂，小转铃开的钱。"

"浑蛋！显她有钱。明天咱们去新侨，敢不去阉了你。吃了什么菜？一样一样说。"

这还有完吗？深更半夜的，我又害头疼。"炒猪×！"

二姐子气得又哭又笑。扯完了淡，已经是四点钟。刚要合眼，二姐子又叫我把自行车搬进来，结果还是迟了一步。前后胎的气都被人放光。还算客气，没把气门嘴拔去。这是邻居对我们刚才武斗的抗议。

那一夜我根本没睡。二姐子在我身边翻来覆去闹个不休。天快亮时，我才迷糊了一会儿，一双纤纤小手又握住了我的要命处，她要我证明自己没二心。这一证明不要紧，睡不成了。第二天早上教师会，校长布置工作。不到一刻钟的工夫，我往地下出溜了三回。校长大喝一声："王二，你站起来！"

"报告校长，我已经站起来了！"

"你就这么站着醒醒！以前开会你打瞌睡，我没说你。你是加夜班做实验，还得了奖嘛，可以原谅。如今不加夜班了，你晚上干什么去了？"

不提这事犹可，一提我就气不打一处来。难道该着我加夜班？一屋子幸灾乐祸的嘴脸，一屋子假正经！不要忙，待我撒泼给你们看："报告校长，老婆打我。"

全场哄然。后排校工座上有人鼓掌。

"报告校长，我为了学校荣誉，奋起抗暴，大打出手，大败我老婆，没给学校丢脸！"

后排的哥们儿全站起来，掌声雷动。校长气得面皮发紫，大吼一声："出去！到校长室等我！"

到了校长室，我又有点后悔。太给校长下不来台。校长拿我当他的人百般庇护，他提我当生物室主任，虽然只管许由一个宝贝，好多人还是反对。人事处长拿了我档案去说，王二历史上有问题，他和许由犯过爆炸案。这两个家伙可别把办公楼炸了，最好让我当副主任，调食堂胖三姑当正主任。校长哈哈大笑说，两个小屁孩，"文化革命"里闹着玩，什么问题。倒是食堂的胖三姑好贪小便宜，放到实验室里是个祸害。最近我和吕教授项目搞成，到手二千元奖金，他拿大头，给我三百。这钱到了学校会计科，科长就要全部没收。理由是王二拿了学校的工资，夜里给外单位干活儿，白天上课打呵欠，坐第一排的学生能看见我的扁桃腺。校长又为我说话，说王二加班搞项目，功在国家，于学校也有光彩。国家奖下来的钱，你们克扣不是佛面刮金吗？结果这钱全到了我手，比吕教授到自己手的还多。

想到这些事，我心里发软。我不想被人看成个不知好歹的人。但是转念一想，心里又硬起来，×你妈，谁说我是你的人？老子是自己的人。正在想着，校长进来了。他坐下沉默了两分钟，凝重地说："小王，我要处分你。"

"报告校长，我早该处分！"

"你不要有情绪。出国的事，你不满意，可以理解。但不能在会场上这么闹！我不处分你，就不能服众。"

"报告，我没情绪。我对组织一贯说实话。二姐子是打了我。你看我脖子上这一溜紫印……也就是我，换上别人早被掐死了。"

校长一看我脖子，简直哭笑不得："你这小子！夫妇打架也要有分寸！"

"校长，你不知道。这可不是夫妇打闹！我老婆是真打我。她是柔道队的！上次把我肘关节扭掉了环，贴了好多虎骨膏，现在还贴着呢。"

校长沉吟了半晌，走了出去。我心里暗笑：看你怎么处理我。过一会儿他把工会主席和人事处长叫进来，这两人是我的大对头。校长很激动地说：

"你们看看，这成什么体统？把人打成这个样子！男同志打老婆，单位要管，女同志打老公，我们能不管吗？不要笑！这情况特殊！得给体委打电话，叫他们管教一下运动员！工会人事要出面。伤成这个样子，影响工作。小王呀，要是不行就回家休息。最好坚持一下，把会开完。"

鬼才给他坚持。出了校门我就拍着肚皮大笑：世界上居然有这样的校长！回家睡了一大觉，起来已然三点钟。我老婆留条叫我四点钟去新侨，还把西装取出来放在桌上。我打扮起来照照镜子，怎么看怎么不像那么回事。我这个人根本就没体面。出了门，我怕熟人看见我，就溜着墙根走。到了新侨门口，老远就看见我老婆。她穿了一件鲜红的缎子旗袍，有如一床缎子被。她还搽了胭脂抹了粉，活脱脱一个女妖精！我走过去挽住她的手，手心里全是汗。只听她娇叹一声：

"我要死了！"

"别怕，往前走，打断我骨头的劲儿上哪儿去了？别看地，地上没钱，有钱我比你先看见。抬头！挺胸！"

"我怕人家看见我抹了粉！"

"怕什么？你蛮漂亮的嘛。抹了粉也比没鼻子的人好看。要像模特儿那么走。晃肩膀，扭屁股！"

她这么一走，好似发了自发功，骨节都响起来。我老婆穿得随便一点，走到街上还蛮有人看的，现在别人都把头扭到一边去，走进饭店在桌前坐下，她都要哭了。

这顿饭吃得很不舒服，我觉得我们俩是在饭店里耍了一场活宝。回家以后，我有好一阵若有所思，似乎有所领悟。第二天早上到班，我就比平时更像个恶棍。

我一到学校，就先与许由会合。出国出不成，我已经想通了，反正没我的份儿。前天和许由闹了一架，彼此不痛快，现在应该聊一聊。从小到大，他一直是我的保镖，我不能叫他和我也生分了。正聊得高兴，墙壁响了，这是校长的信号，召我去听训。

进了校长室，只见他气色不正。桌子上放着我上报的实验室预算。只听他长叹一声：

"王二呀王二，你的行为用四个字便可包括！"

"我知道，克己奉公。"

"不。少年无行！你瞧你给总务处的预算。什么叫'二百立升电冰箱三台，给胖三姑放牛奶'？"

"她老往我冰箱里放牛奶，说是冰箱空着也是白费电。冰箱是我放菌种的，她把菌种放到外边，全坏了。现在人家又怀上了，不准备下来行吗？"

"这意见应该提，可是不要在报告里乱写。再说，为什么写三台？有人说，你是借题发挥，有意破坏团结。"

"校长，三姑生的是第二胎。第一胎是生肚子，生不多。第二胎生十个八个是常有的事。真要是老母猪，人家有那么多个奶。三姑只有两个，咱们要为第二代着想。这道理报告里写了。"

"胡扯！本来有理的事，现在把柄落在人家手里。你坐下，咱们推心置腹地谈谈。你知道咱们学校处境不好吗？"

"报告校长，我看报。现在新建的大学太多，整顿合并是党中央的英明决策。就说咱们学校，师资校舍一样没有，关了也罢。"

"你这叫胡说八道！咱们学校从无到有，在很艰苦的条件下给国家培养了几千名毕业生，成绩明摆着。现在有了几百教职员工，这么多校舍设备。怎么能关了也罢？学校关了，你去哪儿？"

"我去矿院。老吕调我好几回了，都是您给压着。您再看看我，是不是放我走了更适合？"

"你别做梦了。学校有困难，请调的一大批。放了你，我怎么挡别人？党委讨论了，一个都不放。谁敢辞职，先给个处分，叫他背一辈子。另一方面，我们也要大胆提拔年轻人。能干的我们也往国外送，提教授。就说你吧，几乎无恶不作，我们还提你当生物室主任，学校有什么地方对不住你？"

"对不起我的地方太多了。就说住房吧。我同学分到农委，才毕业就是一套房。我呢？打了半天报告，分我一间地下室。又湿又黑，养蘑菇正合适。就说我落后，也没落后到这个份儿上。蘑菇是菌藻植物门担子菌纲。我呢，起码是动物，灵长目，人科人属，东亚亚种，和您一样。您看我哪一点像蘑菇？"

"当然！谁也不是蘑菇！我们要关心人。房子会有的。你不要哭穷。你住得比我宽敞！"

"那可是体委的房，我老婆说，我占了她的便宜，要任打任骑。要说打，打得过她，可是咱们理亏。咱们七尺大汉，就因为进了这个学校，被老婆打得死去活来，还不敢打离婚——离婚没房子住。要不就得和许由挤实验室。许由的脚有多臭，您知道吗？"

"所以你想把学校闹得七颠八倒。明白和你说了吧，这学校里也不是我一个人说了算。你和我耍贫嘴没用。就算你真调成了，也没个好儿。我把你的政治鉴定写好了，想不想听听？'王二同志，品行恶劣。政治上思想反动，工作上吊儿郎当，生活上品行恶劣。'这东西塞在你档案里，叫你背一辈子。怎么样？想不想拿着它走？"

校长对我狞笑起来，笑得我毛骨悚然。我只好低声下气地求他：

"校长，您老人家怎么能这么对待我？我是真想学好，天分低一点，学得不像。好吧，这报告我拿回去重写。许由我也要管好。您还要我干什么？有话明说，别玩阴的。"

"你要真想学好，先把嘴改改。刚才说话的态度，像教员和校长说话的态度吗？"

"知道了。下次上您这儿来，就像和遗体告别。还有呢？"

"政治学习要参加！你是农三乙的班主任，知道吗？"

"什么叫农三乙，简直像农药名字。好，我知道了。星期三下午去和学生谈话。做到这些，您给我什么好处？放我出国？"

"你想得倒美！政治部反映上来，你有反动言论。上次批精神污染的教师会上，你说什么来着？"

"那一回会上念一篇文章，太下流了，说什么牛仔裤穿不得。批精神污染是个严肃的事儿，不能庸俗化。说什么牛仔裤不通风，裹住了女孩子的生殖器，要发霉。试问，谁发霉了？你是怎么看见的？中国人穿了这几天就发霉，美国那些牛仔岂不要长蘑菇？"

"你的思想方法太片面，要全面地看问题。外国那些乱七八糟的东西进来，非抵制不可。再说那牛仔裤好在哪儿？我看不出。"

"您穿三尺的裤腰，穿上像大萝卜，当然穿不得。腰细的人穿上就是好看——好了，不争这个了。就说穿它发霉，咱们可以改进，在裤裆上安上个小风机，用电池带动。这要是好主意，咱们出口赚大钱。要是卖不出去，那个写文章的包赔损失，谁让他胡扯，我就发了这么个言。"

"这就不对！文章是我让念的。当时咱们学校也有女教师穿那个东西，我是要提醒大家注意！现在又说不整穿衣服的问题，再穿我也不管了。当然，发霉不发霉，你是专家，但是不要乱讲。你明白了吗？"

"有一点不明白。你这么盯着我干吗？"

"这话怪了。我是关心你，爱护你。"

"你关心我干吗？"

"好吧，咱们说几句不上纲的话。学校现在是创业阶段，需要创业的人。大家对你有看法，但是我是这么看：不管你王二有多少毛病，反正你是既能干，又肯干。只要有这两条，哪怕你青面獠牙，我也要……现在的年轻人，有几个肯干活儿的？这是从我这方面来看。从你这方面来看，我对你怎么样？古人还讲个知遇之恩哩！你到校外给老吕干活儿，他给你什么好处了？出国都不对你说一声。可我在校务会上说了你多少好话！老吕对你许了多少愿，他办成了吗？不负责任。我把这话放在这里：只要你表现好，什么机会我都优先你。其他年轻人比你会巴结的多的是，我都不考虑。因为我觉得你是个人才，这么说，你懂了吗？"

这么说，我就懂了。我说世界上怎么还有这样的校长！原来是这样。原来我是个人才！承他看得起，我也要拿出点良心来。矿院我决心不去了。

那天上午我带着学生去参观，大家精神抖擞地等着我。我把这帮人带到传达室等车，自己给接待单位中心配种站打电话。那儿有我一个同学当主任。

"配种站吗？我找郭主任。不！我什么都不送……我自己也没兴趣……我们公的母的都有。郭二，我们要去了。现在不是节气，只能看看样子了。刚才接电话的是谁？"

"我这儿没正经人。王二，你来吧。不到季节，咱们可以人工催情哪。我这儿的牲口全打了针，全要造反呀！我设计了一头人造母猪，用上了电子技术，公猪们上去都不乐意下来！"

"人造的不要太多。我们是基础课，没那么专门。"

"天然的也有。我有云南来的一头小公驴，和狗一样大，阳具却大过了关中驴，看到的没有不笑的。你快来！"

"别这么嚷嚷，我这儿一大群学生，你吼得大伙全听见了。"

"嘿，你也正经起来了，骗谁呀？我还要和你切磋技术呢！"

"你越扯越下道了！同学们，把耳朵堵上。好了，不多说。半小时以后见。"

放下电话，心里犯嘀咕。我不该带学生去配种站，这样显得我没正经。等了半天，汽车还不来。正要派人去催，农学系主任刘老先生来了。他把嘴噘得像嘬了奶嘴一样：

"对不起，王老师，对不起，同学们，咱们的用车计划取消了。请回教室上课。参观下周去。"

"刘主任，我也是个农学家，这叫开的什么玩笑！这个季节配种要人工催情，忽而去，忽而不去，叫人家怎么向种驴交代！好好，您来，我也不说什么。我给配种站打电话。"

电话打通，郭二听说我们下星期去就叫："放屁放屁，下星期不接待，我这配种站是给你开的？"说完啪一下挂上了。我对刘先生说："您听听，人家怎么说我！配种站是给我开的。我成什么了。同学们，咱们去不成了。再下周咱们考试。"

学生鼓噪起来，有人喊罢课。这么拦着校门起哄，谁也吃不消，我赶紧说："去去！咱们走着去。女同学和伤病员就别去了，下了公共汽车还要走六七里路呢。我们拍幻灯片给你们看。"

这么说也通不过。班上有个校队的，打球伤了腿，今天拄着拐来了，就是为了看配种。学生要抬着他去，这是胡闹。我对刘先生说："您看，是不是派辆小车？起码得把伤兵拉上。"

"王老师，不是我不派车！我们系里不像有些人那么不懂事——学农的不看配种站，那不是笑话吗？总务处说没车，有啥办法。这些人可真浑，也不先打个招呼。"

"真的？我不信。您看我的。"抓起电话叫司机班，"你是谁？小马？给我把大轿车开出来。我带学生参观。"

"王二，车是你要的？我们处长瞎眼了。这么着，我开大卡车，咱们坐驾驶楼，好不好？"

"不行！让别人坐卡车，我要大轿车。"

"我们处长叫把大轿车藏起来，别叫人看见。他要用。咱们给他留个面子，好吧？"

"那么我的面子呢？你以为谁的面子重要？"

"当然是王二了。王二是大哥嘛！车马上到。"

刘先生不走，看样子不信车能来。过一会儿，车真从外边开进来了，学生欢呼着往上冲。刘老头儿气得脸通红，手抖成七八只。我赶紧给他圆面子："老先生，小马送我们担着风险呢！有人准给他穿小鞋。这可是为了咱们系的事……"

老头儿马上吼起来："你放心，绝不让马师傅吃亏，我去找校长，问问他有车藏起来是什么作风！"

参观回来，学生全变了样，三五成群窃窃私语。我们拍了好几盒胶卷。我把班长叫来，关照几句：

"你把这片子送去制幻灯片，先放你这儿保存。谁借也别给，记住啦？除了农三乙，他们参观植物园，可能不满意。你要是把幻灯片借给外班看，下回我再不带你们出去。"

"老师，我们班对你最忠心。乙班人老说你坏话，我们班绝没这样人。这幻灯片我说不借，就说曝光了。"

"好，就依你。他们说我什么了？"

那些坏话无非是说我上课时衣冠不整，讲到得意忘形时还满嘴撒村，他不说，我也知道，但是还想听一听。回到了学校，校长又叫我去一趟。

怎么这么多麻烦？我简直有点烦了。

校长问我总务处长藏车的事——其实他知道的比我还多。总务处长想用大轿车送外单位的人去八达岭游玩，被我搅了。校长对此击节赞赏，对我大大鼓励了一番。但是我打不起兴致：我不过是个教员罢了，不想参与上层的事情。下午带同学去植物园，这班人对我有意见：

"老师，甲班人说配种站里有头驴，看上去有五条腿，中间一条比其他的长五倍。他们吹牛吧？"

"别听他们胡扯。这是科学，不是看玩意儿。不过那驴是有点个别。"

"老师你偏心！我们也要去配种站参观！"

"别闹了。它们需要休息。现在是什么季节？人家是打了针才能表演的。"

"再打针！多打几针！"

"呸！这又不是机器，有血有肉，和人是一样的。打你几针试试？你们少说几句坏话，我让甲班把幻灯片拿给你们看。"

"老师，别听他们挑拨离间！二军子说你坏话，我们开了三次班会批他。他们班唐小丽说你上课吃东西，还说了许老师许多坏话。说许老师等于是说你。你以为他们班好，上大当了！"

这种话我已经听腻了。所以我这样想：说我坏话就是爱我，说得越多的越甚。到了植物园，我把学生交给带参观的副研究员，自己溜出去看花草。这一溜不要紧，碰上我师傅刘二了。

我师傅是个奇人，长得一对牛蛋（公牛的蛋）也似的大眼，面黑如锅底，疙疙瘩瘩不甚平整。他什么活儿都会干，但是一九七五年我进厂给他当徒弟时，他什么活儿都不肯干。他本是育婴堂带大的孤儿，讨了农村老婆，在乡下喂了几口猪，心思全在猪身上。嘴上说绝不干活儿，车间主任、班组长逼急了也练几下子，那时节他哼一支小调，曲是东北红高粱的调子，词是自编的。我在一边给他帮腔，唱完一节，他叫我一声："我说我的大娘呀！"我应一声"哎"。我们俩全跑调儿，听的人没有不笑的。

刘二之歌有多少节我说不清，反正一回有一回的词儿。一唱就从小唱起，说自己是婊子养的，不走运。接下来唱到进工厂走错了门。我们厂是一九五八年街道上老娘儿们组织起来的，建厂时他十五岁，进来当了个徒工。然后唱到街道厂不长工资，拿了十几年的二十六块五。然后唱到找不到老婆。谁也不跟街道厂工人，除了瘸子拐子，要找个全须全羽的万不可能。没奈何去找农村的，讨了个老婆是懒虫。说是嫁汉嫁汉，穿衣吃饭，躺在炕上不起来不说，一顿要吃半斤猪头肉。然后唱到我的两位世兄，前奔儿后勺，鼠眉之极，见了馒头就目光炯炯。这两个儿子吃得他走投无路，要挣钱没路子，干什么都是资本主义（这会儿有人喝止，说他反动了——那是一九七五年），只剩了一条路养猪。从这儿往后，全唱猪。猪是他的衣食父母。一个是他的爹，长得如何如何，从鬃毛唱到蹄子，他是如何地爱它，可是要卖钱，只好把它阉了。另一个是他娘，长得如何美丽，正怀了他一窝小兄弟，不能亏了它的嘴。否则他弟弟生出来嘴不够大，没人买。于是乎要找东西给猪吃，这一段要是没人打断，可以唱一百年。刘二唱他打算如何如何，捡菜帮子如何如何，一百多个历险记。唱了好久才唱到他爹娘也不能光吃菜，这不是孝养爹娘的做法，他要去淘人家的泔水。那几年农业学大寨，家家发一口缸，把泔水蓄起来支农。天一热，臭气冲天，白花花的蛆满地爬，北京城里无人不骂。我师傅也骂，他不是骂泔水缸，而是骂这政策绝了他爹娘的粮草。于是乎唱到半夜去偷泔水。他和我（我有时帮他的忙）带着作案工具（漏勺和水桶），潜近一个目标，听的人无不屏住了呼吸，我师傅忽然不见了。他老人家躲在工作台下边，叫我别作声。这时你再听，有个人从厂门外一路骂进来，是个老娘儿们。另一路骂法，也是有板有眼，一路骂到车间门口。这是泔水站的周大娘，骂的是刘二。她双手叉腰，卡着门口一站，厉声喝道："王二，你师傅呢？叫他出来！"我说师傅犯了猪瘟，正在家养病。她就骂起来，骂一段数落一段，大意是居民们恨他们，怪他们带来了泔水缸。他们如此受气，其实一个月只挣二十五块钱。三九天蹬平板喝西北风。泔水冻了，要砸冰，这是多么可怕的工程。热天忙不过来，泔水长了蛆，居民们指着鼻子骂。总之，他们已经是气堵了心了。接下来用咏叹调的形式表示诧异：世界上居然还有刘二这种动物，去偷泔水。偷泔水，他们还求之不得呢，可这刘二把泔水捞走了还怕人看出来，往水缸里投入巨石、泥土等等，让他们淘时费了很多力量。别人欺负他们也罢了，刘二还拿他们寻开心，这不是丧尽天良又是什么。继而有个花腔的华彩乐段，请求老天爷发下雷霆，把刘二劈了。车间主任奔出来，请她去办公室谈，她不去，骂着走了。我师傅从工作台下钻出来，黑脸臊得发紫，可是装得若无其事，继续干活儿。

我常常劝我师傅别去偷泔水，可以去要，就是偷了，也别在缸里下石头。他不听，据说是要讲点体面。当时我不明白，怎么偷还要体面？现在想明白了：泔水这东西只能偷，不能要，否则就比猪还不要脸。

我师傅为人豁达，我和他相识多年，只见过他要这么点体面。这回我见他的样子，我说了，你也不信。他穿一身格子西服，手指上戴好粗一个金戒指，见面敬我一根希尔顿。原来他从厂里停薪留职出来，当了个包工头。现在他正领着一班农村来的施工队给植物园造温室。他见了我有点发窘，不尴不尬地问我认不认识甲方单位（即植物园）的人。

我说，认识一个，恐怕顶不了用。说着说着我也害起臊来，偷泔水叫人逮住也没这样。问候了师娘和两位世兄，简直找不出话来谈，看见我师傅穿着雪白的衬衫，越看越不顺眼，我猜他穿上这套衣服也不舒服。

我猜我师傅也是这么看我的。嘿，王二这小子居然也当了教师，人模狗样的带学生来参观！其实我不喜欢现在的角色，一点都不喜欢。

【四】

晚上到家时，我情绪很坏，下了班以后，校长又叫我去开教务会。与会者乃是各系主任、教务长等等，把我一个室主任叫去实属勉强。再说了，我从来也不承认自己是室主任。全校人都知道我是什么玩意儿！在会场上的感觉，就如睾丸叫人捏住了一样。

洗过澡以后，我赤条条走到阳台上去。满天都是星星，好像一场冻结了的大雨。这是媚人的星空。我和铃子好时，也常常晚上出去，在星空下走。那时候我们一无所有，也没有什么能妨碍我们享受静夜。

我和铃子出去时，她背着书包。里面放着几件可怜的用具：麻袋片，火柴，香烟（我做完爱喜欢抽一支烟），一小瓶油，还有避孕套。东西齐全了，有一种充实感，不过常常不齐全。自从有一次误用了辣椒油，每次我带来的油她都要尝尝才让抹，别提多影响情绪了。

尽管如此，每次去钻高粱地还是一种伟大的幸福。坐在麻袋片上，解开铃子的衣服，就像走进另外的世界。我念着我的诗：前严整后零乱，最后的章节像星星一样遥远。铃子在我身下听见最后的章节，大叫一声把我掀翻。她赤条条伏在地上，就着星光把我的诗记在小本子上。

我开始辨认星座。有一句诗说：像筛子筛麦粉，星星的眼泪在洒落。在没有月亮的静夜，星星的眼泪洒在铃子身上，就像荧光粉。我想到，用不着写诗给别人看，如果一个人来享受静夜，我的诗对他毫无用处。别人念了它，只会妨碍他享受自己的静夜诗。如果一个人不会唱，那么全世界的歌对他毫无用处；如果他会唱，那他一定要唱自己的歌。这就是说，诗人这个行当应该取消，每个人都要做自己的诗人。

我一步步走进星星的万花筒。没有人能告诉我我在何处，没人能告诉我我是什么人，直到入睡，我心里还带着一丝迷惘。

【五】

没有课的日子我也得到学校里去，这全是因为我是生物室主任。坐在空荡荡的实验室里打瞌睡，我开始恨校长和他的知遇之恩。假如他像我爸爸和我以前的师长一样，把我看成不堪造就之辈，那我该是多么幸福！忽然我妈打电话来，叫我去吃午饭。这是必须要去的。不然她生我这儿子干吗？我立刻就上路。

三十三年前，发生了一件决定我终身的大事。那天下午，我妈在协和医院值了个十二小时的长夜班，走回家去，关于那个家，我还有一点印象，是在皇城根一条小胡同里，一间明朝兴建的半大小瓦房。前面房子太高，那房子里完全暗无天日。我妈妈穿着印花布的旗袍，足蹬高跟鞋，小心翼翼地绕过小巷里的污水坑。她买了一小点肉，那分量不够喂猫，但是可以做一顿炸酱面。她和我爸爸吃完了那顿炸酱面，就做出了那件事情。

我最不爱吃炸酱面，因为我正是炸酱面造出来的。那天晚上，他们用的那个避孕套（还是日本时期的旧货，经过很多次清洗、晾干、扑上滑石粉）破了，把我漏了出来。事后拿凉水冲洗了一番，以为没事了，可是才过了一个月，我妈就吐得脸青。

也许就是因为灌过凉水，我做噩梦时老梦见发大水；也许就是因为灌过凉水，我还早产了两个月，我出世时软塌塌、毛茸茸的，像个在泔水桶里淹死的耗子。我妈妈见了就哭，长叹一声道："我的妈！生出了个什么东西！"

我到东来顺三楼上等我妈，这是约定的老地方。我不能到医院去。因为王二的事迹在那儿脍炙人口。我在那儿的早产儿保温箱里趴了好几个月。当时的条件很差，用的是一种洋铁皮做成的东西，需要定时添加热水。有一回不慎灌入了一桶滚水，王二差点成了涮羊肉。我到医院时，连那些乳臭未干的实习医生都敢叫我"烫不死的小老鼠"！

我妈定期要和我说一阵悄悄话，这是她二十年来的积习。这事要追溯到二十多年前我上小学三年级的时候。我和我爸爸住在那个小院里，我妈妈住在医院的单身宿舍。我归我爸爸教育，他的方针是严刑拷打，鸡毛掸子一买一打。一方面是因为我太淘气，另一方面因为我是走火造出来的，他老不相信我是个正经东西。

为了破坏课桌的事，老师写了一封信，叫我带回家。那信被我全吃了，连信皮在内，好像吃果丹皮一样。第二天老师管我要回信，我说我爸爸没写，她知道我撒谎，又派班长再带一封信去，我领了一帮小坏蛋在胡同口拦截，追杀了五里方回。最后老师自己来了。她刚走，我爸爸就拎着耳朵把我一顿狠抽，打断了鸡毛掸，正要拿另一根，妈正好回来。她看见我爸爸揪着耳朵把我拎离了地（我的耳朵久经磨炼，坚固异常），立刻惨呼一声，扑过来把我抢下来。接着她把我爹一顿臭骂。我爸爸说这样做是因为"这孩子像土行孙，一放下地就没影儿"，我妈不听，她把我救走了。

我妈救我到医院，先送我到耳科，看看耳朵坏了没有。大夫对我的耳朵叹为观止，认为这不是耳朵，乃是起重机的吊钩。然后她到房产科要了一张单人床，把我安顿在她房间里。发我一把钥匙，和我约法三章：一是可以不上学，她管开病假条，但是考试要得九十分以上；第二是如果不上学，不准出去玩，以防被人看见；第三是钱在抽屉里，可以自由取用，不过要报账，用途必须正当。如果没有意见，这就一言为定。违反约定，就把我交给我爸爸管教。我立刻指天为誓道：倘若王二有违反以上三条的行为，情愿下地狱或者和爸爸一块儿过。我妈大笑，说她真是糊涂，有这么大一个儿子，自己还一个人过。

我住下来，在女宿舍二楼称王称霸。好多年轻的阿姨给我买零食，听我讲聊斋。白天我经常不在，和夜班护士上动物园了。如此过了一个冬天，觉得女儿国里的生活也无趣，要鼓捣点什么。我妈马上给我找了好几个家庭教师，今天学书法，明天鼓捣无线电，后天学象棋。晚上我妈看医书，我在地上鼓捣玩意儿。累了，大家聊一会儿，我把每位教师的毛病都拿来取笑。我妈听了高兴，把我的脸贴在她乳房上，冬天隔了毛衣犹可，夏天太刺激，我把她推开，她挑起眉毛叫道："哟！摆架子了！你忘了你叼着这儿嘬了。跟你爸爸学的假正经。好好，不跟你玩了。看会儿书！"

我的象棋没学成，原因是我师傅不喜欢我的棋风。他老人家是北京棋界的前辈，擅长开局、布局、排局，可惜年老了，血气两衰，敌不过我那恶毒凌厉的棋风。所以他来和我妈说，这孩子天分没得说，可是涵养不够，杀气太盛，让他再长两年，我再给他介绍别的老师。他一走，我妈就问我，是不是在人家家里捣蛋了，这老先生涵养极好，怎么容不下我？我告诉她，我看出老头儿有个毛病：他见不得凶险的棋局，一碰上，手指就打战。所以我和他对局时专门制造险恶气氛，居然创下了十二局全胜的纪录。我妈妈听了大笑，说我一肚子全是鬼！每次我干了这样的各事告诉她，她都打个榧子，说："嘿，这儿子，怎么生的！"

我在我妈那儿住了三年，头两年还爱把我干的事儿告诉她，听她喝彩，后来就不乐意了。我长大了，生理上发生了变化。最后一个夏天，我看到女宿舍里那些阿姨穿着短裤背心，背上就起鸡皮疙瘩。我也不乐意我妈在屋里脱那么光。有时候她不戴乳罩，我就抗议："妈！你穿上点儿！"

那时候我妈大腿纤长，乳胸饱满，如二十许人，我实在不乐意和她住在一起。我开始要有自己的隐私，上中学时考了个住宿的学校搬了出去。

从那以后，我们俩之间爆发了长达二十年的间谍战。她想方设法来探我的隐私，我想方设法去骗她。我不记得什么时候在她面前说过实话。

我妈妈现在也老了，明眸皓齿变成了老眼昏花和一口假牙，丰满的乳房干瘪下去，修长的双腿步态蹒跚。我妈妈超脱了肉体，变成了一个漂亮老太太。我爱我妈，我要用我的爱还报她对我三十二年的厚爱，不过我还是要骗她。

我妈问我为什么星期天不回家，我说是忙。她说，再忙也得回家，因为家里那套四室一厅的住宅是以四个人的名义要下来的，现在里面只住了老两口，别人知道了，要有意见。这简直不成个理由。我说忙得回不了家也不是理由，其实是我要躲我爸爸的痰气。夫子曰：人之患在于好为人师——到底不愧是夫子，好大的学问！我搞我的化学，我爸爸搞他的数学，井水不犯河水，他非要问我数学学得怎样。我要说不会，他就发火，说是不学数学能成个什么气候？我要说会呢，那更不得了，他要出题给我做。忙了一星期，回家去做题！这叫什么家，简直是地狱。我妈也知道是这么回事，就说："你躲你爸爸，可别连我也躲呀！再说你爸爸关心你，你这么计较就不对了。"

"我没计较。妈，爸爸是虐待狂。他就喜欢看我做不出题出冷汗。其实不是我做不出，是他编的题目不通。我都不好意思说。我要是胡编几道题，他也做不出。让他尝尝这拉不出屎的滋味，你看了一定不忍心。"

"算了算了，就当陪他玩玩，你何必当真？他这人这样干了一辈子，我都改造不了，别说你了。"

"他老想证明我一文不值。我说我真一文不值，他还是不干，真不知怎么才能让他满意。他想证明我不如他的一根鸡巴毛。这有什么？三十几年前我还是他射出的一个精虫哩……"

我妈笑了:"别胡扯!和你妈说这个,是不是太过分?和你说正经事儿。你什么时候生孩子?我想抱孙子。"

这是个老问题。"妈,我一定生,现在忙,要做大学问,当教授。现在教授香,一分就分一大套房。可是小助教呢?惨啦。我一个同学分到清华,孩子都九岁了,三口人挤一间小房子。三十几岁的人,性欲正强烈,结果孩子到学校里去说:爸爸妈妈夜里又对 × 了。臊得人家了不得。现在在办公室,趁大家去吃午饭,锁上门急急忙忙脱裤子。办公桌多硬呀!能干好吗?"

"你跟我说这个干什么?咱们家又不是没地方!"

"是呀。可房子是爸爸的,又不是我的。那房子多好!水磨石地镶铜条,我看着眼红,也想挣一套。等房子到手,就生儿子!"

"别胡扯。等你把房子挣下来,我都老死了。"

"说真的,我看我也不像个当爹的料。瞧你把我生的,没心没肺。再说了,人家没出世就被你灌了凉水,现在做梦老梦见发大水……生个儿子没准儿是傻子!"

"别拿这个打掩护,我是干什么的?生孩子我是专家。生吧!不好算我的。"

"我还要造炸药,当了大教授,哪有工夫养孩子?爸爸对我是一种刺激。我非混出个人样儿不可!"

我妈妈忽然狡黠地一笑,说道:"你别想糊弄我,你的事情我全知道。你呀,要真像所说的那样倒也奇了!"

我妈说得我心里怦怦直跳:她又知道了我什么事情?自打我上了初中,她无时不在侦察我,我爸爸分了房子,我妈每周到矿院度周末。我自己有个小房间,门上加了三道锁。我妈居然都能捅开,而且捅过一点也不坏，简直是妙手空空。我知道她有这种手段，就把一切都藏起来，戒掉了写日记的习惯，重要的东西都留在学校里，可还是挡不住她的搜索。

那时候，星期六回家简直是受罪，回去要编谎骗我妈，还要和我爸爸抬杠，只要我妈不在家，他就跃跃欲试地要揍我。后来我长了老大的个子，又有飞檐走壁之能，他揍我不着了，就改为对我现身说法。我爸爸有一段光荣历史，从小学到中学从来都考第一名，又以第一名考进了清华。要不是得一场大病，准头一名考上官费去留洋。按我妈的话来说，我爸爸是一部伟大的机器，专门解各种习题。

我爸爸还说，他现在混得也不错，住的房子只有前辈教授才住得上。在矿院提起他的大名，不要说教授、学生，连校工都双挑大指。他说："你妈老埋怨我打你，你只要及上我的百分之一，我绝不动你一指头！"

我爸爸自吹自擂时，我妈坐在一边冷笑。吃完饭我回自己屋去，我妈就来说悄悄话："别听你爸爸的，他那个人没劲透了。你自己爱干啥就干啥，首先要当个正直的人，其次要当个快乐的人。什么走正路，争头名，咱们不干这事，你是我的儿子！"

光说这些没什么，她还要扯到不相干的事上去，每次都把我说个大红脸。"我给你洗裤衩，发现一点问题。你感觉怎么样？"

我立刻气急败坏地喊起来："谁让你给我洗裤衩？裤衩我会洗！"

"别这样，妈是大夫，男孩子都有这个阶段，是正常的。要是旧社会，你就该娶媳妇了。"

"呸！我要媳妇干什么？她算是什么东西！"

星期一早上我去上学，我妈去上班。我骑自行车，她也骑上一辆匈牙利倒轮闸和我一路走。那还是奥匈帝国时期的旧货，老要掉链子，骑到医院肯定是两手黑油。可她非要骑车上班不可，为的是路上继续盘问我，可是我把话扯到别的地方去。

"妈，你为什么不和爸爸离婚？"

"干吗要离婚？"

"你要是早和他离了，我也少挨几下打。"

她笑得从车上跳下去。到了"文化大革命"里，她终于知道了我的事情：我和许由玩炸药的事败露了，我被公安局拘了进去。这验证了我爸爸对我的判断：我是个孽子，早晚要连累全家。

我妈妈始终爱我。她对小转铃说，人生是一条寂寞的路，要有一本有趣的书来消磨旅途。我爸爸这本书无聊至极，叫她懊悔当初怎么挑了这么一本书看。她羡慕铃子有了一本好书，这种书只有拿性爱做钥匙才能打得开。我和小转铃好的事知道的人很少，她居然能打探出来，足见手段高明。我妈妈喜欢小转铃，她说铃子"真是个好女孩"，可是我最后还是搞上了二姐子。这个事里多少有点和我妈抬杠的意思。

我认为，无论是二姐子还是小转铃都不会背叛我，所以很自信地说："妈，你知道我什么了？"

"你和你爸爸到底不一样。你是我生的嘛！"

"怎么啦？"

"写诗呀，你的诗文我全看过，写得真他妈的带劲。你还说，活着就是要正道，精彩。你还不知道道是什么，告诉你，道就是你妈，是你妈把你生成这样的！"

她啪一声打个榧子，转瞬之间，年轻时倾国倾城的神采又回到脸上来。我觉得全身的血都往头上涌，差一点中了风。写诗乃是我的大秘密，这种经历与性爱相仿：灵感来临时就如高潮，写在纸上就如射精，只有和我有性关系的女人才能看，怎么能叫我妈见到？我顿时觉得自己成了煺毛的鸡，连个遮屁眼儿的东西都没有了。桌子上火柴、香烟、筷子噼里啪啦落了一地，我急红了脸吼出来：

"小转铃这坏蛋！下次见面宰了她。妈，她把我稿子给你了？还给我吧！"

"稿子还在她那儿，我复印留了底。你想要，拿钱来换，影印费三百元！"

"太贵了，半价怎么样？算了算了，反正看进你眼里也拔不出来了。你再别提我写的东西，那不是给人看的，行不行？尤其不能给爸爸看，你给他看了，我就自杀。"

"好，不给他看。真怪了，这又不是什么坏事情，你躲我干吗。你还写了什么？拿来给我看看。"

从我妈那儿回来，我下了一个大决心，从今以后再不写诗，也不干没要紧的事，我也要像我爸那样走正路、争头名。我的确是我妈生的，这一点毫无问题。我也爱我妈，甚至比爱老婆还甚。但是我一定要证明，我和她期望的有所不同。

【六】

第二天轮到生物室卫生值周。以前卫生值周我是不理睬的，任凭厕所手纸成山。如今不同了。我不能叫人挑了眼去。我提前到校，叫起许由来，手持笤帚开始工作。

这楼里大小三十个单位，每单位轮一次卫生值周。轮到校长室，校长亲自去刷洗厕所。这是因为学校里人心浮动，校长想收买人心。如今王二想走正路，说不得也要来一回。扫完了厕所，到化学实验室讨了几瓶废酸，把厕所的便器洗得光可鉴人。后来一想，光刷了厕所不成，人家不知是谁干的。我弄来几幅红纸写了大幅的标语，厕所门上贴一张：

"欢迎您来上厕所！生物室宣。"

小便池上方贴的是："请上前一步——生物室郑重邀请。"

厕所门背后是："再见。我们知道您留恋这优美的环境，可现在是工作时间。何日君再来？生物室同人恭送。"

隔间的标语各有特色。男厕所里写着："大珠小珠落玉盘"，"一片冰心在玉壶"。女厕所里写着："花径不曾缘客扫，蓬门今始为君开。"还有额匾："暗香亭"。要说王二的书法，那是没说的。我写碑就写过几十斤纸，眼见厕所像个书法比赛的会场，谁知道校长一来就闯进生物室板着脸喝道：

"厕所里的字是你写的？"

"是呀。您看这书法够不够评奖？"

"评个屁！高教局来人检查工作，限你十分钟，把这些字全刷了！"

贴时容易洗时难。还没刮洗完，高教局的人就来了，看着标语哈哈大笑，校长急得头上青筋乱蹦。等那帮人走了，校长叫我去，我对他说：

"校长，不管怎么着，厕所我是洗了。总得表扬几句吧？"

"表扬什么？下回开会点名批评。"

"这他妈的怎么整的！您去看看，厕所刷得有多白！算了，我也不装孙子了。以前怎么着还怎么着吧。"

"不准去！坐下。刷厕所是好事，写标语就不对了。将来校务会上一提到你，大家就会想起今天的事，说你是个捣蛋鬼！你呀，工作没少做，全被这些事抵消了。今后要注意形象。回去好好想想，不要头脑冲动！"

从校长室出来以后，我恨得牙根痒痒，让我们刷厕所，又不准有幽默感，真他娘的假正经。铃声一响，我扛着投影仪去上课。我想把形象补救过来，课上得格外卖命。这一节讲到微生物的镜下形态。讲到球菌，我蹲下去鼓起双腮；讲到杆菌，就做一个跳水准备姿势；讲到弧形菌，几乎扭了腰；讲到螺旋菌，我的两条腿编上了蒜辫子，学生不敢看；讲到有鞭毛的细菌可以移动，我翩翩起舞；讲到细菌分裂，正要把自己扯成两半儿，下课铃响了。满地是粉笔头，一滑一跤。我满嘴白沫地走回实验室，照照镜子，发现自己像只螃蟹，一拨头发，粉笔末就像大雪一样落下来。刚喘过气来，医务所张大夫又来看我。他说农学系有人给他打电话，说王老师在课上不正常。他来给我量体温，看看是不是发高烧。我把张大夫撵出去，许由又朝我冷笑，我把他也撵出去。自己一个人坐着，什么都不想。

我忽然觉得恶心，到校园里走走。我们的校舍是旧教堂改成的。校园里有杂草丛生的花坛、铸铁的栏杆。教学楼有高高的铁皮房顶。我记不清楼里有多少黑暗的走廊，全靠屋顶一块明瓦照亮；有多少阁楼，从窗户直通房顶。古旧的房子老是引起我的遐想，走着走着，身边空无一人。这是一个故事，一个谜，要慢慢参透。

首先，房顶上不是生锈的铁皮，是灰色厚重的铅。有几个阉人，脸色苍白，身披黑袍，从角落里钻出来。校长长着长长的鹰钩鼻子，到处窥探，要保持人们心灵的纯洁。铸铁的栏杆是土耳其刑桩，还有血腥的气味，与此同时，有人在房顶上做爱。我见过的那只猫，皮毛如月光一样皎洁，在房顶上走过。

你能告诉我这只猫的意义吗？还有那墙头上的花饰？从一团杂乱中，一个轮廓慢慢走出来。然后我要找出一些响亮的句子，像月光一样干净……正在出神，一阵铃响吵得我要抽风。这个故事就像小王二一样，埋在半夜里的高粱地里了。

我正好走在大电铃底下，铃声就在我头顶炸响。学生呐喊着从楼里冲出来，往食堂飞奔——这是中午的下课铃。我忽然下定决心：妈的，我回家去。中午饭也不吃了！

走上大街，看见有人在扫地，我猛然想起今天是爱国卫生日，全城动员，清扫门前三包地段。今天又是班主任与学生定期见面的日子。按学校的统一规定，我该去给学生讲一节德育课，然后带他们去扫地。这对我也是个紧要关头，如果现在溜回家去，以后再也别想当个正经人。

我犹豫了一会儿，还是回学校去。其实这不说明我有多大决心走正路、争头名，而是因为我觉得下了那么大决心，只坚持了一上午，未免不好意思。吃饱喝足又睡了一觉，我该到班上去。首先找到代理班主任团委书记小胡，问了一点情况，然后就去了。

我教四门课，接触两个系八个班，农三乙我最不喜欢。这班学生专挑老师的毛病。教授去上课犹可，像我们这样的年轻教师去上课，十次有九次要倒霉。派我做这班的班主任，完全是个阴谋。但是这节德育课我还得讲呀！

一进教室我就头疼，上午说我发高烧的，就是这帮家伙。现在他们直勾勾地看着我，千夫所指，无疾而死，这节课下来不知要掉多少头发。我走上讲台，清清喉咙：

"同学们，男同学和女同学们，也就是男女同学们，我站在这里，看着大家的眼睛，就像看捷尔任斯基同志的眼睛，我不敢看。不说笑话。从同学的眼睛里，我看出两个问题。第一，你们想问：王老师不是发高烧吗？怎么没死又来了？对不对？班长回答。"

班长板着脸说："有同学向医务室打电话，说王老师有病，不代表全班意见。班委开会认为，王老师的课讲得比较活，不是什么问题。打电话的同学我们已经批评了。"

"很好。老师的努力得到同学的肯定，别提多快乐。第二个问题，你们想问：这家伙现在来干什么？下节微生物是星期四。我要告诉你们，我是你们的班主任。前一段忙，经上级批准，由胡老师代理。从今天开始，我正式接任，今天的题目是道德教育。……班长，什么问题？"

"老师，你备课了吗？"

我拼命咽下一句"去你妈的"，说出："当然备了。虽然没拿教案，可我全背下来了，老师的记性你可以放心，请坐。今天第一次由我来上德育课，我觉得应该沟通沟通，同学们对我有什么意见，请提出来。"

"老师，你是党员吗？"

"不是，正在争取。谢谢你提了这个问题。"

"老师，你是否研究生毕业？"

"不是，本科。年龄大了，不适合念研究生。按上级规定，本科毕业可以教基础课。还有什么？提具体点。"

"老师，你为什么说我们是冻猪肉？"

"我说过这话吗？我只说过到了这个班就像进了冷库，你们见了我就像见了吊死鬼。好好，我收回冷库的话。还有什么？"

他们说不出什么来了，我把脸一板：

"同学们，我的缺点你们都看见了。你们是优秀班集体，实质怎么样？是不是捧出来的？考试作弊，我亲眼所见。班上丢了东西，用班费补上，不捉贼。歪风邪气够多了。我是你们的班主任，我宣布立即整风。先把贼捉出来，考试作弊也要大整。还有，你们对本系教师毕恭毕敬，专挑外系教师的眼。这叫什么呢？看人下菜碟！明天我就把外系任课老师召来开会，写个意见报校长。我知道有人指使你们，我怕他们也不敢支持学生整老师。我知道有的年轻女教师上了你们的课，回去就哭。教师描眉怎么啦？资产阶级？帽子不小啦。你们是学生还是政治局？这班四十多人要进政治局，也不知中央什么看法。……什么学生？公然调戏老师！哭什么，不准哭！"

我继续大骂，把恶气出足，然后宣布分组讨论。班干部上前开会，这几个人走过来，乖极了，净说好话。

"老师，我们怎么得罪你了？这么整我们？"

"谈不上得罪，为你们好。"

"老师，我们错了，你原谅我们吧！"

"原谅不敢当，班风还是要整！"

拿这种架子，真有一种飘飘欲仙的快感。等把那帮孩子整到又要哭出来，我才松了口：

"好吧，老师当然要原谅同学了。可是你们为什么要和老师作对？老实说出来！"

这事不问我也明白，无非是有人看我们这些外校调来的人不顺眼。可恨的是朝学生吹风，说我作风有问题，可能乱搞男女关系。我把脸板下来说：

"这是放狗屁。我自会找他们算账。只要你们乖乖的，我绝不把你们扯进去，以后听了这种话要向我汇报，我是班主任。现在，少废话，上街扫地！"

我带学生上街，军容整齐，比别的班强了一大块。我亲自手持竹笤帚在前开路，直扫得飞沙走石，尘头大起。扫了一气，我把笤帚交给班长，交代了几句，就去找校长汇报。一见面，他就表扬我今天德育课上得不错，原来他就在门外听着。我把从学生那儿听来的话一说，他连连点头：

"好，这些人太不像话，拉帮结派，这事我要拿到校长办公会上去说。小王呀，这么工作就对了。像早上在厕所贴标语，纯属胡闹。"

"报告校长，说我作风有问题，这叫无风不起浪，老姚这老小子也得整整，他净给我造谣！"

"老姚的情况不同，这个同志是很忠诚、很勤奋的。他能力低一点，嘴上又没闸。学校里案子多，他破不了，心急，乱说几句，你别往心里去。还有个事儿要和你商量：昨晚上他巡夜摔伤了，你知道吗？"

"不知道，要是知道了，还要喝两盅。这种人乃是造大粪的机器，还当什么保卫科长。你和我商量什么？"

"他伤得不轻，胯骨脱了臼，医院要求派人陪床。老姚爱人陪白天，咱们派人值夜。"

"这是医院的规矩，咱就派人吧。不过，这事和我有什么关系？"

"有关系。老姚是校部的，你们基础部也是校部的，校部的小青年都不肯陪老姚，你来带个头，好不好？你一去，别人谁也不敢说不去。"

我叫起来："别 × 你那亲爱的……"我本想说"× 你妈"。又想到是校长，就改了口："我的意思是说，我很尊敬您的妈。你说说看，凭什么叫我去看护他？"

"瞧你这张嘴！对我都这样，对别人还了得吗？我和你说，现在上面要学校报科研项目，咱们也不能没有。我们准备成立个研究所，把各系能提得起来的项目往一块儿凑凑。你搞炸药恐怕还得算主要的一个，先搭个架子，怎么样？"

"不怎么样，我能在这楼里造炸药吗？"

"谁让你在这儿做实验？实验还去矿院做，咱们只是要个名义，有了名义就可以请求科研经费。将来我们也要盖实验楼，买仪器设备，这都是进一步的设想。所长的位子嘛，只能空一阵子，副所长我准备让你当，因为只有你有提得起的项目。这可提了你好几级，将来评职称，出国进修，你都优先。看你的样子好像不乐意，真不识抬举！"

"我没说不乐意呀！"

"可光我想提你不成。你想别人怎么看你！像你现在这样子，我提也白搭。从现在到讨论定所的领导班子，还要几个星期。你得有几样突出表现，才能扭转形象。眼前这老姚的事，简直是你的绝好机会。叫你去你还不去，你真笨哪！"

“照你这么说，我还真得去了。我爸爸病了，我要去陪，我妈还说用不着我。这老姚算个什么东西，居然要抢我爸爸上风！他拉屎，我还要给他擦屁股，真跌份儿！我什么时候去？”

“今晚上就找不着人，你去吧。明天我派许由。你们俩去了，别的坏小子就都肯去了。”

学好真不容易，除了和学生扯淡，还得给老姚擦屁股，而且我还要感谢老姚摔断了腿，给我创造了机会。回到实验室，我给老婆打电话，说我不回去了。她二话没说，咔嚓一下把话筒搁下。我又对许由说这事儿，他默默地看了我好半天，才冒了一句："王二，你别寒碜我啦。"吃完了晚饭，我就出发上医院。

【七】

老姚要是不给我造谣，就是个很可爱的老头儿，他长着红扑扑的脸儿，上面还有一层软软的茸毛，一副祖国花朵的嫩相，他有几根长短不齐的白胡子，长得满脸都是。此人常年戴一顶布帽子，鼻梁上架上了副白边眼镜，在校园里悄悄地走来走去，打算捉贼。我们学校里贼多极了，可他就是捉不到。一般机关单位的保卫科也都很少能捉到贼，主要起个吓阻作用，可我们的老姚不但不能吓阻，自己还成了贼的目标。只要他一不注意，洗脸的毛巾就到浴室里成了公用的，大家都拿它擦脚。老姚把它找回来，稍微洗洗再用，结果脸上长了脚癣。偷他毛巾的就是他的助手王刚。王刚这小子太不像话，老姚摔伤了，他也不去看着。说是丈母娘从外地来北京，他要去陪着，其实他丈母娘来了有半年了，他纯粹是找借口。

老姚自己捉不到贼，就发动群众帮他捉。无论是全校大会、各系的会，甚至于各科的会，他都要到会讲话，要求大家提高警惕，协助捉贼。他又是个废话篓子，一说就是一个钟头还没上正题，所以大家开会都躲着他。我们基础部开会，就常常躲到地下室，还派人在门口放哨，一见老姚来了，立刻宣布休会。他还做了十几只检举箱到处安放，谁也不往箱里投检举信，除了男厕所里那一个，有人做了仿古文章："老姚一过厕所之坑，纸篓遂空。"简直是亵渎古人！

　　这些都是他的事，不是我的事。只可恨他捉不到贼还顺嘴胡说。学校里一丢东西，他就怀疑是校工里小年青的偷了。这也不能说没有道理，他有公安局公布的数字为证：去年全市刑事犯罪者百分之八十是青少年，青年工人又占到第二位，占第一位的青年农民我们学校里没有。他又进一步缩小怀疑圈，认为锅炉房那几位管子工年龄最小，平时又吊儿郎当不像好人。一丢东西，他就说是他们几个偷的。人家怎肯吃这种哑巴亏？正好厕所下水道堵了，用竹片捅不开。管工弟兄们刨开地面，掏出一大团用过的避孕套，有几十个。这帮人就用竹竿挑着进了保卫科，往办公桌上一摔，摔得汁水四溅，还逼着他立即破案，否则下水道再堵了，就叫老姚去刨地。然后老姚就来破避孕套的案。他也不知怎么就想到学校里还有生物室，拿了那些东西来找我化验。正好一进门，听到许由和我开玩笑，说那些东西里有我一份。这可不得了，老姚当了真，到处去讲我作风有问题。谣言这东西是泼水难收，到现在我还背着黑锅。平时我恨不得掐死他，现在他住医院，我去看护，你看我是不是吃错药了？

　　我到医院去，向门房打听老姚。人家说记录上无此人，可能已经拖走了。我知道这医院不怎么样，可是一下午就把老姚治死，也太快了点。再问时，人家问我什么时候送来的，我说早上送来的。他又问我们认不认识院长大夫，我说都不认识。他说那准是躺在急诊室里。要是不赶紧托人找关系，病人还要在急诊室里一直躺下去。我去找急诊室，顺着路标绕来绕去，一直走到后门边上，找到一间房子门上挂着急诊室的牌子，可是怎么看这房子都是太平间。看来原来的急诊室在翻盖，急诊病人向死人借位子。我在门前欲进又退，心里狂跳不止，和第一次与铃子搭话时的心境相仿。

我第一次和铃子搭话，预先找过无数借口，可是都觉得不充分，不足以掩饰我要搞她的动机：那年头男女青年要不是为了这样的目的，可以一辈子不搭话。同理，今天我来看着老姚，也没法掩饰我要装好人、往上爬的动机。我和他非亲非故，平时还有些宿怨，我来干吗？

从小学我就会挖苦先进的小同学，那些恶毒之词现在不提也罢。现在我骑虎难下，前进一步，我骂人的话全成了骂自己，要是走了呢？呸！更不成个体统。

我开始编些借口。我要这么说："姚大叔，校长叫我来照看你。"这话就和旧社会新房里新郎说过的一样。他和个陌生女孩待在一起，不好意思，就这么说："父母之命，媒妁之言……"你看他多干净，其实过一会儿，他就要操人家。新郎官的话是自欺欺人，我的话也是自欺欺人，我身后又没有两个武装警察押送，要是不乐意，可以不来呀！

我还可以说："老姚，听说你病了没人照看，我心里不安。我们八十年代的青年，照顾有病的老人是我的本分。"这话很好，怎奈我不是这样的人，不合身份。还有一种说法比较合理："老姚，咱们是同事，我又年轻，该着我来。"不过王刚怎么不来说这话？算了算了，不想这么多，我先进去，到时候想起什么说什么。

一进急诊室，吓了我一跳。这是间有天窗的房子，天花板上一盏水银灯，灯光青紫，照得底下的人和诈尸的死人一般无二。有若干病人直挺挺躺在板床上，那床宽不过二尺，一头高一头低，板子薄得叫人担心。这床看着这么眼熟！小时候我住在医院里，经常钻地下室。有一次钻到太平间里，就看见了这样的床。

　　盛夏里我看见过一具年轻的女尸躺在这种床上，浑身每个毛孔都沁出一团融化的脂肪，那种黄色的油滴像才流出的松脂一样。现在躺在床上的人谁也不比她好看，尤其是屋子正中那一位。她是个胖老太太，好像一个吹胀的气球，盘踞在两张床拼起的平台上。她浑身的皮肤肿得透亮，眼皮像两只下水袋，上身穿医院的条子褂，下面光着屁股，端坐在扁平便器上，前面露出花白的阴毛，就如一团油棉丝。老太太不停地哼哼，就如开了的水壶。已经胀得要爆炸了，身上还插着管子打吊针，叫人看着腿软。幸亏她身下老在哗哗地响，也不知是屙屎屙尿，反正别人听了有安全感。其他病人环肥燕瘦各有态，看架势全是活不长的。

　　这屋子里的味儿实在不好，可说是闻一鼻子管饱一辈子。屎尿、烂肉、馊苹果、烂橘子汇到一块儿，我敢保你不爱闻。声音也就不必细讲，除了几位倒气的声音，还有几个人在哼哼。顶难听的是排泄的声响。我向门口陪床的一个毛头小伙儿打听是否见过一个断了腿的红脸老头儿，他说在里面。我踮脚一看，果然，老姚和他老婆在里面墙角，那边气味一定更难闻。我先不忙着进去，先和眼前这小伙子聊一会儿。我敬他一支烟，他一看烟是重九牌的，眼睛就亮了。

　　"你在哪儿买的？"

　　"云南商店呗。您这是陪您的哪一位？"

　　"姥姥呗，喉癌，不行了，哥们儿，云南商店在哪儿呀？"

　　"大栅栏，去了一打听，谁都知道。啊呀，这地方这么糟糕，您还不如把她拉回去。"

　　"家里有女的，害怕死人。这一屋子差不多都是要死的，家里放不下，弄到医院又进不了病房，躺在这儿捯气儿。我们快了，空出地方来，你们可以往这边搬，空气好多了。"

那位姥姥忽然睁开眼，双手乱比画。这个老太太浑身成了砖红色，嘴里呼出癌的恶臭，还流出暗红色的液体。她像鲇鱼一样张口闭口，从口形上看她在大呼要回家。那位毛头小伙儿低头和她说："姥姥，您忍一忍，这儿有这玩意儿（小伙子用手捏捏老太太鼻子上的氧气管），您插上舒服一点呀！"

老太太嘴乱动，意思是说，你们的话我全听见了。她要是还能发声，一定要把这不孝的外孙大骂一顿。可惜她只能怒视。她还用充满仇恨的目光扫了我一眼，吓得我赶紧走开。看看这一屋子人，都是叫那些怕见死人的女人轰出家门的，真叫人发指！女人呀女人，是她妈的毒蛇！

走到老姚面前，我正要搜索枯肠编一句什么话，老姚的老婆倒把我的话头抢过去了。

"你就是学校派来陪床的吧？怎么不早来！老姚给你们学校守夜，摔断了腿，就这么对待他？老实告诉你，不成！赶紧把他送到病房里去！"

她这么咄咄逼人，把我气坏了："姚大嫂，这话和我说不着，你去找我们校长好不好？"

"明天我就去，这叫怎么一回事？你们学校这么没起子？老姚一个党委委员，病了就往狗窝里送？"

这话很有道理。我要是病了，也要躺在这狗窝里，应该支持老姚老婆去找领导大打一架。我说："你去闹吧，这年头撑死胆大的，饿死胆小的。你去闹了以后，学校兴许能把老姚送到北大医院去。"

她走了，老姚睁开一只眼看看我，又闭上了。他和我没话可讲。我拍拍他的腿说："要尿叫我一声啊！"就闭目养神。过了一会儿，只觉得气味和声音太可怕。一睁眼，正看见几个人把个病人往外送，是个老得皮包骨的老头子，已经死掉了。我想到外边走走，老姚一把扯住我，气如游丝地说：

"别走！我一个人躺着害怕！"

真他妈的倒霉，我又坐下，忽然想起李斯的名言，人之不肖如鼠也！这是他老人家当仓库保管员时的感慨。他是说，有两种耗子。粮库里的老鼠吃得大腹便便，官仓几年不开一次，耗子们过得好似在疗养，闲下来饮酒赋诗，好不快活。可是厕所里的老鼠吃的是屎，人上厕所就吓得哇哇叫，真是惨不忍睹。于是他就说：人和他妈的耗子一样。混得好就是仓房鼠，混得不好就是厕所鼠。这话讲得有勇气！基督徒说，人是天主的儿女；李斯说，人和耗子是一个道理。比起来还是我们的祖先会写文章，能说明问题。我一贯以得道高人自居，从来没在耗子的高度上考虑问题。可是面对这个急诊室，真得想一想了，说这里是茅坑，一点都不过分。要是我到了垂危时，也挺在这么一张木板床上听胖老太太哗哗响，这是什么滋味？就算我是诗人，可以把它想象成屋檐滴水（有这么一支吉他曲，美不胜收），可是隔一会儿就有山洪暴发之声，恶臭随之弥漫，想象力怕也无法将之美化。那时候每喘一口气就如吞个大铁球，头晕得好似乘船遇上了八级风，还要听这种声音，闻这种气味，我这最后一口气怕也咽不下去。我的二妞子（她已经白发苍苍）俯在我身上泪如泉涌，看我这惨相，恨不得一刀捅死我，又下不了手，这种情景我不喜欢，还是换上一种。

再过五十年，王二成了某部的总工程师，再兼七八个学会的顾问，那时候挺在床上，准是在首都医院的高干病房里。我像僵尸一样，口不能言，连指尖也不能动，沙发床周围是一种暗淡的绿光，枕头微微倾斜，我看见玻璃屏后的仪器。我的心在示波器上跳动。

一个女护士走进来，她化了妆，面目姣好，是那种肉多的女人。乳房像大山，手臂肉滚滚。她解开我的睡衣，把它从我身上拽出去。啊呀，王二，你怎么成了这个样子？胸膛上的皮皱巴巴的，肚皮深陷下去。腿呀腿，就如深山中的枯木，阴毛蓬蓬，没几根黑的。那话儿像根软软的面条。我不明白，一米九十的身高，老了怎么缩得这么短？女护士用一根手指把我掀翻过身来，在我背上按摩。这可是女人的手！王二老到八十五，也是个男人，可是就是反应不起来。她又把我翻起来，按摩我的胸前、手臂。心狂跳起来，可是身体其他部位木然不动。只有尿道发热，一滴液体流出来。她按摩完毕，忽然发现我身体的异常，"咦"了一声。嘻嘻，谁让你拨弄我？王二还没死。那女人拿出一个棉球，把我龟头擦干净，然后把它轻巧地弹入废纸篓。王二，你完了！脸也臊不红，实在是太老了。她给我穿上衣服，就出去了。我猛然觉得活够了，就想死，示波器上的心脏不跳了，警报声响成一片。白衣战士们冲进来，在我手上、腿上、胸上打针，扣上氧气面具，没用了！仪器上红灯亮了。一个时钟记下时间。几名穿毛料中山装的人进来，脱帽肃立。十二点五十七分二十七秒，伟大的科学家、社会活动家、中国科学界的巨星王二陨落了。然后干部们退出。护士们一齐动起手来，脱下睡衣，把我掀翻过去，掰开屁股，往直肠里塞入大团棉花。这感觉可真逗！然后又掀翻过来，往我身上狂喷香水，凉飕飕的，反正她们不怕我着凉。一个漂亮小护士把我那话儿理顺，箍上一条弹力护身，另有几个人在我肚皮上垫上泡沫塑料。然后把上身架起来，穿衬衣，腿上套上西装裤。上身穿上上衣，打上领带。嘿！这领带怎么打的？拴牛吗？你给你丈夫打领带也这样？任凭我大声疾呼，她浑然无觉。又来了个提皮箱的中年人，先给我刮脸，又往我嘴里垫棉花，这可不舒服。快点！我要硬了！涂上口红，贴上假眉毛。棺材抬进来，几个人七手八脚把我往里抬，西式棺材就是好，躺着舒服。在胸袋里插上一朵花，胸前放上礼帽。再往手里放一根手杖，拿了到阴间打人。嘿嘿，王二这叫气派！同志们，这就叫服务！现在可以去出席追悼会了！

　　脑袋嘭一下撞在木板床上，我又醒过来。我困极了，恨不得把老姚从板床上掀下来，自己睡上去。起来看看周围的人，全都睡了，就连那个胖老太太也坐在便盆上睡了。就在我打瞌睡这一会儿，屋里又少了好几个人。门口那个和我一块儿抽过烟的小伙子和他姥姥都不见了，那个女人现在在天国里。我再也坐不住了，到院子里走走。

夜黑到发紫，星星亮得像一些细小的白点。在京郊时我常和铃子钻高粱地，对夜比一般人熟悉很多。这是险恶的夜，夜空紧张得像鼓面，夜气森森，我不禁毛发直立。

在这种夜里，人不能不想到死，想到永恒。死的气氛逼人，就如无穷的黑暗要把人吞噬。我很渺小，无论做了什么，都是同样的渺小。但是只要我还在走动，就超越了死亡。现在我是诗人。虽然没发表过一行诗，但是正因为如此，我更伟大。我就像那些行吟诗人，在马上为自己吟诗，度过那些漫漫的寒夜。

我早就超越了老鼠，所以我也不向往仓房，如果我要死，我就选择一种血淋淋的光荣。我希望他们把我五花大绑，拴在铁战车上游街示众。当他们把我拖上断头台时，那些我选中的刽子手——面目娟秀的女孩，身穿紧绷绷的黑皮衣裙，就一齐向我拥来，献上花环和香吻。她们仔仔细细地把我捆在断头桩上，绕着台子走来走去，用钢刀棍儿把皮带上挂的牛耳尖刀一把把钢得飞快，只等炮声一响，她们走上前来，随着媚眼送上尖刀，我就在万众欢呼声中直升天国。

我又走回急诊室，坐在板凳上打盹儿。早上八点钟，老姚的老婆才来换我，我困得要死，回家太远了，就骑车上学校，打算在实验室里打个盹儿。

走在大街上，汇入滚滚的人流，我想到三十三年前，我从我爸爸那儿出来，身边也有这么许多人，那一回我急急忙忙奔向前去，在十亿同胞中抢了头名，这才从微生物长成一条大汉。今天我又上路，好像又要抢什么头名，到一个更宏观的世界里去长大几亿倍。假如从宏观角度来看，眼前这世界真是一个受精的场所，我这么做也许不无道理，但是我无法证明这一点。就算真是如此，能不能中选为下一次生长的种子和追名求利又有什么关系？事实上，我要做个正经人，无非是挣死后塞入直肠的那块棉花。

我根本用不着这么做，我也用不着那块棉花，就算它真这么必要，我可以趁着还有一口气，自己把它塞好，然后静待死亡。自己料理自己的事，是多么大的幸福！在许由那张臭烘烘的床上躺下时，我还在想：我真需要把这件事想明白，这要花很多时间，眼前没有工夫，也许要到我老了之后。总之，是在我死之前。

似水流年

王二年表：

一九五〇年出生。

一九六六至一九六八年，"文化革命"。住在矿院，是一名中学生，目睹了贺先生跳楼自杀和李先生龟头血肿。

一九六八年，和许由在地下室造炸药玩，出了事故，大倒其霉。先被专政，后被捕，挨了很多揍。

一九六九至一九七二年，被释放。到云南插队。认识陈清扬。

一九七二至一九七七年，在京郊插队。与小转铃交好。与刘先生结识。刘老先生死。后来上调回城，在街道厂当工人。

一九七七至一九八一年，上大学。

一九八一至一九八四年，毕业，三十而立。与二妞子结婚。

一九八五至一九九〇年，与旧情人线条重逢，很惊讶地发现她已嫁了李先生。出国读学位。丧父。离婚。回国。

一九九〇年，四十岁。

【一】

岁月如流，如今已到了不惑之年。我现在离了婚，和我母亲住在一起。小转铃有时来看我，有时怄了气，十几天都不露面。如今我基本上算是一个单身汉。

我住的是我父亲的房子，而我父亲已经不在了。我终于调进矿院来，在我父亲生前任教的学校教书。住在我家对面的是我的顶头上司李先生。李先生的夫人，是我的老同学，当年叫线条。线条在"文化革命"里很疯，很早就跑出来，和男孩子玩。现在提这些事不大应该，但是我想，线条不会见我的怪。因为她就是和我玩的。也可以说，我们俩是老情人。

至于李先生，更不会见怪，因为他不在乎这些事。除此之外，他和我的交情非常好。他从海外回大陆，第一个能叫上名字的人就是我。他还是个不善交际的人，直到现在，除了夫人之外，也就是和我能聊聊。我不知他在国外的情况，反正在中国，能说说心事的，也就是一个线条，一个王二。这实在不算多。用李先生的话说，别人和他没有缘。我也把李先生当个朋友。我向来不怕得罪朋友，因为既是朋友，就不怕得罪，不能得罪的就不是朋友，这是我的一贯作风。由这一点你也可猜出，我的朋友为什么这么少。

我现在没有几个朋友了。许由找了个出国劳务的活儿，到中东去修公路。陈清扬，见不着。小转铃说，我对线条旧情不断，还说我是癞蛤蟆想吃天鹅肉。她简直是个醋葫芦。我爱上了李先生的老婆。李先生不知道，还说我和他有缘。该着做朋友。

李先生说，和我有缘，这种缘分起源于二十三年前一个冬日的早上。

那时我是一个十七岁中学生，个子像现在一样高，比今天瘦很多，像竹竿一样。头上戴狗皮帽，身穿蓝制服罩棉袄，脚下穿大头皮鞋，这身打扮在当时很一般。我身上的衣服不大干净，这在当时也很一般。我那顶帽子是朋友送的，而他也不是好来的，不是偷来就是抢来的，这在当时也很一般。当年的中学生，只要不是身体单薄、性情懦弱，有谁没干过几件坏事，抢几顶帽子实在一般——我就这个样子走到矿院的大操场上去看大字报。在一九六七年大字报已没有了轰动效应，但是还有不少东西可看。某先生早年留学日本时去嫖妓，想赖嫖资；某教授三年困难下矿山，吃招待饭时偷了馒头藏在怀里；某书记当年贪污了党的经费，给自己打了一个银烟盒等，颇为有趣。看这种东西很容易入迷，不知不觉自己也变成了坏蛋。假如再有"文化大革命"，这种东西我绝不看了。在当年我有一个习惯，就是每天要把全院的大字报看一遍。矿院很大，大字报很多，所以不能全看完。有些我只看看标题，有些览其大略，有些有趣的我仔细看。就是这样，还得起早贪黑。一大早我就到了大操场上，而大操场早被席棚隔成了九宫八卦之型。我在八卦之中走动，起得早了，没碰见人。转了几个圈后遇上了第一个人，他躺在地上像条死鱼。这就是李先生。

把时间推到二十三年前，李先生刚从香港回内地，过冬的衣服都是临时置办的。他身穿一件蓝色带风帽的棉大衣，北京人叫棉猴儿的那种东西，又小又旧，也不知是谁给他的。李先生个子小，那棉猴儿比他还小，可见是小孩子穿过的东西。棉猴儿下是粗呢裤管，这是他从海外带回来的东西。粗呢裤下是一双又肥又大的塑料底棉鞋，这是他在北京买的。李先生胡子拉碴，戴一副瓶子底也似的眼镜。我见时他就是这副样子倒在地上，半闭着眼睛，不见黑眼珠，浑身打着哆嗦，很像前几天跳楼的贺先生刚着地时的样子。但是仔细看时颇有不同，贺先生的脑子当时是洒出来的，而李先生的脑子还在脑壳里面，这是最主要的不同之点。贺先生从楼上跳下来时，我不在现场，是后来得到消息赶去的。虽然去得很快，也错过了不少场面。据说贺先生刚落地时，还在满地打滚儿，这场面我就没看见。据说贺先生的手还抓了两把，我也没看见。贺先生死时的景象，我几乎都没看见，只看见他最后抽抽了两下。这使我很没有面子。所以看见李先生倒在地下，我大为兴奋，虽然我拿不准他死了没有。

假如我知道李先生没死，只不过是晕了过去，那么我肯定会去救他。虽然我当时很瘦，但是"文革"前的孩子重视体育，所以都有一把力气，李先生又不重，我把他扛走没什么问题。但是当时我以为他有可能已经没救了，在这种情况下，就该保护现场，等待警察。既然我拿不准他死没死，还有第三种办法：我去喊几个人来，看看他死没死。这个办法我最不乐意。设想李先生已死，我又离开了现场，别人再撞上了，那时我再说我是第一个到达现场之人，谁还肯信？就算信了，对我更不好，他们会说，王二叫死人吓跑了。如今到了不惑之年，我不怕人家说我胆小了。经过了插队，当工人，数十年的时间，所到之处人都说我胆子非常大，胆大心黑、色胆包天、胆大妄为等等。偶尔有人说一句"王二胆小"，我也不觉得有什么。可是在当时，我就怕人说我这个。因此我采取了第四个办法，站在原地不动，看李先生是越抽越厉害还是越抽越硬邦。假如是后者，我就嚷嚷起来。假如是前者，我就过去扛他。谁知他很快就睁开了眼睛，坐起身来，这叫我大失所望。我转过身去，准备走了。

在李先生看来，那天早上的事就没这么轻松。当时他从香港赶来参加"文化革命"（后来他说，这是他这辈子犯的最大的错误），头天晚上刚到矿院，早上就来贴大字报。谁知和别人起了争执，遭人一脚踢成了重伤，晕倒在地。醒来一看，大出意料：原来没躺在医院里，也没人围着他。踢他的人也不见了。只有一个半桩孩子在一边看着，而且那孩子有姗姗离去之势。所以他急忙叫我回去搀他一把。李先生说，当时他伤处极疼，没人架一把一步也走不动。而我却摇头晃脑，好半天才走过去，可把他急坏了。所以等他能够上，就一把搂住了我的脖子，再也不敢放，生怕我也跑了。结果到了医院，我脖子上被箍出了一溜紫印。在这种情况下，我当然不肯再搀他回去，抽个冷子就跑掉了。这下又苦了李先生，他根本不认识回去的路，花了几倍的工夫才回到了矿院。

对于这件事我还有些补充。当时我不认识李先生，不知他是矿院的人。假如认识，抢救的态度会积极一点。我也不知他是被人摆平的，还以为他是在抽羊角风。假如知道，抢救的态度也会积极一点。做了这两点辩护之后我也承认，当时我对死人特别有兴趣，对活人不感兴趣。李先生说，他对我当时的心情能够理解。有件事他不能理解，就是那一脚踢得委实厉害。只要再踢重一点，他就会变成我感兴趣的人。

李先生挨那一脚的事是这样的：一九六七年大家都想写些大字报贴出去，然后看见别人在自己写的东西面前交头接耳，议论纷纷，这和我今天想发表作品的心情是一样的。顶叫人愤怒的是，自己辛辛苦苦写了一夜，才贴出去就被人盖掉，所以都在大字报上写着"保留五日""保留十日"。无奈根本没人给你保留。那年头为这种事吵嘴、动手的事也不知有多少。李先生的大字报正贴在司机班一伙冒失鬼好不容易诌出的大字报上，而且被本主当场逮到。又住了脖子和他理论，和他又理论不清。因此照他裆下踢了一脚，人家怎么也想不到他会让人踢个正着。当时我们院谁不知道司机班那伙人？只有李先生不知道，所以连挨揍的准备都没有。这一脚踢出麻烦来了，眼见得李先生脸色也变了，眼珠子也翻了，软软地挂在人家手上。人家也怕吃人命官司，赶紧把他放在地上跑掉了。谁又能想到他还有救呢？假如送他上医院，万一他又没救了呢？

现在我们院的人都在背后叫李先生"龟头血肿"，包括那些没结婚的小姑娘。她们说，李先生原是日本人，姓龟头，名血肿。这是不对的。李先生从未到过日本。他叫这个名字，是因为他挨了一脚后，十分气愤，就把医院的诊断书抄出来寻求公道，那诊断中有这样的字句："阴囊挫伤，龟头血肿。"他寻到的公道就是从此被叫作龟头血肿，一肿二十三年，至今还没消。

【二】

十几年后，我到当年李先生拿博士的学校里读书。李先生毕业后还在这儿任了两年教，所以不少人还记着他。人家对他的评价是：性情火暴，顽固到底，才华横溢。乍一听只觉得自己的英文出了问题：李先生性情火暴？他是最不火暴的呀！

李先生的才华横溢我倒是见过，那是在他被人龟头血肿了之后。他连篇累牍地写出了长篇大字报，论证龟头血肿的问题。第一篇大字报开头是这样的：李某不幸，惨遭小人毒手，业已将经过及医院诊断，披露于大字报。怎知未获矿院君子同情，反遭物议；兄弟不得不再将龟头血肿之事，告白于诸君子云云。

这篇大字报的背景是这样的：他把医院的诊断书画成大字报贴出来，就有些道学的人在上面批，这种东西也贴出来，下流！无耻！至于他怎么挨了人踢，却没人理会。所以李先生在大字报里强调：李某人的龟头，并非先天血肿，而是被人踢的。

李先生在大字报里说，他绝不是因为吃了亏，想要对方怎样赔罪才写大字报。他要说的是：龟头血肿很不好，龟头血肿很疼。龟头血肿应该否定，绝不要再有人龟头血肿。他这些话都被人看成了奇谈怪论。到这时，他回来有段日子了，大家也都认识他。在食堂里大师傅劝他：小李呀，拉倒吧。瞧瞧你被人踢的那个地方，不好张扬。李先生果然顽固，高声说：师傅，这话不对。人家踢我，可不是我伸出龟头让他踢的！踢到这里就拉倒，以后都往这里踢！

虽然没有人同意李先生的意见，但是李先生的大字报可有人看。他就一论龟头血肿，二论龟头血肿，三论四论地往外贴。在三论里他谈到以下问题：

近来我们讨论了龟头血肿，很多人不了解问题的严重性，不肯认真对待，反而一味嗤笑。须知但凡男人都生有龟头，这是不争的事实。龟头挨踢，就会血肿，而且很疼，这也是不争的事实。不争的事实，何可笑之有？不争的事实，又岂可不认真对待？他这么论来论去，直把别人的肚子都要笑破。依我看，这龟头血肿之名，纯粹是他自己挣出来的。

李先生论来论去，终于有人贴出一张大字报讨论龟头血肿问题，算是有了回应。那大字报的题目却是：龟头血肿可以休矣。其论点是：龟头血肿本是小事一件，犯不上这么喋喋不休。在伟大的"文化革命"里，大道理管小道理，大问题管小问题。小小一个龟头，它血肿也好，不血肿也罢，能有什么重要性？不要被它干扰了运动的大方向。一百个龟头之肿，也比不上揭批查。这篇大字报贴出来，也叫人批得麻麻扎扎，说作者纯属无聊。既知揭批查之重要，你何不去揭批查，来掺和这龟头血肿干吗？照批者的意见，这李先生是无聊之辈，你何必理他？既然理他，你也是无聊之辈。但是李先生对这大字报倒是认真答辩了。他认为，大道理管小道理，其实是不讲理。大问题管小问题，实则混淆命题。就算揭批查重要，也不能叫人龟头血肿呀！只论大小重要不重要，不论是非真伪，是浑蛋逻辑。他只顾论着高兴，却不知这大小之说大有来头。所以就有人找上门，把他教训了一顿。总算念他是国外回来的左派，不知者无罪，没大难为他。要不办起大不敬罪来，总比龟头血肿还难受。李先生也知道厉害，从此不再言语。这龟头血肿之事，就算告一段落。

流年似水，转眼就到了不惑之年。好多事情起了变化。如今司机班的凤师傅绝不敢再朝李先生裤裆里飞起一脚弹踢，可是当年，他连我们都敢打。院里的哥们儿，不少人吃过他的亏。弟兄们合计过好几回，打算等他一个人出来时，大家蜂拥而上，先请他吃几十斤煤块，然后再动拳脚。听说他会武功，我们倒想知道挨一顿煤雨后，他的武功还剩多少。为了收拾这姓凤的，我们还成立了一支"杀鸡"战斗队，本人就是该战斗队的头儿。我曾经三次带人在黑夹道里埋伏短他，都没短到。凤师傅干过侦察兵，相当机警，看见黑地里有人影就不过来。第四次我们用弹弓把他家的玻璃打坏了几块，黑更半夜的他也没敢追出来。经过此事，司机班的人再不敢揍矿院的孩子。

关于龟头血肿，我们矿院的孩子也讨论过，得到的结论是，李先生所论，完全不对。我们的看法是：世界上的人分两种，龟头血肿之人和龟头不肿之人。你要龟头不肿的人理解血肿之痛，那是完全不可能的。唯一的办法是照他裆下猛踢一脚，让他也肿起来。

有关李先生龟头血肿的事还可以补充如下：那些日子里北京上空充满了阴霾，像一口冻结了的黏痰，终日不散。矿院死了好几个人，除贺先生跳楼，还有上吊的、服毒的、拿剪子把自己扎死的，叫人目不暇接。李先生的事，只是好笑而已，算不了大事情。

【三】

流年似水，有的事情一下子过去了，有的事情很久也过不去。除了李先生龟头血肿，还有贺先生跳楼而死的事。其实贺先生是贺先生，和我毫无关系。但是他死掉的事嵌在我脑子里，不把这事情搞个明白，我的生活也理不出个头绪。

贺先生死之前，被关在实验楼里。据我爸爸说，贺先生虽然不显老，却是个前辈。就是在我爸的老师面前，也是个前辈。到"文化革命"前，他虽还没退休，却已不管事了。用他自己的话来说就是："我一辈子的事都已做完，剩下的事就是再活几年。"我爸爸还说，贺先生虽然是前辈，却一点都不显老，尤其是他的脑子。偶尔问他点事，说得头头是道，而且说完了就是说完了，一句多余的话也没有。据此我爸爸曾预言他能活到很多当时五十岁的人后面。他被捉进去，是因为当过很大的官。然后他就从五楼上跳下来了。

贺先生从楼上跳下时，许由正好从楼下经过。贺先生还和许由说了几句话，所以他不是一下就跳下来的。后来我盘问了许由不下十次，问贺先生说了什么、怎么说的等等。许由这笨蛋只记得贺先生说了："小孩儿，走开！"

"然后呢？"

"然后就是砰的一下，好像摔了个西瓜！"

再问十遍，也是小孩儿走开和摔了西瓜，我真想揍他一顿。

在我年轻时，死亡是我思考的主题。贺先生是我见过的第一个死人。我想在他身上了解什么是死亡，就如后来想在陈清扬身上了解什么是女人一样。不幸的是，这两个目标选得都不那么好。就以贺先生来说，在他死掉之前，我就没和他说过话。而许由这家伙又被吓坏了，什么都忘记了。你怎能相信，一个存心要死的人，给世界留下最后的话仅仅是"小孩儿走开"呢？

贺先生后来的事我都看见了。他脑袋撞在水泥地上，脑浆子洒了一世界，以他头颅着地点为轴，五米半径内到处是一堆堆一撮撮活像新鲜猪肺的物质。不但地上有，还有一些溅到了墙上和一楼的窗上。这种死法强烈无比，所以我不信他除"小孩儿走开"之外没说别的。

贺先生死后好久，他坠楼的地方还留着一摊摊的污迹。原来人脑中有大量的油脂。贺先生是个算无遗策的人（我和他下过棋，对此深有体会），他一定料到了死后会出这样的事。一个人宁可叫自己思想的器官混入别人鞋底的微尘，这种气魄实出我想象。

虽然贺先生死时还蒙有不白之冤，但在他生前死后，我从没对他有过不敬之心。相反，我对他无限崇拜，无限热爱。不管别人怎么说他（反动学术权威、国民党官僚等等），都不能动摇我的敬爱之心。在我心中，他永远是那个造成了万人空巷争睹围观的伟大场面的人。

【四】

前面提到李先生说过，取道香港来参加革命工作是个错误，这可不是因为后来龟头血肿起了后悔。起码他没对我说过不革命的话。他说的是不该走香港。在港时他遇上了一伙托派，在一起混了一些时，后来还通信。到了后来清理阶级队伍，把他揭了出来。

李先生的托派嘴脸暴露后，我和线条在小礼堂见过他挨打。那一回人家把他的头发剃光，在他头上举行了打大包的比赛，打到兴浓时还说，龟头血肿这回可叫名副其实。线条就在那回爱上了他。二十三年前，线条是个黄毛丫头，连睫毛都发黄，身材很单薄，腰细得几乎可以一把抓，两个小小的乳房，就如花蕾，在胸前时隐时现。现在基本还是这样，所不同的是显得憔悴疲惫。她是我所认识的最疯、最胆大的女人，尽管如此，我也没料到她会嫁龟头血肿。

现在应该说到李先生挨打的情形。那个小礼堂可容四五百人，摆满了板条钉成的椅子，我们数十名旁观者都爬到椅子上看。李先生和参赛选手数人在舞台上，还有人把大灯打开了，说是要造造气氛。李先生刮了个大秃瓢，才显出他的头型古怪：顶上有尖，脑后有反骨，反骨下那条沟相当之深。这种头剃头师傅也不一定能剃好，何况在场的没有一个是剃头出身，所以也就是剃个大概，到处是青黑的头发茬儿。我在乡下，有一回和几个知青偷宰了一口猪，最后就是被弄成了这个样子。我和线条赶到时，他头上的包已经不少了，有的青，有的紫，有的破了皮，流出少许血来。但是还没赛出头绪，因为他们不是赛谁打的包大，而是赛谁打出的包圆。李先生头上的包有些是条状，有些是阿米巴状，最好也是椭圆，离决出胜负还差得远。李先生伸着脖子，皱着眉，脸上的表情半似哭，半似笑，半闭着眼，就如老僧入定。好几个人上去试过，他都似浑然不觉。直到那位曾令他龟头血肿的凤师傅出场，他才睁开眼来。只见凤师傅屈右手中指如凤眼状，照他的秃头上就凿，剥剥剥，若干又圆又亮的疙瘩应声而起。李先生不禁朗声赞道：还是这个拳厉害！

线条后来对我说，那回李先生在台上挨打，那副无可奈何的样子真可爱！对此我倒不意外。李先生那样子，和ET.①差不多。既然有人说ET.可爱，龟头血肿可爱也不足怪。线条还说，有一种感觉钻进心里来，几乎令她疯狂。她很想奔上前去，把他抱在怀里，用纤纤小手把那些大包抚平。这我也不意外，她经常是疯狂的。真正使人意外的是她居然真的嫁给了龟头血肿。

我也爱过李先生。在我看来，一个人任凭老大栗凿在头上剥剥地敲，脸不变色眉不皱，乃是英雄行为。何况在此之前，他曾不顾恶名，愤起为自己的龟头论战。虽然想法有点迂，倒也不失为一条好汉。所以当他被关

---

① E.T., Extraterrestrial 的英文缩写，意为"外星人"。

在小黑屋里时，我曾飞檐走壁给他送去了馒头。线条说，要给李先生以鼓励，我也不反对。她给他的条子，都是我送去的。那上面写着："龟头血肿，坚持住！我爱你！"我想，哥们儿，你活着不容易。让我婆子爱爱你也无所谓。谁知到后来弄假成真，线条真成了龟头夫人！

【五】

那年贺先生从楼上跳下来，在地上抽了几下就不动了。然后不久，警察来验尸，把贺先生就地剥光。那时我站在人群的前列，脚下如穿了钉鞋，结结实实扎下了根，谁也挤不动。因此我就近目睹了验尸的全过程。等把贺先生验完，他已经硬了，因此剥下的衣服也穿不回去。警察同志们把裤子草草给他套到屁股上，把衣服盖在他身上，就把他搭上了车运走了。验尸中也没发现什么，只发现他屁股上有一片紫印。有位年轻的警察顺嘴说："他死！"当时我觉得简直废话。"他"当然死了，你没看见他脑子都出来了吗？然后马上想到这可能是术语。回去一查辞书，果然是的。那位小警察也没什么证据说是他死，只不过那么多人瞪着眼看着，屁股上那么一大片瘀伤，又黑又紫，不说点啥不好。最后结论当然是自杀。其实打在屁股上，不伤筋骨不害命，还是相当人道的。后来和贺先生关在一起的刘老先生出来，别人问他是谁打的，他也说不太清楚，因为谁想起来都去打两下，只单单把凤师傅点了出来，倒不说他打得狠，只说他戴黑皮手套，拎根橡皮管子，一边打一边摸，弄得人怪不好意思。

后来家属据此要告凤师傅，但是刘老先生已经中风死掉了，死无对证。贺先生死的情形就是这样，对此我有一个结论，觉得犯不上和凤师傅为难，因为不管怎么说，他也不是个大坏蛋。闹了一回红卫兵，他干这点

坏事，不算多。闹纳粹时，德国人杀得犹太人几乎灭了种。要照这么算，凤师傅只打屁股，还该得枚人道主义的奖章。问题不在这里，问题也不在贺家大多数人身上。贺老妈妈七十多，又是小脚，只想到告状，不能怪她缺少想象力。贺家大公子五十多岁，也不能怪他没想象力。贺家小公子，和我同年，叫作贺旗，原来在院里生龙活虎，也是一条好汉。我真不知他是怎么了。

【六】

下乡时，线条没跟我去云南插队。她跟父母下了干校，其实是瞄着李先生而去。当然他们的情形不一样，下干校时，线条是家属，爱干不干，十分轻松。而李先生是托派分子，什么活儿都得干。后来不说他是托派了，干校是工人师傅主事，又觉得这龟头血肿不顺眼，继续修理。当地农村之活计有所谓四大累之说，乃是：

打井，脱坯，拔麦子，操 ×。

除了最后一项，他哪一样都干过。再加上挑屎挑尿，开挖土方，泥瓦匠，木匠小工；初春挖河，盛夏看青。晚上守夜，被偷东西的老农民揍得不善。幸亏是吃牛肉长大的，身体底子好，加之年龄尚轻，不到三十岁，要不线条准是望门寡。

现在系里的人说起李先生，对他下干校时的表现都十分佩服。说他一个海外长大的知识分子，能受得了这些真不容易。更难得的是任劳任怨，对国家、对党毫无怨言，真是好同志，应该发展他入党。但是李先生说，他背着"龟头血肿"的恶名，恐怕给党抹黑——还是等等吧。

线条说，李先生那时的表现真是有趣极了。叫他干啥就干啥，脸上还老带着被人打包时的傻笑。她觉得龟头血肿这大 E.T. 简直是好玩儿死了。要不是干校里耳目众多，她早就和他搞起来了。

后来李先生自己对我说，老弟，我们是校友、同行，又是同事，当年你还给我送过馒头，这关系非比寻常。所以，告诉你实话不妨。在干校的时候，我正在发懵懂，觉得自己着了别人的道儿。像我这样学科学方法的人，也有这种念头，实在叫人难以置信。但是想到我在大陆遇到的这些事，又是血肿，又是托派，又是满头大包，实在比迷信还古怪。还有一件更古怪的事：每天下工以后，床上必有一张字条。所以我宁愿相信自己是得罪了人，正在受捉弄。第一个可疑分子就是我大学时同宿舍的印度师兄。有一回我嫌他在房间里点神香，就钻到厕所里弄点声音给他听，一连扳了七八下抽水马桶。这下把他得罪了，他就叫我做起噩梦来，一梦三年不得醒转。既然碰上了这样的非自然力，还是乖乖屈服为好，免得吃更大的苦头。李先生在干校里的事就是这样。

李先生在下干校时，我在云南插队，认识了陈清扬，不再把线条放在心上，但是有时还想到贺先生的事。我想出了贺先生为什么临死时要叫小孩儿走开，这是因为在他死时不喜欢有人看。

"文化革命"前，矿院有个俱乐部，夏天的晚上，从八点到十一点，一直亮着灯，备有扑克象棋等等。那里有吊扇，沙发上还铺了花边，既凉快，又宽敞。每天晚上我都到那里去下棋。有一天人家告诉贺先生说，王二的棋非常厉害。贺先生头发油黑（是染的），指甲修过，声音浑厚，非常体面。他的棋也好，却下不过我。但是他常来找我下棋，输了也不以为羞。

贺先生死时，头发半截黑半截白，非常难看。两只手别在后面，脖子窝着，姿势不自然。总的来说，他死时像个土拨鼠。贺先生肯定预见到自己死后的样子不好，所以不想让人看见。

贺先生的尸体被收走后，脑子还在地下。警察对矿院的人说，这些东西你们自己来处理。矿院的人想了想说，那就让家属来处理好啦。留下几个人看尸体，别人一哄而散。等到天色昏暗，家属还不来，那几个人就发了火，说道："爱来不来，咱们也走，留下这些东西喂乌鸦。"天将黑时起了风，冷得很。

在云南时，我又想起了贺先生的另一件事。验尸时看见，贺先生那杆大枪又粗又长，完全竖起来了。假如在做爱前想起这件事，就会欲念全消，一点都不想干。

【七】

我在美国时，常见到李先生的印度师兄。他是我的系主任，又是我的导师。所以严格地讲，他既是我师父，李先生就是我师叔，线条就是我师婶。我和李先生称兄道弟，已是乱了辈分，何况我还对李先生说，线条原该是我老婆。不过在美国可不讲究这个。我早把导师的名字忘了，而且从来就没记住。他的名字着实难念，第一次去见他，我在他办公室外看了半天牌子，然后进去说："老师，您的名字我会拼了，能教教我怎么念吗？"每回去见他，都要请他教我念名字，到现在也不会念。好在我根本不认他是我师父——这样线条也不是我的师婶。

我不认这位印度师父，还因为他实在古怪，和你说着话，忽然就会入定，叫也叫不醒。上课时讲科学，下了课聚一帮老美念喇嘛教的经，还老让别人摸他的脑袋，因为达赖喇嘛给他摩过顶。虽然这么胡闹，学校还是拿他当宝贝。这是因为人家出过有名的书。照我看他书出得越多，就越可疑。李先生疑他和龟头血肿有关系，不是没有道理。

李先生告诉我说，他在大陆的遭遇，最叫人大惑不解的是在干校挨老农民的打。当时人家叫他去守夜，特别关照说，附近的农民老来偷粪，如果遇上了，一定要扭住，看看谁在干这不屑而获的事。李先生坚决执行，结果在腰上挨了一扁担，几乎打瘫痪了。事后想起来，这件事好不古怪。堂堂一个 doctor ①，居然会为了争东西和人打起来，而这些东西居然是些屎，shit ②！回到大陆来，保卫东，保卫西，最后保卫大粪。"如果这不是做噩梦，那我一定是屎壳郎转世了！"

【八】

后来我离开了云南，到京郊插队，这时还是经常想起贺先生。他刚死的时候，我们一帮孩子在食堂背后煤堆上聚了几回，讨论贺先生直了的事。有人认为，贺先生是直了以后跳下来的。有人认为，他是在半空中直的。还有人认为，他是脑袋撞地撞直了的。我持第二种意见。

我以为贺先生在半空中，一定感到自己像一颗飞机上落下来的炸弹。耳畔风声呼呼，地面逐渐接近，心脏狂跳不止，那落地的"砰"的一声，已经在心里响过了。贺先生既然要死，那么他一定把一切都想过了。他一定能体会到死亡的惨烈，也一定能体会死去时那种空前绝后的快感。

我在京郊插队时，我们家从干校回来过一次。和贺先生关过一个小屋的刘老先生也从干校回来，住在我家隔壁。我问刘老先生，贺先生有何遗言。刘老先生说，贺先生死时我不在呀，上厕所去了。要是在，还不拉住

---

① doctor：英文，意为"博士"。
② shit：英文，叹词，意为"放屁""胡扯"等。

他？到了贺先生跳下去以后，脑子都撞了出来，当然也不可能有任何遗言。故而贺先生死前在想些什么，后来就无法考证，也就没法儿知道他为什么直了。

贺先生死那天晚上，半夜两点钟，我又从床上起来，到贺先生死掉的地方去。我知道我们院里有很多野猫，常在夏夜里叫春，老松树上还常落着些乌鸦，常在黄昏时哇哇地叫，所以我想，这时肯定有些动物在享用贺先生的脑子。想到这些事我就睡不着，睡不着就要手淫，手淫伤身体。所以我走了出去。转过了一个楼角，到了那个地方，看到一幅景象几乎把我的苦胆吓破。只见地上星星点点，点了几十支蜡烛。蜡烛光摇摇晃晃，照着几十个粉笔圈，粉笔圈里是那些脑子，也摇摇晃晃的，好像要跑出来。在烛光一侧，蹲着一个巨大的身影，这整个场面好像是有人在行巫术，要把贺先生救活，后来别人说王二胆子大，都是二三十岁以后的事。十七岁时胆力未坚，遭这一吓，差点转身就跑。

我之所以没有跑掉，是因为听见有人说：小同学，你要过路吗？过来吧。小心一点，别踩了。我仔细一看，蜡烛光摇晃，是风吹的；对面的人影大，是烛光从底下照的。粉笔圈是白天警察照相画的。贺先生的脑子一点都没动。因此我胆子也大了，慢慢走过去。对面的人有四十多岁，是贺先生的大儿子。他不住院里，有点面生，但是认识。他披了一件棉大衣，脚下放了一只手提包，敞着拉锁。包里全是蜡烛。我问他：白天怎么没看见你？他不说话，掏出烟来吸。手哆里哆嗦，点不着火。我接过火柴，给他点上了烟，然后在他身边蹲下，说：我和贺先生下过棋。他还是不说话。后来我说：已经验过尸啦。他忽然说道：小同学，你不知道。根本没验过。根本没仔细验过。说着说着忽然噎住。然后他说：小同学，你走吧。

我慢慢走回家去，那天夜里没有月亮，但有星光。对于我这样在那些年里走惯夜路的人来说，这点亮足够了。我在想，贺先生家里的人到底想怎样？反正贺先生死了，再也活不了。但是想到贺先生家里那些人，我就觉得很伤心。

贺先生的儿女们在寒风里看守着那些脑浆，没有人搭理他们，那些脑浆逐渐干瘪下去。到后来收拾的时候，有一些已经板结了。所以后来贺先生的脑子有很大一部分永久地附着在水泥地上了。告诉我贺先生遗言的刘老先生也死了。在刘老先生生前，我对他没有一点好印象。这老头子在棋盘上老悔棋，明明下不过，却死不认输。我不乐意说死人坏话，但我不说出来，别人怎能知道呢？他嘴极臭，正对着人说话时，谁也受不了。

有关贺先生直了的事，我还有一点补充。不管他是在什么时候直了的，都只说明一件事：在贺先生身上，还有很多的生命力。别的什么都不能说明。

【九】

流年似水，转眼到了不惑之年。我和大家一样，对周围的事逐渐司空见惯。过去的事过去了，未过去的事也不能叫我惊讶。只有李先生龟头血肿和贺先生的事，至今不能忘。

那一年冬天，北京没一个好天，看不见太阳。那时候矿院是个一公里见方的大院子，其中三分之二的地方是松树林。那时候有好多人（革命师生，革命职工）从四面八方来到矿院，吃了窝窝头找不到厕所，在松林里屙野屎，屙出的屎橛子粗得吓死人。那时候，矿院的墙上大字报层层板结，贴到一尺厚，然后轰的一声巨响，塌下一层来。许由的奶奶活了七十八岁，碰上脑后塌大字报，被这种声音吓死啦。那时矿院里有好多高音喇叭，日日夜夜响个不停。后来我们的同龄人都学不好英文：耳朵不好，听不见清辅音。那时候烂纸特多，有很多捡烂纸的孩子，驾着自制的小车，在马路上做优美之滑行。那时有很多疯子被放出来，并且受到崇拜。那时我刚过了有志之年，瞪大了眼睛，把一切都看在眼里。

如果我要把这一切写出来，就要用史笔。我现在还没有这种笔。所以我叙述我的似水流年，就只能谈谈龟头血肿和贺先生跳楼，这两件事都没在我身上发生（真是万幸），但也和我大有关系。

在结束这个话题之前，谈一点别的事情。我和许由造炸药，落到了保卫组手里，当时我身上有一篇小说的手稿，是我和我们院里的小秀才鸡头合著。王二署名不执笔，执笔的是鸡头。他犯了大错误，写小说用了真名。里面谈到了矿院诸好汉的名次，还提到了我们的各种丰功伟绩，飞檐走壁、抛砖打瓦之类。最不该的是把我砸凤师傅窗子的事都写上了，而后来我正是落到了凤师傅的手里，他把我的腰都打坏了。这件事情告诉我们：写小说不可以用真名，尤其是小说里的正面人物。所以在本书里，没有一个名字是真的。小转铃可能不是小转铃，她是永乐大钟。王二不是王二，他是李麻子。矿院不是矿院，它是中山医学院。线条也不是线条，她是大麻包。李先生后来去的地方，也可能不是安阳，而是中国的另一个地方。人名不真，地点不真，唯一真实的是我写到的事。不管是龟头血肿还是贺先生跳楼，都是真的，我编这种事干什么？

【十】

一九七二年底李先生被发到河南安阳小煤窑当会计。河南的冬天漫天的风沙，水沟里流着黑色的水，水边结着白色的冰。往沟里看时，会发现沟底灰色的沙砾中混有黑色的小方块。这些小方块就是煤。水是从地下流出来的，地下有煤，所以带出了这种东西。一阵狂风过去之后，背风的地方积下了尘埃。在尘埃的面上，罩着黑色的细粉。这件事也合乎道理，因为风从铁路边上煤场吹过来，就会把粉煤吹起来。早上他从宿舍到会计室去，路上见到了这些，觉得一切井然有序，不像在梦里。

李先生那个时候对一切都持将信将疑的态度。

李先生到会计室上班时，头上总戴一顶软塌塌的毡帽。这种帽子的帽边可以放下来，罩住整个面部，使头部完全暖和起来。这种感觉是好的。李先生喜欢，乐意，并且渴望一天到晚用毡帽罩住头部。因为河南冬天太冷，煤矿又在山上。虽然有煤烧，但是房子盖得不好，漏风，所以屋里也冷。但是科长看见他在屋里戴着毡帽，就会勃然大怒：你别弄这个鬼样子吓我好不好？说着就会把他头上的帽子一把揪下来。这件事完全不合道理。

李先生去上班，身上穿蓝色大衣。这衣服非常大，不花钱就拿到了。这件事非常之好，虽然不合道理。给他这件大衣的是矿上的劳资科长，一个广东人。李先生见了他倍感亲切，这是因为李先生所会的三种语言中，广东话仅次于英语。他就想和他讲粤语。劳资科长说，你这个"同机"不要和我讲广东话啦，别人会以为我们在骂他啦。这非常合理，在美国也是这样子的。不能在老美面前讲中国话。广东科长给了他这件大衣，说是劳保。李先生问，何谓劳保？广东科长说，劳保就系国家对你的关怀啦。这个话不大明白，李先生也不深问。劳保里还有些怪东西，橡胶雨衣、半胶手套、防尘口罩等等。李先生问了一句：我不下井，发我这些干什么？旁边有个人就猛翻白眼说：想下井？容易！李先生赶紧不言语了。在干校学习了两年，到底学会了一点东西。

李先生上班时也穿着这件大衣不脱。科长苦着脸看他，直到李先生被看毛了才说：很冷吗，你这么捂着？真的很冷？遇到这种情形，李先生也不答话，只是走到窗前，仔细看看温度表。看完后心里有了底，就走回来坐下来。科长也跟着走过去，看看温度表，说道：十五度。我还以为咱们屋是冷库呢！

李先生知道，放蔬菜的冷库就是十五度，谁说不冷？但是他不说。在噩梦里，说什么就有什么。假如把这话说了出来，周围马上变成冷库，自己马上变成一棵洋葱也不一定。在干校里已经学会了很多，比如上厕所捏着鼻子，下午一定会被派挑屎，臭到半死。科长说十五度不冷，李先生已有十分的把握——假如一时不察，顺嘴说出不满的话，大祸必随之而至。李先生暗想："这肯定是我的印度师兄想把我变成洋葱！"

在一九七三年，李先生对他的印度师兄的把戏已谙然于胸，那就是说什么来什么，灵验无比。这个游戏的基本规则就是人家叫你干啥，不要拒绝；遇上不舒服不好受的事，应该忍受，不要抱怨。只要严守这两条，师兄也莫奈他何。

李先生上班时脚上穿双大毛窝。他不适应北方气候，年年长冻疮。以前在美国，天也有冷的时候，那时不长冻疮。毫无疑问，这必是印度师兄搞的鬼。李先生认为，印度师兄这一手不漂亮。别的事印度人搞得很漂亮。比方说，龟头血肿，一出极可笑的恶作剧。满头起大包也想得好。有些地方师兄的想象力叫人叹为观止，包括叫他流落到河南安阳，中国肯定没有这么个地方。但是地名想得好：安阳。多像中国的地名啊！我要是个印度人，准想不出这么个地名来。但是长冻疮不好，一点都不像真的。将来见了我也不好解释。别的事都是开玩笑，出于幽默感，冻疮里没有幽默感，只有恶意。

李先生并不是死心塌地地相信眼前是一个噩梦或是印度人的骗局。那天早上到会计室上班，顶着很大的风。风里夹着沙粒，带来粗粝的感觉。说印度人能想出这样的感觉，实在叫人难以置信。风从电线、树枝、草丛上刮过，发出不同的声音。如果说，这声音是印度人想出的，也叫人不敢信。人类在一个时间只能想一件事，不可能同时造出好几种声音。如果说，这一切都是印度人的安排，那么也是借助了自然的力量。这就是说，眼前的一切，既有真实的成分，也有虚构的成分。困难的是如何辨认哪一些是虚构哪一些是真实。

那天早上李先生到会计室上班，科长不在，他有如释重负之感。那个科长非常古板，一天到晚地找麻烦。李先生不会打算盘，要算时总是心算。他的心算速度非常之快，而且从不出错。但是科长不但强迫他把算盘放在桌上，而且强迫他在算账时不停地拨算盘珠。所以他见到科长不在，就赶快把算盘收起来，他一见到这东西就要发疯。

如果算盘放在他面前，李先生就忍不住琢磨，这个东西到底有什么用处。在他看来，那东西好像是佛珠一类的东西，算账时要不停地捻动，以示郑重。但是这佛珠的样子真是太他妈的复杂了，简直不是人想出来的。然后他把脚跷在桌上，舒舒服服地坐着，把今天早上的所见仔细盘算一番。他觉得只要科长不在，别的人也不在，只有他一个人的时候，一切都比较贴近自然。而当他们出现时，一切都好像出于印度师兄的安排。这种安排只有一个目的，就是要把他逼疯。其实他也没干什么坏事，不过是多扳了几下抽水马桶而已。为了这点小事把他灭掉，这印度人也太黑了！

李先生后来说，他觉得那时候自己快发疯了。一方面，他不脱科学方法论的积习，努力辨认眼前的事，前因如何，后果如何，如何发生，如何结束，尽量给出一个与印度师兄无关的解释。另一方面，不管他怎么努力，最后总要想到印度人身上去。到了这时，就觉得要发疯；想想看，我们俩同窗数年，感情不错，他竟如此害我！唯一能防止他疯掉的，是他经常在心里长叹一声说："唉！姑妄听之吧。"然后就什么也不想了。

那天早上有人到会计室来，告诉李先生，山下有人找。李先生锁上门，往山下走，老远看见矿机关那片白房子。当时他精神比较好，又恢复了格物致知的老毛病，想道：

这片房子在山的阳面，气候较好，比较干燥，冬天也暖和。而且是在山下，从外面回来不必爬山。把全矿的党、政、工、团放在那里，十分适宜。而全矿的大部分房子都在上面一条山沟里，又黑又潮，这也合乎道理，因为坑口在山沟里。你总不能让工人爬四百级台阶上来上班，这样到了工作现场（掌子面），累得上气不接下气，就不能干活儿了。所以这一个矿分了两个地方，是合乎情理，并不可疑。

山下的房子雪白的墙面、灰色的瓦面，很好看，这也合乎道理。因为那是全矿的门面嘛。但是走近了一看，就不是那么好。雪白的只是面上的一层灰。灰面剥落之处，裸露出墙的本体，是黄泥的大块（土坯——王二注）。仰头一看，屋檐下的椽子都没上漆，因为风化之故，木头发黑。窗上玻璃有些是两片乃至三片拼出来的，门窗上涂的漆很薄，连木纹都遮不住。这也不难解释，矿上的经济状况不是太好。

有关矿上的经济情况，矿长知道的应该是最多。他说，同志们，要注意勤俭节约。我们是地方国营嘛。地方国营是什么，相当难猜，但也不是毫无头绪。在一些香烟和火柴盒上，常见这字样。凡有了这四个字的，质量就不好，价格也不贵。在美国也是这样，大的有名的公司，商品品质好，卖得也贵。小的没名的公司，东西便宜，货也不好。在超级市场里有些货是白牌，大概也是地方国营。可以想见地方国营的煤矿，经济上不会宽裕，办公的房子也就很平常。

就是不知道地方国营是什么意思，李先生也能猜出矿的经济状况。井下还是打钎子放炮，有两辆电瓶车，三天两头坏。坏时李先生就不当会计，去帮着修电瓶车。李先生说：我可不会修电瓶。可是人家说：管你会不会，反正你是矿院下来的，没吃过猪肉，总见过猪跑吧。在一边蹲着，出出主意。这是因为电瓶车坏了，井下的煤就得用人力推出来。要是大电机坏了，连医务室的大夫也得到一边蹲着去。她百无聊赖，就给大家听听肺。试想一个矿，雇不起工程师，把会计和医生拉去修电机，这是何等的困境。矿里还有三台汽车，有一台肯定在美国的工业博物馆里见过。这件事想不得，一想就想到印度师兄身上去。

李先生走到矿上会议室门前时，精神相当稳定，这是因为早上格物致知大获成功。像这样下去，他的心理很快就会正常，不再是傻头傻脑的样子。假如是这样，线条见他不像 E.T.，也许就不会喜欢他。不喜欢就不会嫁，这样现在我可能还有机会娶她为妻。然而岁月如流，一切都已发生过了。发生过的事再也没有改变的余地。

【十一】

李先生走进会议室，这是一间大房子，里面有好大一张方桌。桌边上坐着两个人。一位是副矿长。另一位是个女孩子，穿件军大衣，敞着衣扣；里面穿着蓝制服，领口露出一截鲜红的毛衣。她的皮肤很白，桃形脸，眼睛水汪汪，嘴巴很小，嘴唇很红，长得很漂亮。这件事不难理解：矿上来了个漂亮女孩子，说是来找人，副矿长出来陪着坐坐，有什么不合理的？但是她来找我干吗？仔细一看，这姑娘是认识的。在矿院，在干校都见过。但是不知她叫什么名字。那女孩抬头看见李先生，就清脆地叫了一声："舅舅！"李先生就犯起晕来："怎么？我是她舅舅？我没有姐妹，甥从何来？"副矿长说："你们舅甥见面，我就不打搅了。"李先生心想："你也说我是她舅舅？"线条（这女孩就是线条。这两人以舅娶甥，真禽兽也！——王二注）说："叔叔再见。"等他出了门，李先生就问："我真是你舅舅？"线条出手如电，在他臂上狠拧了一把，说："我操你妈！你充什么大辈儿呀你！我是线条呀！"李先生想："外甥女操舅舅的妈，岂不是要冒犯外祖母吗？姑妄听之吧。"

然而线条这个名字却不陌生。在干校时，每天收工回来，枕头下面都有一张署名"线条"的纸条子。这是线条趁大家出工时溜进去塞的，以表示她对李先生的爱慕之心。有的写得很一般：

龟头血肿，我爱你！——线条。

有的写得很正规：

亲爱的龟头血肿：你好！
我爱你。
此致
无产阶级文化大革命的敬礼！

线条

有的写得很缠绵：

我亲爱的大龟头：我很想你。你也想我吗？——线条。

有的写得极简约，几乎不可解：

龟.血：爱。条。

李先生见了这些条子，更觉得自己在做梦。

对于线条的为人，除了前面的叙述，还有一点补充。此人什么话都敢说，"文化革命"里，除了"操"，还常说一个字，与"逼迫"的"逼"字同音不同形。当了教授太太后，脏字没有了，也只是不说中文脏字，现在在我院英语教研室工作。有一回给部里办的出国速成班上课，管学生（其实是个挺大的官）叫 silly cunt ①。那一回院里给她记了一过，还叫她写检查。她检讨道：我是怕他出国后吃亏，故此先教他记着。该同志出国后，准有人叫他 silly cunt，因为他的确是个 silly cunt！院长看了这份检查，也没说什么。大概也是想：姑妄听之吧。

线条说，在干校时她已爱上了李先生，但是没有机会和他接近。后来李先生被分配到了河南，她就尾随而去。当然，这么做并不容易，但正如她自己所说，有志者事竟成。她靠她爸爸的老关系到安阳当了护士，然后打听到龟头血肿的所在地，然后把自己送上门去。这一切她都做了周密的计划，包括管李先生叫舅舅。最后他们俩终于到了一个没人的地方，这是在矿山的小山沟里。这也是计划中的事。她突然对准龟头血肿说："我要和你好！"这是计划中关键的一步。说完了她抬起头来，看李先生的脸。这时她发现李先生的表现完全在意料之外：他把眼闭上了。这时她开始忐忑不安：龟头血肿这家伙，他不至于不要我吧？

李先生说，他琢磨了好半天，觉得此事是个圈套。这十之八九是印度师兄的安排。怎么忽然跳出个漂亮女孩子来，说她要跟我好？他琢磨了好半天，决定还是问问明白。于是他睁开眼睛，说道："什么意思？"问得线条很不好意思，很难受。她发了半天的呆才说："什么意思？做你

---

① 意为"傻×"，骂人的话。

老婆呗。"

不少人听说我会写小说，就找上门来，述说自己的爱情故事。在他们看来，自己的爱情可以写入小说，甚至载入史册。对此我是来者不拒。不过当我把这些故事写入小说时，全是用男性第一人称，一方面驾轻就熟，另一方面我也过过干瘾。但是写李先生的爱情故事我不用第一人称，因为它是我的伤心之事。线条原该是我老婆的，可她成了龟头血肿夫人！

线条说了"做你老婆呗"，心里忽然一动。说实在的，以前她可没想过要做龟头血肿夫人。她想的不过是要和李先生玩一玩，甚至是要耍耍李先生。可是李先生说"你可要慎重"时，她就动了火，说："就是要做你老婆！你以为我不敢吗！"因此悲剧就发生了。李先生又说："这事可不是开玩笑。"线条就说："我真想抽你一嘴巴。"李先生就想："姑且由之吧。"

后来李先生说，在我这一方面，当然不会发生问题。别的没有说。线条则凶巴巴地说，我这一方面更不会发生问题。忽然她惊叫起来："不得了，十一点半了。我得去赶汽车。"原来从安阳来的就是这一班车。早上开过去，中午十二点开回来。如果误了，等两天才有下一班。她赶紧告诉李先生怎么去找她，还告诉他去时别忘了说他是她舅舅。说完了这些话，就跑步去赶车。为了跑得快一点，还把大衣脱下来，叫李先生拿着。线条就这么跑掉了。如果不是这件大衣，什么事都不会发生。因为李先生觉得忽然跳出一个大姑娘要做他老婆，恐怕是个白日梦。他对世界上是否存在线条都有怀疑。在这种情况下，他不敢冒险跑到安阳去。假如坐了三个多钟头的长途车到了安阳，结果发现是印度师兄的恶作剧，他就难免要撒癔症。有了这大衣就有了某种保证，使他敢到安阳去。找到线条固然好，找不到线条也不坏，可以把大衣据为己有。

李先生说到当日的情形时指出，那个自称要做他老婆的小姑娘，和他说了没几句，就忽然不见了。等他跑出山沟，只见一个人影正以极快的速度向公路绝尘而去，而远处的公路上一辆客车正在开来。过了一秒钟，就起了一阵风沙，什么都看不见（李先生高度近视，戴两个瓶子底——王二注）；再过一秒钟，风沙散去，连人带车什么都没了。这些事活脱脱像白日见鬼。那时他不知道线条是四八百、一千五的好手，而且她还有骤然开始飞奔的暴走症。关于前一点，不但有她过去历年在中学生运动会上的成绩为证，而且可以从体形上看出来。她的体形不像黄人，也不像白人，甚至不像黑人，只像电视里体育节目中奔在长跑跑道前面的那种人。假如晚生二十年，人家绝不会容她跑到河南去胡闹，而是把她攫到运动场上去，让她拿金牌升国旗——这些事比龟头血肿重要。

关于后一点，虽然暴走症是我杜撰的，但线条的确因为在我们院里滥用轻功，引起了很大议论。现在她已经是四十岁的女人，正是老来俏的时候，她却不穿高跟鞋。夏天她穿不住运动鞋，就穿软底的凉鞋。头发剪得不能再短，不戴任何首饰（首饰不但影响速度，而且容易跑丢了，造成损失——王二注）；在学校的草坪上和人聊天，忽然发现上课的时间已到，于是她把绸上衣的下襟系在腰间，把西装裙反卷上来，露出黑色真丝三角裤，还有又细又长、肌肉坚实绝不似半老徐娘所有的两条腿，开始狂奔。中国教员见了这幅景象，个个脸色苍白。那些西装革履手提皮箱的外籍教员见了，却高叫道："李太太——！ fucking——good！！"一个个把领带往后一掉，好像要上吊似的，就跟在后面跑起来。

在这一节里，我们说到了线条对李先生初吐情愫的情形，谈到了她把大衣放在李先生手里，跑步去追汽车。由此又谈到线条有暴走的毛病。夏天她暴走之时，两条玉腿完全出笼。这还不能完全说明问题，最能说明问题的是我俩一块儿去游泳。在这里要做些说明。她从水池里爬上来——在池沿上用双臂支撑——然后爬上岸。真正说明问题的是支撑那一瞬间。那一瞬间我看见的是由上到下流畅的线条，这些线条从十七岁以来就没有变。如果仔细分辨，可以看出乳房大了一点。但这也是往好里变。线条那两个乳房，原来不够大。考虑到她是属于苗条快速的类型，还是嫌小，现在则无可挑剔了。我不能相信像她这样的女人会一辈子忠于龟头血肿，而且我们俩从十七岁就相爱，居然没做过爱，这事实在不对。所以我就说，假如你想红杏出墙的话，可别忘了我呀。

【十二】

　　线条听了这话，愣了一下才说，假如你的话只是称赞我美，那我很高兴，一定要请你吃一顿。到了四十还能得到这样的赞美，真是过瘾。假如还有别的意思的话，我要抽你一个嘴巴。当然，假如你不在意的话。要是你在意，就不抽。二十多年的老友，可别为一个嘴巴翻脸。你到底是哪种意思？我当然不想挨耳光，就说，当然是头一种意思啰。不过我也想知道这是为什么。她说，不为什么，只不过是因为早就下了决心，除龟头血肿，一辈子不和别的男人睡觉。

　　线条这家伙就是这样，干的事又疯又傻。她自己也知道自己的所作所为是发疯，但是依然要发疯。这是因为她觉得疯一点过瘾。这种借酒撒疯的事别人也描写过，比如老萧（萧伯纳——王二注）就写过这么一出，参见《卖花女》（又名《匹克梅梁》——王二注）；卖花女伊丽莎白去找息金斯教授，求他收她为学生一场。在场人物除上述二人，还有一个老妈子别斯太太、一个辟克林上校。别斯太太心里明白，一个大学教授收个没文化的卖花女当学生是发疯，而且是借酒撒疯。因为那姑娘虽然很脏，洗干净了准相当水灵。所以她对上校说：

"先生，您别唆着我们东家借酒撒疯！"

息金斯听了，说道："人生是做吗?！可不就是借酒撒疯嘛。想撒疯还撒不起来哪！借酒撒疯，别斯太太，你可真哏！"

编辑先生会觉得这段话里错字特多。其实不然，那息金斯的特长是会讲各路乡谈，一高兴就讲起了天津话。题外的话说得太远了。我说的是线条的事，她一辈子都在借酒撒疯。

以下的事主要是线条告诉我的。她从煤矿回来，只过了两天，龟头血肿就跟踪而至，送还大衣。那天线条的同宿舍的舍友也在。不但在，而且那女孩还歇班。外面刮着极大的黄风，天地之间好似煮沸了的一锅小米粥一样。这种天气不好打发别人出去。何况已经说了，龟头血肿是她舅舅，来了舅舅就撵人出去，没这个道理。线条只好装成个甜甜的外甥女，给龟头血肿削苹果。然后带他去吃饭，到处对人介绍说："我舅舅！"别人说："不像。"线条就说："我也不像我妈。"别人说："太年轻。"线条说："这是我小舅舅。"别人又说："你怎么对舅舅一点都不尊重?"线条说："我小舅在我家长大，小时候一块玩儿的。"到了没人的地方就对李先生瞪眼，说："你刚才臭美什么? 你以为我真是你外甥女?"

到了下午李先生回矿，线条送他出来时才有机会单独说话。线条叫他下礼拜天黑以后来，那一天同屋的上夜班。来的时候千万别叫人看见。然后她就回去等下星期天。李先生着实犹豫去不去，因为要想在晚上到安阳，只能坐火车，下车九点了。鬼才知道线条留不留他住。没有出差证明，住不上旅馆，在候车室蹲一夜可就糟了。李先生南国所生，最怕挨冻，要他在没生火的房子里待一夜，他宁可在盛暑时分挑一天大粪，而且他对这件事还是将信将疑。但是李先生还是来了。线条说起这件事，就扁扁她那张小嘴："我们龟头对人可好啦。"

线条说，李先生和她好之前，保持了完全的童贞。男人的这种话，他一说你就一听，反正没有处女膜那回事。但是线条对此深信不疑。据李先生自己说，在和线条好之前，只和高一年的一位女同学 date ① 了几次，而且始终是规规矩矩的。这件事我在美国调查过，完全属实。我的这位师姑和我的老师不是本科的同学，也不是硕士班的同学。当时是七十年代以前，试想一个美国女孩，假如不是长得没法儿看，怎么当上了理科的博士生？她又矮又肥，两人并肩坐时，还会放出肥人的屁来，可以结结实实臭死人。李先生说："我也嫌她难看。但我怎么也不忍伤了一个女孩子的心，所以不能拒绝她。"

其实李先生是个情种，他对线条的忠诚是实，我不便加以诋毁。但是别的女人要是做出可怜的样子来勾引他，他就靠不住了。我知道他教的研究生班里，有个女孩子漂亮得出奇，也笨得出奇。考试不及格时哭得如雨打梨花。等到补考时，李先生对我说，你给她辅导一下。然后假装不经意，把题全告诉了我。我自己把它们做了出来，把答案给了那女孩，说："背下来。假如再不及格，你就死吧。"她就这样考了六十分。根据这个事实可以推导出，假如有个女人对李先生说，你不和我性交，我就死！他一定把持不住。

李先生成为革命者也是因为他心软，不但见不得女人的眼泪，而且见不得别人的苦难。他老念格瓦拉的一句话："我怎能在别人的苦难面前转过脸去？"他就这样上了师姑的钩。后来该师姑又哭着说，你就是个黑人，我也不跟你吹。怎奈黄的和白的配出来，真是太难看！其实黄白混血，只是很小时不好看。大了以后，个顶个的好看，就如皮光缩肚的西瓜，个个黑籽红瓤。师姑的说法以偏概全，强词夺理，李先生居然就信了，白闻了不少臭屁。现在该师姑在母校任教，嫁了个血统极杂的拉美

---

① 意为"约会"。

人，生了一些孩子，全都奇形怪状。

现在要谈到线条与李先生幽会的事。为了保持故事的完整，本节的下余部分将完全是第三人称，没有任何插话。

李先生第二次到线条那里的日子，不但是星期天，而且是十二月三十一日。那天刮起了大风。风把天吹黄了，屋里的灯光蓝莹莹。线条住的房子是一座石板顶的二层洋楼，原来相当体面，现在住得乱七八糟，有七八家人，还有女单身宿舍，所以就把房子改造了一下，除原有的大门外，又开了一个门，直通线条一楼住的房间。那房子相当大，窑洞式的窗子，在大风的冲击下，玻璃乒乓响。和她同屋的人上夜班，黄昏时分走了。

如前所述，线条住的房子很大，有三米来宽，八九米长。这大概是原来房主打台球的地方。整个安阳大概也只有这么一座够体面的洋房，但是原来的房主早就不在了。后来的房主也不知到了哪里。但是这间房子里堆着他们的东西，箱子、柜子、穿衣镜等等，占去了三分之二以上的地方，要不偌大的房子不会只住两个姑娘。屋子正中挂了一盏水银灯，就是城市里用来做路灯的那种东西，一般很少安在家里。这种灯太费电，而且太耀眼。但是在这里没有这些问题。因为这里是单身宿舍，烧的是公有的电；这里住了两个未婚姑娘，电工肯给她们安任何灯；丫头片子不怕晃眼。除了这些东西，就是两张铁管单人床。

傍晚时分线条就活跃起来。她打了两桶水放在角落里，又把床上的干净床单收起来，铺上一张待洗的床单。这是因为上次李先生来，在雪白的床单上一坐，就是一幅水墨荷叶。线条倒不在乎洗被单，主要的是，不能让人看出这房里来过人。故此她不但换了被单，而且换了枕巾。别人的床上也盖了一床脏被头。除此之外，她还换了一件脏上衣。这样布置，堪称万全。做完了这些事，她就坐下等待。天光刚刚完全消失（这间房子朝西，看得很清楚），大概是晚上八点。现在李先生刚下火车，正顶着大风朝这里行进。这段路平常要走四十分，今天要一小时以上。线条站起来，走到窗前往外看。什么也看不见。她把窗帘仔细拉上了。

线条又回来，坐在床上等李先生。听着窗外的风声，她想到，李先生来一趟太不容易了，下回我到矿上去找他。但是这一回也不能让她安心。于是她在床下待洗的衣服堆里拣了一件脏衬衣，走到穿衣镜面前，透过上面的积尘，久久地看着自己。她拣了一块布，把镜子擦了擦，就在镜前脱起衣服来。在把那件脏衬衣穿上之前，她看着镜子说了一句话："这么好的身体交给龟头血肿去玩，我是不是发了疯？"

晚上李先生走到线条门前时，他比她预见的要黑得多。这是因为李先生到火车站去，经过了煤场。当时正好有一阵旋风在那里肆虐。走过去以后，李先生的模样就和从井下刚出来时差不多了。然后他又从火车上下来，走了很远的路，几乎被冷风把耳朵割去。虽然人皆有好色之心，但是被冷风一吹，李先生的这种心就没了。他想的只是：我要是不去，那女孩子会伤心。

李先生当时不但黑，而且困得要死。时近年底，矿上挖出的煤却不多，还不到任务的三分之一。所以矿上组织了会战，把所有的人都撵下井去，一定要在新年到来之前多挖些煤出来。开头是八小时一班，后来变了十二小时一班，然后变成十六小时一班，最后没班没点，都不放上井来，饭在下面吃，困极了就在下面打个盹儿。如此熬了三十六小时（本来想熬到新年的，那样可以打破会战纪录）之后，因为工人太累，精力不集中，出了事故，死了一个人。矿领导有点泄气，把人都放上来。李先生推了三十小时的矿车，刚上来洗了澡，天就到了下午。他在火车上打了一会儿盹儿，完全不够。所以他站在线条门前时，睡眼惺忪。

晚上李先生到来之前，线条坐在床上想：龟头血肿虽然好玩，这一回可别玩得太过分。虽然她说过要做龟头血肿的老婆，但是要是能不做当然好啦。这种心理和任何女人逛商店时的心理是一样的：又想少花钱，又想多买东西。更好的比方是说，像那些天生丽质的少女，又想体会恋爱的快乐，又不想结婚。然而她的心理和上述两种女人心理都不完全一样。龟头血肿之于线条，既不是商店里的商品，也不是可供体会快乐的恋人，而是介乎两者之间的东西。

李先生进了线条的门，迷迷糊糊说了声："你这里真暖和。"然后他打了个大呵欠，又说："你好，线条。圣诞快乐，新年快乐，上帝保佑你。"他实在是困糊涂了，说话全不经过大脑。假如经过了大脑，就会想到，我们这里是无产阶级革命派的天地。假如有上帝，他老人家也不管这一方的事，正如他老人家管不了霍梅尼。

【十三】

晚上李先生到来之后，线条让他洗了脸，又叫他刷牙。李先生带着姑且由之的态度，照做了。此时她看着李先生那张毛扎扎的嘴，心里想：万一他要和我接吻，我就拒绝好啦。不必叫他刷牙。后来听见外面风响，又想到他今天来是多么的不容易。所以他要接吻也不好拒绝的，让他刷刷吧。现在李先生连牙缝里都是煤，被他亲上几下就成了蜡染布啦。

线条的这些想法，都以"够意思"为准则。"文化革命"里我们都以"够意思"为准则。这话就如美国人常说的"be reasonable"，但是意思稍有区别。美国人说的是，要像一位诚实的商人一样，而我们说的是，要像一个好样的土匪。具体到线条这个例子，就是她要像一位好样的女土匪对男土匪那样对待李先生。

　　对于线条的"够意思"，还有如下补充。一九六八年夏天，正兴换纪念章，海淀一带，有几处人群聚集，好像跳蚤市场。线条常到那些地方去。除了换纪念章，那儿也是拍婆子的地方。有人对线条有了拍拖之心，就上前纠缠。线条嫣然一笑，展开手中的折扇。扇面上有极好的两个隶字（我写的——王二注）——"有主"！那时是二十二年前，线条是个清丽脱俗的小姑娘，笑起来很好看。

　　假如对方继续纠缠，线条就变了脸，娇斥一声："王二，打丫的！"王二立刻跳出来，揪住对方就打。假如对方有伙伴，王二也有伙伴，那就是许由。许由一出场，就是流血事件。他是海淀有名的凶神。然后我们送打伤的人上医院，如果伤得厉害，以后还要请吃饭。这就是够意思了。

　　李先生刷牙时，线条正在想，自己要够意思。但是她也想到了，够意思也要有止境。这个止境是个含混的概念。假如他想动手动脚，一般是不答应。但是也有答应的可能，所以线条做了这种准备。假如李先生想要她的贞节，那就绝无可能。他敢在这事上多废话，就打丫的。当时线条决定和男人玩，但要做一辈子处女。她以为这样最为过瘾。

　　李先生洗漱完了，他们到床上坐下。原来线条坐着自己的床，李先生坐别人的床，后来她叫李先生过来，坐在她身边。这是因为她看出李先生很疲惫。那被头只能垫住李先生的屁股，万一他往后一倒，就全完了。然后她就研究起李先生来。第一个研究成果是，李先生是招风耳。第二个研究成果是，李先生的毛孔里都是煤。她正要告诉李先生这些事，李先生却说："我想躺下睡一会儿。"说着他就朝一边歪去，还没躺倒就睡着了。线条后来说："当时我真想宰了他（谋杀亲夫！——王二注）！"

　　李先生倒下后，打起呼噜来。线条简直想哭。可是她马上就镇定下来："妈的，你睡吧。老娘先来玩玩你！"她给他脱了鞋，把他平放在床上，解开他胸前的衣扣和腰带，把手伸了进去，摸着了一大堆破布片（单身汉的衬衣——王二注）。后来她这样形容自己初次爱抚情人的感觉道：把龟头血肿捆在一根木棍上，就是一个墩布。

然而龟头血肿不完全是墩布。把手伸得更深，就摸到了李先生的胸膛。那一瞬间线条几乎叫出来，当然，摸久了也稀松平常，但是第一次摸感觉不一样。李先生的胸上有疏疏落落的毛，又粗又硬，顺胸骨往下，好像摸猪脊梁。这还得是中国猪，外国猪的鬃毛不够硬，不能做刷子。不管李先生的胸毛能不能做刷子，反正线条摸着心花怒放。她一路摸下去，最后摸到了一样东西，好像个大海参。这一下她停下来，想了好半天，终于想到李先生的外号上去。于是她咬着自己的手指说："乖乖，这哪里是器官，分明是杀人的凶器。"

一摸到这个地方，李先生就醒了。刚才他在做梦，梦见在矿上，从矿井里出来去洗澡，澡堂里一锅黑泥汤。好多工人光着屁股跳到泥塘里去，其实他梦的全是真实所见的事，只是他当时不敢相信自己的眼睛，到现在还不敢相信自己的眼睛，怎么能在一个房顶下，看见了那么多男性生殖器。所以他怀疑自己在做梦，而且怀疑自己是同性恋者。只有满足上述两个条件，才会看见这种东西。

李先生说，他从睡梦中醒来，感到线条在摸他，倒吓了一跳。那时他看到线条小脸通红，脸上笑盈盈。他刚从梦中醒来，所以觉得眼前的事不是梦，而且他也不希望是梦。这是他的似水流年，不是我的。岁月如流，就如月在当空，照着我们每一个人，但是每个人的生活都不一样。

后来线条叫李先生做了庄严保证：保证不做进一步的非分之想，保证在线条叫他停的时候停下来等等，线条就准许他的手从衣襟底下伸进去。这已经是第二次幽会时的事，和上次隔了一星期。线条说，李先生的手极粗，好像有鳞甲一样。但是透过他的手，还是感到自己的腰很细，乳房很圆，肚皮很平坦。她对这些深为满意。除此之外，感觉也很舒服（但是有些惊恐），这比在班上聊大天好玩儿多了。

　　与此同时，我在云南偷农场的菠萝。半夜三更一声不响地摸进去，砍下一个，先放到鼻子下闻闻香不香。要是香的，就放到身后麻袋里；不香就扔掉。我们俩如出一辙，都不走正路。走正路的人在那年月里，连做梦都想着天下三分之二的受苦人。可是我说，这些受苦人我认得他们是谁吗？再说了，他们受苦，我不受苦？那晚上我一脚踩进了蚂蚁窝，而且我两只脚都得了水田脚气，趾缝里烂得没了皮。那些蚂蚁一齐咬我，像乱箭穿心一样疼。

　　我们三人里，李先生感觉最好，可是他却想入非非，觉得眼前的感觉不可靠。人要是长了这个心眼儿，就有点不可救药。当他的手掌从线条乳房上掠过时，感到乳头有点凉冰冰的，于是他又动了格物致知的心思：这东西是凉的，对头吗？

　　李先生迷迷糊糊，手往下边伸去。线条动作奇快，一下子挣脱出来，还推了李先生一把，说道："你好大胆！"李先生说："对不起，对不起！我不是这个意思。"线条却说："管你什么意思，反正人家（同宿舍的河南小姑娘）快下班了，你该走了。"

【十四】

　　"文化革命"来到之时，有些人高兴，有些人不高兴。刘老先生对我说过，一开头他就想自杀。因为他见那势头，总觉得躲不过去。但是他想到在峨嵋酒家还能吃到东坡肘子，又觉得死了太亏。他属于不高兴者，线条属于高兴者，因为那一年我们上初三，她各科全不及格。她爸爸说：

"考不上高中，你给我到南口林场挖坑去。"当时就是这么安置考不上高中者。妈妈则说："这院里全是书香门第，还没人去挖坑呢。"她叫老头儿到附中讲讲去。老头则说，我是党委书记，怎能干这种事？那年头天下三分之二的受苦人和党性原则都和真的似的。老妈妈实在怕丢人，就找我给线条补课。实在补不动，差得太远。我王二不但是坏蛋，而且有怜香惜玉之心，所以订下计划，要点如下：

一、线条要考的高中，不是外面的学校，只是本校高中，因此只须参加毕业考，及格就能上。

二、毕业考试上厕所的次数不限。

三、男厕和女厕之间，我已打了一个小洞。

虽然有此万全安排，线条仍然吓到要死。到临考前一星期，她告诉我，已经把月经吓了回去。到临考前三天又告诉我，开始掉头发。但是临考前一天，她把我从床上叫起，口唱革命战歌。原来根据革命需要，中学停课，不考试了。

我怎么也想不到线条后来不但考上了大学，而且上了研究生。我们学校要是来了有大学问的洋人做讲座，翻译非她不成。那些老外开头只以为她不过是个漂亮女人罢了，聊起来才发现，不管是集合论、递归论、控制论、相对论，还是新三论、老三论，线条无不精通，不但精通，而且著作等身（和李先生联名发表）。那些洋人只好摇头说道："我们国家像李太太这样有才的女人也有，但是长得都不像女人。"

现在我们院里的人都说，这有什么奇怪？她是龟头血肿夫人嘛。好像在李先生的精液里，含有无数智力因素，灌溉了线条的智力之花，此说是不对的。有三天前她和小转铃的话为证，地点是在我家的客厅里。

线：铃子，你们还有吗？

铃：什么东西？

线：什么东西？老公干老婆用的东西嘛。橡皮的！condom ①！我的妈，得了失语症了！（这是英文好的人才得的毛病，不是谁想得就得得了的。——王二注）

铃：（不好意思）有是有，全是特号的。

线：那才好哪。我们龟头那玩意儿可大了！肯定不比你们王二的小。

铃：他不是"我们"。他对我不好！

线：那你治治他，买小号的，两次他就老实了。

由上述对话可知，他们是用避孕套的，智力传染之说可以休矣。我讲这事的目的是要说明，线条原是个性早熟、智力晚熟的家伙，嫁给龟头血肿之前的线条和以后的线条不一样。

撵走了李先生，线条还有很多事要干。首先是要把床上的脏床单换下来。然后是刷洗李先生喝水的杯子，藏起李先生用过的牙刷和毛巾，因为上面都有煤。然后从隐秘的地方拿出一块很大的白毛巾。她把所有的衣服全脱光，站到镜子前面去。镜子里站着一位白皙、纤细的少女（有关这个概念，我和线条有过争论。我说她当时已经二十一岁，不算少女。她却说，当时她看起来完全是少女。如果不承认这一点，她毋宁死。我只好这样写了——王二注）。该少女眼睛水汪汪，皮肤洁白，双腿又直又长。腰非常细，保证玛丽莲·梦露看了都要羡慕。在小腹上，有很小一撮阴毛，虽然面积很小，但是很黑亮。线条对此非常自豪。她说，这一点非常重要，假如没有的话，就不好看，太多太乱，也是不好。她后来和李先生出国时，租了很多录像带，在录像机上定格比较，发现很多大名鼎鼎的脱星在这一点上还不如她远甚。只有一位克瑞斯透，在十九岁拍的片子里，曾有过如此美丽的腹部（我没看见，不能为她做证——王二注）。

① 意为"避孕套"。

线条还说，在这具美丽的躯体上，有极美的装饰，就是一道道黑色。这位美丽的少女，有绝美的黑色嘴唇。乳房上有黑色的斑纹，小腹上有几条细的条。初看似信手拈来，细看才发现那种惊人的美。要问此美从何而来？这是龟头血肿涂上的煤黑。线条用毛巾蘸了凉水，把黑印一一拭去。然后她洗了脸，漱了口，刷了牙，穿上衣服，出了门，要把脏水倒掉。这个走道黑乎乎的，线条又不像王二那么胆大。所以当她听见呼呼的声音时，着实吓得够呛。

线条说，那个走廊里没有灯，可是也没什么地方可以藏人。听见这声音可把她吓坏了。于是她放下了水桶，悄悄溜了回去，拿了一只大电筒出来。这东西不但可以照亮，还可用来打架，她拿这个东西循声而去。结果找到一段楼梯下，有一块小得不得了的空间。在那块空间里，李先生正以娘胎里的姿势睡觉呢。他那件劳保大衣放在外面，没带进去，这是因为里边塞不下了。线条一看，登时勃然大怒，想道，龟头血肿！不是叫他找大车店睡觉去吗？她想立时把李先生叫起来暴打一顿，然后叫他滚蛋，再也别来。假如这样做了，不但大快人心，而且我现在还有机会。

但是线条没有这么做。她做了另外的决定，所以现在她的户口本上户主一栏上写着李先生的名字。线条那一栏里写着：李某某之妻。这十足肉麻。做了这个决定之后，她就完全堕落了。

在似水流年里线条做了这样的决定，要做龟头血肿之妻，永不反悔。对此我完全不能理解。但是，只要李先生不死，这事就不会改变。虽然岁月如流，什么都会过去，但总有些东西发生了就不能抹杀。

【十五】

李先生听见线条说你对我干什么都行，他就想起我那位胖师姑来，师姑过去老和他说这话，他只是不懂。到吹了以后，师姑告诉他，那话的意思就是：make love to me！后来他想，幸亏没听懂。听懂了还能不答应？答应了还能不兑现？每回一想到兑现，就会眼前发黑，要晕死过去。

因为有过上述经历，那天李先生听了这话，马上就反应过来了。他直言不讳地说："咱们做爱吧。"线条一听，小脸涨得通红，厉声说："你倒真不傻！"然后想了想，又说："那就做吧。"

李先生和线条后来约定了在煤矿附近山上的庙里做爱。时间就定在春天停暖气的那一天。

李先生决定相信线条，把自己理智的命运押在她身上。一九七三年的三月十五日中午十二时，他就到那破庙里去。为了验证一切，他非常仔细地记下了所有的细节。他受的是英式教育，故此像英国人那样一丝不苟，像英国人一样长于分析，像英国人一样难交往，交上以后像英国人一样，是生死朋友。

李先生说，那座破庙在山顶上，只有十平米的正殿。围墙里的草有齐腰深，房顶上的草像瀑布一样泻下来。庙里的门框、窗框、供桌等等一切可搬可卸的木头，都被人搬走了。正殿里有一小堆碎砖瓦，还有一个砖砌的供台，神像早没了。他想过，这会是个什么庙。照道理，山顶上的应该是玉皇庙，这是因为山离天较近，虽然是近乎其微的一点。作为中国人，他在海外读过有关民间风俗的书。但是在这座庙里，得不到一点迹象来验证这是玉皇庙的说法，而且也得不到一点验证它不是玉皇庙的说法。在这里，什么验证都得不到。因为没有神像，没有字迹，什么都没有。正因为如此，李先生对这庙的存在才坚信不疑。

李先生还说，那座庙里的墙应该是白的，但是当时很多地方是黑的。房顶露洞的地方，下面就是一片黑。这是因为年复一年漏进来的雨水把墙上的白灰都冲走了。墙皮剥落的地方也是一片黑。墙上有的地方长起了青苔，有的地方发了霉。地上是很厚的泥。泥从房顶上塌下来，堆在地上。在房顶露洞的地方，椽子龇牙咧嘴地露出来。那些椽子朽烂得像腐尸的肢体一样，要不也会被人拆光。地上的泥里还混有石子，石子的周围长着小草，小草也是黑色的。院子里长着去年的蒿子，它们是黄色的。房上泻下的草也是黄色的。风从门口吹进来，从房顶的窟窿吹出去，所有的草都在摇，映在房子里的光也在摇。但是线条没有来。李先生爬到香台上往外看，透过原来是窗子的洞，穿过墙上的窟窿，可以看到很多地方，但是看不见线条。他又退回院子里，从门口往外看，只看见光秃秃的石山和疏疏落落的枯草，还是见不到线条。但是线条一定在这里，李先生刚决定要找一找，线条就像奇迹一样出现了。她从庙后走出来，把大衣拿在手里，小脸上毫无血色，身上甚至有点发抖，怯生生地说："龟头，你不会整死我吧？"

线条则说，当时确实害怕了。虽然从来不知什么叫害怕，以后也不知什么叫害怕。当时害怕的滋味现在也说不出来，只觉得心里很慌，这感觉有点像一九六七年我带她爬实验楼，从五楼的一个窗口爬出来，脚踏半尺宽的水泥棱，爬到另一个窗口去。但是爬窗口比这回的感觉好多了。

李先生说，线条把大衣铺在平台上，自己坐上去，说道："你什么话也别说，也别动我，一切让我自己来。好吗？"说完了这些话，就坐在那里，半天没有动。

线条说，李先生果然什么都没说。

李先生说，后来线条抬起头来，想朝他做个鬼脸，但是鬼脸僵死在脸上了，好像要哭的样子。她哆嗦着解开制服的扣子，然后把红毛衣从头顶上拽下去。那一刻弄乱了头发，就用手指抚了好半天。她穿了一件格子布衬衣，肩头开了线。然后她就像吃橄榄一样，一个一个地把扣子解开。那时的时间好像会随时停止一样。然后她又把乳罩解下来。那东西是细白布做的，边上缀着花边。然后她把裤子（包括罩裤、毛裤和线裤）一下都脱下来，钻到大衣里，坐在供台上发呆。

线条说：那一回好像我把自己宰了。

线条说：李先生露出那杆大枪来，真是吓死人。

线条还说：最可怕的是第一次，只觉得小肚子上一热，就被他把下身弄得很脏。后来知道，所谓的做爱，原来还没有完。然后只好像要生孩子一样，拼命用手把腿分开。经过了这些事以后，就再也不想爱别人。

【十六】

在似水流年里，有件事叫我日夜不安。在此之前首先要解释一下什么叫似水流年。普鲁斯特写了一本书，谈到自己身上发生过的事。这些事看起来就如一个人中了邪躺在河底，眼看潺潺流水、粼粼流光、落叶、浮木、空玻璃瓶一样一样从身上流过去。这个书名怎么译，翻译家大费周章。最近的译法是《追忆似水年华》。听上去普鲁斯特写书时已经死了多时，又诈了尸。而且这也不好念。

照我看普鲁斯特的书，译作《似水流年》就对了。这是个好名字。现在这名字没主，我先要了，将来普鲁斯特来要，我再还给他，我尊敬死掉的老前辈。

似水流年是一个人所有的一切，只有这个东西才真正归你所有。其余的一切，都是片刻的欢娱和不幸，转眼间就已跑到那似水流年里去了。我所认识的人，都不珍视自己的似水流年。他们甚至不知道自己还有这么一件东西，所以一个个像丢了魂一样。

现在该谈谈刘老先生的事。要说这事，还有很多背景要谈，首先要谈刘老先生的模样。当时，他还没死，住在我家隔壁。那时他一头白发，红扑扑的脸，满脸傻笑。手持一根藤拐棍，奔走如飞，但是脚下没根，脚腕子是软的，所以有点连滚带爬的意思。如果不在我家吃饭，就上熟人家打秋风，吃到了好菜回来还要吹。他还是一个废话篓子，说起来没完，晚上总要和我爸爸下棋到十二点。照我看是臭棋，要不一晚怎能摆二十盘。

刘老先生内急时，就向厕所狂奔，一边跑一边疯狂地解裤腰带。有一次，一位中年妇女刚从女厕出来，误以为刘老先生是奔她去的，就尖叫了一声，晕了过去。

其次要谈谈地点——矿院。当然，它也可能不是矿院。那时矿院迁到了四川山沟里接着办（毛主席说了，大学还要办），可是矿院的人说，那山沟里有克山病，得了以后心室肥大。主事的军宣队说，你们有思想病，所以心室肥大；我没有思想病，所以不肥大。刚说完这话，他也肥大了。于是大家拔腿跑回了北京，原来的校舍被人占了，大家挤在后面平房里，热热闹闹。我爸我妈也跑回来，我正在京郊插队，也跑了回来，带着小转铃。一家人聚在一起，共享天伦之乐。

谁知乐极生悲，上面派来了一批不肥大的军宣队，通知留守处，所有回京人员必须回四川上班，不回者停发工资。只有肥大到三期或者老迈无能者例外。后来又来了一条规定，三期和老迈者只发将够糊口的工资，省得你们借钱给没病的人。出这主意的那位首长，后来生了个孩子没屁眼儿，是我妈动手术给孩子做了个人工肛门。这个故事告诉我们，随着医学的发展，干点缺德事不要紧，生孩子没屁眼儿可以做人工肛门，怕什么？

然后就该谈时间，那是在不肥大的军宣队来了之后，矿院的人逐渐回到四川去。我爹我娘也回去了。我爸我妈走后两天，刘老先生就死了。在他死之前，矿院后面的小平房里只剩下三个人，其中包括我、小转铃、刘老先生。这对我没什么不好，因为我爸爸妈妈在时不自由，他们不准我和小转铃睡一张床。

【十七】

我始终记着矿院那片平房。那儿原不是住人的地方。一片大楼遮在前面，平房里终日不见阳光。盖那片平房时就没想让里面有阳光，因为它原来是放化学药品的库房。那里没有水，水要到老远的地方去打；也没有电，电也是从很远的地方接来；也没有厕所，拉屎撒尿要去很远的地方，这个地方就是远处的一个公共厕所。曾经有一个时候，矿院的几百号人就靠一个厕所生活。就因为这个原因，这个厕所非常之脏，完全由屎和尿组成，没有人打扫，因为打扫不过来。

库房里的情况也很坏。这房子隔成了很多间，所有房间的门全朝里，换言之，有一条走廊通向每一个房间。这房子完全不通风。夏天住在里面的人全都顾不上体面。所以，我整天都看见下垂的乳房和大肚皮、走了形的大腿、肿泡眼。当然，库房里也有人身上长着好看点的东西，可是都藏着不让人看见。

除此之外，还有走廊里晾的东西！全是女人的小衣服。这种东西不好晾到外面，只好晾在走廊里自家附近，好像要开展览会。我倒乐意看见年轻姑娘的乳罩裤衩，怎奈不是这种东西。走廊里有床单布的大筒子，还有几条带子连起来的面口袋。假如要猜那是什么东西，十足令人恶心，可又禁不住要猜。最难看的是一种毡鞋垫式的东西，上面还有屎嘎巴似的痕迹。所以我认为一次性的月经棉是很伟大的发明，有时它可以救男人的命。中年妇女在中国是一种自然灾害，这倒不是因为她们不好看（我去过外国，中国的中年妇女比外国中年妇女长得好看——王二注），而是因为她们故意要恶心人！

我听说有人做了个研究，发现大杂院里的孩子学习成绩差，容易学坏，都是因为看见了这些东西，对生活失去了信心。我没有因此学坏，这是因为我已经很坏，我只是因此不太想活了。

在我看来，与其在这种环境里活着，还不如光荣地死去。像贺先生那样跳楼，造成万众瞩目的场面，或者在大家围观中从容就义。每天晚上睡觉之前我都给自己安排一种死法，每种死法都充满了诗意。想到这些死法，我的小和尚就直挺挺。

临刑前的示众场面，血迹斑斑、酷烈无比的执行，白马银车的送葬行列，都能引起我的性冲动。在酷刑中勃起，在屠刀下性交，在临终时咒骂和射精，就是我从小盼望的事。这可能是因为小时候这样的电影看多了（电影里没有性，只有意识形态，性是自己长出来的——王二注）。我爸爸早就发现我有种寻死倾向，他对我很有意见。照他的说法就是：你自己要寻死我不管，可不要连累全家。照我看，这是十足恶心的说法。要是他怕连累，就来谋杀我好啦。

我爸我妈对小转铃没有意见。首先，她是书香门第的女孩子（我爸有门第观念）。其次，她长得很好看。最后，她嘴甜，"爸爸妈妈"叫个不停。弄得我妈老说，我们真不争气，没生出个好点的孩子给你做女婿（这是挑拨离间——王二注）。小转铃就说，爸爸妈妈，够好的啦。这话像儿媳对婆婆说的吗？可是你见过婆婆非要和媳妇睡一个房间的吗？我爸和我睡在一起，他打呼噜。我提出过这样的意见：你们两位都不老，人说三十如狼四十如虎，五十赛过金钱豹。现在妈是虎，爸爸是金钱豹，你们俩不敦伦，光盯着我们怎么成。最好换换，你们睡一间，我们睡一间。我妈听了笑，我爸要揍我。不管怎么说，他们只管盯死了我们，不让我们干婚前性交的坏事。直到他们回四川，还把我们交给刘老先生看管。

【十八】

刘老先生我早就认识，早到他和贺先生关在一个屋里时，我就见过他。那时我和线条谈恋爱，专拣没人的地方钻，一钻钻上了实验楼的天花板，在顶棚和天花板的空儿里看见他在下面，和贺先生面对面坐着。贺先生黑着脸坐着，而刘老先生一脸痴笑，侧着脸，口水从另一边滚落下去，他也浑然不知。有时举起手来，用男童声清脆地说："报告！我要上厕所！"人家要打他，他就脱下裤子，露出雪白的屁股，爬上桌子，高高地撅起来。刘老先生就是这么个人，似乎不值得认真对待。我爸爸和刘老先生攀交情，我很怀疑是为了借钱。

我爸爸走时已是冬天，别人都回四川去了。他们不仅是因为没有钱，还因为留守处的同志天天来动员。但是谁也不敢到我家里来动员，因为他们都怕我。这班家伙都和我有私仇，我既然还活着，他们就得小心点。我爸爸能坚持到最后，都是因为我的关系。但是我们也有山穷水尽的时候，不但把一切都吃光当净，还卖掉了手表和大衣，甚至卖光了报纸。能借钱的全搬走了，不能搬走的全没有钱。库房里空荡荡的，到了好住的时候，可是我的二老没福消受了！

我爸爸虽然一直看不起我，但是那时多少有点舐犊之情：到了那般年纪，眼看又没什么机会搞事业了（后来他觉得可以搞事业，就重新看不起我，甚至嫉妒我——王二注），看见眼前有个一米九的儿子，一个漂亮儿媳——一双璧人，有点舍不得离开，这可以理解。但我心里有点犯嘀咕：你们这么吃光当净，连刘老头儿的钱也借得净光光，走了以后叫我们怎么过嘛。当然，这话我也没说出来。

我爸爸临走时，要我管刘老先生叫刘爷爷。操他妈，我可折了辈了。他还朝刘老头作揖说："刘老，我儿子交给你，请多多管教。这畜生不学好不要紧，不要把小转铃带坏，人家可是好女孩。"刘老先生满口答应。我爸还对小转铃说："铃子，把刘爷爷照顾好。"小转铃也满口答应（我爸爸向刘老先生借过不少钱，有拿我们俩抵债的意思）。临了对我说："小子，注意一点，可别再进（监狱——王二注）去。"说完这些话，他们就走。矿院派了一辆大卡车，把他们拉到火车站，不让人去送。我的二老一走，我就对刘老先生说："老头儿，你真要管我？"老先生说："哪能呢，咱们骗他们的。王二呀，咱们下盘棋，听贺先生说，你下一手好棋！"

刘老先生要和我摆棋，我心里好不腻歪。你替我想想看：我和小转铃有好几个月没亲热了。好不容易我爸走了，我妈也走了，你再走出去，我一插门，就是我的天下。虽然大白天里她不会答应干脱裤子的事，起码摸一把是可以的吧。可恨刘老头儿没这眼力见儿，我也不好明说，恨死我啦。

我恨刘老先生，不光是因为他延误了我的好事，而且因为他是贪生怕死之辈。他经常找我量血压，一面看着水银柱上下，一面问：高压多少？

没多少，一百八。

可怕可怕。铃子，给我拿药。高压一百八！低压多少？

没多少，一百六。

低压高！不行我得去睡觉。醒了以后再量。

拿到一纸动脉硬化的诊断，就如接到死刑通知书一样。听说吃酸的软化血管，就像孕妇忌口一样，买杏都挑青的。吃酸把胃吃坏了，要不嘴不会臭得像粪缸一样。其实死是那么可怕吗？古今中外的名著中，对死都有达观的论述：

吕布匹夫！死则死矣，何惧之有？——《三国演义》张辽。

死是什么？不就是去和拿破仑、恺撒等大人物共聚一堂吗？——大伟人江奈尔·魏尔德。

弟兄们，我认为我死得很痛快。砍死了七个，用长矛刺穿了九个。马蹄踩死了很多人，我也记不清用枪弹打死了多少人。——果戈理《塔拉斯·布尔巴》。

（以上引自果氏在该书中描写哥萨克与波兰人交战一场。所有的哥萨克临死都有此壮语，所以波兰人之壮语当为：我被七个人砍死，被九个人刺穿，也不知多少人用枪弹打死了我，否则波兰人不敷分配也！——王二注）

怕死？怕死就不革命！怕死？怕死还叫什么共产党员！——样板戏，英雄人物。

死啦死啦的有！——样板戏，反面人物。

像这类的话过去我抄了两大本。还有好多人在死之前喊出了时代的最强音。"文革"中形式主义流行，只重最后一声，活着喊万岁的太一般，都不算。我在云南住医院，邻床是一个肺癌。他老婆早就关照上啦："他爹，要觉得不行，就喊一声，对我对孩子都好哇。"结果那人像抽了疯，整夜不停地喊："毛主席万岁！"闹得大家都没法睡。直到把院长喊来了，当面说："你已经死了，刚才那一声就算！"他才咽了气。想想这些人对死亡的态度，刘老先生真是怕死鬼！

我和刘老先生摆起棋来，说实在的，我看他不起，走了个后手大列手炮局。看来刘老先生打过谱，认得，说一声："呀！你跟我走这样的棋！"

我轻声说："走走看,你赢了再说不迟。"听我这么说,他就慌了。大列手炮就得动硬的,软一点都不成。他一怯,登时稀里哗啦,二十回合就被杀死了。他赞一声:"好厉害!"再摆,摆出来又是大列手。一下午五个大列手,把刘老先生的脑门子都杀紫了!

刘老先生吃了很多大列手炮局。打过谱的都知道,这是杀屎棋的着法。到晚上他又来和我下,真可恨。我早想睡啦,但也不好明说。我当然走列手炮!他一看我又走列手炮,就说:"王二,你还会不会别的?"我说:"什么别的?"他说:"比方说,屏风马。"我说:"好说,什么都会,不过你先赢我这列手炮再说。"他说:"你老走这个棋不好。"我说:"怪,你还管我走什么棋?"刘老先生委委屈屈地走下去,不到十五回合又输了。老头儿长叹一声道:"看来我得拜你为师了。"我说:"我哪敢教您老人家。"刘老先生气跑了。

时隔二十年后,我也到了不惑之年。对刘老先生的棋力我有这样的看法:他的棋并不坏。和我爸下,一晚能下二十盘,那是因为我爸的棋太臭。而和我下时,假如我告诉他:他输棋是因为走了怯着,他可以多支持些时候。我当时能知道这些道理,但是我一心要和小转铃做爱,所以想快点打发他走。假如我能知道他第二天就要死了,真该把做爱的事缓缓,在棋盘上给他点机会。

刘老先生经常拄着拐棍坐在椅子上打瞌睡,口水流在前襟上。

【十九】

我所认识的人里,就数刘老先生馋。当时他和我们搭伙,我们俩也很馋。像这种问题很容易解决(可以多买些肉来煮),但是我们没有钱,刘老先生也只领四十块钱生活费,除了吃,还有其他花费,所以这问题也就不好解决了。如前所述，我爸爸他们没走时，就把一切吃光当净，连废报纸都卖了，所以我们除了白菜，也就是一点广东香肠。小转铃想，王二一米九的个子，在性生活里又会有些支出，和我吃的一样多恐怕不够。所以她尽量少吃。但是头天晚上，刘老先生到了餐桌上状如疯魔，运筷如飞，把香肠全夹走了。虽然我从小没受礼教的影响，但是和老头儿抢东西吃的事还干不出来。所以我只好瘪着半截肚子和小转铃做爱，对刘老先生深为不满。

我现在知道了，刘老先生当时已到了非肉不饱之年，而且他前半生都在吃牛排。清水煮白菜吃下去完全不消化，机米饭吃下去也毫无用处，这样的饭菜是对他肠胃的欺骗。在他生命的最后时刻，他无时无刻不在饥饿中。从另一方面看，刘老先生打了一辈子光棍儿，也未听说他有任何风流韵事。到了那个年头，他也不搞什么学问了，一切一切都在嘴上。但当时我对此尚不能体会。我觉得糟老头儿贪吃简直该死。

现在我还知道刘老先生晚饭吃了一顿熬白菜，到口不到肚，后半夜生生饿醒了。他在家里翻箱倒柜，只找到一块榨菜，就坐在那里以榨菜磨牙，直到天明。天一亮他就奔到菜市场买菜：我们的菜金全在他手里，他买菜我们做，就是这么分工。

那晚上刘老先生走后，我隔着墙叫小转铃过来，她不肯。我就说："我生气了，我不理你了，我不跟你好了。"说到最后一句，她过来了。我和她亲热了一番，她就要走。我让她别走。她说："你妈再三嘱咐，叫我别跟你睡。我都答应了。"我知道小转铃答应人的事死也要坚持，但是还是不死心。劝说了一番，她居然同意不走，和我做爱。那时我好不得意：连小转铃都为我破了诺言，可见我的魅力！心里一美，小和尚挺得像铁一样，可是过一会儿就不美了。小转铃坚持要给我套避孕套，还说："这是你妈嘱咐的！"原来我妈让小转铃答应了不和我睡还不放心。她说："少男少女的事我还不知道吗？现在答应，未必能坚持住。记住，一定要套套子，别的措施全靠不住！王二粗心，这事你来做。你可一定要答应我！"小转铃最后答应的是给我套套子，不是不和我睡。她要是答应了不和我睡，那晚上只好手淫了。

这件事使我对我的爹娘怀恨在心。什么都管，管到了套套子！我最恨我爸爸，因为这肯定是他的主意。我也恨小转铃，因为她不听我的，听我妈的。所以我最后没跟她结婚。

我现在明白了我爸我妈为什么对我性生活这么操心。当时我是二十三岁，小转铃还未成年。万一走了火，她怀了孕要做人流，还得开介绍信。别的地方开不出来，只有我们公社能开。你替我想想吧，假如发生这样的事，我会怎样。我爸爸妈妈死命看住我，心还不够狠，心狠就该把我阉掉。我现在明白小转铃最爱我，想和她结婚，她却不干了。

那晚上的事我还有些补充，干之前，我编了个小故事，说到我将被砍头。窗外正给我搭断头台，刽子手在门外磨刀，我脖子上已被画上了红线，脑后的头发已经剃光了。人们把小转铃叫来，给她一个筐，让她在里面垫上干草："别把脸磕坏了，这可是你的未婚夫！"准备接我的脑袋。而她终于说动了狱卒，让我们在临刑前半小时待在一起。小转铃哭起来："那你就快点干吧，套子套好了。"每听到一种新死法，她就哭起来。当我用到第二个避孕套时（说我将被绞死——王二注），就听见隔壁刘老先生闹，一直闹到第四个避孕套（那回是我被开膛挖心——王二注）。第六个避孕套时他出去了，当时已经天明。那夜一共就是六个，因为刘老先生骚扰，所以那一夜不是很开心。

第二天早上他从外面跑回来敲我的门时，我们俩还没起床。当时我正以极大的兴趣抚摸小转铃的乳房。而小转铃的乳房乃是我一生所见乳房里最好的一对：形状是最完备的半球形，皮肤最洁白，乳头又小又好看。假如世界上有乳房大赛，她绝对有参赛的资格。小转铃对性生活的其他方面毫无兴趣，只对此事有兴趣。通过胸前的爱抚达到高潮，是她享受性乐趣的唯一途径。这种事情不容易搞成，可遇不可求的，那天她兴趣极大（戒欲两个月，贞女如小转铃都会有变化），头枕双臂，双眼紧闭，脸色潮红，马上就要来了。就在这时刘老先生来砸门，乒乒乓，所以去开门时我说了："这老鸡巴头子真该死啦。"

打开门以后的第一观感是：这老头儿像喝了子母河的水，怀孕了。他的肚子上圆下尖，秃顶周围的白毛全竖了起来，脸上露出了蒙娜丽莎似的微笑。然后他就像分娩那样艰难地从肚皮下拉出一只填鸭来。看到他这样做作，我也不禁惊喜道："这是你偷的吗？"他听了大惊道："偷？怎么能偷？偷东西是要判刑的嘛，是买的。"我也顾不上向他解释知青的理论"偷吃的不是偷"，也顾不上问他为什么要把鸭子藏在衣服底下，这些都顾不上问。我只问他花了多少钱。他说很便宜，五块钱。我说，混账，像你这么花，下半月只好吃屎啦。他听了这话，也觉得不好意思。这时小转铃跑出来说："王二，怎能对刘爷爷这样？快道歉。"其实我也不是在乎这五块钱，我只嫌刘老头儿没出息。你猜他为什么把鸭子藏在怀里？最怕留守处那几个把大门的说他贪嘴。他是回城治病的，怕人家说他没病，一天吃一只大肥鸭。说到底，是"文化革命"里挨了几下打，把胆子打破了。

如果说到挨打，刘老先生简直不能和我相提并论，虽然当时我是那样年轻，而他已经老了。他一生所挨的打，也就是实验楼里那几下，数都能数出来。而我挨的打，绝不可能数清楚。我被专政时，凤师傅把我叫到地下室，屋顶亮着灯，四周站了很多人。他说道："你看好了，我们不打你。工宣队都进校了，我们不打人。"然后灯就黑了。等灯再亮时，我从地下爬起来，满头都是血。凤师傅笑着说："我们没打你，对吧。你能说出谁打你了吗？"当然我说不出。我说的是："操你妈！"然后灯又黑了，在黑暗里挨打，数都没法儿数。打我的就是留守处那班家伙，和打刘老先生的相同。可是我一点都不怕他们，连姓凤的都管我叫爷爷，我还怕谁？

现在到了不惑之年，我明白了，我挨的打，的确不能和刘老先生相提并论。因为我是那样的人，所以挨的揍里面有很大自找的成分。刘老先生挨的打，没有一点自找的成分。我还年轻，还有机会讨回账来，可是刘老先生已经到垂暮之年，再不能翻本，每一下都是白挨。因此刘老先生当然怕得厉害。

刘老先生给自行车打气，对不准气嘴，打不进气，就气急败坏，把自行车推倒。

【二十】

早上刘老先生对我说："昨晚上一宿没睡，就想两件事。一是要吃一只鸭，二是要向王二学棋，搞清楚为什么他的大列手炮我就是下不过。"我告诉他说："这路列手炮，乃是一路新变化。公元一九六六年，天下著名的中国象棋名手，包括广东杨官麟、上海何顺安、湖北柳大华、黑龙江王嘉良等等十五人，齐集杭州城。大家说：上海胡荣华太厉害，一连得了好几届冠军，可恶！咱们得算计他一回。都说大列手是臭棋，就从这里编出变化来，让他一辈子也想不到，要他的命！于是想了七七四十九天，编出十五着来，邪门儿得厉害！"刘老先生听得眉飞色舞，嘴里啧啧咂出声来。小转铃就笑，说，您别听王二臭编。刘老先生说："铃子，你不懂棋，别打岔！有这么回事！接着说，后来怎么了？"我说："当时大伙约定，一人记一路变化。这路变化只有对胡荣华才能用，自己人之间不能用——铃子，你去收拾鸭子，你听不懂——但是后来谁也没用。胡荣华还是冠军！刘老，你懂棋，猜猜为什么？"

刘老先生想了半天，才迟迟疑疑地说："刚才你说，何顺安？"

我说："着哇！到底是老前辈！那厮是胡荣华同乡，专做奸细（要不是刘老先生一提，我还编不下去了呢——王二注）！比赛头一天，参加杭州棋会的每个棋手都收到一封信，就写了一句话：车八平五。下署：知名不具！刘老，再猜猜，怎么回事？"他拍案叫道："好个胡荣华！真真厉害！何顺安只会一变，其他十四种变化肯定记不全。老胡见不能取胜，就把大列手第一步写下，给人家寄去，人家一看，你知道我们要走列手炮！就不敢走了。这是死诸葛惊走活仲达之计！你一定会这十五路变化，难怪下不过你。这大列手好大的来历，教给我吧。"我说，教也可，一路一块钱。他说，便宜！

人老了就像小孩一样，此话不虚。刘老先生搬来棋盘，裁好了纸，削好了铅笔准备记谱，圆睁怪眼，上下打量我。我心里痒痒，真想在他头上打一下。才走了一步，刘老先生就高声唱道："车八平——五！"举手就记谱。把我笑得打跌，连棋盘都打翻了。

后来我告诉他，没有这路变化，是我编着骗他的，他很不高兴。转眼之间又高兴了，因为想起了鸭子。人老了就这么天真，事事都在别人意料中。刘老先生对着那可怜的鸭子的尸体，出了很多主意要把它分成几部分。一部分香酥，一部分清蒸，一部分煮汤，一部分干炸，那鸭子假如死而有灵，定然要问刘老先生这是为什么。假如我死了，有人拿我的四分之一火葬，四分之一土葬，四分之一天葬，四分之一做木乃伊，我也有此疑问。但是我们的厨房里只有酱油膏，所以只能红烧。刘老先生说，红烧鸭要烧到稀烂才好吃，要烧到天黑。刘老先生把菜金花了个精光，只买了一只鸭，所以中午只好挨饿。刘老先生说，好饭不怕晚。但是他老去揭那炖鸭子的锅，说是看了也解馋，他那副馋相叫人不敢看。炖鸭的香味飘到屋里，刘老先生坐不住，走来走去，状如疯魔。到晚上还有一白天，他血压又高，肯定挨不过。所以小转铃把我叫出去，给了我一点钱，叫我带他去吃午饭。她还说，她不饿。于是我对刘老先生说："老头儿，陪我去逛逛。"我骑一辆男车，他骑一辆女车，出了矿院的门。然后我对刘老先生说："我还有一点钱，够咱俩去新街口吃一顿羊肉泡馍。"只听哐的一声，刘老先生连人带车倒在地上。我连忙停车回头，只见刘老先生从地上爬起来，口角流涎，说道："羊——肉泡馍！！"

我请刘老先生吃了泡馍。因为早上我骂了他，有点内疚。后来他就死掉了。他到底没吃到那只鸭。当天晚上我吃那只鸭，第一口就吐了，小转铃也吃不下，最后倒掉了。鸭子的肉又黏又滑，吃时的感觉实在可怕，我到现在也不爱吃鸭子。

和刘老先生吃泡馍时，我和他谈起了贺先生。老头儿的脸色登时大变，说道："吃饭，吃饭，别谈这些事，怪害怕的。"我说："谈谈何妨，老头儿，你怕什么？"他说："别提死人。"我说："真笑话，你这么一大把年纪，还怕死吗？"老头儿很天真地说："谁不怕？"我说："怕就能不死吗？老头儿，你看看你吃的东西，乃是羊杂碎。全是胆固醇。吃下去动脉硬化，离死就不远了。"那老头的样子真好看，手都抖起来了。

后来刘老先生大起胆子（他说，回家喝点醋，能解——王二注），告诉我贺先生死之前的事，都不大有趣。贺先生跳楼前只说"告诉我家里人，别太伤心了"。没有说过像"二十年后又是一条好汉"之类的话，甚至也没说"让我儿子给我报仇"。那时我想，像刘老先生这种没劲的人，说出的事都没劲。

吃完饭，我叫刘老先生回家，自己在外面遛到天黑方回。我活得很没劲，好像一个没用的人。人到了这步田地，反而会满脑子伟大的想法。那时我想：假如发生了战争，那就好了。

活得没劲的人希望发生战争，那是很自然的想法。我们那一代人，都是在对战争的期待中长大的。以我为例，虽然一不怕疼，二不怕死，但是在和平年月里只能挖挖坑，而中国并不缺少挖坑的人。

在和平年月里，生活只是挖坑种粮的竞争。虽然生得人高马大，我却比不过别人。这是因为第一，我不是从小干惯了这种活计；第二，我有腰疼病，干农活儿没有腰不成。所以我盼望另一种竞争。在战场上，我的英勇会超过一切人。假如做了俘虏，我会偷偷捡块玻璃，把肚子划破，掏出肠子挂到敌人脖子上去。像我这样的兵员一定大为有用。但是不发生战争，我就像刘老先生一样没用。

到现在我明白了，掏出肠子挂到别人脖子上，那是很糟糕的想法。自己活得不痛快，就想和别人打仗。假如大家都这么想，谁也别想过好日子了。而且我也明白，刘老先生怕死，那是再自然也没有的事，他在世上什么都没有了，只有最后的日子。

刘老先生在厕所里撒尿，经常尿到自己裤子上。

【二十一】

刘老先生死了以后，我常想，我老了以后，可能和刘老先生一样。

刘老先生活着时，我老在背后说，没骨气的人就是活得长。贺先生和刘老先生比，一个在天上，一个在地下，贺先生大义凛然，从楼上跳下去，刘老先生挨了两下打就把胆子吓破了，但他死时我还是着了急。我从外面回来时，小转铃对我说："去看看刘老先生怎么了，躺在那里打呼噜，叫也不答应。"我到他房里一看，他流了很多哈喇子，翻开眼皮一看，眼珠子不动。我转过身来就打小转铃一凿栗："你是死人吗？快找车，送老头儿上医院！"

据小转铃说，刘老先生回来时，骑车骑得飞快，头上见了汗。回来就看鸭子，看到鸭子已经炖烂，摩拳擦掌，口水直流。后来说，感到不舒服，要回去睡，告诉王二，回来给他量血压。王二回来，不量血压，先打小转铃一凿栗："老头儿都这样了，还等我回来吗？"

小转铃也不是省油的灯。我蹬平板三轮送刘老先生上医院，她坐在后面胡搅蛮缠："好哇，你敢打我！我非打回来不可。"我说："刘老先生中风了。以后好了，也是歪嘴耷拉眼，你看看他嘴歪了没有。"我这么说是要分散她的注意力。到了医院里，把刘老先生推进急诊室。过了一会儿就遮着白布推出来。有个大夫对我说："老先生已经逝世了。"我说："你别逗了。我们送来那会儿，刚才还打呼噜呢，你跟别人说去。"

可是那大夫说："请您节哀，总共就送进去一个。"我登时瞪起眼来，说："胡扯！刚送进去，你还没给他看！"他就说："令尊来的时候，呼吸已经停止了。你别揪我领子好不好！快来人！救命哪！"

这时来了一群白大褂，可是我只对那个急诊大夫紧追不舍。后来出来一个穿制服的，喝道："不准乱闹！你是哪单位的？我找你们领导！"我说："你们他妈的找去！老子是知青！"那人一听又缩了回去，知青全是亡命之徒，谁也不敢惹。

刘老先生的事是这么结束的：最后医院的院长出来，请我和小转铃到办公室里坐。他说："人总是要死的，这是不可避免的现象。所以有些危重病人，我们救不活。既然对我们的抢救措施有怀疑，做个尸检，好吗？我们不但要对病人负责，也要对我们的大夫负责。"那时我已经清醒了，说道："我和这死人没关系，你等矿院留守处来找你们吧。"说完就和小转铃回家了，路上我和小转铃说，他是叫鸭子馋死的。

当晚我和小转铃在一起，谈到刘老先生的好多事，均属鸡毛蒜皮。比方说：走廊里黑，又堆了很多东西。刘老先生走进来时看不见，就拿藤棍乱打，打得那棍像狗咬过一样。刘老先生贪嘴，拿香肠在煤炉上烤着吃，叫我们碰上啦。他怕我们说他，老脸臊得通红，圆睁怪眼立在那里说："你们谁敢说我一句，我就自杀！不活了！"他怎么忽然死了呢？这事真逗哇。我们应该干一回纪念他。

我们想起刘老先生好多事，都很逗，除了一件。有一回我爸爸告诉我："刘老先生并不笨，矿院的老人都知道，此人绝顶的聪明。他是故意装出一副傻样，久而久之弄假成真。"所以我就去问他："老头儿，干吗不要脸面？"他马上回答："顾不上了！"

后来我下了床，走到窗口去，看见外面黑夜漫漫，星海茫茫。一切和昨夜一样，只是少了一个刘老先生。忽然之间我想到，虽然刘老先生很讨厌，嘴也很臭，但是我一点都不希望他死，我希望他能继续活在世界上。

流年似水，日月如梭。很多事情已经过去了。在一九七三年元旦回首一九六七年底，很多事情已经发生，还有一些事将要发生。无论未发生的和已发生的事，我都没有说得很清楚。这是因为，在前面的叙述中，略去一条重要线索。这就是在我身上发生了很多变化。有些变化已经完成，有些变化正在发生。前面说过，刘老先生告诉我贺先生的遗言，我听了当时很不以为然。但那天夜里我和小转铃干到一半停下来，走到窗前，想起这话来，觉得很惨。看到外面的星光，想起他脑子前面的烛火，也觉得很惨。刘老先生死了，也很惨。对这些很惨的事，我一点办法都没有，所以觉得很惨。和小转铃说起这些事，她哭了，我也想哭。这是因为，在横死面前无动于衷，不是我的本性。

我说过，在似水流年里，有一些事叫我日夜不安，就是这些事：贺先生死了，死时直挺挺；刘老先生死了，死前想吃一只鸭；我在美国时，我爸爸也死了，死在了书桌上，当时他在写一封信，要和我讨论相对论。虽然死法各异，但每个人身上都有足以让他们再活下去的能量。我真希望他们得到延长生命的机会，继续活下去。我自己也再不想掏出肠子挂在别人脖子上。

【二十二】

流年似水，转眼到了不惑之年。我觉得心情烦闷，因为没碰上顺心的事。而且在我看来，所有的人都在和我装丫挺的。

线条在装丫挺的，每天早上上班之前，必然要在楼道里大呼小叫：

"龟头，别把房子点着！按时吃药！"

回来时又在楼下大叫："大龟头！快下来接我，看我拿了多少东西！"

李先生也装丫挺的，推开门轰隆轰隆冲下去。这简直是做戏给人看。要不是和他们是朋友，我准推门出去，给他们一个大难堪：李教授、李夫人，你们两口子加起来够九十岁了，还在楼道里过家家，肉麻不肉麻？

我和线条，交情极为深厚。上初二时，到了夏天，我常和线条到玉渊潭去游泳。那时她诧异道：王二，你怎么了？裤衩里藏着擀面杖，不硌吗？

我说：你不懂，因为你不读书。我有本好书，叫《十日谈》，回去借给你看看。重要地方我都夹了条子。你只看"送魔鬼下地狱"和"装马尾巴"两篇就够了。

她说：这些话越听越不明白，最好找个没人的地方脱下来给我看看。于是找到了没人的地方，脱了给她看。线条见了惊道：

王二，你病啦！小鸡鸡肿到这个样子，快上医院看看吧！

当然，我没去医院。晚上把书借给她。线条还书时，满面通红地说：

王二，你该不是现在就要把那魔鬼送给我吧？

怎么？你反对？

　　不是反对。我是说，就是要把它送给我，也得等我大一大。现在硬要送给我，我可能就会死掉啦！

　　自从我把"小和尚"给她看过之后，线条的成绩就一落千丈，中英文数理化没一门及格的。因为给别的女孩讲过马尾巴，被老师知道了，操行评语也是极差。要不是我给她打小抄，她早就完蛋了。这线条原是绝顶聪明一个女孩，小学的老师曾预言她要当居里夫人的。他们可没想到，该居里夫人险些连高中也考不上。

　　线条自己说，上初二初三时，她被一个噩梦魇住了，所以连音乐都考不及格。那时候她觉得除了嫁给王二，别无出路，可王二那杆大枪……噩梦醒了以后，嗓子眼儿都痒痒。

　　如今我与线条话旧，提起这件事，她就不高兴，说道：王二，你也老大不小的啦，还老提这件事！不怕你不高兴，你那杆枪和我老公的比，只好算个秫秸啦。

　　我马上想到，女人家就是不能做朋友，不说小时候我给她打过多少小抄，考试时作过多少弊，只说后来我在京郊插队，忽然收到一封电报——"需要钱线条"，我就把我的奥米伽手表卖了，换了二百块钱，给她寄去了。

　　我自己会修表，知道手表的价值。那块奥米伽样子虽老，却是正装货。所有的机件都镀了金，透过镜子一看，满目黄澄澄的。全部钻石都是天然的，无一粒人造的。后来到美国，邻居是个修表的老头，懂得机械表，我对他说有过一块这样的表，他就说："你要真有，就给我拿来，五百一千好商量。要是没有，就别胡扯吊我胃口。我血压高，受不了刺激。"那块表除了是机械工艺的结晶和收藏的上品，还是我爸爸给我的纪念品。我妈认识联合国救济署的人，所以家里不缺吃的。这块表是我多拿一袋洋面换的。要是寻常年景，他也买不起这样的表。只为线条一句话，我就把这表卖了，二十年来未曾后悔过，直到她说我是秫秸才后悔了！

我对线条说，这辈子再也不交朋友，免得伤心。线条就说："至于的吗？好吧好吧，秫秸的话收回了。可是你也太腻歪了。我老公和你是何等的交情，我和小转铃又是好朋友。你追我干吗？小转铃不是挺好的吗？"

李先生和我交情好，我也不想甩了小转铃，这些我全知道。怎奈我就是想抱她一抱，难道她不该让我抱一抱？所以我说她装丫挺的。

小转铃也和我装丫挺。每次我要和她做爱，她就拿个中号避孕套给我套上。我的小和尚因此口眼歪斜，面目全非，好像电影上脸套丝裤去行劫的强盗。于是我就应了那些野药的招贴："（专治）举而不坚，坚而不久！"这也很容易理解。假如一位一米九的宇航员被套入一米六的宇航服，他也会很快瘫软下去。为此我向小转铃交涉：

"铃子，这套子太小了。"

"没办法。全城药房只有这一种号。"

这医药公司也装丫挺的。我们这个年龄的人都会背这两句诗："太平世界，环球同此凉热。"可也没听说环球同此长短的。我知道计生委发放避孕药具，各种尺寸全有。小转铃说：

"王二，咱们将就一点吧。你知道不知道，我已经离了婚，是个单身女人？"

其实真去要，也能要来。可是小转铃说，她单位正要评职称。假如人家知道她在和一个尺寸三十七毫米的家伙睡觉，会影响她升副编审。为了副编审，就给男人套中号，是不是装丫挺的？

其实我自己也可以去要，我们单位也在评职称，而且我也是个离了婚的单身男人。我去要三十七毫米的套子，势必影响到我升副教授。所以我也得装丫挺的。

连我妈也在装丫挺的。我让她去搞一些特号，她说："王二呀，我丧了偶，也是单身女人！"

我说："妈，您快七十岁了，谁会疑到您？再说，你教授已经到手了，还怕什么？不好意思说是给儿子要，就说要了回家当气球吹。"

"呸！实话跟你说，能要来，就是不去要。你还欠我个孙子呢！"

我的生活就是这样，到了四十岁，还得装丫挺的。我就像我的小和尚，被装进了中号，头也伸不直。小的时候，我头发有三个旋儿（三旋儿打架不要命——王二注），现在只剩了一个，其他的两个歇掉了。往日的勇气，和那两个旋儿一道歇光。反正来日无多，我就和别人一样，凑合着过吧。

我现在给本科生上数学分析课。早几年用不了一秒钟的积分题，现在要五分钟才能反应上来，上课时我常常犯木，前言不搭后语，我也知道有学生在背后笑我。有个狂妄的研究生当面对我说：

听说您是软件机器，我看您不像嘛。

我答道：机器？机器头顶上有掉毛的吗？

还有个更狂的研究生说我：老师，我觉得您讲话老犯重复。

我说：是吗？一张唱片用的时候久了，也会跑针的。

还有一个女研究生对我说：老师，听说您是有名的王铁嘴，真是名不虚传。

这话我倒是爱听。但她在背地里说：这家伙老了以后一定嘚啵嘚啵嘚，讨厌得要命。

我妈跟我说的却是：人就是四十岁时最难过。那时候脑子很清楚，可以发现自己在变老。以后就糊里糊涂，不知老之将至。

叔本华说：人在四十岁之前，过得很慢，过了四十岁，过得就快了。

咱们孔夫子说的是：四十而不惑，五十知天命，六十耳顺，七十从心所欲不逾矩。好像越活越有劲，真美妙呀！可不逾矩以后又是什么？所以我恐怕他是傻高兴了一场。

除了别人说我和说四十岁的话，我还发现自己找不着东西；刚看过一本书，击节赞赏，并推荐给别人看，可是过了几天，忽然发现内容一个字也记不起来了。而过去我是出了名的一目十行、过目不忘。这对我倒是一件好事：以前只恨书不够读，现在倒有无穷阅读的快乐。因为以上种种，在这不惑之年，我却惶惶不可终日，对什么都失去了兴趣，成天想的是要和线条搞婚外恋。更具体地说，是想和她干，当然，也不想干太多。我的身体状况是这样的：一周一次有余，二次勉强。所以干一两次就够了。

我和线条谈这件事，是在矿院学生办的咖啡馆里，说着说着情绪激动，嚷嚷了两次。一次是因为说到秋秸，还有一次是谈到李先生和小转铃。我说："他们知道了又有什么呢？小转铃爱我，李先生爱你，一定会原谅我们。现在一想到你，我就会直。所以有一件事可以肯定：假如现在不干，到直不起来时一定会后悔。"有海涅的悲歌为证：

在我的记忆之中，

有一朵紫罗兰熠熠生辉。

这轻狂的姑娘！我竟未染指！！

妈的，我好不后悔！！！

我读过的诗里，以此节为最惨。线条说："这儿有我的学生，就站在吧台后面。你要是一定要嚷嚷，咱们到外面去。"

我和线条出了咖啡馆，在外面漫步。外面漫天星斗。我马上想起了二十三年前，也是仲夏时节，我和线条半夜里爬到实验楼顶上，看到漫天星斗，不禁口出狂言：假如有一百个王二和一百个线条联手，一定可以震惊世界！

时至今日，我仍不以为这是狂言。两百个一模一样的怪东西聚在一起，在热力学上就是奇迹，震惊世界不足为奇，不震惊世界反而不对头。

比方说，二百名歌星联袂义演，一定会震惊世界。一百个左独眼和一百个右独眼一齐出现，也会震惊世界。一百个十七岁的王二和一百个十七岁的线条联手，那就是二百名男女亡命徒，世界安得不惊也？

那天晚上在实验楼顶，除了口出狂言，我还干了点别的事，对女人的内衣有了初步的了解。我的手从她上衣下伸了进去，解开了背后乳罩的挂钩，然后那东西就如护胸甲，松松散散挂在外衣和皮肤之间，以后探手到她胸前，就如轻骑入阵，十分方便。我发觉女人的乳房比其他部位温度要低，摸起来就如两个小苹果一样。除此之外，还说了些疯话：我们生在这亡命的时代，作为两个亡命之徒，是何等的幸福！真应该联手做一番事业！

那天夜里我说道：在这世界上要想成一番事业，非亡命徒不可。比如布鲁诺这厮，在宗教法庭肆虐之时提倡日心说，就是十足地不想活了。他被烧死了。作为一个男人，被烧死不足为奇，但他还熬了无数的酷刑，实在可钦可佩。教廷说，只要你承认曾受魔鬼之诱惑，可以免遭刑罚。砍头、上吊、喝毒药，可随便你挑。临死前还可玩个妓女，嫖资教廷报销。但他选择了一条光荣的荆棘之路，被吊上拷问架去。两根绳子，一根捆手，一根捆脚，咯咯一较劲，把他活活地拉长。原本一米六〇的身高，放下来时被拉到三米七八。火刑处死之时，刽子手用杈子把他挑到柴堆上，盘成一堆（像蛇一样——王二注），放火烧掉。布鲁诺真好汉也！还有圣女贞德，被捕后，只消承认与魔鬼同谋，就可先吊死再烧。但她不认，选择了被活着烧。年轻姑娘的皮嫩，烧起来最难熬。根据史籍记载，那一天贞德身着亵衣，腰束草绳，被引到火刑柱旁，铁链拦腰束定。这时她发现，柴堆上面还铺了一层油松松针。这种搞法缺德得很。贞德见此，只微微皱眉，对刽子手说：愿上帝宽恕你。这贞德真是个好样的娘儿们！一点火时，松针上火苗猛蹿上去，把头发眉毛亵衣一燎而光，还烧了一身燎浆大泡！把个挺漂亮的姑娘烧得像癞蛤蟆，还要忍受慢火的烘烤。人家在她对面放了镜子，让她看着自己发泡。只见那泡泡一个个烤到迸裂，浆水飞溅，而贞德在火焰中，双手合十，口中只颂圣母之名，直到烤成北京烤鸭的模样，一句脏话也没骂。烤成烤鸭的模样，她就熟啦，圣母之名也念不出来了。在我看来，贞德比布鲁诺伟大。因为王二可以做布鲁诺，做不了贞德。我要被烤急了，一定要骂操你妈。圣女要是骂出这话，一切就都完了。

我对线条说：老天爷会垂青我们，给咱们安排一场酷刑，到那时你我可要挺住，像个好样的爷儿们和好样的娘儿们！

而线条则说，她希望酷刑之前给五分钟上厕所。见到血淋淋的场面她就尿频。

二十三年之后，线条对我说：现在机会到了！我们正可以联手做一番事业。摆在我们面前的正是一场酷刑。我会秃顶，性欲减退，老花眼，胃疼，前列腺肿大尿不出尿来，腿痛，折磨了我一辈子的腰痛变成截瘫，驼背，体重减轻，头脑昏聩，然后死去。而她会乳房下垂，月经停止，因阴道萎缩而受欲火的煎熬，皱纹满脸，头发脱落，成为丑八怪，逐渐死于衰竭。这是老天爷安排的衰老之刑，这也是你一生唯一的机会，挺起腰杆来，证明你是个好样的！

线条所建议的是：在衰老到来之时，做一件值得一做的事，正如布鲁诺提倡日心说、贞德捍卫奥尔良一样。我们要在未来的痛苦面前，毫不畏缩，坚持到神志丧失的时刻，正如布鲁诺被拉成面条之前还在坚持日心说，贞德被烤熟之前口诵圣母之名一样。我们做这件事不是为了别人，只是为了证明自己是好样的！

线条建议的事情相当值得一做。起码我还没想出有什么事比这还值得做。她还说，挑选我来做这件事，不是因为我有做成这事的能力和资格，只是因为少年时期我们是同伴，曾经发誓要联手证明自己是英雄（雌）好汉（娘儿们）！

　　线条说，王二年轻时虽像一条好汉，但是到了四十岁，却只想苟安偷欢，不似一条好汉。况且他还没经过任何考验，不能证明他是好汉。而王二则说，他出过斗争差，被人打背了过去。和刘二师傅偷过泔水（偷泔水比偷汽车更需要勇气——王二注），怎么还不算条好汉？如果王二不是条好汉，线条又有什么事情能够证明她是个好汉（娘儿们）？

　　线条说，她爱上了龟头血肿。只此一条就能证明她是个好娘儿们。如果需要细节的话，那就是：她曾在河南安阳某地的一个破庙里，在寒冷和恐惧中，赤裸裸躺在砖砌的供台上，尽全力分开双腿，把贞操献给了李先生而不要任何保证。她还决定要在一生中倾全力去爱龟头血肿，其实李先生就像任何男人一样毫无可爱之处。只此一条她就可算通过了考验。

　　线条的这些鬼话，不过是强词夺理罢了，不值得深论。但是这些说法倒可以说明她为什么到河南去跟了李先生。她说，她是按自己的方式，在光荣的荆棘路上走到如今（参见安徒生《光荣的荆棘路》——王二注）。现在她还提供机会，让我们联手去博取光荣。这个光荣就是把我们的似水流年记叙下来，传诸后世，不论它有多么悲惨，不论这会得罪什么人。

　　我一直在干这件事，可是线条说，我写的小说中只有好的事，回避了坏的事，不是似水流年的全貌，算不得直笔。如果真的去写似水流年，就必须把一切事都写出来，包括乍看不可置信的事，不敢写出这样的事情，就是媚俗。比如不敢写这样的事，就是媚俗。

　　现在矿院门口正在建房子，有些地方盖起半截来，有些地方正在挖地基。结果挖出几方黑土来。别的地方是黄土，就那几块是黑的。年轻的工人不能辨认，有人说是煤，有人说是沥青，有人说是窖藏炭化的粮食。为了考据到底是什么，有人还撅了一块，放在嘴里尝尝，到底也没尝出个味道来。这件事情我们就知道：既非煤，也非粮食，是人屙的屎。

　　在我们的似水流年里见过这样的事：我八岁那年，正逢大跃进，人们

打算在一亩地里种出十万斤粮食，这就要用很多的肥料。新鲜的粪便不是肥料，而是毒药，会把庄稼活活烧死，所以他们就在操场上挖了很多极深的坑，一个个像井一样，把新鲜大粪倒了进去。因为土壤里有甲烷菌存在，那些粪就发起酵来，嘟嘟地冒泡。我小的时候，曾立在坑旁，划着火柴扔进去，粪面上就泛起了蓝幽幽的火光。

在我小时，觉得这蓝幽幽的火十分神秘。在漫漫黑夜里，几乎对之顶礼膜拜，完全忘记了它是从大便中冒出来的。

不幸的是，这挖坑倒粪的事难以为继，因为当粪发酵之后，人们才发现很难把它弄出来：舀之太稠，挖之太稀，从坑边去掏又难以下手，完全不似倒下去时那么容易。何况那些坑深不可测，万一失足掉下去，很少有生还的机会。所以那些坑连同宝贵的屎，就一齐被放弃。

过了一些时候，坑面上罩上了浮土，长起了青草，与地面齐，就成了极可怕的陷阱。我的一个同伴踩了上去，惨遭灭顶之灾。这就是似水流年中的一件事。

线条说，此事还不算稀奇，下干校时听说过另一件事。在同一个时期，当地的干部认为，挖坑发酵太慢了。为了让大粪快速成熟，他们让家家户户在开饭前，先用自家的锅煮一锅屎（参见北京大学社会学系沈关宝博士论文——王二注），一边煮，一边用勺子搅匀，和煮肉的做法是一样的。还要把柴灰撒进锅里，好像加入作料一样。煮到后来，厨房里完全是这种味儿。有些人被熏糊涂了，以为这种东西可以吃，就把它盛进碗里，吃了下去。

这个故事是线条讲的，我听出前面是实（有沈博士论文为证——王二注），后面两句是胡扯，这种浪漫主义要不得。但是煮屎的事则绝不可少，因为它是似水流年中的一条线索。它说明有过一个时候，所有的人都要当傻×（线条所谓 silly cunt——王二注），除此之外，别无选择。当时我们还小，未到能做出选择的年纪。

而当我们长大之时，就有了两种选择：当傻 × 或是当亡命之徒。我们的选择是不当傻 ×，要做亡命之徒。

要记做亡命之徒的事，那就太多了。我们的很多同伴死了，死得连个屁都不值。比方说，在云南时，有些朋友想着要解救天下三分之二的受苦人，越境去当游击队，结果被人打死了。这种死法真叫惨不忍睹。想想吧：

一、天下三分之二的受苦人，你知道他们是谁吗？

二、天下三分之二的受苦人，你知道他们受的什么苦吗？

三、正如毛主席所说，世上没有无缘无故的爱，也没有无缘无故的恨。你什么都不知道就为他们而死，不觉得有点肉麻吗？

死掉的人里有我的朋友。他们的本意是要做亡命徒，结果做成了傻×。这样的故事太悲惨了，我不忍心写出来。假如要求直笔来写似水流年，我就已经犯了矫饰之罪。

我还知道很多更悲惨的事——在我看来，人生最大的悲哀，在于受愚弄。这些悲惨的故事还写得完吗？

线条说，就凭你这平凡、没长性、已经谢顶的脑袋瓜，还想在其他方面给人类提供一点什么智慧吗？假如你写了矿院的黑土之来历，别人就会知道它是屎，不会吃进嘴里，这不是一点切实的贡献吗？难道你不该感谢上帝赐给了你一点语言才能，使你能够写出一点真实，而不完全是傻 × 话吗？

如果决定这样去写似水流年，倒不患没的写，只怕写不过来。这需要一支博大精深的史笔，或者很多支笔。我上哪儿找这么一支笔？上哪儿去找这么多人？就算找到了很多同伴，我也必须全身心投入，在衰老之下死亡之前不停地写。这样我就有机会在上天所赐的衰老之刑面前，挺起腰杆，证明我是个好样的。但要做这个决定，我还需要一点时间。

革命时期的爱情

序

这是一本关于性爱的书。性爱受到了自身力量的推动，但自发地做一件事在有的时候是不许可的，这就使事情变得非常的复杂。举例言之，颐和园在我家北面，假如没有北这个方向的话，我就只好向南走，越过南极和北极，行程四万余公里到达那里。我要说的是：人们的确可以牵强附会地解释一切，包括性爱在内。故而性爱也可以有最不可信的理由。

作者

1993年7月16日

有关这篇小说：

王二1993年夏天四十二岁，在一个研究所里做研究工作。在作者的作品里，他有很多同名兄弟。作者本人年轻时也常被人叫作"王二"，所以他也是作者的同名兄弟。和其他王二不同的是，他从来没有插过队，是个身材矮小、身体结实、毛发很重的人。

第一章

【一】

　　王二年轻时在北京一家豆腐厂里当过工人。那地方是个大杂院，人家说过去是某省的会馆。这就是说，当北京城是一座灰砖围起的城池时，有一批某个省的官商人等凑了一些钱，盖了这个院子，给进京考试的举人们住。这件事太久远了。它是一座细砖细瓦的灰色院子，非常地老旧了；原来大概有过高高的门楼，门前有过下马石、拴马桩一类的东西，后来没有了，只有一座水泥门桩的铁栅栏门，门里面有条短短的马路，供运豆腐的汽车出入。马路边上有一溜铁皮搭的车棚子，工人们上班时把自行车放在里面。棚子的尽头有个红砖砌的小房子，不论春夏秋冬，里面气味恶劣，不论黑夜白天，里面点着长明灯，那里是个厕所。有一段时间有人在里面的墙上画裸体画，人家说是王二画的。

　　王二在豆腐厂里当工人时，北京冬天的烟雾是紫红色的，这是因为这座城里有上百万个小煤炉，喷出带有二氧化硫的煤烟来。当阳光艰难地透过这种煤烟时，就把别的颜色留在天顶上了。这种颜色和他小时候见过的烟雾很近似。对于颜色，王二有特别好的记忆力。但是不管你信也好，不信也罢，他居然是个色盲。早知道自己是个色盲，他也不去学画，这样可以给自己省去不少的麻烦。

　　王二在豆腐厂当工人时，大家都不知道他是色盲，将来当不了画家。相反，他们只知道他右手的手指老是黑黑的，而别人不这样。这说明只有他经常拿着炭条画素描，别人则不画。而厕所墙上的裸体画正是用炭条画的。除此之外，画在白墙上的裸体女人虽然是一幅白描，只有寥寥可数的几根线条，那几根线条却显得很老练，很显然是经常画才能画得出来。这些事足以证明是他画了这些画。那个女人被画出来以后，一直和上厕所的人相安无事。直到后来有人在上面用细铅笔添了一个毛扎扎的器官和一个名字，问题才变得严重起来。照他看来，原来作画的和后来往上添东西的显然不是一个人。但是这些话没人肯听。人家把厕所的墙重新粉刷了。可是过了没几天，又有人在厕所里画了这样一个女人，并且马上又有人添了同样的东西，这简直就是存心捣蛋了。你要知道，人家在那个女人身边添的名字是"老鲁"，老鲁是厂里头头儿（革委会主任）的名字。这位老鲁当时四十五六岁，胖乎乎的，两个脸蛋子就像抹了胭脂一样红扑扑的，其实什么都没抹。她说话就像吵架一样，有时头发会像孔雀开屏一样直立起来。她是头头儿，这就是说，她是上面派来的。有她没她，一样地造豆腐、卖豆腐。但是谁也不想犯到她手上。当时还没有证据说是王二画了那幅画，她就常常朝王二猛扑过来，要撕王二的脸。幸亏这时旁边总是有人，能把她拦住。然后她就朝王二吐唾沫。吐唾沫想要吐准，需要一定的练习和肺活量，老鲁不具备这种条件，所以很少吐中王二，都吐到别人身上了。

　　厕所里的那个女人画在尿池子的上方，跪坐着，手扬在脑后，有几分像丹麦那个纪念安徒生的美人鱼像，但是手又扬在脑后，呈梳妆的姿势。那个毛扎扎的器官画在肚皮上，完全不是地方。这说明在这画上乱添的人缺少起码的人体解剖知识——假如老鲁的那部位真的长得那么靠上的话，会给她的生活增加极多的困难。进来的人在她下面撒尿，尿完后抬起头来看看她，同时打几个哆嗦，然后就收拾衣服出去了。我猜就在打那几个哆嗦时，那位不知名的画家画出了这个女人——总共也用不了五秒钟，但是这五秒钟几乎能让王二倒一辈子的霉。

王二在豆腐厂里当工人是一九七三年的事，当时北京城显得十分破败，这是因为城里的人衣着破旧。当时无所谓时髦，无所谓风流，大家也都没有什么财产。没有流行音乐，没有电影可看，在百无聊赖之中，每个人都想找别人的麻烦。

一九七三年早已过去了，厕所里的淫画是一件很常见的东西，像老鲁那样的人也无甚新奇之处。所以我们看到以上的论述，就如看一幅过时的新闻图片，不觉得它有什么吸引人的地方。只有一种情况会使这一点发生变化，就是那位王二恰巧是你。把这一点考虑在内，一切就都不一样了。

【二】

小的时候我想当画家，但是没当成，因为我是色盲。我经常怀疑自己有各种毛病，总是疑得不对，比方说，我怀疑过自己有精神病、梦游症等等，都没疑对。因此正确的怀疑方式是：当你想当画家时，就怀疑自己是色盲；想当音乐家时，就怀疑自己是聋子；想当思想家，就怀疑自己是个大傻瓜。如果没有那种毛病，你就不会想当那种人。当然，我想当画家的原因除了色盲外，还有别的。这些情况我慢慢地就会说到了。

前几年，夏天我们到欧洲去玩。当时我是个学生，乘着放暑假出来玩，和我一道去的还有我老婆，她也是个学生。我还当过工人、教师等等，但当得最久的还是学生。我们逛了各种各样的地方，最后到了比利时，布鲁塞尔有个现代艺术画廊，虽然我们一点都不懂现代画，但是也要去看看，表示我们是有文化的人。那个画廊建在地下，像一口大口井，有一道螺旋走廊从上面通到井底。我顺着走廊走下去，左面是透明的玻璃墙，右面是雪白的墙壁，墙上挂着那些现代画。我走到达利的画前，看他画的那些半空里的塔楼，下肢细长、伸展到云端的人和马。这时我的右手忽然抽起筋来，食指忽左忽右，不知犯了什么毛病。后来我才发现，它是挣扎着要写出个繁体的"为"字来。这种毛病以前也有过，而且我做梦时，经常梦见红砖墙上有个"为"字，好像一颗巨大的牛头。后来我在那个画廊里坐了半天，想起一件小时候的事。小时候我住在一所大学里，有一天上午从家里跑出去，看到到处的砖墙上都用白粉写着大字标语——"为了一零七零"，这些字的样子我记得很清楚，连周围的粉点子全记得很清楚，但是我当时一个也不认识。我记得"为"字像牛头，"一"字像牛尾巴。如果细想一下牛头牛尾的来路，就会想到家里那些五彩缤纷的小画书。我顺着那些砖墙，走到了学校的东操场，这里有好多巨人来来去去，头上戴着盔帽，手里拿着长枪。我还记得天是紫色的，有一个声音老从天上下来，要把耳膜撕裂，所以我时时站下来，捂住耳朵，把声音堵在外面。我还记得好几次有人对我说，小孩子回家去，这儿危险。一般来说，我的胆子很小，听说危险，就会躲起来，但是也有例外，那就是在梦里。没有一回做梦我不杀几个人的。当时我就认定了眼前是个有趣的梦境，所以我欢笑着前进，走进那个奇妙的世界。说实在的，后来我看见的和达利画的很有近似之处。事实上达利一九五八年没到过中国，没见过大炼钢铁。但是他虽然没见过大炼钢铁，可能也见过别的。由此我对超现实主义产生了一个概念，那就是一些人，他们和童年有一条歪歪扭扭的时间隧道。当然这一点不能说穿，说穿了就索然无味。

一九五八年我走到了操场上，走到一些奇怪的建筑之间，那些建筑顶上有好多奇形怪状的黄烟筒，冒出紫色的烟雾。那些烟雾升入天空，就和天空的紫色混为一体。这给了我一个超现实主义的想法，那就是天空是从烟筒里冒出来的。但我不是达利，不能把烟筒冒出的天空画在画布上。除此之外，周围还有一种神秘的嗡嗡声，仿佛我置身于成千上万只飞翔的屎壳郎中间。后来我再到这个广场上去，这些怪诞的景象就不见了，只剩下平坦的广场，这种现象叫我欣喜若狂，觉得这是我的梦境，为我独有，因此除了我，谁也没有听见过那种从天上下来撕裂耳膜的声音。随着那个声音一声怪叫，我和好多人一起拥到一所怪房子前面，别人用长枪在墙上扎了一个窟窿，从里面挑出一团通红的怪东西来，那东西的模样有几分像萨其马，又有几分像牛粪，离它老远，就觉得脸上发烫，所有的人围着它欣喜若狂——这情景很像一种原始的祭典。现在我知道，那是大炼钢铁炼出的钢，是生铁锅的碎片组成的。——我哥哥当时在念小学，他常常和一帮同龄的孩子一起，闯到附近的农民家里，大叫一声"大炼钢铁"，就把人家做饭的铁锅揭走，扔下可怜的一毛钱，而那口铁锅就被拿到广场上砸碎了——没炼时，散在地上就像些碎玻璃，炼过以后就粘在一起了。但是我当时以为在做梦，也就欣喜若狂——虽然身边有好多人，但是我觉得只有自己在欣喜若狂，因为既然是做梦，别人都是假的，只有我是真的。这种狂喜和达利画在画布上的一模一样。等到后来知道别人也经历过大炼钢铁，我就感到无比地失望。

　　后来在布鲁塞尔的画廊里，我看到达利的画上有个光屁股小人儿，在左下角欢呼雀跃。那人大概就是他自己吧。我虽然没去西班牙，但是知道那边有好多怪模怪样的塔楼，还有些集体发神经的狂欢节，到了时候大家都打扮得怪模怪样。所以没准儿他三岁时见到了什么怪景象，就以为自己做了个怪梦，傻高兴一场。狂欢节这个概念不算难，到了四五岁就能理解。大炼钢铁是个什么意思，就是到了十几岁也懂不了。我是一九五二年生人，一九五八年六岁，当时住在一所大学里。所以我怎么也不能理解哇哇叫的是高音喇叭，嗡嗡叫的是鼓风机，"一零七零"是一年要炼出1070万吨钢，那些巨人是一些大学生，手里的长枪是炼钢用的钢钎，至于哇哇叫出的小土群、小洋群是些什么东西，我更不可能懂得；何况那天的事有头没尾，后来的事情在记忆里消失了，就更像个梦。直到我都二十岁了，对着小臂上一个伤疤，才把它完全想了起来。那天我看完了出钢，就往回走，在钢堆边上摔了一跤，钢锭里一块锅碴子把我的小胳膊差一点劈成两半。这件事太惨了，所以在记忆里待不住，用弗洛伊德的说法叫作压抑。压了十几年我又把它想了起来，那天我不但流了很多血，而且我爸爸是拎着耳朵带我上医院的。关于这一点我不怪他。我们家孩子多，假如人人都把胳膊割破，就没钱吃饭了。后来我老想，在炉子里炼了好几个钟头，锅片子还能把我的手割破，从冶金学的角度来看，那些炉子可够凉快的。为此我请教过一位教冶金的教授，用一九五八年的土平炉，到底能不能炼钢。开头他告诉我能，因为只要不鼓冷空气，而是鼓纯氧，不烧煤末子，而是烧优质焦炭，就能达到炼钢的温度；后来他又告诉我不能，因为达到了那种温度，土平炉就要化了。土平炉虽然沾了个"土"字，但是这个土不是耐火黏土，它是砖砌的。顶上那些怪模怪样的烟筒是一些粗陶的管子，那种东西不炼钢时是用来砌下水道的，一炼钢就上了天了。羞耻之心人皆有之，大炼钢铁一过去，人们就把炉子拆得光光的，地面压得平平的，使得好像什么事也没发生一样。但是还是有一些踪迹可寻，在院子里一些偏僻地方，在杂草中间可以找到一些砖堆，那些砖头上满是凝固了的气泡、黑色的瘤子，就像海边那些长满了藤壶、牡蛎壳的礁石——这说明凉快的炉子也能把砖头烧坏。这些怪诞的砖头给人以极深的印象。像这种东西，我在那个画廊里也找到了。像这样的记忆，我们人人都有，只是没有人提，也没有人来画，所以我们把它们都淡忘了。我想起这些事，说明了我身上有足够当一位画家的能量。而且像我这样一个有如此怪诞童年的

人，除了当个画家，实在也想不出当什么更合适。但我没当成画家，因为我
是色盲。这一点在我二十六岁以前没有人知道，连我自己都不知道。这说明
我根本算不上色盲，顶多有点色弱罢了。但是医生给检查出来了。因此我没
有去搞艺术，转而学数学了。

【三】

厂里有一座高塔，王二就在塔顶的房子里磨豆浆。后来他不在豆腐厂
了，还常梦见那座塔。如果让弗洛伊德来说的话，这意味着什么是不言而
喻的，更何况雪白的豆浆老是从塔顶上下来，流到各车间去。豆浆对于豆
腐厂就像自来水对一座城市一样重要。其实根本用不着弗洛伊德，大家都
知道那座塔像什么。有人说，咱们厂的那个塔像 denjiu，这就是说，这座
塔上该穿条裤衩了。通到塔上去的梯子是爬烟筒的脚手梯，这是因为在塔
上工作的都是男青工。送豆浆的管道都架在半空中和房顶上，顺着它，他
们和豆浆一样在厂里四通八达，所以他也很少下地来，这叫人想起已故意
大利作家卡尔维诺的小说《在树上攀缘的男爵》——这位作家的作品我是
百读不厌。老鲁在地下看了这种景象，就扯破了嗓子嚷嚷，让王二下来。
但是王二不理她，这是因为冷天管子不是冻就是堵，他正赶去疏通。她看
到王二从跨越大院的管道上走过时，总抱着一线希望，指望王二会失足掉
下去，被她逮住。但是他在上面已经走了好几年了，从未失足。就是偶尔
失掉平衡，顶多也就是走出几步像投保龄球那样的花步，离掉下去还远着
哪。假如她能做到，一定会拣煤块来打他。但是在大冬天里，一位穿中式
棉袄的胖女人又能把石块扔到多高呢。她所能干成的最有威慑力的事就是
拿了掸房顶的长竿鸡毛掸子来捅他的腿，王二只好退回原来的房顶上去。

但是不一会儿，就会有人在对面车间里拼命地敲管子，高喊道"豆浆怎么还不来"。在这种情况之下老鲁只好收起长竿让他过去——不管怎么说，她也是厂里的革委会主任，不敢干得太过分，让厂里造不出豆腐，而豆腐能否造出来，就取决于王二能否走过去疏通管道，使豆浆流过去。除了对老鲁，王二和厂里每个人都说过，他没画过那些画。本来王二也可以对老鲁说这番话，但是他没有勇气站到她面前去。他想，反正她也逮不住我，就让她在下面嚷嚷吧。

有关这件事，还有一些需要补充的地方。王二这家伙是个小个子，才过了二十岁，就长了连鬓胡子，脸上爬满了皱纹，但一根横的也没有，全是竖着的，自然卷的头发，面色黝黑，脸上疙疙瘩瘩。脸相极凶，想笑都笑不出，还有两片擀了毡的黑眉毛。冬天他穿一套骑摩托送电报的人才穿的黑皮衣服去爬管道，简直是如履平地。别的人四肢伏地时多少会感到有点不自然，他却显得轻松自然，甚至把脚伸到了鼻子前面也觉得自然。飞快地爬了一圈下来，膝盖上一点土都不沾。这就给人一种猫科动物的印象。这些奇形怪状的地方使大家以为他是个坏蛋，而这种观念他自己也多少有点接受了。

人家说，老鲁原来在上级机关工作，因为她在那里闹得人人不得安生，所以被放到这里当厂长。她要捉王二时，每天早上总是起绝早到厂门口等着，但是早上又太冷，所以到传达室坐着。王二骑车上班，总是攒着一把劲，等到厂门口才把车骑到飞快，与此同时，摇起铃铛，嘴里也叫起来："让开让开！"等她从屋里跑出来，叫王二站住，叫人截住他时，他已经一溜烟似的消失在厂里的过道里啦。等她追到豆浆塔下，王二早爬上了脚手梯。这座塔只有这么一道很难爬的梯子可以上来，再有就是运豆子的螺旋提升机。假如她乘提升机上来，准会被搅得弯弯扭扭，又细又长，好像圣诞节的蜡烛一样，所以王二在上面很安全。至于她在下面嚷嚷，王二可以装没听见。唯一可虑的事是她在地上逮住王二，这就像野猪逮住猎狗一样，在空旷地方是不大可能的事。但是厂里不空旷，它是一座九宫八卦的阵势。过去盖房子，假如盖成了直门直道，别人就会说盖得不好了。就是最小的院子，门口都有一面影壁来增加它的曲折程度。所以早上王二上班时，假如还没有遇到老鲁并把她甩掉，每到一个危险的拐弯前面，都要停下来复习前面的地形地物，想想假如老鲁就藏在墙后的话，该怎么办，想好了以后再往前走。因为有这些思想上的准备，所以当车子后座上一滞，老鲁得意扬扬地说道"我可逮住你了"时，就从来不会惊慌失措。这些时候他往往不是骑在车上，而是站在车上，一只脚站在车座上，另一只脚踩着把，好像在耍杂技。她一抓后座，王二正好一跃而起，抓到半空中横过的管道，很潇洒地翻上去，在空中对过路的人说："徐师傅，劳驾给我看着自行车。"老鲁则在下面恨恨地对徐师傅说，有朝一日逮住王二，非咬他一口不可。与此同时，她的头发从项后往前竖立起来，就像个黄包车的棚子打开时一样。每个人都觉得老鲁是个麻烦，这是因为她脾气古怪。但是没有人认为她是个坏蛋，因为她是个四十多岁的老娘儿们。在这种人里不可能有坏蛋。

【四】

一九五八年我独自从家里跑出去，在"钢"堆边摔了一跤，把手臂割破了。等我爬了起来，正好看到自己的前臂裂了一个大口子，里面露出一些白花花、亮晶晶的东西来，过了好一会儿才被血淹没。作为一个六岁的孩子，当然不可能明白这是些什么，所以后来我一直以为自己体内长满白花花、黏糊糊像湿棉絮的东西，后来十几岁时遗精也没感到诧异，因为那不过是里面的东西流出来了而已。直到后来学画，看了几本解剖学的书，才知道当时看到的是自己的筋膜。筋膜只长在少数地方，并非全身都是。但是我爸爸揪着我上校医院时，以及大夫用粗针大线把我缝起来时，我都在想自己是一具湿被套的事，呆头呆脑地忘了哭。大夫看了，关心地说："老王，这孩子脑子没有毛病吧？"我爸爸说，没有，他一贯呆头呆脑。说着在我头上打个栗凿，打得我哇的一声。然后我就看到我爸爸兴奋地搓着手说："看到了吧，会哭——是好的。"后来我看到回形针在我的肉里穿进穿出，号哭声一声高过一声，他觉得太吵，在我脑袋上又打一栗凿，哭声就一声声低下去，我又开始想自己是个被套的问题。我爸爸在很短的时间里连造了六个孩子，正所谓萝卜快了不洗泥，只要头上打一栗凿能哭出来，他就很满意。这件事说明，外表呆头呆脑，好像十分朴实，而内心多愁善感，悲观厌世——这些就是我的本性。但我当时虽然厌世，也没有想到会有色盲这么一出。

我小时候住过的大学和我后来在布鲁塞尔到过的那个现代艺术馆是很不一样的两个地方。前者是座四四方方的大院子，里面的水泥楼房也是四四方方的，校园里的道路横平竖直，缺少诗意。而比利时那个现代艺术馆是一口深入地下的大口井，画廊就像螺旋楼梯绕着井壁伸下去。井底下有一个喷水池，还有一片极可爱的草坪。虽然这两个地方是如此地不像，但是因为达利和大炼钢铁，它们在我的头脑里密不可分地联系起来了。

一九五八年我还看到过别的一些景象，比方说，在灯光球场上种的实验田，那一片灯光通宵不灭，据说对庄稼生长有好处，但是把全世界的蚊子和蛾子全招来了，形成了十几条旋转光柱，蔚为壮观；还有广播喇叭里传来的吓死人的豪言壮语。但是这些都不重要，重要的是广场上的大炼钢铁和我划破了手臂。我的一切都是从手腕上割了个大口子开始的。后来我开始学画，打算做个画家，因为不如此就不足以表达我心中的怪诞——我不知达利是不是因为同样的原因当了画家。至于我是个色盲，我还没有发现。不但如此，我还自以为辨色力比所有的人都好。以一棵胡萝卜为例，别人告诉我说，看起来是一个橘红色的疙瘩，但是我看就不是这样。它是半透明的，外表罩了一层淡紫色的光，里面有一层淡淡的黄色。再往里，直抵胡萝卜芯，全是冷冷的蓝色。照我看这很对头，胡萝卜是冷的嘛。这样画出的胡萝卜，说它是什么的都有。有人说是印象派，有人说是毕加索的蓝色时期，还有人说是资产阶级的颓废主义，就是没人说它是胡萝卜。一九七七年我去考美院，老师们也是这样议论纷纷。假如我故作高深状，坐在一边一声不吭，大概就考上了。倒霉就倒在我去对他们说，胡萝卜在我眼睛里就是这样的。后来不知哪位天才出主意叫我去医院查眼睛。查完了回来，那些老师就笑得打滚儿，把我撵了出去。其实不过是眼科的辨色图卡有几张我没认出来。我也能画出一套图卡，叫谁都认不出来。

　　我的辨色力是这样的：我看到胡萝卜外面那层紫是紫外线，芯里的蓝是红外线。只有那层淡淡的黄色是可见光。用无线电的术语来说，我眼睛的频带很宽。正因为我什么都能看见，所以什么都马马虎虎，用无线电的术语来说，在可见光的频带上我眼睛的增益不够大——假如眼睛算是一对天线的话。像我这样的人，的确不适合当画家：紫外线、红外线画家，和超声波音乐家一样，没有前途。但是我的视力也不是没有好处，因为能看见紫外线，所以有些衣料对我来说几乎是透明的，穿了和什么都不穿是一样的。到了夏天我就大饱眼福，而且不用瞪大了眼睛看，眯缝着眼睛看得更清楚。这一点不能让我老婆知道，否则她要强迫我戴墨镜，或者用狗皮膏药把我的眼睛封起来，发我一根白拐棍，让我像瞎子一样走路。我的艺术生涯已经结束了，但不是因为我是色盲。这是因为我自己不想画了。也是因为人们没有给我一个机会，画出所见的景象。假如他们给我这个机会的话，就能够通过我的眼睛看到紫外线和红外线。

【五】

老鲁总想逮住王二，但是总不成功。她最好的成绩是抓到了他的一只鞋。那一回很危险，因为她藏在塔下的角落里等着，等王二看见她已经很近了。逼得王二只好在车座上一跃而起，抓住了上面的梯磴，任凭崭新的自行车哗啦一声摔在地下。就是这样，也差点被她揪住了他的脚脖子，鞋都被她扯掉了。后来她把这只解放鞋挂在了办公室前面的半截旗杆上炫耀她的胜利，并且宣布，谁来要都不给，非王二自己来拿不可。但是下班时他骑着车，一手扶把，一手持长竹竿，一竿就把鞋挑走了。那一次总算是侥幸，毫发无伤，连鞋子都没损失，但是王二怕早晚有一天会在铁梯上把嘴撞豁，还有别的担心，比方说，怕在工厂里骑快车撞倒孕妇（当时有好几个大着肚子来上班的）等等，所以王二就改为把车子骑到隔壁酒厂，从那边爬墙过来。酒厂和豆腐厂中间还隔了一条胡同，但是还有一条送蒸气的管子架在半空中。王二就从上面走过来。不好的是胡同里总有老头子在遛鸟，看到王二就说："这么大的人了，寒碜不寒碜。"这时王二只好装没听见。

最后王二被老鲁追得不胜其烦，就决定不跑了，从大门口推着自行车慢步进来，心里想着："她要是敢咬我，我就揍她。"但是下定了这种决心以后，老鲁就再也不来追王二，甚至在大门口面对面地碰上，她也不肯扑过来，而是转过脸去和别人说话。这种事真是怪死了。以前王二拼命奔逃时，想过好多"幸亏"：幸亏他在半空中上班，幸亏他从小就喜欢爬树上房，幸亏他是中学时的体操队员，会玩单杠等等，否则早被老鲁逮住了。后来王二又发现一点都不幸亏：假如他不会爬树上房，不会玩单杠，不能往天上逃，那王二就会早早地站在地下，握紧了拳头，想着假如老鲁敢来揪他的领子，就给她脸上一拳，把她那张肥脸打开花。假如是后一种情况的话，问题早就解决了，根本用不到实际去打。这些幸运和不幸，再加上复杂无比的因果关系，简直把他绕晕了。

这个被追逐的故事就发生在我身上。当时是一九七四年，冬天空气污浊，除了像厕所里的淫画和各种政治运动，简直没有什么事情可供陈述。而政治运动就像天上的天气，说多了也没有意思。当时北京的城墙已经被拆掉了，那座古老的城市变得光秃秃的，城里面缺少年轻人，这样的生活乏味得很。当时我二十二岁了，是个满脸长毛的小伙子。也许就是因为这个，老鲁才决定要捉住我。那段时间里，我经常是躲在房上，但是每月总有几次要下地，比方说，签字领工资、到工会去领电影票等等。只要逃进了会计的办公室，把门插上，也就安全了，危险总是发生在这段路上，因为准会遇上老鲁。每到开支的日子，会计室门口总会有好多人等着看热闹。到了这种日子，老鲁的脸准比平时红上好几倍，头发也像被爆米花的机器爆过——在攻击敌人时，狒狒的脸也要变红，眼镜蛇也要咋腮；这些都不重要，不要为其所动，重要的是看她进攻的路线。假如她死盯着我的胸前，那就是要揪我的领子；假如她眼睛往下看，那就是要抱我的腿。不管她要攻哪里，她冲过来时，你也要迎上去。正面相逢的一瞬间，假如她举手来抓领子时，我就一矮身，从她肋下爬过去；假如她矮身要抱腿，我就一按她肩膀，用个跳马动作从她头顶上一个跟头翻过去。那个时候老鲁抓王二是我们厂的一景，每月固定出现几次。但是这已经是很早以前的事了。

有关我待过的豆腐厂，有好多可补充的地方。它在北京南城的一条小胡同里，虽然那条胡同已经拓宽了，铺上了柏油，但是路边上还有不少破破烂烂的房子，房门开到街面上。窗子上虽然有几块玻璃，但是不要紧的地方窗格子上还糊着窗户纸。那些房子的地基比街面低，给人异常低矮的印象，房顶上干枯的毛毛草好像就在眼前。我们厂门口立了两根水泥柱子，难看无比。里面有个凶恶无比的老鲁等着捉我。这一切给我一种投错胎转错世的感觉。虽然这一切和别人比起来，也许还不算太糟，但是可以说，我对后来发生的这些事情缺少精神准备。我小的时候可没想到会有这么个堆满了碎煤的院子，里面在造豆腐，更没想到这里会有个老鲁要咬我。

【六】

我现在已经四十岁了，既不是画家，也不是数学家，更不是做豆腐的工人，而是一个工程师。这一点出乎所有人（包括我家里人和过去认识我的人）的意料，但是我自己一点都不感到意外。把时光推回到我小的时候，有一段时间门前是一大片鸡圈，那时候我手上的伤疤已经长好了。从我住的二楼凉台往下看，只见眼前是一大片蜂窝式的场所，因为这些鸡圈是用各种各样的材料隔出的空地。在那些材料里有三合板、洋铁皮、树枝、树杈等等，原来的设想是用这些东西就可以把鸡圈在里面不让它们出来，但是不管什么时候你都能看见很多的鸡在圈间的空地上昂首阔步地走着，而且到处都能闻见鸡屎味，和不带过滤嘴的骆驼牌香烟的味道一样。除了楼前的空地上有鸡圈，楼上的阳台上也养上了鸡。有一只公鸡常常在楼下起飞，飞到我头顶四楼的阳台上去。我能够从它漫步的姿态判断它何时起飞，所以也就很少错过这些起飞的场面。通常它是在地上一蹲，然后跳到空中拼命拍动翅膀，就拔地而起了。据我的观察，它只能够瞬时克服重力，垂直升上去，不大能够自由飞翔，因为它常常扑不准阳台，又从空中哗哗啦啦地掉下来。当时我看鸡飞上阳台十分入迷，却不知道这预示着什么。过了近三十年，我到了美国圣路易城，在那个著名的不锈钢拱门下和一架垂直起落的鹞式战斗机合影时，才带着一丝淡淡的懊恼想起这件事来。这是因为这架飞机的外形和那只公鸡很像，飞起来就更像了。我的懊恼是因为觉得应该由我把这架飞机发明出来。所有这些事说明，除了攀登外，我的生命还有一个主题，就是发明。这也是我与生俱来的品性，虽然到目前为止，我还没发明过什么了不起的东西。

小时候我在挨饿，那段时间我们家门前满是鸡圈。但是你要是以为中国的大学里就是满地鸡窝就错了——那段时间并不长，而且不光是养鸡，还养了不少兔子，因为兔子也可以被杀了吃。不光是挨饿，还缺少一切东西。但是缺少的东西里并不包括钱，光有钱没有票证，什么都买不到，除了只含水分和木棍的冰棍。钱这种东西假如买不到东西，就没有什么用，擦屁股都嫌太硬，而且还犯法。连青菜都要票，这一点连最拥护社会主义的我爸爸也觉得过分了。有一天在家里听见楼下有人吆喝道："不要菜票的菠菜嘞！"我姥姥就打发我去买。买回来一捆菠菜，立起来比我还高好多，只能用来喂兔子，不能喂鸡，因为会把鸡噎死。我姥姥是个来自农村的小脚老太太，她咬着手指说："从来没见过这么老的菠菜！"后来她动了一阵脑筋，想从菠菜里提取纤维来纳鞋底子，但是没有成功。这说明我姥姥身上也有发明的品性。而且如果肚子里空空如也，每个人都会想入非非。

我小时候也没有手纸，我爸爸把一九五八年的宣传材料送进了卫生间，让我们用它擦屁股。那些材料里有好多是关于发明创造的，我在厕所里看这些东西，逐渐入了迷。与此同时，我哥哥姐姐在厕所门前排起了队，憋得用拳头擂门，我却一点都听不见。那些发明里有一些很一般，比如什么用木头刻珠子做滚珠轴承、用锅熬大粪做肥料等等，一点想象力都没有。但也有些很出色。比方说这一个：假设有一头猪，在一般饲养条件下每天只能长八两的话，本发明能让它长到一斤半，其法是用一斤花生油加鸡蛋黄两个对它做肌肉注射。据说这样喂出的猪不光肥胖，肉质还十分细嫩。当时我就想这个发明虽好，但还不是尽善尽美。应该再打点酱油和料酒进去，使它不等挨刀子就变成一根巨大的广东香肠。说实在的，用这些发明擦了屁股，我感到痛心。当然，被用来擦屁股的不光是发明，还有别的东西。比方说，有好多油印本的诗选。一九五八年不但大家都在搞发明，而且人人都要写诗，参加赛诗会。我哥哥一九五八年上到了小学三年级，晚上饿得睡不着的时候，给我念过他作的诗：

> 共产主义，
> 来之不易。
> 要想早来，
> 大家努力。

他还告诉我说，到了共产主义，窝头上的眼就小了（窝头上的眼太大，吃了就不顶饿）。这首诗我还在油印诗选上找到了，注明了是附小三年级学生王某所作。我毫不犹豫地用我哥哥的作品当了手纸。我当时虽然只有九岁，也觉得这是歪诗。我只喜欢发明。我哥哥早就发现了我喜欢发明，他还断言我在这方面有惊人的才能。但是直到如今，我的这项才能也没得发挥。

谈过了共产主义的窝头之后，更觉得饿得受不了，于是我们俩就从家里溜出去，偷别人家地里的胡萝卜吃。嫩的胡萝卜不甜，所以一点都不好吃。从小到大，我就干过这一件坏事。而且这一件坏事我还交代过好几次。这可以说明我是多么清白。

有关一九五八年的大发明和赛诗会，还有需要补充的地方。它不像我小时候想象的那样浪漫——比方说，当时的发明是有指标的，我们这所大学里每月必须提出三千项发明，作出三万首诗来。指标这种东西，是一切浪漫情调的死敌。假如有上级下达指标令我每周和老婆做爱三次的话，我就会把自己阉掉。假如把指标这件事去掉，大发明和赛诗会就非常好。只可惜它后来导致大家都饿得要死。有一阵子大家又急于发明出止住饥饿的办法，我为此也想破了脑袋。

挨饿的时候我眼前是绿的，最幸福的时刻是在饭前，因为可以吃了。最不幸的时刻是在饭后，因为没有东西吃了。后来有一天（十二岁），忽然感到浑身上下不得劲，好像生了病，又好像变成了另一个人。仔细想了想，才发现是因为我不饿了。吃饱了以后发明的欲望有所减退，但是我已经发明了很多东西，包括用火柴头做弹药的手枪、发射自行车条的弓弩等等。我用这些武器去行猎，不管打到了什么，就烧来吃。有一回吃了一只小刺猬，长了一身红斑狼疮似的过敏疙瘩，为此又挨了我爸爸一阵好打。

【七】

小时候我觉得自己出生的时辰不好，将来准会三灾六难不断。虽然这不像个孩子的想法，但是事实就是这样的。有关这一点我有好多可以补充的地方。在这部小说开始的时候，我把自己称为王二，不动声色地开始讲述，讲到一个地方，不免就要改变口吻，用第一人称来讲述。有一件事使我不得如此。小时候我跑到学校的操场上，看到了一片紫色的天空，这件事我也可以用第三人称讲述，直到我划破了胳膊为止。这是因为第三人称含有虚拟的成分，而我手臂上至今留有一道伤疤。讲到划破了胳臂，虚拟就结束了。

六岁时我划破了胳膊，就一面号哭，一面想道："真倒霉！还不知有什么灾难在等着我。"现在我打桥牌时也是这样的，每次看牌之前，总要念叨一句："还不知是什么臭牌！"要是在打比赛，对手就连连摇头。但是这件事不说明我不是绅士，只能说明我是个不可救药的悲观主义者。二十二岁时，我在豆腐厂里被老鲁追得到处奔逃，也有过这类的想法。和我上一个班的毡巴可以做证，当时我就老对他说："我还得倒霉，因为福无双至，祸不单行。"果不其然，过了没几天，我就把毡巴揍了一顿，把他肋骨尖上的软骨都打断了。

毡巴这家伙长得白白净净的，虽然比我高半头，但是一点力气都没有。眼睛大得像蜻蜓，溜肩膀，漏斗胸，嗓音虽然低沉，却是个娘娘腔。他的男根是童稚型，包茎。这家伙的一切我都了如指掌，是因为我们俩常一路到酒厂洗澡，我后来打他和洗澡也有关系。我从来没有想象到会有一天要揍他一顿，这是因为他是我在厂里唯一的哥们儿，揍了他，别人会怎么看我呢？但是因为流年不利，不该发生的事也发生了。

王二打毡巴的事是这样的：前一天下午，别人来接班时他对毡巴说："毡，咱们到酒厂洗澡去，你拿着肥皂。"毡巴没有吭气，只是拿了肥皂跟上来。这使他想起来这家伙今天没大说话，这件事十分可疑。到了酒厂浴室的更衣室，脱完了衣服，毡巴又让他先进去。因此他进了浴池后，马上又转回来，看到毡巴把手伸到他上衣的兜里，先摸了左面的兜，又摸了右面的兜，还从里面掏出一根半截的烟来。这使他马上想到了毡巴在兜里找炭条哪。讲到了这里，我就不能把自己称作王二，这是因为当时有一种感觉，不用第一人称就不足以表述。据我所知，一万个人里顶多有一个会在六岁时把小臂完全割破，同理，一万个人也只会有一个被人疑为作了反革命淫画，遭到搜查口袋的待遇。这种万里挑一的感觉就像是中了大彩。那种感觉就像有一试管的冰水，正从头顶某个穴位灌进脑子来。

当然，搜我是领导上的布置——搜查可疑分子的衣兜，寻找画了反革命淫画的炭条——但是也轮不到毡巴来搜我的兜。当时我就很气愤，但还没有想到要揍。后来在浴池里，看着他的裸体，忽然又觉得不揍他不成。第二天他又掏我的兜，这时我已经把怎么揍他完全想好了。本来可以揍到他哑口无言，谁想手头失准，居然打出了 X 光照得出的伤害，这一下又落到理亏的地步了。但这不是故意的，我小时候和人打架回回都要敲打对方的肋下，从来没打断过什么，假如我知道会把他肋骨打断，绝不会往那里打。

我们厂里出了那些画之后，老鲁大叫大嚷，给公安局打电话，叫他们来破案。公安局推到派出所，派出所派个警察来看了一下，说应该由你们本单位来解决。最后公司保卫科来了一个衣服上满是油渍的老刘，脸上红扑扑的满是酒意，手持本世纪四十年代大量生产的蔡司相机，进到厕所里照了一张相，消耗了一个小孩拳头大小的闪光灯泡。那只灯泡用以前里面塞满了烂纸一样的镁箔，闪了以后，就变得白而不透明，好像白内障的眼球。但是后来要相片却没有，因为拍照时忘了放底片。让他补拍也不可能，因为那是最后一个闪光灯泡，再也没有了，想买也买不到。这很显然是没把老鲁的事当真事办。这位老刘我也认识，照我看他是个不折不扣的坏蛋，和我不同的是他一辈子没出过事。老鲁很生气，自己来破这个案子，召集全厂的好人（党团员，积极分子）开会。我想，他们的第一个步骤，就是找王二犯案的真凭实据。毡巴这家伙，也是与会者之一。

有关那些画的事，还有一些可以补充的地方。假设你是老鲁吧，生活在那个乏味的时代，每天除了一件中式棉袄和毡面毛窝没有什么可穿的，除了提着一个人造革的黑包去开会没有什么可干的，当然也会烦得要命。现在男厕所里出了这些画，使她成为注意的中心，她当然要感到振奋，想要有所作为。这些我都能够理解。我所不能理解的，只是她为什么要选我当牺牲品。现在我想，可能是因为我总穿黑皮衣服，或者是因为我想当画家。不管是因为什么吧，反正我看上去就不像是好人，这一点是毋庸置疑的了。

【八】

　　有关我不像好人，以下这件事可以证明：后来我到美国去留学时，在餐馆里打工端盘子。有几个怪里怪气的洋妞老到我桌上来吃饭，小费给得特别多。除此之外，还讲些我听不懂的话。又过了些日子，老板就不让在前台干了，让我到后面刷盘子。他还说，不关他的事，是别的客人对他说我这样子有伤风化。其实我除了脸相有点凶，好穿黑皮衣服之外，别无毛病。而穿黑皮是我自幼的积习，我无非是图它耐脏经磨，根本就不是要挑逗谁。但是假如我是好人的话，就不会穿黑皮衣服，不管它是多么地经脏耐磨。

　　我揍毡巴之前，先揪住他的领子狂吼了两三分钟"有贼"，把浴池里的人全叫了出来。当时我精赤条条，身上还有肥皂沫。毡巴又羞又气，而且挣不开，不由自主地打了我几巴掌。这件事完全在我的算计之内，因为打架这件事在任何时候都是谁先动手谁没理的。等到大家都看清他先打我了以后，我才开始揍他。当时毡巴把衣服脱了一半，上身还穿着毛衣，下半截穿着中间有口的棉毛裤，从那个口里露出他那半截童稚型的阴茎，好像猫嘴里露出来的半截鱼肠子，远没有我这样什么都不穿的利索。动手之前我先瞄了他一眼，看见了这些，然后才开始打。第一拳就打在他右眼眶上，把那只眼睛打黑了。马上我就看出一只眼黑一只眼白不好看，出于好意又往左眼上打了一拳，把毡巴打得相当好看。有关这一点有些要补充的地方：第一，毡巴白皮肤，大眼睛；第二，他是双眼皮；最后，他是凹眼窝。总之，眼睛黑了以后益增妩媚。酒厂的师傅们都给我喝彩。当时我可能有点得意忘形了，忘记了打架这件事还是谁把别人打坏了谁理亏。当时我光着屁股，打得十分兴奋，处于勃起状态，那东西直翘翘的，好像个古代的司南（司南是指南针的前身，是漆盘里一把磁石调羹，勺把总是指着正南——而我这个司南指的却是毡巴）。后来他抱怨说："打我打得好得意——都直了！"当然，这是出于误会。我有好多古希腊陶画的图片，画了一些裸体的赛跑者，可以证明人在猛烈运动时都要直。而揍毡巴就是一种剧烈的运动。这是因为肾上腺素水平升高，不含性的意味，更不能说明我是虐待狂。我也受了伤，右手发了腱鞘炎，不过这件事后来我没敢提，因为它是握成拳头往人家身上撞撞出的毛病。我把他打了一顿的结果是使他背上了个做贼的恶名——虽然他掏我的兜是领导分配的任务，但这是秘密工作（under cover），领导上绝不会承认自己曾派了人去搜职工的口袋；我也得了个心毒手狠的歹徒之名。照我看，这样的结果也算公平，我们俩可以尽释前嫌了，但是一上了班他就坐在工具箱上，一点活儿都不干，像受了强奸一样瞪着我。我被瞪急了之后，就说：毡巴，别光想你自己有理。你替我想想，我这个人大大咧咧的，万一哪天不小心把炭条放进衣兜里带到厂里来被你搜出来，不就完了吗！我不揍你成吗？这句话把他的话勾出来了。他抱怨说，我像流氓一样揍他，下的全是毒手。这就是说，他也承认我揍他是有道理的，只是不该打得这么狠。对此我也有道理可讲：其一，假如我兜里有炭条，被他搜了出来，后果就不可想象，所以是他先下了毒手；其二，假如他比较有战斗力，我也不能把他揍成这样，所以这也怪他自己。于是我们俩争论了起来。在诡辩方面和在打架方面一样，他完全不是我的对手。争到了后来，他很没出息地哭了起来。

等到毡巴好了以后，眼睛上的青伤又过了好久才消散。那段时间他眼皮上好似带着黑色的花边，仔细看时，还能看出黑色的颗粒从眼窝深陷的地方发散出来。这段时间里，我常常久久地端详着我自己的杰作。不管怎么说，那是两片好看的东西。

　　毡巴这孩子很好学，上班时经常问我些问题，有时是几何题，有时是些典故，我都尽己所能回答他了。有一次他问我什么叫"一个毡巴往里戳"，这可把我难倒了。我问他从哪儿看来的，他还不告诉我。后来我自己想了出来，准是《红楼梦》上看的！《红楼梦》上的"鸡巴"是毛字边（毴毴——我甚怀疑是曹雪芹自造的字），他给认成"毡巴"了。从此我就管他叫毡巴、阿毡、小毡等等。有一天晚上我在短波上听了一支披头士的歌，第二天上班就按那个谱子唱了一天："毡毡毡毡毡毡毡。"别人听见我管他叫毡巴，也就跟着叫。开头毡巴一听这名字就暴跳如雷，要和我拼命（当然这时他也明白了毡巴是什么意思），但是近不了我的身，都被我擒住手腕推开了。后来大家都管他叫毡巴，他也只好答应。从此他就再没别的名字，就叫毡巴。谁想他就因此记恨了我，甚至参加到迫害我的阴谋里去。这说明他是个卑鄙小人。但是他不同意这个评价，并且反驳说，假如他叫我一声毡巴，我答应了，那他就承认自己是个卑鄙小人。我没和他做这试验，因为不管他是卑鄙小人也好，不是卑鄙小人也罢，反正我的麻烦已经惹上身了。在这种情况下，我又何必去承认自己是毡巴呢？

　　我揍了毡巴一顿，把他打坏了，老鲁就打电话把警察叫来，让他们把我捉走。但是她说话时嗓门儿太大，样子太奇怪，反而使警方长了个心眼儿。他们不来捉我，先到医院去看毡巴。这一回毡巴表现出了男儿本色，告诉警察说，我们俩闹着玩，王二一下子失手把他弄伤了。他还说，我们俩是哥们儿，要是把我捉走了，他会很伤心。警察同志听完这些话，转身就回局里去，再怎么叫都不肯来了。但是这只能暂时保我平安无事，因为老鲁已经得了词，每回开会都说："像王二这样一个流氓，打人凶手，下流货，我们为什么要包庇他？"这样说来说去，豆腐的问题难以提到会议日程上来，大家都不胜其烦。另外，她毕竟是头头儿嘛，大家就开始恨我了。我听说厂里的领导们已经决定一有适当的机会就把我送出去，能送我劳改就送劳改，能送我劳教就送劳教，总之要叫我再也回不来。除此之外，所有的工人师傅也都不再同情我。以前午饭时我爬到厨房的天窗吊下饭票和饭盒，大师傅抢着给我上饭。老鲁嚷嚷说不给他饭吃，大师傅还敢回嘴："人是铁饭是钢，怎么能不让人家吃饭？"现在就不成，人家不给我打饭，还说："你小子下来吧，躲得了初一躲不了十五哇！"好在还有毡巴给我打饭，不然中午我就只好挨饿了。这件事的真实含义是我的事犯了。生为一个坏蛋，假如一辈子不犯事的话，也可以乐享天年。假如犯了事，就如同性恋者得了艾滋病，很快就要完蛋。

　　大家都恨我，我不能恨大家，这种态度叫作反人类。我也不能恨老鲁，她是头头儿嘛。我就恨那个画了裸体女人，叫我背了黑锅的人，并发誓说，只要逮着，一定要揍他。但是连我都想不出他是谁来。毡巴说道，得了吧，王二，你别装了。这儿就咱们两个人。这话说得我二二乎乎，几乎相信是我自己画了那些画，但我又记得自己没有梦游的毛病。再说，我家离厂里远得很，游也游不到这里。这个谜过了三年，也就是说，到了一九七七年才揭开。那一年我们厂有一个叫窝头的家伙考上了美术学院。这位窝头别人说他有三点叫人弄不清：一、他是男是女；二、他会不会说话；三、他长没长黑眼珠——这是因为他太爱翻白眼了。怎么也想不到小小一个豆腐厂，除了我之外，居然还有人会画画，而且没有色盲，诧异之余，竟然忘了要揍他。

【九】

有关毡巴，我有好多可以补充的地方。我一直很爱他，这绝不是因为我是个同性恋者。我是个毛发很重的小个子，说起话来声音嘶哑，毡巴是个文质彬彬的瘦高个儿，讲话带一点厚重的鼻音。我想永远和他待在一起，但是这是不可能的事。后来无论到了什么地方，我都忘不了给他寄张明信片。比方说，在罗马的圣彼得大教堂门前，我就写了这么一张明信片：

亲爱的毡：
　　我到了罗马。下一站是奥地利。

王二

我这么干，是因为毡巴集邮。给他写信有一个特殊的困难：我老记不起他姓什么来；现在就又忘了，指不定什么时候才能再想起来。他当然不姓詹。他掏我的口袋找炭条，绝不是为了密报给老鲁，而是另外有人指使。在这件事上，他有非常可以原谅的动机。但是他实在太可爱了，不能不打。如果一个八十公斤的壮汉这样冒犯了我，我当然也会发火，但是怒气肯定在不致动手的范围之内，这是因为后者太不可爱了，不能打。

后来我回国以后，一见到毡巴，他就尖叫着朝我扑过来，想要掐我的脖子。都是因为我的明信片，大家又知道了他是毡巴。本来他拼死拼活考医学院，就是想离开豆腐厂，不再被人叫成毡巴。但是等他当了大夫，我又给他寄了这些明信片，把他的一切努力全破坏了。现在连刚出护校的小护士都管他叫毡大夫，真把他气死了。

　　假如让我画出毡巴，我就把他画成个不足月胎儿的模样，寿星老一样的额头，老鲇鱼一样的眼睛，睁不开，也闭不上，脖子上还有一块像鳃一样的东西，手和脚的样子像青蛙，而且拳在一起伸不开。他的整个身子团在一起，还有一条尾巴，裹在一层透明的膜里。如果他现在不是这样，起码未出娘胎时是这样的。我一看见毡巴，就要想象他在娘胎里的模样。我喜欢他在娘胎里的模样，也喜欢他现在的模样。我爱他要直爱到死。

第二章

【一】

从美国回来以后，我到一个研究人工智能的研究所工作。这个所里有一半人是从文科改行过来的，学中文的，学哲学的等等。还有一半是学理科的，学数学的，学物理的等等。这些人对人工智能的理解，除了它的缩写叫"AI"，就没有一点一致的地方。他们见了面就争论，我在一边一声不吭。如果他们来问我的意见，我就说："你们讲得都有道理，听了长学问。"现在他们正在商量要把所名改掉，一伙人打算把所名改成"人类智慧研究所"，另一伙人打算把所名改成"高级智能研究所"，因为意见不一致，还没有改成。来征求我的意见，我就说："都好都好。"其实我只勉强知道什么叫"AI"，一点都不知道什么叫"人类智慧"，更不知"高级智能"是什么东西。照我看来，它应该是些神奇的东西。而我早就知道，神奇的东西根本就不存在。但是这不妨碍我将来每天早上到叫智慧或者高级智能的研究所里上班，不动声色地坐在办公室里。这就叫玩深沉吧。但是一想到自己理应具有智慧，或者高级智能，心里就甚为麻烦。根本唯一能让我提起兴致的事是穿上工作服去帮资料室搬家。资料室总是不停地从一楼搬到五楼，再从五楼搬到一楼，每次都要两个星期。等忙完了又要搬家，所以就没见到它开过门。搬家时我奋勇当先，大汗淋漓，虽然每次都是白搬，但我丝毫不觉得受了愚弄。

　　别人朝王二猛一伸手的时候，他的右手会伸出去抓对方的手腕（不由自主），不管对方躲得有多快，这一抓百无一失。这是因为王二小时候和别人打架时太爱抓人家手腕子，而且打的架也太多了。现在王二不是小孩子了，没有人找王二打架，但是别人冷不防把手伸了过来，他还禁不住要去抓，不管是谁。他知道要是在沙特阿拉伯犯这种毛病，十之八九会被人把手砍掉，所以尽量克制，别犯这毛病。最近一次发作是三年前的事。当时王二在美国留学，没钱了到餐馆里去刷碗，有一位泰国waitress①来拿盘子，拿了没刷好的一叠盘子。当时右手一下子就飞了出去，擒住人家的手腕子。虽然只过了十分之几秒王二就放开，告诉她这些还没弄好呢，拿别的吧，但是整个那一晚上泰国小姐都在朝王二搔首弄姿，下了班又要坐他的车回家。据一位熟识的女士告诉王二，这一拿快得根本看不到，而且好像带电，拿上了心头怦怦乱跳，半身发麻。小时候和王二一起玩的孩子各有各的毛病，有人喜欢掐别人的脖子，有的喜欢朝别人裆下踢，不知他们的毛病都好了没有。

　　在豆腐厂里，等到大家都觉得王二的事已经犯了时，他对自己也丧失了信心。倒是毡巴老给王二打气，说可以再想想办法。后来他又提出了具体的建议，让王二去找×海鹰。王二说他根本不知道有个×海鹰。他说，不对，这个人还到这里来过。这就更奇怪了，听名字像个女名，而磨豆浆的塔上从来没有女人来。后来毡巴一再提醒，王二才想起秋天有那么一天，是上来过一个女人，穿了一身旧军装，蹬一双胶靴，从他们叫作门的那个窟窿里爬了进来。到了冬天，他们就用棉布帘子把门堵起来。这间房子还有几个窟窿叫作窗子，上面堵了塑料布。房子中间有个高高的大水

---

① 意为"女服务员"。

槽子，他们在里面泡豆子。除此之外，还有磨豆浆的磨、电动机等等应该有的东西。那一天王二倚着墙站着，两手夹在腋下，心里正在想事情。来了人眼睛看见了，心里却没看见。据毡巴说，王二常常犯这种毛病，两眼发直，呆若木鸡，说起话来所答非所问。比方说，他问王二，饸饹车间敲管子，你去呢还是我去？不管答谁都可以，王二却呜呜地叫唤。所以人家和王二说话，他答了些什么实在是个谜——他也不想知道谜底。她在屋里转了几圈，就走到王二身边来，伸手去按电闸。好在王二是发愣，没有睡着，一把把她拿住了。如果被她按动了电钮，结果一定很糟。这样螺旋提升机就会隆隆开动，大豆就会涌上来，倒进水槽，而毡巴正在槽底冲淤泥。那个水槽又窄又深，从里往外扒人不容易。其实王二在那里站着就是看电闸的，根本不该让该海鹰走近，出了这样的事他也有责任。但是这家伙只是板着脸对她说道："进了车间别乱动。"然后把她放开了。与此同时，毡巴听见外面有响动，就大喊大叫："王二，你捣什么鬼？这可不是闹着玩的事啊！"像王二这么个人，让人家把命托到他手上而且很放心原本就是不可能的事。她一听有麻烦，赶紧就溜了。因此王二就算见过她一面，但是人家长得什么样子都没大记住。只记得脸很一般，但是身材很好。后来他还对毡巴说过，有一种人，自以为是个 ×× 领导，到哪儿都乱按电闸。这种人就叫作"肚皮上拉口子，假充二 ×"。当然这些 × 都是指生殖器，一个 × 是女性生殖器，两个 × 是指男性生殖器。王二平日语言的风格，由此可见一斑。毡巴说，就是这个人，她是新分来的技术员，现在是团支书。他还说，像王二这种犯了错误的人就要赶紧靠拢组织才有出路。当时王二是二十二岁，正是该和共青团打交道的年龄。假如能列入共青团的帮助教育对象，就能不去劳改。最起码厂里在送王二走之前，还要等共青团宣布帮教无效。在这方面他还能帮王二一些忙，因为他在团支部里面还是个委员哪。王二想这不失为一个救命的办法，就让毡巴去替他问问。原本没抱什么希望，马上就有了回音。该海鹰爬到塔上来告诉王二说，欢迎王二投入组织的怀抱。从现在起，王二就是一名后进青年，每礼拜一三五下午应该去找她报到。从现在起他就可以自由下地去，她保证他的生命安全。她还说，本来厂里要送王二去学习班，被她坚决挡住。她说她有把握改造王二。她这一来，使王二如释重负。第一，现在总算有了一点活命的机会。第二，打了毡巴以后，他一直很内疚。现在他知道这家伙该打。如果不是他出卖王二，×海鹰怎么会知道王二因为受到老鲁的围困，在房顶上一只铁桶里尿尿呢。

第一次我去见×海鹰时，她就对我说："以后你不用再往铁桶里尿尿了。"我马上就想到毡巴把我怎么尿尿的事告诉了×海鹰，而没有人告诉我她是怎么尿尿的。这叫我有了一种受了愚弄的感觉。事实上光知道我怎么尿尿还不足以愚弄我。但是假如她对我的一切都了如指掌，我对她一无所知，我最后还是免不了受愚弄。我这个人的毛病就在于一看到自己有受愚弄的可能性，就会觉得自己已经受了愚弄。

如果让我画出×海鹰，我就把她画成埃及墓葬里壁画上的模样，叉开脚，叉开手，像个绘图用的两脚规。这是因为她的相貌和古埃及的墓画人物十分相像。古埃及的人从来不画人的正面像，总是画侧面、全身，而且好像在行进。但是那些人走路时，迈哪边的腿时伸哪边的手，这种样子俗称拉顺。古埃及的人很可能就是这样走路的，所以那时候尼罗河畔到处都是拉顺的人。

【二】

我小的时候从家里跑出去，看到了一片紫红色的天空和种种奇怪的情景。后来有一阵子这些景象都不见了——不知它是飞上天了，还是沉到地下去了。没有了这些景象，就感到很悲伤。等到我长大了一点，像猴子一样喜欢往天上爬，像耗子一样爱打洞，是不是想要把那些不见了的情景找回来，我也说不准，只好请心理学家来分析了。秋天家里挖白菜窖，我常常把铁锹拿走，拿到学校的苗圃后面去挖自己的秘窟。但是这些秘窟后来都成了野孩子们屙野屎的地方，而我是颇有一点洁癖的，别人屙过屎的洞子我就不要了。所以我总是在掩藏洞口方面搜索枯肠，每个洞子都打不太深。而往天上爬就比较方便，因为很少有人有本事把屎屙上天。我在这方面取得了很大成功，整个校园的孩子都承认王二在爬墙上树方面举世无匹。但是不管我上天还是入地，都不能找回六岁时体验到的那种狂喜。

我小时候，我们院的一个角落里有一座小高炉，有七八米高吧，是个砖筒子。我想它身上原来还有些别的设备，但是后来都没了。到了我八九岁时，它就剩了写在上面的一条标语："小高炉一定要恢复。"想来是某位大学生为了表示堂吉诃德式的决心而写上去的。这条标语给了我一点希望，觉得只要能钻到里面去，就能发现点什么。可惜的是有人用树墩子把炉门口堵上了。假如我能够把它挪开，就能够钻进去。遗憾的是我没有那么大的劲。试了又试，就像蚍蜉撼大树一样。而爬上七八米的高墙，也不是我力所能及。我拼了老命也只能爬到三四米高的地方，后来越爬越低，那是因为吃不饱饭，体力不肯随年龄增长。

我觉得那堵墙高不可测，仿佛永远爬不过去。这就是土高炉那个砖筒子——虽然它只围了几平方米的地方，但我觉得里面有一个神奇的世界；假如我能看见它，就能够解开胸中的一切谜。其实我不缺少攀登的技巧，只是缺少耐力，经常爬到离筒口只有一臂的距离时力尽滑落，砖头把我胸口的皮通通磨破，疼得简直要发疯。在我看来，世界上的一切痛苦都不能与之相比。但是我还是想爬过那堵墙。有一天，我哥哥看见我在做这种徒劳的努力，问我要干什么。我说想到里面看看。他先哈哈大笑了半天，然后就一脚把挡着炉门的树墩子蹬开，让我进去看。里面有个乱砖堆，砖上还有不少野屎。这说明在我之前已经有不少人进去了。虽然有确凿的证据说明在这个炉筒里什么都没有，但是我仍然相信假如不是我哥哥踢开了挡门的树桩，而是我自己爬了进去，情况就会有所不同。所以等我出了那个炉筒子，又要求他把那个树墩子挪回到原来的地方。小时候我爬高炉壁的事就是这样。

我爬炉筒时，大概是九岁到十一二岁。到了四十岁上，我发现后来我干任何事情都没有了那股百折不挠的决心；而且我后来干的任何事都不像那件那样愚不可及。爬炉筒子没有一点好处，只能带来刻骨铭心的痛苦，但我还是要爬。这大概是说明你干的事越傻，决心就会越大吧。这也说明我喜欢自己愚弄自己，却不喜欢被别人愚弄。

【三】

后来王二就常常到 × 海鹰的办公室去，坐在她办公桌前的椅子上。他感觉自己在那里像一只被牢牢粘住了的苍蝇。她问王二一些话，有时候他老实答复，有时候就只顾胡思乱想，忘了回答她。这样做的原因之一是王二在那里磨屁股——磨屁股的滋味大家都不陌生吧，下面一磨，上面就要失魂落魄，这是天性使然。另一个原因是王二患了痔疮，屁股底下很疼。过去狄德罗得了中耳炎，就用胡思乱想的办法止疼。当然，这个办法很过时，当时时兴的是学一段毛主席语录。但是他想到自己疼痛的部位几乎就在屁眼儿里，就觉得用毛主席语录止疼是一种亵渎。除此之外，他对这种疗法从根上就不大相信。当王二发愣时，既不是故作清高，也不是存心抗拒。发愣就是发愣。但是这一点对 × 海鹰很难解释清楚。王二在她办公室里，一坐就是一下午，一声也不吭，只是瞪着她的脸看。影影绰绰听她说过让他坦白自己做过的坏事，还威胁说要送他去学习班。后来见王二全无反应，又问他到底脑子里想些什么。所得到的只是喉咙一阵阵低沉的喉音。说实在的，这是思想战线的工作者们遇到的最大难题。你说破了嘴皮，对方一言不发，怎么能知道说进去没说进去？所以最好在每个人头顶上装一台大屏幕彩色电视，再把电极植入他的脑神经，把他心里想的全在顶上显示出来，这就一目了然了。× 海鹰肤色黝黑，王二瞪着她的脸时，心里想的是："像这样的脸，怎么画别人才知道我画的不是个黑人呢？"假如她从王二头顶上看见了这个，一定猛扑过来大打栗凿。

　　× 海鹰的办公室是个小小的东厢房，地上铺着已经磨损了的方砖。坐在这间房子里，你可以看见方形的柱子，以及另一间房子的墙角，半截房檐，这说明这间房子的前身不是房子，而是长廊的一部分。在豆腐厂里，不但有长廊、花厅的遗迹，还能找到被煤球埋了一半的太湖石。作为一所会馆，这座院子真神气。王二只知道它是一所会馆，却不知是哪一省的会馆。以下是他想到的候选省：安徽，谁都知道安徽过去出盐商，盐商最有钱；山西，老西子办了好多钱庄当铺；或者是松江府，松江府出状元；甚至可能是云南省，因为云南出烟土，可以拿卖大烟的钱盖会馆——当然，这得是鸦片战争后的事。当 × 海鹰对王二讲革命道理时，这些乌七八糟的念头在他心里一一掠过。后来王二当了大学生、研究生，直到最近当上了讲师、副教授，还是经常被按在椅子上接受帮助教育，那时脑子也是这样地翻翻滚滚。假如头顶上有彩色电视，气死的就不只是一个 ×海鹰，还有党委书记、院长、主任等等，其中包括不少名人。

　　后来这位海鹰不再给王二讲大道理，换了一种口吻说："你总得交代点什么，要不然我怎么给你写'帮教'材料？"这种话很能往王二心里去，因为它合情合理。在那个时候，不论是奖励先进，还是帮助后进，只要是树立一个典型，就要编出一个故事。像王二这种情形，需要这么一个故事：他原来是多么的坏，坏到了打聋子、骂哑巴、扒绝户坟的地步。在团组织的帮助下变好了，从一只黑老鸦变成了白鸽子，从坏蛋变成了好人。王二现在打了毡巴，落入了困境，人家是在帮他——这就是说，他得帮助编这故事，首先说说王二原先是多么坏。但是他什么也想不出来。被逼无奈时，交代过小时候偷过邻居家的胡萝卜。这使她如获至宝，伏案疾书时，还大声唱道："小 - 时 - 候 - 偷 - 过 - 邻 - 居 - 家 - 东 - 西！"写完了再问王二，他又一声不吭了。

【四】

这件事显然又是我的故事。×海鹰当然有名有姓，但是我觉得还是隐去为好。她像其他所有的女人一样言而无信。说好了保证我在地面上的生命安全，但是老鲁还是要咬我。等我向她投诉时，她却说："天要下雨，娘要嫁人，我怎么管得了。"她还说，你自己多加点注意。万一被迫得走投无路，就往男厕所里跑，鲁师傅未必敢追进去（这是个傻主意，厕所只有一个门，跑进去会被堵在里面，在兵法上叫作绝地）。说完了她往椅子上一倒，哈哈大笑，把抽屉乱踢一气。除此之外，她还给老鲁出主意，让她在抓我之前不要先盯住某个地方，等到扑近了身再拿主意。老鲁得了这样的指点，扑过来时目光闪烁不定，十分地难防。这件事说明×海鹰根本就没有站在我一方。由于老鲁经常逮我，她的身体素质越来越好，速度越来越快，原来有喘病，后来也好了。最后她终于揪住了我的领子。所幸我早有防备，那个领子是一张白纸画的，揪走了我也不心疼。

我老婆后来对我说，我最大的毛病还不是突然伸手抓人，也不是好做白日梦，而是多疑。这一点我也承认。假如我不多疑，怎么会平白无故疑到毡巴会掏我口袋，以致后来打了他一顿。但是有时我觉得自己还疑得不够，比方说，怎么就没疑到毡巴掏我口袋是 × 海鹰指使的。这件事很容易想到，毡巴虽然溜肩膀，娘娘腔，但是正如老外说的 "A man is a man"，怎么也不至于和老鲁站到一边。但 × 海鹰就不一样了。她后来当了毡巴夫人，完全可以在嫁给他前七年教唆他道："摸摸王二的口袋，看看到底是不是他干的。" 只要不把我卖给老鲁，毡巴完全可以把我卖给别人。但是这孩子也有可爱的一面，答应了这种事后忐忑不安，被我看出来，挨了一顿老拳。这样对他有好处，免得他日后想起来内疚。这样对 × 海鹰也有好处，可以提醒她少出点坏主意。只是对我没有好处。我也没疑到这个娘儿们会在日记里写道："王二这家伙老老实实来听训了。" 这件事好玩得要命！我只知道她去和老鲁说了："那些画肯定不是王二画的，毡巴可以做证。" 因此我很感激她。其实这一点有眼睛的人都能看出来：我困在房顶上下不来时，那些画还继续出现在厕所里。但她还是要抓我，主要是因为闲着没有事干。

我说过，老鲁揪住我的领子时，那个领子是白纸画的。我轻轻一挣就把它撕成了两段，就如断尾的壁虎一样逃走了。当时我非常得意，笑出声来。而老鲁气得要发疯，嘴角流出了白沫。但这只是事情的一面。事情的另一面是我找着了一块铜版纸，画那条领子时，心里伤心得要命，甚至还流了眼泪。这很容易理解，我想要当画家，是想要把我的画挂进世界著名画廊，而不是给自己画领子。领子画得再好又有什么用？我说这些事，是要证明自己不是个二百五，只要能用假领子骗过老鲁，得意一时就满足了。我还在忧虑自己会有什么样的前途。而老鲁也不是个只想活撕了我的人。每个人都不是只有一面。

　　以下事情可以证明老鲁并不是非要把我撕碎不可：前几天在电车上，有个慈眉善目的老太太叫我的名字，她就是老鲁。她还对我说，有一阵子火气特别大，压也压不住，有些事干得不对头，让我别往心里去。我对她说，我在美国把弗洛伊德全集看了一遍，这些事早就明白了。您那时是性欲受到了压抑，假如多和您丈夫做几次爱，火气就能压住。满电车的人听了这话都往这边看，她也没动手撕我，只说了一句："瞎说什么呀！"

　　×海鹰背地里搞了我好多鬼，但是厂里要送我上学习班的事却不是搞鬼。当时的确有这么个学习班，由警察带队，各街道各工厂都把坏孩子送去。有关这个学习班，有好多故事。其中之一是说，在一个月黑风高的夜晚，离我们不远的村里，有一只狗叫了几声就不叫了。狗主一手拿了棍子，另一手拿手电出去看，只见有几个人用绳子套住狗脖子拖着走。那人喝道：

　　"什么人？"

　　"学习班的。"

　　"什么学习班？"

　　"流氓学习班！"

　　于是狗主转身就逃，手电木棍全扔下不要了。还有一个故事说，学习班里什么都不学，只学看瓜。领班的警察说："把张三看起来！"所有的人就一起扑过去，把张三看了。要是说看李四，就把李四看了。所谓看瓜，就是把被看者裤子扒下来，把头塞进裤裆。假如你以为人民警察不会这么无聊，讲故事的人就说，好警察局里还留着执勤哪，去的都是些吊儿郎当的警察。我想起这件事，心里就很怕。假如我去了学习班，被人看了瓜，马上自杀肯定是小题大做。要是不自杀，难道被人看了就算了吗？对我来说，唯一的出路就是不去学习班。但是我去不去学习班，却是×海鹰说了算。

　　有关我多疑的事，还有些要补充的地方。后来×海鹰老对我说些古怪的话，比方说："我肚皮上可没割口子！"或者是："你的意思是我肚皮上割了口子？"甚至是："你看好了，我肚皮上有没有口子？"每回说完了，就哈哈大笑，不管眼前有没有办公桌，都要往前乱踢一阵。听了这样没头没脑的话，心里难免要狐疑一阵。但是我从来不敢接茬儿，只是在心里希望她不是那个意思。我实在不敢相信毡巴能把那个下流笑话告诉她。

【五】

等我长大以后，对我小时候的这些事感到困惑不已。我能够以百折不挠的决心去爬一堵墙，能够做出各种古怪发明，但我对自己身边的事却毫无警觉，还差点被送到看瓜的地方去。这到底说明了我是特别聪明，还是说明我特别笨，实在是个不解之谜。

有关我受"帮教"的事，必须补充说明一句：当时是在革命时期。"革命"的意思就是说，有些人莫名其妙地就会成了牺牲品，正如王母娘娘从天上倒马桶，指不定会倒到谁头上；又如彩票开彩，指不定谁会中到。有关这一点，我们完全受得了。不管牺牲的人还是没有牺牲的人，都能受得了。革命时期就是这样的。在革命时期，我在公共汽车上见了老太太都不让座，恐怕她是个地主婆；而且三岁的孩子你也不敢得罪，恐怕他会上哪里告你一状。在革命时期，我想象力异常丰富，老把老鲁的脑袋想成个尿壶，往里面撒尿。当然，扯到了这里，就离题太远了。除了天生一副坏蛋模样，毕竟我还犯了殴打毡巴的罪行，所以受帮教不算冤。虽然老鲁还一口咬定我画了她（这是双重的不白之冤——第一，画不是我画的，而是窝头画的；第二，窝头画的也不是她。我们厂里见到那画的人都说："老鲁长这样？美死她！"算起来只有那个毛扎扎是她），而且还有 × 海鹰在挽救我。有时候我很感激 × 海鹰，就对她说：

"谢谢支书!"

本来该叫团支书,为了拍马屁,我把团字去了。她笑笑说:

"谢什么! 不给出路的政策,不是无产阶级的政策!"

这句话是人民法官宣判人犯死刑缓期两年执行时常说的。虽然听了我总是免不了冒点冷汗,怀疑她到底和谁是一头,但也不觉得有什么好抱怨的,毕竟她是个团支书,我是个后进青年,我们中间的距离,比之法官和死刑犯虽然近一点,但属同一种性质。我谈了这么多,就是要说明一点:当年在豆腐厂里的那件事,起因虽然是窝头画裸体画,后来某人在上面添了毛扎扎,再后来老鲁要咬我,再后来我又打了毡巴,但是最后的结果是我落到 × 海鹰手里了。而她拿我寻开心的事就是这样的。

我被老鲁追得上气不接下气,或者被 × 海鹰吓得魂不附体,就去找毡巴倾诉。因为我喜欢毡巴,毡巴自然就有义务听我唠叨。毡巴听了这些话,就替我去和 × 海鹰说,让她帮我想办法,还去找过公司里他的同学,让他们帮帮王二。其实毡巴对我的事早就烦透了,但也不得不管。这是因为他知道我喜欢他。× 海鹰对我有什么话不找她,托毡巴转话也烦透了,她还讨厌毡巴讲话不得要领,车轱辘话讲来讲去。但是她也只好笑眯眯地听着,因为她知道毡巴喜欢她。× 海鹰也喜欢我,所以经常恐吓我。但是我什么都不知道,只是吓得要死。

【六】

在豆腐厂里受帮教,坐在 × 海鹰对面磨屁股,感到痔疮疼痛难当时,我想出好多古怪的发明来。每想好一个就禁不住微笑。× 海鹰后来说,看我笑的鬼样子,真恨不得用细铅丝把我吊起来,再在脚心下面点起两根蜡烛，让我招出为什么要笑。她总觉得我一笑就是笑她。

假如我要笑她，可笑的事还是有的。比方说，她固执地要穿那件旧军衣。在那件旧军衣下面线绑的小棉袄上，有两大块油亮的痕迹，简直可以和大漆家具的光泽相比。像这样的事可能是值得一笑的，但是我在她面前笑不出。她是团支书，我是后进青年，不是一种人。不是一种人就笑不起来。我笑的时候，总是在笑自己。就是她把我吊起来，脚下点了蜡烛，我也只会连声惨叫，什么也招不出来。因为人总会不断冒出些怪想法，自己既无法控制，也不能解释。

在饥饿时期，我没发明出止住饥饿的方法，但是别人也没发明出来。倒是有人发明了炮制大米，使米饭接近果冻的方法（简称双蒸法），饭虽然多了，但是吃下去格外利尿。跑厕所是要消耗能量的，在缺少食物时，能量十分可贵，所以这方法并不好。事实上好多人吃双蒸饭导致了浮肿，甚至加快了死亡，但没人说双蒸饭不好，因为它是一件自己骗自己的事。我弟弟现在也长大了，没有色盲，学了舞台美术，和他的哥哥们一样喜欢发明，最近告诉我说，他发明了一种行为艺术，可以让人在世界上任何地方欣赏海上生明月的佳景，其法是取清水一盆，在月亮升起时蹲到盆后去。这两种发明实际上是一类的。作为一个数学系的毕业生，我是这样理解世界的：它可以是一个零维的空间，也可以是一个无限维的空间。你能吃饱饭，就进入了一维空间。你能避免磨屁股磨出痔疮，就进入了二维空间。你能够创造和发明，就进入了三维空间，由此你就可以进入无限维的空间，从而扭转乾坤。双蒸法和我弟弟的行为艺术，就是零维和一维空间里的发明。这些东西就如骡子的鸡巴——不是那么一回事。

在 × 海鹰面前坐着磨屁股时，我又想出好几种发明来，只可惜手头没有笔记本，没记下来就忘了。现在能想起的只有其中最严肃的一个：在厕所里男小便池上方安装叶轮，利用流体的冲击来发电。每想好一个，我就微笑起来。假如此时她正好抬头看见，就会嚷起来："笑什么？笑什么？告诉我！"

同样是女人，对微笑的想法就不一样。比方说我老婆，我上研究生时，她是团委秘书，开大会时坐在主席台边上，发现台下第三排最边上有一黑面虬髯男子时时面露神秘微笑，就芳心荡漾。拿出座位表一查，原来是数学系的王二——知道姓名就好办了。当时已经到了一九八四年。我们听政治报告都是对号入座，谁的位子空了就扣谁的学分。假如能找到个卖冰棍的，我就让他替我去坐着，我替他卖冰棍。怎奈天一凉，卖冰棍的也不来了，所以她不但能看到我，而且能查到我，开始一段罗曼史。

我老婆长得娇小玲珑，很可爱。她嘴里老是嚼着口香糖，一张嘴就是个大泡泡，不管见到谁，开口第一句话准是："吃糖不吃？"然后就递过一把口香糖来。她告诉我说，别人笑起来都是从嘴角开始往上笑，我笑起来是从左往右笑，好像大饭店门口的转门，看起来怪诞得很。她说就是为了看我笑起来的样子才嫁给我的。对此我深表怀疑，因为我们俩干起来时，她总是嗷嗷叫唤，看起来也不像是假装的，所以说我们仅仅是微笑姻缘，这说法不大可信。

我知道自己有无端微笑的毛病，但是看不到笑起来是什么样子。这就好比一个人听不见自己的鼾声，看不到自己的痔疮。直到那一年我们到欧洲去玩，到了卢浮宫里才看到了。当时我们在二楼上，发现有一大堆人。人群中间有个法国肥女人，扯破了嗓子叫道："No flash [①]！No flash！"但是一点用都不顶，好多傻瓜机还是乱闪一通。我老婆把身上背的挎包、兜里的零钱等等都给了我，俯身于地，从别人腿中间爬了进去。过了一会儿，就在里面叫了起来："王二，快来！这是你呀！"后来

[①] 意为"别拍了"。

我也在断气之前挤了进去，看到了蒙娜丽莎。这娘儿们笑起来的样子着实有点难拿，我也不知道怎么形容才好。简而言之，在意大利公共汽车上有人对你这么笑，就是有人在扒你的腰包；在英国的社交场合有人对你这么笑，就是你裤子中间的拉锁没拉好。虽然挤脱了身上好几颗扣子，但是我觉得值。因为这解了不少不解之谜。这种微笑挂在我脸上，某些时候讨人喜欢，某些时候很得罪人，尤其是让人家觉得该微笑是针对他的时候。举例言之，你是小学教师，每月只挣三十六块钱，还得加班加点给学生讲雷锋叔叔的故事。这时你手下那些小屁孩里有人居然对你面露蒙娜丽莎式的微笑，你心里是什么滋味？所以她就一定要逼我承认自己是猪，这件事我马上就要讲到。后来我冒了我爸爸的名字，给教育局写了一封信谈这件事，说到雷锋叔叔一辈子助人为乐做好事，假如知道了因为他的缘故，一个十二岁的孩子变成了一只猪，他的在天之灵一定要为之不安；我的老师因此又挨了教育局一顿批评。这些就是微笑惹出的事。

到现在我也时有禁不住微笑的事，结果是树敌很多。在评职称的会上这么笑起来，就是笑别人没水平；在分房子的会上笑起来，就是笑大家没房住，被逼得在一起乱撕乱咬。总而言之，因为这种微笑，我成了个恨人有笑人无的家伙。为此我又想出了一种发明：把白金电极植入我的脸皮。一旦从生物电位测出我在微笑，就放出强脉冲，电得我口吐白沫，满地打滚儿。假如这项发明得以实现，世界上就再没有笑得招人讨厌的家伙，只是要多几位癫痫患者。

【七】

我上小学时，有阵子上完了六节课还不让回家，要加两节课外活动。

课外活动又不让活动，让坐在那里磨屁股。好在小孩子血运旺盛，不容易得痔疮。上五年级时，我有这么一位女老师，长得又胖又高，乳房像西瓜，屁股像南瓜，眼睛瞪起来有广柑那么大，说起话来声如雷鸣。我对她很反感——这说明了为什么后来我娶了一个又瘦又小的女人当老婆，更何况放了学她不让回家，要加两节课外活动。所以她讲什么我都不听，代之以胡思乱想。忽然她把我叫了起来，先对我发了一阵牢骚，说她也想早回家，但是教育局让这么做政治思想教育，有什么办法等等——这些话对我太 adult 了。"成人"这个字眼，容易叫人想到光屁股，但是我指的是政治，是性质相反的东西——然后就向我提问：雷锋叔叔说，不是人活着为了吃饭，而是吃饭为了活着。你怎么看？我答道：活不活的没什么关系，一定要吃东西。老师当即宣布，咱们班上有人看上去和别人是一样的，但是却有猪的人生观。我们班上有四十多个孩子，被宣布为猪猡的只有我一个。像这样的事本来是我生活中的最大污点，不能告诉任何人的，但是却被 × 海鹰逼急了，我也把这坦白出来了。她听了连忙伏案疾书：上小学时思想落后，受到老师批评。然后她又对我说：再坦白一件事，说完了就让你回家。但我真的什么也说不出来了，只有陪她磨到天黑时。

在帮教时间里我对 × 海鹰说：支书，我想谈点活思想。她赶紧把微笑拿到脸上，说道：欢迎活思想。我就说，我想知道在这里磨屁股有没有用。她又把脸一板，让我解释自己的措辞。我开始解释，首先说到"有没有用"的问题。举例来说是这样的：小时候老师问我雷锋叔叔的问题，我做了落后的回答。其实进步的回答我也会，但是我知道不能那么答。假设我答道：Of course ①，人吃饭是为了活着，难道还

---

① 意为"当然了"。

有其他答案吗？老师就会说：你这个东西，十回上课九回迟到，背地里骂老师，揪女同学的小辫子，居然思想比雷锋还好？这真叫屎壳郎打呵欠——怎么就张开您那张臭嘴了！与其在课堂上挨这份臭骂，不如承认自己是一只猪。像这样的账，我时时算得清清楚楚。说实在的，我学坏也不是一天两天的了。讲到了这个地步，×海鹰还是不明白。她说，你的小学老师做工作的方法是有点简单粗暴。但这和现在的事有什么关系哪？其实我问她的是：我在这里坦白交代等等，到底有没有用处？假如最后还是免不了去学习班，我宁愿早点去，早去早回来嘛。换言之，我的问题是这样的：所谓帮教，是不是个 Catch 22。费了好多唇舌才说清楚，×海鹰面露神秘微笑，说道：好！你说的我知道了。还有别的吗？

　　我说的这些话的含义就是：在革命时期里，我随时准备承认自己是一只猪，来换取安宁。其实×海鹰对这些话的意思并不理解。她的回答也是文不对题。当时我以为这种回答就是"你放心好了"，就开始谈第二个问题：磨屁股。这问题是这样的：我长得肩宽臀窄，坐在硬板凳上，局部压强很大。我没坐过办公室，缺少这方面的锻炼，再加上十男九痔，所以痔疮犯得很厉害。先是内痔，后是外痔，进而发展到了血栓痔，有点难以忍受。假如在这里磨屁股有用，我想请几天假去开刀。去掉了后顾之忧，就能在这里磨得更久。×海鹰听了哈哈大笑，说道：有病当然要去治了。但我要是你，就不歇病假。带病坚持工作是先进事迹，对你过关有好处。我听她都说到了搜集我的先进事迹，就觉得这是一个证据，说明她真的要挽救我，劲头就鼓了起来，决心带病流血磨屁股。

　　过了好久，×海鹰才告诉我说，我说起痔疮时，满脸惨笑，样子可爱极了。但是当时我一点都没有觉得自己可爱。后来我摆脱了后进青年的悲惨地位，但是厂里还觉得我是个捣蛋鬼，不能留在厂子里，就派我去挖防空洞。掏完了洞，又派我去民兵小分队，和一帮坏小子一道，到公园绿地去抓午夜里野合的野鸳鸯，碰到以后，咳嗽一声，说道：穿上衣服，跟我们走！就带到办公室去让他们写检查。那时候他们脸上也带着可怜巴巴的微笑，看起来真是好玩极了。但是他们自己一定不觉得好玩。一九七六年秋天又逮到了一对，男的有四十多岁，穿了一件薄薄的呢子大衣，脸色就像有晚期肝癌。女孩子挺漂亮，穿了一套蓝布制服，里面衬了件红毛衣，脸色惨白。这一对一点都不苦笑，看上去也不好玩。问他们：你们干什么了？

答："干坏事了。"

再问："干了多少次？"

答："主席逝世后这一段就没断过。"

说完了就大抖起来，好像在过电。当时正在国丧时期，而那一对的行为，正是哀恸过度的表现。我们互相看了看，每人脸上都是一脸苦笑，就对他们说："回家去吧，以后别出来了。"从那以后就觉得上边让我们干的事都挺没劲的。这件事是要说明，在革命时期，总有人在戏弄人，有人在遭人戏弄。灰白色的面孔上罩着一层冷汗，在这上面又有一层皱皱巴巴、湿淋淋的惨笑，就是献给胜利者的贡品。我说起痔疮时就是这般模样，那些公园里野鸳鸯坦白时也是这般模样。假如没有这层惨笑，就变成了赤裸裸的野蛮，也就一点都不好玩了。

我现在谈到小时候割破了手臂，谈到挨饿，谈到自己曾被帮教，脸上还要露出惨笑。这种笑和在公园里做爱的野鸳鸯被捕获时的惨笑一模一样。在公园里做爱，十次里只有一次会被人逮到。所以这也是一种彩。不管这种彩和帮教有多么大的区别，有一点是一样的，那就是笑起来的样子在没中彩的人看起来，都是同样可爱。

【八】

有关可爱，我还有些要补充的地方。在塔上上班时，我经常对毡巴倾诉情愫："毡巴，你真可爱！"他听了就说：我操你妈，你又要讨厌是吗？过不了多久，我就开始唱一支改了词的阿尔巴尼亚民歌：

你呀可爱的大毡巴，
打得眼青就更美丽。

不管什么歌，只要从我嘴里唱出来，就只能用凄厉二字来形容。毡巴不动声色地听着，冷不防抄起把扳子或者改锥就朝我扑来。不过你不要为我担心，我要是被他打到了，就不叫王二，他也不叫毡巴了。有一件事可以证明毡巴是爱我的——一九七八年我去考大学，发榜时毡巴天天守在传达室里。等到他拿到了我的录取通知书，就飞奔到塔上告诉我："师大数学系！你可算是要滚蛋了！！"并不是每一个人都有幸生为毡巴，并且有一个王二爱他爱到要死的，所以他也是中了一个大彩。有关可爱的事就是这样。以前我只知道毡巴可爱，等到×海鹰觉得我可爱之后，才知道可爱是多么大的灾难。

受帮教时我到×海鹰那里去，她总是笑嘻嘻地低着头，用一种奇怪的句式和我说话。比方说，我说道：支书，我来了。她就说：欢迎来，坐吧。如果我说：支书，我要坦白活思想。她就说：欢迎活思想，说吧。不管说什么，她总要先说欢迎。如果说她是在寻我的开心，她却是镇定如常，手里摆弄着一支圆珠笔。如果说她很正经，那些话又实在是七颠八倒。现在我才知道，当时她正在仔细地欣赏我的可爱之处。这件事我想一想都要发疯。

我在 × 海鹰那里受"帮教"时，又发生了一些事。那一年冬天，上级指示说要开展一个"强化社会治安运动"，各种宣判会开个没完。当然，这是要杀鸡儆猴。我就是这样的猴，所以每个会都要去。在市级的宣判会上，有些人被拉出去毙掉了。在区级的宣判会上，又有些人被押去劳改了。然后在公司一级的宣判会上，学习班的全体学员都在台上站着，开完了会，就把其中几个人送去劳教。最后还要开本厂的会。× 海鹰向我保证说，这只是批判会，批判的只是我殴打毡巴，没有别的事，不是宣判会，但我总不敢相信，而且以为就算这回不是宣判会，早晚也会变成宣判会。后来我又告诉她说，我天性悲观，没准儿会当场哭出来。她说你要是能哭得出就尽管哭，这表示你有悔改之意，对你大有好处。所以那天开会时，我站在前面泪下如雨。好几位中年的女师傅都受不了，陪着我哭，还拿大毛巾给我擦眼泪；余下的人对毡巴怒目而视。刚散了会，毡巴就朝我猛扑过来，说我装丫挺的。他的意思是我又用奸计暗算了他，他想要打我一顿；但是他没有打我的胆量。毡巴最可爱的样子就是双拳紧握，作势欲扑，但是不敢真的扑过来。假如你身边有个人是这样的，你也会爱上他吧。

批判会就是这样的。老鲁很不满意，说是这个会没有打掉坏人的气焰。等到步出会场时，她忽然朝我猛扑过来。这一回四下全是人，没有逃跑的地方，我被她拦腰抱住了。对这种情况我早有预定方案，登时闭住了一口逆气，朝前直不愣登地倒了下去。等到他们把我翻过来，看到我双目紧闭，牙关紧咬，连气都没了。据目击者说，我不但脸色灰白，而且颧骨上还泛着死尸的绿色。慌忙间叫厂医小钱来，把我的脉，没有把着。用听诊器听我的心脏，也没听着（我感觉她听到我右胸上去了），取针刺我人中时，也不知是我脸皮绷得紧，还是她手抖，怎么扎也扎不进。所以赶紧抬我上三轮车，送到医院去。往上抬时，我硬得像刚从冷库里抬出来的一样。刚出了厂门，我就好了，欢蹦乱跳。老鲁对我这种诡计很不满意，说道：下次王二再没了气，不送医院，直接送火葬场！

有关那个强化治安运动和那个帮助会，可以简要总结如下：那是革命时期里的一个事件。像那个时期的好多事件一样，结果是一部分人被杀掉，一部分人被关起来，一部分人遭管制——每天照常去上班，但是愁眉苦脸。像这样的事总是这样地层次分明。被管的人也许会被送去关起来，被关起来的人也许会被送去杀掉，任何事都可能发生，你要耐心等待。我的错误就在于人家还没有来杀，我就死掉了。

出了这些事后，×海鹰告诉我说：你就要完蛋了。再闹这么几出，我也救不了你，一定会被送到学习班去。我觉得这不像是吓唬我，内心十分恐惧，说道：你——你——你可得救救我。咱们和毡巴，关系都不错。在此之前，我不但不结巴，而且说话像日本人一样地快。那一回犯了前结巴，到现在还没有好。现在我用两种办法克服结巴，一是在开口之前先在心里把预期要结巴的次数默念过去，这样虽然不结巴，却犯起了大喘气的毛病。还有一种办法是在说话以前在额头上猛击一掌，装作恍然大悟，或者打蚊子的样子，然后就不结巴了。但这种办法也不好，冬天没有蚊子，中午十二点人家问你吃饭了没有，你却要恍然大悟一下，岂不是像健忘症？最糟的是，我有时大喘气，有时健忘症，结果是现在的同事既不说我大喘气，也不说我健忘症。说我些什么，讲出来你也不信，但还是讲出来比较好：他们说我内心龌龊，城府极深，经常到领导面前打小报告，陷害忠良。但是像这样的事，我一件也没干过。这都是被×海鹰吓出的毛病。

而×海鹰对这一点非常得意，见人就说：我把王二吓成了大喘气！

大家听了哈哈大笑。这种当众羞辱对我的口吃症毫无好处，只会使它越来越重。当然，我结巴也不能全怪 × 海鹰。领导上杀鸡儆猴，也起了很大的作用。看到宣判会上那些行将被押赴刑场的家伙，一个个披枷戴锁，五花大绑，还有好几个人押着，就是再会翻跟头也跑不掉。而被押去劳改的人，个个剃着大秃头，愁眉不展，抱怨爹娘为什么把他们生了出来。像这样的事，假如能避免，还是避免的好。所以我向 × 海鹰求救，声泪俱下，十分恳切。她告诉我说，我主要的毛病就是不乖，这年头不乖的人，不是服徒刑就是挨枪毙。我请教她，怎么才能显得乖。她告诉我说，第一条就是要去开会。这句话不如这样说：我要到会场上去磨屁股。

× 海鹰告诉毡巴说，王二这孩子真逗，又会画假领子，又会装死。但是我对这些话一无所知。当时我并不知道她在这样说我，知道了一定会掐死她。

【九】

不管你是谁，磨屁股你肯定不陌生。或者是有人把你按到了那个椅子上，单磨你的屁股，或者是一大群人一起磨，后一种情形叫作开会。总而言之，你根本不想坐在那里却不得不坐，这就叫磨屁股。我之所以是悲观主义者，和磨屁股有很大关系。以后你就会看到，我的屁股很不经磨。但是 × 海鹰叫我去开会，我不得不去。

革命时期的人总是和某种会议有关系。比方说，党员就是党的会议与会者的集合，团员就是团的会议与会者的集合，工人就是班组会和全厂大会与会者参加者的集合。过去我几乎什么会都不开，因为我既不是党员，又不是团员，我的班组就是我和毡巴两个人，开不起会来。至于全厂会，参加的人很多，少了我也看不出来，我就溜掉了，但是抱有这种态度的不是我一个人，所以最后就能看出来。有一阵子老鲁命令在开大会时把厂门锁上，但我极擅爬墙。后来她又开会时点名，缺席扣工资。我就叫毡巴在点名时替我答应一声。采取这些办法的也不只我一个人，所以开全厂会时，往往台下只有七八十人，点三百人的名字却个个有人应，少则一个人应，多则有七八个人应，全看个人的人缘好坏了。当然，老鲁也不是傻瓜。有一回点名时一伸手指住了毡巴喝道：你！那个大眼睛的瘦高个儿！你又是毡巴，又是王二，又是张三，又是李四，你到底叫什么？毡巴瞪着大眼睛想了好半天，答道：我也不知道自己叫什么！开会的情形就是这样的。

　　等到受"帮教"以后，×海鹰叫我多去开会，不但要开全厂会，而且要去开团会，坐在团员后面受受教育。假如我到了流氓学习班也得开会，现在能留在厂里，开点会还不该吗？只是她要求我在开会时不准发愣，这就有点强人所难。所以我开会时总是泡一大缸子茶（放一两茶叶末），带上好几包劣质香烟前往。那些烟里烟梗子多极了，假如不用手指仔细揉松就吸不着火；揉松吸着后就不能低头，一低头，烟的内容物就会全部滑落在地，只剩一筒空纸管在你嘴上。叼上一支烟能使我保持正襟危坐的姿势，没别的作用，因为我当时没有烟瘾，根本不往肺里吸。等到它燃近嘴唇，烟雾熏眼时，我就猛吹一口，把烟火头从烟纸里发射出去。开头是往没人的地方乱吹，后来就练习射击苍蝇，逐渐达到了百发百中的境界。这件事掌握了诀窍也不太难，只要耐心等到苍蝇飞近，等到它在空中悬停时，瞄准它两眼中间开火就是了。但是在外行人看来简直是神乎其技。一只苍蝇正在飞着，忽然火花飞溅，它就掉在地上翻翻滚滚，这景象看上去也蛮刺激。后来就有些团员往我身边坐，管我要烟，请教射击苍蝇的技巧；再后来会场上就"噗噗"声不断，烟火头飞舞，正如暗夜中的流星。终于有个笨蛋把烟头吹到了棉门帘上，差点引起火灾。最后 × 海鹰就不叫我去开会了，她还说我是朽木不可雕。有关这件事，我现在有看法如下：既然人饿了就要吃饭，渴了就要喝水，到了一定岁数就想性交，上了会场就要发呆，同属万般无奈，所以吃饭、喝水、性交和发呆，都属天赋人权的范畴。假如人犯了错误，可以用别的方法来惩办，却不能令他不发呆。如其不然，就会引起火灾。

假如让我画磨屁股，我就画一把太师椅，椅面光洁如镜，上面画一张人脸，就如倒影一样。椅子总是越磨越光，但是屁股不是这样。我的屁股上有两片地方粗糙如砂纸，我老婆发现以后就到处去张扬："我们家王二屁股像鲨鱼。"其实像我这种岁数的男人，谁的屁股不是这样。

【十】

× 海鹰不让我去开会，但也不肯放我回家，叫我在她办公室里坐着。这样别人磨了多少屁股，我也磨了多少屁股，显得比较乖。除此之外，她还把门从外面锁上了。据她说，这样有两个好处：一是防止老鲁冲进来，二是我被囚禁在这里时，男厕所里出现了什么画就和我没有关系。我觉得把我关起来是为我好，也就没有异议。那间房子里除了一张办公桌、一把椅子、一个凳子，还有一道帘子，帘子后面是一张床。×海鹰家住得很远，平时她就在厂里睡觉。那间房子外面钉了纱窗，相当地严密。有一次我内急，就解下她挂帘子的绳子，抛过房梁，攀着爬出天窗跑掉了。那绳子是尼龙绳，又细又硬，把我的手心都勒坏了。× 海鹰知道我跑掉了，也没说什么，只是把挂帘子的绳子换成了细铅丝。再以后我没有往外跑过，只是坐在凳子上，用双手抱住脑袋。这样磨来磨去，我就得了痔疮。

　　我被锁在 × 海鹰屋里时，总爱往窗外看。看别人从窗外走过，看院子里大树光秃秃的枝条。其实窗外没有什么好看的，而且我刚从窗外进来。但是被关起来这件事就意味着急于出去，正如被磨屁股就意味着急于站起来走走。这些被迫的事总是在我脑子里输入一个相反的信号。脑子里这样的信号多了，人也就变得痴痴呆呆的了。

第三章

【一】

冬天将尽时，我告诉 × 海鹰这样一件事：一九六六年的盛夏时节，当时"文化革命"刚闹起来。我在校园里遛弯时，看到我爸爸被一伙大学生押着游街。他大概算个反动学术权威吧。他身上穿了一件旧中山服，头上戴了一顶纸糊的高帽子——那帽子一眼就能看出是以小号字纸篓为胎糊的；手里拿着根棍子，敲着一只铁簸箕；当时游街的是一队人，他既不是走在第一个，也不是走在最后一个；时间大概是下午三点钟；天气是薄云遮日。总而言之，我见到他以后，就朝他笑了笑。回家以后他就把我狠揍了一顿，练拳击的打沙袋也没那么狠。虽然我一再解释说，我笑不是什么坏意思，但是不管什么用。当时我气得咬牙切齿，发誓要恨他一辈子。但是事后冷静想了一下，又把誓言撤销了。

从我记事以来，我爸爸就是个秃脑壳，脑袋很大。在"文化革命"里他不算倒霉，总共就被斗了一回，游了一回街，也不知怎么这么寸，就被我看见了。此后他对我就一点都不理解了。比方说，在我十五岁时，他说：这孩子这么点岁数，怎么就长络腮胡子？我在家里笑一声，他也要大发感慨：这叫什么动静？像日本鬼子打枪一样！不过我的外表是有点怪：没有到塞外吹过风，脸就像张砂纸；没干过什么重活儿，手就硬得像铁板一样。不过这些事就扯得太远了。我爸爸把我狠揍了一顿以后，我开头决定要恨他，后来一想：他是我爸爸，我吃他喝他，怎么能恨他？如果要恨那些大学生，人家又没有揍我，怎能恨人家。从那天以后，我没恨过任何人。后来在豆腐厂里，虽然想过要恨画了裸体画给我带来无数麻烦的家伙，但我不知道他是谁。等到知道他是窝头后，就一点都恨不起来了。

我告诉 × 海鹰说，我很爱我爸爸。理由除了他从小到大一直供养我之外，还有他从小到大每天都打我。这对我好处很大，因为我们打架时总以把对方打哭了为胜。而我从来就不会被人打哭，好像练过铁布衫金钟罩一样。据我所知，练横练功夫必须用砖头木棍往自己身上排打。我爸爸来打我，就省了我的排打功夫了。因为我是这样地爱他，所以老盼着他掉到土坑里去，然后由我把他救出来。这时候我还要数落他一顿。受帮教的时候，我也总盼着 × 海鹰有一天会掉进土坑，然后我好把她救出来。但是这两位走路都很小心，从来不往沟里走，辜负了我的一片好心。

帮教时，我告诉 × 海鹰我爸爸的事，她听了以后皱皱眉，没有说话，大概觉得这些事情不重要。其实这些话是很重要的。对于不能恨的人，我只能用爱来化解仇恨。我爱上她了。

有关我爱上 × 海鹰的事，必须补充如下：这种爱和爱毡巴的爱大不相同。毡巴这家伙，见了我总是气急败坏，但又对我无可奈何，这个样子无比的可爱，对我来说他简直是个快乐的源泉。而 × 海鹰对我来说就是个痛苦的源泉，我总是盼她掉进土坑。尽管如此，× 海鹰还是让我魂梦系之。人活在世界上，快乐和痛苦本就分不清。所以我只求它货真价实。

一九七四年的一月到五月，我在豆腐厂那间小办公室里和 × 海鹰扯东扯西，心里恨她恨得要死。这种恨用弗洛伊德的话来说，又叫作爱恨交集，与日俱深。后来我既不恨她，也不爱她，大家各过各的，但那是以后的事了。

　　我告诉×海鹰，从一九六七年春天开始，我长大的校园里有好多大喇叭在哇哇地叫唤，所有的人都在互相攻击，争执不休，动口不动手，挺没劲的。但是过了不久，他们就掐起来了。对于非北京出生的读者必须稍加解释：蛐蛐斗架谓之掐。始而摩翅作声，进而摩须挑衅，最后就咬作一团，他们掐了起来，从挥舞拳头开始一段文明史。起初那些大学生像原始人一样厮打，这时我的结论是世界的本质是拳头，我必须改进自己的格斗技术；后来他们就满地拣石头。到了秋季，我估计兵器水平达到了古罗马的程度：有铠甲，有刀枪，有投石器，有工事和塔楼。就在这时我作为一个工程师参加了进去，这是因为我看到有一派的兵工水平太差了。他们的铠甲就是身前身后各挂一块三合板，上面贴了一张毛主席像，上阵时就像一批王八人立了起来。至于手上的长枪更加不像话，乃是一根铁管子，头上用手锯斜锯了一道，弄得像个鹅毛笔的样子，他们管它叫"拿起笔做刀枪"，他们就这样一批批地开上前线，而对方手使锋利的长枪，瞄准他们胸前轻轻一扎，就把他们扎死了。这真叫人看不过去，我就跑了去，教他们锻造盔甲，用校工厂里的车刀磨制矛尖。那种车刀是硬质合金做的，磨出的长矛锋利无比，不管对方穿什么甲，只要轻轻一扎，就是透心凉。不用我说，你就知道他们是些学文科的学生，否则用不着请一个中学生当工程师。但是我帮他们忙也就是两个月，因为他们的斗争入冬就进行到了火器时代，白天跑到武装部抢枪，晚上互相射击。在这个阶段他们还想请我参加，但是我知道参加了也只是个小角色，就回家去了。在我看来造枪并不难，难在造弹药上，我需要找几本化学书来看看，提高修养。再后来的事大家都知道，到了冬天快结束上面就不让他们打了，因为上面也觉得他们进化得太快，再不制止就要互掷原子弹，把北京城炸成平地。在此之前我的确想过要看点核物理方面的书，以便跟上形势。后来我又决定不看这方面的书，因为我不大喜欢物理学，觉得知道个大概就可以了，真正有趣的是数学。我对科学感兴趣的事就是这样的。

我告诉 × 海鹰这些事时，冬天将尽，外面吹的风已经带有暖意。假如以春暖花开为一年之计的话，眼看又过了一年。眼前的帮教还遥遥无止期。我觉得这一辈子就要在这间办公室里度过了。在这种时候谈起小时候的事，带有一点悲凉的意味。

除了科学，我对看人家打架也有兴趣。一九六七年夏天在我住的地方发生过好多场动矛枪的武斗。当时我想看，又怕谁会顺手扎我一枪，所以就爬到了树上。其实没有谁要扎我，别人经过时，只是问一声：小孩，那边的人在哪里？我就手搭凉棚到处看看，然后说：图书馆那边好像藏了一疙瘩。人家真打起来时，十之八九隔得挺远，看不真切。只有一次例外，就在我待的树下打了起来，还有人被捅死了。

当时打仗的人都穿着蓝色的工作服，头上戴了藤帽，还像摩托车驾驶员一样戴着风镜——这是因为投掷石灰包是一种常用战术。每人脖子上都有一条白毛巾，我不知道白毛巾有什么用处，也许是某种派头。那天没见到身挂三合板手拿"拿起笔做刀枪"的那伙人，所以大家都穿标准铠甲：刺杀护具包铁皮，手持锋利长枪。乒乒乓乓响了一阵后，就听一声怪叫，有人被扎穿了。一丈长的矛枪有四五尺扎进了身子，起码有四尺多从身后冒了出来。这说明捅枪的人使了不少劲，也说明甲太不结实。没被扎穿的人怪叫一声，逃到一箭之地以外去了。只剩下那个倒霉蛋扔下枪在地上旋转，还有我被困在树上。他就那么一圈圈地转着，嘴里"呃呃"地叫唤。大夏天的，我觉得冷起来了，心里爱莫能助地想着：瞧着吧，已经只会发元音，不会发辅音了。

后来我又咬着手指想道：《太平广记》上说，安禄山能作胡旋之舞，大概就是这样的吧。书上说，安禄山能手擎铜壶作舞，而眼前这个人手里虽然没有壶，身上插了一条长枪，仿佛有四只手，在壮观方面还是差不多。还想了些别的，但是现在都想不起来了。因为那个人仰起头来，朝着我扬起一只手。那张脸拉得那么长，眼珠子几乎瞪出了眼眶，我看见他的全部眼白，外加拴着眼珠的那些韧带。嘴也张得极大，黄灿灿的牙，看来有一阵子没顾上刷牙了，牙缝里全是血。我觉得他的脸呈"之"字形，扭了三道弯——然后他又转了半圈，就倒下了。后来我和×海鹰说起这件事，下结论道：当时那个人除了很疼之外，肯定还觉得如梦初醒。她听了以后呆头呆脑地问：什么梦？什么醒？但是我很狡猾地躲开了这个问题，说道：这个我也不知道——听说每个人临死时都是如梦初醒。

我和×海鹰在小屋里对坐，没得可说，就说起这类事情来了。什么梦啦，醒啦，倒不是故弄玄虚，而是我有感而发。因为我觉得每个人脑子里都有好多古怪的东西，而当他被一条大枪扎穿时，这些古怪的东西一定全没了。我听说农村有些迷信的妇女自觉得狐仙附了体，就满嘴"玉皇大帝"地胡说，这时取一根大针，从她上嘴唇扎进去，马上就能醒过来。一根针扎一下就能有如此妙用，何况一杆大枪从前心穿到后背？有时候我觉得自己脑子也有点不清不楚，但是不到万不得已，还不想领略这种滋味。但这已经是很久以前的事情了。

我长大以后，读弗洛伊德的书，看到这么一句话：从某种意义上讲，我们每个人都有点歇斯底里。看到这里我停下来，对着"歇斯底里"这个词发了好半天的愣。本来这个词来源于希腊文"子宫"，但是那种东西我从来没见过，所以无从想象。我倒想起十二岁时自己做了一台电源，可以发出各种电压的直流电、交流电；然后我就捉了一大批蜻蜓，用各种电压把它们电死。随着电压与交直流的不同，那些蜻蜓垂死抽搐的方式也不同，有的越电越直，有的越电越弯，有的努力扑翅，有的一动不动，总而言之，千奇百怪。因此就想到，革命时期中大彩的人可能都是电流下的蜻蜓。

小时候我去逮蜻蜓，把逮到的蜻蜓都放到铁窗纱做的笼子里放着，然后再逐一把它们捉出来电死。没被电到的蜻蜓都对正在死去的蜻蜓漠然视之。因此我想到，可能蜻蜓要到电流从身上通过时，才知道中了头彩，如梦初醒吧。

【二】

我六岁时，天空是紫红色的，人们在操场上炼钢，我划破了手臂。然后我就饿得要死。然后我的老师说我是一只猪。然后我爸爸又无端地揍我。这些事情我都忍受过来，活到了十四岁。一辈子都这样忍下去不是个办法，所以我决定自寻出路。这个出路就是想入非非。爱丽丝漫游奇境时说，一切都越来越神奇了。想入非非就是寻找神奇。

有关我爸爸打我的事，还有一些要补充的地方。他戴着高帽子游街，我看到他时笑了一笑，于是我就挨了一顿打。由此容易得出一个结论：在那种场合应该苦着脸。但是这个结论是错的，因为哭丧着脸也要挨打。正确的结论是到了我该挨打的时候就会挨打，不管我是哭还是笑。既然活在世界上，不管怎样都要挨打，所以做什么都没有了意义。唯一有意义的事就是寻找神奇。

根据我的经验，每个中了某种彩的人都要去寻找神奇。比方说我爸爸吧，作为一个搞文史的教授，他的后半辈子总是中些小彩：不是学术观点遭到批判，就是差点被打成了右派。没有一次中彩后他不干点怪事的，不是痛哭流涕地说自己思想没改造好，就是觍着老脸跑到党支部交上入党申请书。后来他产生了一个奇怪的念头，觉得自己小彩不断的原因是作了孽——生了一个十几岁就长了一脸毛，面目丑陋的儿子。既然已经作了孽，就要做点好事来补过——揍我一顿。连带着我前半辈子也老是中些小彩。因为彩头的刺激，我从小就有点古怪。我从没有中过头彩，因为只有被人当胸刺穿才是头彩。我以为中头彩后就会彻底本分，悔不当初等等。但是这不过是种猜测罢了。

我小的时候，总在做各种东西：用缝纫机的线轴和皮筋做能走的车，用自行车上的零件做火药枪，用铜皮做电石灯，这是小学低年级的作品。大一点后，就造出了更古怪的东西。比方说，我用拣来的废铜烂铁做了一架蒸汽机，只要在下面烧几张废纸，就能转十五分钟。我用洋铁皮做了一门大炮，只要小心地把一点汽油蒸气导进炮膛，点火后就会发出一声巨响，喷出火舌，打出一个暖瓶用的软木塞。后来我又用废汽油炉子造出了汽油发动机，结构巧妙，但是它的形状很难装到任何一种车辆上，而且噪声如雷，只能把它搬到野外去试车。年龄越大，做出的东西越复杂，但我的材料永远是废铜烂铁，因为我长大的地方除了鸡窝，就是废铜烂铁，别的什么都没有。我爸爸因为我把家里弄得像个垃圾场，并且因为我经常不做学校里的家庭作业，几乎每天都打我一顿。现在假如给我时间和足够的废铜烂铁，我就能造出一架能飞的喷气式飞机——当然，飞不了多远就会掉下来。假如每个人都像我这样地发明东西，一定能创造出一个奇妙的新世界，或者像那只鸡一样飞上天去。但是家里的地方有限，还住了那么多人，容不了太多的废铜烂铁。因为这个缘故，必须要另找出路。

小时候我看到那只公鸡离地起飞时，觉得是个令人感动的场面。它用力扑棱翅膀时，地面上尘土飞扬，但是令人感动的地方不在这里。作为一只鸡，它怎么会有了飞上天的主意？我觉得一只鸡只要有了飞上五楼的业绩，就算没有枉活一世。我实在佩服那只鸡。

在帮教时间里我把这些事告诉 × 海鹰。她说，你的意思是你很能耐，是不是？我听了以后觉得很不中听。照她的说法，我做这些事，就是为了在她面前表现出能耐。但是我当时还不认识你，怎么会有这种想法？我知道有一种人长头发大乳房，说话一贯不中听。所以我不该和她们一般见识。这样想很容易，但是做不到。因为女人就是女人，你只能和她们一般见识。

过了这么多年，我又从那句话里想出另一重意思来。当时我已经被她吓出了前结巴，所以除了讽刺我在她面前显示能耐之外，她还有说我实际上不能耐之意。好在当时我没有听出来，否则会出什么事，实在是不堪想象。

【三】

现在我弄明白了寻找神奇是怎么回事，那就是人一旦中了一道负彩，马上就会产生想中个正彩的狂想。比方说我爸爸，差点被打成右派时去递上入党申请书，希望党组织一时糊涂把他吸收进去，得个正彩。等到他受到批判，又狂想自己思想能被改造好，不但再不受批判，还能去批判别人。至于我呢，一旦挨饿、挨揍以后，就神秘兮兮地去爬炉筒子，发明各种东西；想发现个可以遁身其中的新世界，或者成为个伟大人物。我们爷俩总是中些负彩，在这方面是一样的，只不过我是少年儿童，想出的东西比他老人家更为古怪。

在帮教时间里我对×海鹰说到过一九六六年我见到一辆汽车翻掉的事，这件事是这样的：一九六六年冬天我十四岁，学校停了课，每天我都到城里去。那时候满街都是汽车，全都摇摇晃晃。有的车一会儿朝东，一会儿朝西，忽然就撞到小铺里去。这就是说，开车的不会扶驾驶盘。有的车开得慢悠悠的，忽然发出一阵怪叫，冒出一屁股的黑烟，朝前猛撞。这就是说开车的不会挂挡。有的车一会儿东摇西晃，一会儿朝前猛撞。这就是说，既不会扶轮，也不会挂挡。我站在长安街中央看这些车，觉得很好玩，假如有辆车朝我猛撞过来，我就像足球守门员一样向一边扑去。有一天我在南池子一带，看到一辆车如飞一般开了过去，在前面一个十字路口转了一个弯，就翻掉了。可能是摔着了油箱吧，马上就起了火。从车中部烧起，马上就烧成个大火球。轮胎啦，油漆啦，烧得黑烟滚滚，好看得很。

后来我也会开车了，怎么也想不出到底怎样开车才能把辆大卡车在平地上开翻掉。除非是轧上了马路牙子，或者有一边轮胎气不足。这就是说，开车的连打气都不会。但这是后来的事。当时我朝翻倒的车猛冲过去，但是火光灼面，靠近不得。过了一会儿，火就熄了（这说明油箱里油不多），才发现车厢里有三个人，全烧得焦脆焦脆的，假如是烧鹌鹑，这会儿香味就该出来了。顺便说一句，烧鹌鹑我内行得很。这件事听得 × 海鹰直恶心。她还说我的思想不对头——好人被烧死了，我一点都不哀恸。凭良心说，我是想哀恸，但是哀恸不起来。哀恸这种事，实在是勉强不出来的。我只觉得这件事很有意思。革命时期对我来说，就是个负彩时代。只有看到别人中了比我大的彩心里才能高兴。

除了烧鹌鹑，我还擅长造弹弓。其实说我擅长制造弹弓是不全面的，我热爱并擅长制造一切投石机械。一九六七年秋天，我住的那个校园里打得很厉害，各派人马分头去占楼，占到以后就把居民撵走，把隔壁墙打穿，在窗口上钉上木板，在木板的缺口处架上发射砖头的大弹弓。这也是一种投石机械，和架在古罗马城墙上的弩炮、希腊城邦城头上的投石机是一种东西。我对这种东西爱得要了命，而且我敬爱的一切先哲——欧几里德、阿基米德、米开朗琪罗、达·芬奇——全造过这种东西。但是那些大学生造的弹弓实在太糟糕，甚至谈不到"造"，只不过是把板凳翻过来，在凳子腿上绑条自行车内带，发出的砖头还没手扔得远哪。这叫我实在看不过去。有一天，"拿起笔做刀枪"那帮人冲到我们家住的楼上，把居民都撵走了。这座宿舍楼不在学校的要冲，也不特别坚固，假如不把我考虑在内，根本没必要占领。另一方面，当时兵荒马乱的，我们家也不让我出门。他们来了以后，我不出门也可以参加战斗了。但是我们家里的人谁也没看出来，他们只是老老实实搬到中立区的小平房里，留下我看东西。所谓中立区，是一个废弃的仓库，里面住满了家成了武斗据点的人，男男女女好几百人住在一座大房子里，门口只有一根水管子，头顶上只有一扇天窗。各派的人都住在一起，还不停地吵嘴。那个房顶下面还有很浓厚的屁味、萝卜嗝味，永远也散发不出去。我没到那里去住，还留在那座宿舍楼里，后来我就很幸福了。

　　有关这两件事，都有要补充的地方。前一件事发生的时候，北京的天空是灰蒙蒙的，早上有晨雾，晚上有夜雾——这是烧煤的大都市在冬天的必然现象。马路面上还有冻结了的霜，就像羊肉汤凉了的时候表面上那层硬油。那时候北京那些宽阔的马路上到处是歪歪斜斜行驶着的汽车，好像一个游乐园里的碰碰车场。人行道上人很多，挤挤攘攘。忽然之间某个行人的帽子就会飞上天，在大家的头顶上像袋鼠一样跳了几下，就不见了。有人说，这是因为人太多，就有一些不争气的小贼用这种方法偷人家的帽子。但我认为不是这样，起码不全是这样。我有时候也顺手就扯下别人的帽子，把它扔上天——这纯粹是出于幽默感。后一件事发生时，我们那所校园里所有楼上的窗户全没了，只剩下一些黑窟窿。有些窟窿里偶尔露出戴着藤帽的人头来。楼顶上有桌椅板凳堆成的工事，工事中间是铁网子卷成的筒子，那些铁网是原来在排球场边上围着挡球的。据说待在网后很安全，因为砖头打不透。那片校园整个就像个大蟑螂窝。这两个时期的共同之处是好多大喇叭在声嘶力竭地嚷嚷，而且都有好多人死掉了。但是我一点都不哀恸。我喜欢的时代忽然降临了人世，这是一个奇迹。我们家都成了蟑螂窝，绝不会有人嫌弃我的废铜烂铁。再没有比这更叫人高兴的事了。至于它对别人是多么大的灾难，我一个十几岁的孩子管得着吗？

【四】

我小的时候想过要当发明家，仿佛创造发明之中有一种魔力，可以使人离地飞行。为了这个缘故，我先学了数学，又学了 Double E ①。但是现在我发现它根本就没有这种魔力。不管你发明了什么东西，你还是你自己。它的一切魔力就是使你能造出一架打死人的投石机。但是这个本事不会也罢。小的时候我不和女孩子一块玩儿，躲她们如躲瘟疫。但是我现在也结了婚，经常和老婆坏一坏。这说明我长大了。小时候我对生活的看法是这样的：不管何时何地，我们都在参加一种游戏，按照游戏的规则得到高分者为胜，别的目的是没有的。具体而言，这个看法常常是对的，除了臭气弥漫的时期。比方说，上学就是在老师手里得高分，上场就是在裁判手里得高分，到了美国，这个分数就是挣钱，等等。但就总体而言，我还看不出有什么对的地方，因为对我来说，这个规则老在变。假如没有一条总的规则的话，就和没有规则是一样的了。

现在我又想，为了那架投石机和少年时的狂想，损失的东西也不少。假如不是对这些事入了迷，还可以做好多别的事。假如游戏的总规则是造台复杂的机器，那我十六岁时就得分不少。但假如这规则不是这样，而是

---

① 意为"电子工程"。

以与女人做爱次数多为胜，那我亏得可太多了。但是这个游戏的总规则是什么，根本就没人知道。有关这个总规则的想法，就是哲学。

我长大以后活到了三十五岁，就到美国去留学。有时候有钱，有时候没钱，就到餐馆里打工。一般情况下总是在厨房里刷盘子，这是因为我有一点口吃，而且不是那种"后结巴"，也不是那种"中结巴"，而是"前结巴"，一句话说不上来，目瞪口呆，说英文时尤甚。在厨房里我碰上了一位大厨，他的终身事业是买六合彩。作为一个已经学过六年数学的学生，像六合彩这样的概率题当然会算，只可惜算出来以后没办法给大厨讲明白。每到了该决定买什么数字的时候，那位大厨就变得神秘兮兮的，有时候跑到纽约伏虎寺去求香拜佛，有时候又写信给达拉斯的王公子，让他给起一卦。有时候他要求我提供一组数字，还不准是圆周率，我就跑到大街上去抄汽车牌。这种事情有一定的危险性，抄着抄着，车里就会跳出几个五大三粗的黑人，大骂着朝我猛扑过来，要我说出为什么要抄他们的牌子。在这种情况下，我才不肯停下来解释有一位中国大厨需要这些数字，而是拔腿就跑，见到路边上楼房有排水管就往上爬。幸亏这些人里没有体操队员，也没人带着枪。这种事不用我说，你就能知道是比老鲁要抓我要命。所以我老向那位大厨解释说，六合彩里面是没有诀窍的；假如有诀窍，那也不是我能知道的。但是他只用一句话就把我驳倒了：假如真的没有诀窍，我怎会相信有诀窍呢？就是因为不能驳倒这个论点，说别的就没有用处了。比方我说：假如我一抄车牌子就能抄上下期的六合彩，那我干吗不去买下期的六合彩？他答道：谁知你为什么不去买？我就要犯前结巴。照他的看法，那些中彩的一定是发现了某种诀窍，因而发了大财。当然，像这样的诀窍谁也不肯说出来。再说，说出来就不灵了。没准这种诀窍是在电话本上看来的，或者睡觉时梦到的。也没准儿是一年不性交，或者是买彩票之前性交。还有人说，这诀窍是吃掉老婆的月经纸（当然是烧成了灰再吃）。他还说，最后一条他已经试过了，不大灵。这倒使我大吃一惊：看他头发都白了，老婆怎么还有月经？后来一想，谁知道他吃的是谁的纸，那纸是怎么来的。这么一想后，就觉得很恶心。在一起吃饭时，凡他动过筷的菜我都不动。

直到我回了国，该大厨还来信让我上大街上拣几张废汽车票给他寄去。但是我想，今后再也不用上那家餐馆打工，用不着再拍他马屁，就没给他干这件事。但是这些都是很后来的事了。当时最严重的问题是那个大厨已经买了整整一辈子的六合彩，已经完全走火入魔，而他正是我的顶头上司。因为我不能直截了当地对他说，你是一个白痴，所以直到我回了国，也没解释明白。

我们家里的人说，小时候我除了爬炉壁，还干过不少其他傻事——比方说，爬树摔断了腿，玩弹弓打死了邻居的鸡，逃到西山躲了三天才回来等等。但是我一点都记不得。照我看，就算有这些事也没有什么。我觉得高炉里有一个奇妙的新世界，自有我的道理：假如那高炉里什么都没有的话，我怎么会有这样的想法呢？这样的想法丝毫也不能说是傻，只能说有点不成熟。那时候我才十二岁，这比活到了五十多岁还吃月经纸可强多了。后来我认识的那位大厨也知道了吃那种东西对中六合彩毫无帮助，但是他还要打肿了脸充胖子，说那东西叫作红铅，是内家炼丹的材料，吃了十全大补。我还知道有一种东西中医叫作"人中黄"，据说吃了可以健胃——那就是屎。但是我不敢提这种建议，恐怕他和我急。他后来换了一种玩法，到大西洋赌城去玩轮盘赌，一个月的工钱，一夜就能输光。照我看这样比较正常。但是他很快又五迷三道，自以为可以发明必胜的轮盘赌法，经常在炒菜时放可以咸死老水牛的盐。而我是由他推荐到前台去当

waiter ① 的——你知道，我喜欢穿黑皮衣服，所以有几个怪里怪气的妞儿老上我台上来吃饭，而且小费给得特多，老板就说我有伤风化，把我和他一块儿开掉了。其实我在这件事上十足无辜，我穿黑衣服是童年的积习，我总是爬树上房，黑衣服经脏。虽然有个丫头老问我是 S 还是 M，但是我一点都不懂这些事。

后来我到学校图书馆特殊收藏部找了几本书看了看，搞明白什么是S，什么是 M，再碰到那个丫头时就告诉她说：我有点 S，也有点 M。我像一切生在革命时期的人一样，有一半是虐待狂，还有一半是受虐狂，全看碰见的是谁。她听了这话目瞪口呆，好像我说了什么傻话一样。乍到美国时净犯这种错误，到加油站问哪儿有打气的（air），却问成了哪儿有屁股（ass）。但那一回不是。我说的是由衷之言。

现在我活到了四十岁。算算从九岁到四十岁的发明，多得简直数不过来。最近的一项发明是一种长筒袜，里面渍有铁粉和卤化物，撕开了包装就发热，可以热四十八小时，等热完了就是一双普通的长筒袜。我以为可以一举解决怕冷和爱漂亮的问题。我把这项发明交给一家乡镇厂生产，后来就老收到投诉信，告状的说，老婆早上穿上我的袜子时，还是一个完整的东亚黄种，晚上脱下来，下半身就变成了黑人。这是因为那家厂子用过期的油墨把袜子染黑，不能说我的发明不好。我至今还保持了热爱发明的本性，但是再也不相信发明可以扭转乾坤——换言之，搞发明中不了正彩。

我长大后结了婚，然后到美国去留学。我在国内是学数学的，出去以后觉得数学没有意思，就在计算机系和 Double E 系注册。我老婆是学党史的，出去以后觉得党史没意思，就改了 PE，咱们叫体育。除了上学，

---

① 意为"侍者"。

我们还得挣钱糊口。我老婆到健身房给人家带操，就此找到了她的终身事业，现在每天带十节操还嫌太少。她说，除了吃饭和睡觉就想带操，站在一大群人面前跳跳蹦蹦。而我给人家编软件。到了美国我才知道，原来想要活着就要挣钱。本来挣钱是一件很枯燥的事，我偏把它想得很浪漫。

第一次从系里领来了编软件的活儿时，我想道：好！总算有了一个我施展才华的机会了！有关这一点，我有好多要补充的地方。自从长大成人，我处处不顺。开头想当画家，却是个色盲。后来当了数学系的研究生，导师给我的论文题目却是阐发马克思的《数学手稿》。虽然也挖空心思写了一百五十多页，但是我写了些什么，导师现在准想不起来了。我也想不起来了。打印稿现在找不着了，手写的底稿也找不着了。所以这篇论文写了和没写一样，白白害死了自己好多脑细胞。简言之，我从来就没做过一件真正的工作，除非你把做豆腐也叫作工作。但是不管你把豆腐做成什么样，吃下去以后都变大粪，变不成金刚石。以上说明是解释我拿到那个活儿为什么激动。虽然那是个大型软件，好几个人合编，但是我想这样更好，可以显出我比别人强。越是这样想，就越是心绪纷乱，一行源码也写不出来。所以我就对我老婆说，你出门时，把我锁在屋子里。我就是这样一个变态分子，但是我老婆一点都没觉察出来。

锁在房子里时，精力能够集中。所以我编的第一批软件极有诗意，李后主有词云：

红豆啄残鹦鹉粒。

我的软件就曲折和弹性而言，达到了此句的境界。后来又有残句云：

细雨流湿光。

我的软件就有这么简约，别人编十行，我只用一行。等到交活儿时，教授看了吃一惊：这么短！能跑（run）吗？我说，你试试嘛。试完了他和我握手道：谢谢！但是到了开支时，我的钱比别人的都少。原来是按行算钱，真把我气死了。等到交第二批软件时，我就吃棉花屙线屎。古诗云：

> 一个和尚独自归，
> 关门闭户掩柴扉。

我的第二批软件到了这种境界。简言之，别人编一行，我就编了二十行。等到交活儿时，教授根本不问能不能run，只说："你这是捣蛋！"就打回来让我改短。资本主义就是这么虚伪。等到拿了学位，我毫不犹豫就回国来。这是因为我从骨子里来说是个浪漫诗人，作画时是个颜色诗人，写程序时是个软件诗人。干瘪无味的资本主义社会哪里容得下浪漫诗人。

【五】

在美国时，我想干Double E就干Double E，想干Computer就干Computer，而且还能挣些钱，但是还是不快活，最起码没有一九六七年我在自己家里造投石机时快活。那时我们家的门窗都被打掉，墙上也打了好几个大窟窿。而我戴了个木匠的皮围裙，耳朵上架了支红蓝铅笔，正在指挥十几个大学生拆家具制造防御器械。在工程方面谁都不如我，所以大家公推我负责。这件事我爸爸知道了一定要揍我，因为拆的就是我们家的家具，虽然我已年登不惑，他也过了随心之年，并且在偏瘫之中，但是我认为他积习难改。等到上级制止了武斗，他回家来一看，只见家里的一切都荡然无存，书房里却多了一架古怪的机器：从前头看，像法国造的断头机，从后面看像台龙门刨床，有滑轨，有滑块，最前面还装了台从气象站偷来的风速仪。底下还用水泥打了地基，拆都拆不走，真把他气死了。那就是我造的投石机，是世界上一切同类机器里最准确的一台。但是那上面有好多部件是我们家的家具。损失了门窗、家具，我爸爸还不心疼，因为那是公家的。他的藏书也丢了不少，这些东西是他让我看着的。我告诉他，人家拿着刀枪，想借咱家的书看，我敢管吗？他觉得我说得有道理。其实蛮不是这样，我当时忙得很，把让我看着的东西全忘了。而且我还想道：这个楼是老子的了，老子怎么想就是王法。凭什么我该给你守着东西？

现在我想，批判资本主义也不能昧了良心，现代社会里哪儿都容不下太多的诗人。就如鸡多了不下蛋，诗人多了没有饭吃。这是因为真正的诗人都是捣蛋鬼。一九六七年秋天，"拿起笔做刀枪"冲到我们家里来时，我帮着把家里的东西搬到中立区以后，留下看守房子。转眼之间我就和他们合为一股，在我们家的墙上凿洞，并且亲手把每一块窗玻璃都打掉。当然，我也有我的道理，假如不把玻璃打掉，等到外面飞进来的砖头把它打碎，破片就会飞起来伤人。然后再把窗洞用桌椅堵起来，屋里马上就变得很黑。照我看这还黑得不够，还要用墨汁把里面的墙涂黑。只用了半天的时间，我们那座楼里面就黑得像地狱。当然这样干也有这样干的道理，假如有人从外面冲进来，就会觉得眼前一黑。在他的瞳孔放大到足以看清屋里的东西之前，我们可以用长矛在他身上扎十几个大洞。这些措施只是把我们住的房子改造成一个白蚁窝的第一步。到了冬天，这座楼上连一片完整的瓦都没有了。一楼每一个窗口都被焊的栅栏堵得严严实实，上面还有密密麻麻朝外的枪头，一个个比刀子还快。所有的楼道门洞都被堵得炸都炸不开，另有一些纵横交错的窟窿作为通道，原来的住户不花三天三夜绝找不到自己原来住的地方。后来要把它恢复成原样，又花了比盖这座楼的建筑费还要多的修缮费。从这一点你就能知道"拿起笔做刀枪"为什么后来要倒大霉。而这一切都是我的主意。我一个诗人就造成了这么大的灾难，假如遍地都是，那还得了吗？但是不做诗人，我又不能活。所以到底怎么办，这是问题。

【六】

我小的时候读过马克·吐温的《康涅狄格州的美国人在亚瑟王朝》，然后就想当个古代的人。如果我能选择，宁愿生活在古代的希腊，要不然就生活在古罗马。那时才有机会做自己想做的事情。那时候的人可以自由地发明自己的机械——我不记得阿基米德因为发明一架水车挨了他爸爸一顿打。这说明我不应该生于现代——我是今之古人。我是阿基米德，我是米开朗琪罗。我和眼前的一切都没有关系。

我在豆腐厂里受"帮教"时，还觉得自己是今之古人，但是已经有点变了味道。我还能想到假如 × 海鹰的橡皮月经带到了古罗马的投石步兵手里，一定会被视若珍宝。而我们用来刮轴瓦的三角刮刀如果能送到古希腊，被装上矛端，该有多么好。与此同时，我却被老鲁追得到处跑，还要受 × 海鹰的帮教，一点都不像个今之古人的样子。最主要的是，我不再相信会有什么奇迹。俗话说，时势造英雄。而吵吵闹闹的英雄时代已经一去不复返了。

我想起那个过去的英雄时代，总是从这两件事开始—— 一九六六年翻掉的汽车和一九六七年的大弹弓，好像一座大院子门口的两个石狮子，经过了它们才能走到院子里。我告诉了 × 海鹰这两件事，她丝毫也不理解它们的重要性，因为她不是今之古人。一九六七年秋天，我顺着排水管爬进了实验楼。当时"拿起笔做刀枪"全伙六七十人都蹲在里面，没水没电，没吃没喝，外面是四面楚歌，好多大喇叭在广播"敦促拿起笔做刀枪投降书"。我告诉他们说，我家住的那座楼，看上去虽然不起眼，却是个了不起的武斗据点，因为下面有好几条地沟。其中有采暖的地沟、输电的电缆沟，甚至还能钻进下水道。顺着地沟可以钻到海淀镇，买回大饼油条。所以他们就半夜突围，跑到我们楼去了。假如他们不去占宿舍楼，谁也不去占宿舍楼，因为这里没有军事目标。他们一来，所有的人就接踵而至，把所有的宿舍楼都占掉，把他们围在核心，因为他们就是军事目标。以这件事为契机，那一大片宿舍楼后来都变成蟑螂窝了。说起了这件事，我沾沾自喜，颇有成就感。而 × 海鹰却愁眉苦脸，面对我的糊涂思想，不知该如何"帮教"。

我告诉 × 海鹰这件事时，抬起头来看着她，发现在下午的阳光下她的头发是黄色的。这说明任何东西都没有固定的颜色，要说它是什么颜色，就一定要把当时的光线说明在内。她的下巴浑圆，脸上露出一种找词儿训人的表情。这种表情叫我想起小时候我那位浑身像瓜果蔬菜的老师来。那一刻我恨她入骨。我和她分明是两种动物，就如猫和狗一样，是世仇。但是她忽然朝我笑了笑，说道：接着讲。这一瞬间我又感到心里热乎乎的，有一种很肉麻的感觉，似乎是感激她拿我这样的坏蛋当了一回事。这说明像我这样的人身上也有奴隶性。

"拿起笔做刀枪"闯到我们楼里来时，头戴藤帽，浑身上下白花花的，好像一些面粉工人。除此之外，他们身上还带有生石灰的辛辣味，有些人额角有青肿，好像挨了一砖头。这说明他们路上受到了拦截。后来大家说起这一派人，都说他们坏得很，闯到和平居民家里，就让他们扫地出门，如果不像纳粹党卫军，起码就像斯大林的征粮队。其实不然，那帮人最是温文尔雅。假如在座的有女孩子，就都不说粗话。开饭时如果我没有吃，他们就不吃。女同学没有吃，男人就不吃。有一个当兵的没有吃，头头儿就不吃。除此之外，他们中间每个人都用卫生手纸，从来不屙野屎。所以他们不像一支武斗队伍，倒像一伙英国绅士。我对这些人十分喜欢，而且我对他们的喜欢决不随时间而改变。但是后来这伙人在整个学校里又是最倒霉，因为到了"文化革命"后期算总账的时候，发现这个微不足道的小派别打死的人最多，毁坏东西最厉害。所以他们的头头儿就被抓去住监狱，而且他们全体都被送到乡下去，没有一个人留到了城里。这就意味着他们全体都要到没有电的地方生活，每日三餐都将成大问题。这说明凡是我喜欢的人都会倒霉，凡我喜欢的品质都不是好品质。

现在我想起"拿起笔做刀枪"，怎么也想不明白他们为什么要打仗。要说是为了主义，或者思想，都不大充分。如果说他们像我一样，为了寻找神奇而打仗，恐怕也不大对——打仗是我十五岁时的游戏，他们可不是十五岁。可能有一些是为了主义，有一些是为了思想，有一些想要寻找神奇，各种各样的动机都混在一起，就如一个人酒醉后呕出的东西，乱糟糟的一团。你搞不清"拿起笔做刀枪"打仗的动机，正如你不能从醉汉的呕吐物里看出他吃了些什么。

现在该说说我爬炉壁的事是怎么结束的。到十三岁那一年，我终于爬过了那个炉筒子，进到了土高炉里。那里面还是什么都没有。除了一个砖堆，砖堆边上有一领草席，草席边上还有个用过的避孕套，好像一节鱼鳔。里面盛了些胶冻似的东西。虽然当时不能准确指出那是什么，但也能猜到一些。那里面的东西叫我联想起六岁时在伤口里看到的自己的本质——一个湿被套。从那时开始，我的人生观就真正悲观起来了。从那一天开始，中了天大的负彩，我也不会产生想中正彩的狂想。

所谓湿被套的事情是这样的：早上起来时，感觉到自己内裤里有一堆凡士林似的东西，黏糊糊的，和阴茎粘在一起，好像一根自行车轴粘上了黄油。然后就开始迷迷糊糊，想起梦见过女孩子的乳房和屁股。但是对乳房和屁股怎么会引出这些东西还是不明白。这种状态我不喜欢。

有关湿被套和我后来的事，我都没有告诉×海鹰。后者是因为我没有预见未来的本领，前者是因为我觉得对女孩子说这些事不应该。后来她对我说：你真脏！现在她是毡巴的老婆，不知她嫌不嫌毡巴脏。

有关哲学，现在我是这样想的：它有好多问题，本体论的问题、认识论的问题等等。但是对于中国人来说，只有一个问题最重要，就是世界上有没有所谓神奇的诀窍——买六合彩的诀窍，炼金丹的诀窍，离地飞行的诀窍和跑步进入人间天堂的诀窍。假如你说没有，那我怎么会相信它有呢？假如你说有，我怎么看不到？但是自从我爬过了那个炉筒子之后，就再也不信有什么诀窍。我和别人一样，得爱我恨的人，挣钱吃饭，成家立业，养家糊口：总而言之，除非有奇迹发生，苦多乐少，而奇迹却总是不发生。我竭尽心力，没找到一丁点神奇。这个世界上只有负彩，没有正彩。我说我是个悲观论者，就是指这种想法而言。

第四章

【一】

　　一九七四年春天我去肛肠医院看痔疮时，对世界又有过很悲观的看法。这时候童年饥饿的经历早被我忘掉了，眼前最大的痛苦是磨屁股。在我看来，既然生存的主要方式是比赛磨屁股，那么我们这些生来屁股窄的人就处于极不利的地位。假如把这里排队候诊的人看作前线下来的伤员的话，可以说在战斗中受伤的全是男的。偶尔有几个女的，全是孕妇。这就是说，假如妇女不怀孕，就不会受伤害。后来我在那里开了一刀，虽然不很疼，但是在很长时期里不方便。等到痔疮愈合，大便通畅，才想到生存的主要方式大概不是磨屁股，还是一种冥思苦想。现在你常常看到一些人，头顶掉得光秃秃，眼镜像瓶子底，大概就持这种想法，只不过有人想物理，有人想哲学，有人想推背图，有人想《易经》。我也在这些人之中，唯一的区别在于我越想得多，身上的毛发越重，头顶像被爆米花的机器崩过，阴毛比某些人的头发还多，视力也是越想越好，现在能看到十米外一只苍蝇腿上的毛。与此同时，我的眼睛越想越三角，眉毛越想越擀毡，随着时光的流逝，脸上也起了皱纹，但全是竖着的，十足像个土匪。所里的同事见我这个模样就疑我敌视知识分子。但这又是很后来的事了。当时的事是我去割痔疮，×海鹰一定要和我一起去。我进了手术室，她也要跟进去，医生护士也不拦她。这件事乍看起来有点古怪，说开了也只寻常：那年头到肛门医院去开刀的人都是成双成对的，不知现在是不是这样的了。

据我所知，人们去打胎往往是成双成对，去生孩子往往也是成双成对。这种时候她们很害怕，所以要拉个男人去壮胆。男人去割痔疮也是这样，倒使我大惑不解。后来才知道，那些女人觉得那个地方太脏，很可能大夫护士不肯下手，要病人家属来开刀。这倒不是很离奇的想法。对我们这里的医生护士，绝不能做太高的估计。我也觉得人家很可能不愿动手给我开刀，但是我的手臂甚长，可以够到那个部位。只要有个护士在后面告诉我："往上！往下！往左一点！好了就是这儿！"就能给自己开刀。因为有这种把握，所以我没有请求任何人和我一起去肛门医院，这任何人里也包括×海鹰。是她自己要去的，她还说，对于"后进青年"（即我也），就是要在生活上关心，工作上帮助，思想上挽救——直到关心、帮助、挽救都没有效果的时候，才把他交给专政机关。听了这后半截的话，我浑身都起了鸡皮疙瘩，什么话也不敢说了。

除了喜欢绘画，我也喜欢看小说。我最喜欢的作家是马奎斯（Marquez）。其实也说不上喜欢他的哪部作品，我喜欢的是他创造的句式，比方说——霍乱时期的爱情，简直妙到极处。仿此我们有：革命时期的发明、革命时期的爱情等等。我患的就是革命时期的痔疮。在革命时期我陷入了困境，不知怎么办才好。×海鹰在我的凳子上放了一个废轮胎，坐在轮胎上比坐在硬板凳上舒服多了，但我还是忧心忡忡，不可终日。和她一起去医院时，我对她恭恭敬敬，走在离她两三米的地方。但是当时合法夫妻一起上街时，距离也是这么远，所以医生护士们见了，也不感到有什么异样。我进手术室时，她在外面探头探脑，直到感觉要用到她时，才溜了进来。

　　说明了这一点，就能明白当年为什么护士不把×海鹰往外撵——像这样自愿帮忙的人太多了，撵也撵不过来。而我自己正朝墙躺着，等待着护士把手术刀递给我，没看见她溜了进来；事实上情况比我想象得要好，人家只是喝令我把屁股掰开，然后就是一阵毫无警告的剧痛——我就这么糊里糊涂地挨了一刀，滚下了手术台。我们俩去医院时，骑了辆平板三轮车，板上放了个棉门帘。去时是我蹬，回来时她蹬，不蹬的人坐在板上。就在回来的路上，她在前面忽然纵声大笑。因为我不知道她曾看见了我毛茸茸的屁股，并且看到了我撅起屁股准备挨宰的样子，所以一点都不知道她在笑什么，只觉得是不吉之兆。我记得那个医院里有极重的来苏水味，过道里有些黑色的水洼，看上去好像一汪汪的煤焦油。还记得她蹬三轮车时，直立在车架上。至于自己是怎么撅着屁股挨宰的，却一点都记不得了。

【二】

　　人活着总要有个主题，使你魂梦系之。比方说，我的一位同学的主题就是要推翻相对论，证明自己比爱因斯坦聪明。他总在冥想，虽然比我小八岁，但是看起来比我老多了。至于他是不是比爱因斯坦聪明，我不知道，因为我对理论物理只知些皮毛。我说过，我的主题就是悲观。这不是说我就胡吃闷睡，什么都不想了。我的前半生绞尽脑汁，总想解决一个问题：如何预见下一道负彩将在何时何地到来？

　　×海鹰也有一种古怪笑容，皮笑肉不笑，好像一张老牛皮做的面具，到了在大会上讲话时，就把它拿了上来。像这样的笑容我就做不出来，所以它对我是个不解之谜。对任何人来说，一种表情代表一种情绪。我怎么也想不出皮笑肉不笑是怎么一种情绪。这对我是不解之谜。但是有一点我已经知道，那就是 × 海鹰肯定是我的一道负彩。

我被关在 × 海鹰屋里百无聊赖时，翻过她的东西。当然她离开的时候，把所有的抽屉都锁了，但是我拿个曲别针把锁都捅开了。有关这一点没有什么可辩解的：我是个下流坯。我主要是想看看这位 × 海鹰是个什么样的人，她所说的关心、帮助、挽救，到底能不能指望。结果除了好几抽屉文件、纸张之外，还发现了一个橡皮薄膜做的老式月经带。照我的看法，可以用它改制成一个打石子的弹弓。有一本书，包着牛皮纸，皮上用红墨水写着"供批判用"，翻开以后，是本"文革"前出的《十日谈》，一百个故事的，是本好书。后来出版的《十日谈》只剩下七十二个故事，这说明中国人越来越不知道什么是好书了。我看了一会儿，把书放了回去，把抽屉都锁上。这样干了以后，还是想不出她可不可以信任。过了一两天，又打开抽屉，看到里面有个纸条，上书："翻我抽屉的是小狗"，我赶紧把抽屉又锁上了。

× 海鹰后来告诉我说，她觉得我的笑容也是不解之谜。为此她想摸摸我的底。我说到长了痔疮时，脸上的惨笑和在她面前无端微笑时的样子一模一样，这时候她恍然大悟：原来这种神秘的微笑本源是痔疮！所以她就想看看那个痔疮到底是什么样。为此她混到手术室里，假装要给我开痔疮，结果就看到了那东西是个紫色的大血泡。当时我一点都不知道 × 海鹰有给我开痔疮的打算，所以没有什么感想，后来想起来却是毛骨悚然，想不出这是一种什么打算。她的某些想法我始终搞不大清楚。后来我想，这可能也是出于一种好奇心，要看看男人的肛门到底是什么样。或者是闲着没事，觉得割个痔疮也挺有意思。早知如此，我就该在屁股上也贴个纸条：看我屁股的是小狗。或者拿支水笔，直接写在屁股上。我的屁眼儿是什么样子，我从来没见过。但是我知道它肯定不好看。总而言之，这件事给我添了很多的麻烦。后来 × 海鹰想叫我感到羞辱，就说：你的痔疮真难看！仿佛我有义务使自己的痔疮长得好看似的。听到这样的话，我还可以唾面自干。然后她又说我在手术床上汗出如浆，扳着屁股的手都打哆嗦。有关这一点，我可以辩解说，在屁股后面挨刀，自己看不见，谁不害怕？但是我不能争辩说自己没哆嗦。我这个人虽然长了张凶脸，胆子却小得很。

假如你有过这种把痔疮亮给人看的经验，就会承认它是人生诸经历里最要命的一种。以我为例，虽然我相当地生性，面嫩，有时会按捺不住跳起来打人，但只要 × 海鹰一说到我的痔疮，我就老老实实。等到 × 海鹰发现了这一点，她就用这些话做一种制服我的咒语。只要念上一遍，我马上就从浑蛋小子变成端坐微笑的蒙娜丽莎。

现在我认为，人在无端微笑时，不是百无聊赖，就是痛苦难当。我是这样的，× 海鹰也是这样。二十二岁的姑娘，每天都要穿旧军装，而且要到大会上去念红头文件，除了皮笑肉不笑，还能有什么表情！而我痔疮疼痛还要磨屁股，也只有惨笑。这些笑容都是在笑自己，不是在笑别人。

【三】

割完了痔疮就到了春天，有一阵子 × 海鹰对我很坏。晚饭时分让我给她打饭，拿回来后，常常只看一眼就说：就这破菜？拿出去倒到茅坑里。然后她就拿点钱出来，让我给她去买炒疙瘩。炒疙瘩是一种面团和水发黄豆炒成的东西，我们厂门口的小铺就有卖的。幸亏是一九七四年，假如是今天，还真不知到哪里去买。当时我发誓说，永远不吃炒疙瘩，一口也不吃。后来我一直没有破誓，到今天也没有吃过炒疙瘩。假如她不是个女孩子，我准要往炒疙瘩里吐唾沫。我们厂里一位机修师傅一九四四年在长辛店机车场学徒，"小日本"抓他去打饭，他找着没人的地方，就把精液射到饭盒里；他后来得了喘病，自己说是年轻时抗日亏了肾。我后来到美国留学时，给 × 教授编软件，文件名总叫"caonima"，caonima.1，caonima.2，等等。但是他总把第一个音节念成"考"，给我打电话说：考你妈一可以了，考你妈二还得往短里改。我就纠正他道：不是考你妈，操你妈。我们一共是四个研究生给他编程序，人人都恨他。这是因为按行算钱，他又不让编长。这种情形就叫作受压迫。毛主席教导我们说，有压迫就有反抗。所以就考你妈，就射精，就吐唾沫。

有一次在 × 海鹰办公室里，我困极了，在她床上睡了一会儿，从此很受她的压迫。她再也不用欢迎句式对我说话了，进去以后就让我"坐着"，然后就什么话也不对我说，只是板着脸，把脚跷到桌子上。除此之外，她对外人管我叫"王二这流氓"，我一听这话就怒火三千丈。这就好比在美国听见人家管我叫"oriental ①"，让我"go back to where you came from ②"一样。在这种情况下只好生闷气，暗想要能发明一种咒语，念起来就让他们口吐白沫，满地打滚儿才好哪。我受压迫的情形就是这样的。后来我总结了一下，发现每次受压迫都是因为别人气不顺，并且觉得我比他高兴。比方说 × 教授吧，他压迫我们，是因为他在做一个狗头（这件事待会儿再讲），发现经费不够，憋气得很，所以这么一行行地和我们抠；后来有一天我告诉他，我得了癌，没几天活头了，他就不跟我抠了。再比方说我老婆，每月总有几天她总对着我的耳朵哇哇地怪叫，仿佛是嫌我耳朵还没有聋，这是因为她痛经；后来我到了那几天就装肚子疼，

————————

① 意为"东方人"。
② 意为"哪儿来的回哪儿去"。

找热水袋，她也不对我叫唤了。在这方面我办法很多，但是在豆腐厂里，我却没想出什么办法来。

我睡 × 海鹰的床之前，尝试过在各种地方、用各种姿势打瞌睡：比方说，把凳子移到墙边上，把脚搁在凳子面上拳成一团，脑袋从腋下穿出来；把椅子移到桌边上，把腿架在椅背上，头朝后仰放在桌面上。这些姿势的怪诞之处是因为要避免压到痔疮，还因为桌面上有一大块玻璃板，不能睡。其实在各种姿势下我都能睡着，但是我又怕 × 海鹰回来时看到屋里有个拧成麻花的人，就此吓疯掉。小时候有一次我在家里黑着灯打瞌睡，就曾经吓得我姐姐尖叫一声，拣起扫地的笤帚劈面打来。这件事说明我的柔韧性达到了惊世骇俗的程度，要不然也不会得到体育老师的青睐，被选进了体操队。因为怕吓着她，所以在实在想睡时，我就躺在她床上了。但是她对我的好意完全不理解，回来时飞腿踢我搭在床外的脚，喝道：滚起来！谁让你睡我的床！吓得我赶紧跳起来了。从此之后她就对我很坏，下午我去她那里，一进了门就规规矩矩地坐下。但是她瞪了我一眼，冷冷地说：让你坐下再坐下。吓得我赶紧跳起来。然后她又说：坐下吧。我坐得笔直，肩膀也端得平平正正，脑子里想的也是四方形。她说：干吗呀你？像个衣服架子。于是我又松下来，开始胡思乱想。然后她又走过来踢我的脚，说道：坐好了！坐没个坐相！她就这么来回地折腾我，简直把我气坏了。

假如让我画受帮教的模样，我就把自己画成个拳头的模样。这个拳头要画成大拇指从中指与食指间伸出的模样，这种拳在某些地方是个猥亵的手势。但是对我来说没有这个意味。我小时候流行握这种拳头打人，大家都认为这种拳头打人最疼。在我旁边画上站得直挺挺的 × 海鹰。

有关我，有一些地方还没有说到。这就是我虽然有点坏，却是蔫坏，换言之，起码在表面上我尊敬上级、尊敬领导，从来不顶撞。这大概是因为过去我爸爸脾气坏，动不动就揍我。除此之外，我又十分腼腆，从小学三年级到中学毕业，从来不和女同学讲话。这些可以说明我在 × 海鹰面前为什么会逆来顺受。但是我挨了她那么多的狗屁呲，也不会一点罪恶的念头都没有。所以我常常在想象里揪她的小辫子，打她的嘴巴，剥光她的衣服，强奸她。特别是她让我去买炒疙瘩时，每回我都揪住她的辫子把她按在地上，奸得痛快淋漓。我还以为这样干虽然很不对，但是想一想总是可以的。要是连想都不让想，恐怕就会干出来了。

假如让我画出想强奸 × 海鹰的景象，我就画一个黑白两色的脸谱，在额头上画上一个太极图。在脸谱背后的任何东西你都看不到。× 海鹰一点都看不出我在想什么，我也看不出她想干什么。心里在想什么，其实一点都不重要。在世界上再没有比这更微不足道的事了。

【四】

一九七四年我在豆腐厂里受帮教时，× 海鹰问我她漂不漂亮，我笑而不答，就此把她得罪了。后来她逮住我在她铺上睡觉，那不过是个朝我发火的口实罢了。现在我承认，× 海鹰当年很漂亮，但是现在这么说已经于事无补。我记得这件事是这样的：我们俩在她的小屋里，聊过了各种电影，聊过了我过去有一个情人，她说我的资产阶级思想很严重，需要思想改造。后来就聊到有一种品质叫作聪明。你要知道，当时只承认有些人苦大仇深，有深厚的阶级感情；有的人很卑鄙，是资产阶级；革命领袖很伟大。除此之外，就没有其他素质了。可是我却说，聪明人是有的。比方说汉尼拔，精通兵法；毕达哥拉斯，想出了定理的证法。修拉发明了点彩画法，还有欧几里得——甭提他有多聪明了。在这个系列的末尾，我又加上了区区在下一名。当时太年轻，还不大懂谦虚。她马上问道："我呢？"

这时我犯了前结巴：挺——挺——挺聪明的！这一结巴，就显得有点言不由衷。×海鹰有点不高兴。我以为这是她活该，谁让她把我吓出了这个毛病。

后来又聊起了一种品质，叫作漂亮。革命时期不准公开说漂亮，于是男孩子们发明了一套黑话，管脸漂亮叫盘亮（靓），管身材好叫条直。像这样的术语还有好多。我讲到一位中学同学朝班上一位漂亮女同学走去，假装称赞她胸前的瓷质纪念章：你的盘很亮！那个女孩子就答道：是呀，盘亮，盘亮！我们在一边笑死了。说到这里，×海鹰忽然冒出一句来：我呢？盘亮不亮？这时我只要答一句"盘亮"，就万事皆无。不幸的是，当时我犯起了极严重的前结巴，一个字也不能讲。过了这一晚，她就总对我板着脸，样子很难看。

我在十三岁时，感到自己正要变成一个湿被套，并且觉得自己已经臭不可闻。当时我每星期都要流出黏糊糊的东西。当时我虽然只有那一点儿岁数，但是男性器官早就发育了起来。夏天在家里洗澡，也不知怎么就被我妹妹瞄见了，她说：二哥像驴一样！因此她挨了我妈一顿打，这使我很高兴。从此到了饭桌上她总是咬牙切齿地看着我，眯缝着她那先天性的近视眼（左眼二百度，右眼五百度，合起来是二五眼），瞅着大人不在，就恶狠狠地说道：驴！其实用不着她说，我也知道自己已经很糟糕，因为晚上睡觉时它老是直撅撅的，而且一想到漂亮的女孩子，它就直得更厉害，丝毫也不管人家想不想搭理你，由此还要想到旧社会地主老财强奸贫下中农。对于这件事，我早就知道要严加掩饰，以免得罪人。从隐瞒自己是个湿被套和驴的方面来说，说自己不知道谁漂亮比较有利：这样可以假装是天阉之人，推得干干净净。这是因为我知道在这件事上中彩，就肯定是头彩。我把×海鹰得罪了，与此多少有点关系。

【五】

　　×海鹰问过我爱看哪些书，我说最爱看红宝书。她说别瞎扯，说真的。我说：说真的就是红宝书。这件事和受虐／施虐的一对性伙伴在一起玩性游戏时出的问题相同。假如受虐的一方叫道：疼！这意思可能是不疼，很高兴，因为游戏要玩得逼真就得这样。而真的觉得疼，受不了时，要另有约定。这约定很可能是说：不疼！所以千万别按无约定时的字义来理解。×海鹰后来说：说假的，你最爱看什么书？谁也不敢说爱看红宝书是假的，所以我就说是李维《罗马史》、修昔底德《伯罗奔尼撒战争史》、恺撒《高卢战记》等等。我爸爸是弄古典的学者，家里有的是这种书，而且我这样一个十几岁的孩子爱看这种书也不是故弄玄虚——我是在书里看怎么打仗。她怎么也不懂为什么有人会去研究古人怎么打仗。我也承认这种爱好有点怪诞。不管怎么怪诞，这里面不包含任何臭气。怪诞总比臭气要好。这件事说明我和×海鹰虽然同是中国人，仍然有语言方面的问题。我把她得罪了的事，与此又有点关系。

　　现在我要承认，我在×海鹰面前时，心里总是很紧张。有一句古话叫"劳心者治人，劳力者治于人"。到了革命时期，就是×海鹰治人，王二治于人。×海鹰中正彩，王二中负彩。她能弄懂革命不革命，还能弄懂唯物辩证法，而我对这些事一窍不通。我哪能达到她的思想水平！所以她问我盘亮不亮，谁知道她想听真的还是想听假的。

　　×海鹰后来和我算总账时，说我当时不但不肯承认她盘亮，而且面露诡异的微笑。微笑就像痔疮，自己看不到，所以她说有就是有。但是为什么会有这种微笑，却要我来解释。只可惜我当时没看过金庸先生的力作

《天龙八部》，否则可以解释道：刚才有个星宿老怪躲在门外，朝我弹了一指"三笑逍遥散"。三笑逍遥散是金庸先生笔下最恶毒的毒药，中在身上不但会把你毒死，还能让你在死前得罪人。其实在革命时期只要能叫人发笑就够了，毒性纯属多余。假如你想让谁死得"惨不堪言"，就在毛主席的追悼大会上往他身上弹一点。只要能叫他笑一笑就够了，三笑也是浪费。但是在我得罪 × 海鹰的过程中，那一笑是结尾，不是开始。在这一笑之前，我已经笑了很多回。这个故事可以告诉你为什么在革命时期大家总是哭丧着脸。

革命时期是一座树林子，走过时很容易迷失在里面。这时候全凭自己来找方向，就如塞利纳（Celine）这坏蛋杜撰的瑞士卫队之歌里说的：

> 我们生活在漫漫寒夜，
> 人生好似长途旅行。
> 仰望天空寻找方向，
> 天际却无引路的明星！

我很高兴在这一团混乱里没有摔掉鼻子，也没有被老鲁咬一口。有一天我从厂门口进来，老鲁又朝我猛扑过来。我对这一套实在腻透了，就站住了不跑，准备揍她一顿，并且已经瞄准了她的鼻子，准备第一拳就打在那里。但是她居然大叫了一声"徐师傅"，兜了一个大圈子绕过我，直扑我身后的徐师傅而去。像这样的朝三暮四，实在叫人没法儿适应。所以每个人死后都该留下一本回忆录，让别人知道他活着时是怎么想的。比方说，假如老鲁死在我之前，我就能从她的回忆录里知道她一会儿抓我、一会儿不抓我到底是为什么。让我自己猜可猜不出来。

后来老鲁再也不逮我了，却经常缠住徐师傅说个没完。从张家长李家短，一直扯到今年的天气。老鲁是个很大的废话篓子，当领导的往往是这样的。徐师傅被缠得头疼，就一步步退进男厕所。而老鲁却一步步追进男厕所去。我们厂的厕所其实不能叫厕所，应该叫作"公共茅坑"，里面一点遮拦都没有，一览无余。见到他们两位进来，原来蹲着的人连屎都顾不上屙，匆匆忙忙擦了屁股跑出来。

黑格尔说过，你一定要一步步地才能了解一个时代，一步步甚为重要。但是说到革命时期的事，了解是永远谈不上的。一步步只能使你感到下次发生的事不很突兀。我说老鲁把徐师傅攮进了男厕所，你感到突兀而且不能了解。我说老鲁原要捉我，发现我要打她就不敢捉，就近捉了徐师傅来下台，你同样不能了解。但你不会感到突兀。自从去逮徐师傅，老鲁再没有来找我的麻烦，但我的日子还是一点都不好过。因为现在不是老鲁，而是×海鹰要送我上学习班。对我来说，学习班就是学习班，不管谁送我进去都是一样的。不管是老鲁因为我画了她的毛扎扎，还是因为×海鹰恨我不肯说她漂亮，反正我得到那里去。那里似乎是我命里注定的归宿。

上大学本科时，我的统计学教授说，你们这些人虽考上了大学，成绩都不坏，但是学概率时十个人里只能有一个学懂——虽然我也不忍心给你们不及格。他的意思是说，很多人都不会理解有随机现象，只相信有天经地义。这一点他说得很对，但是我显然是在那前十分之一以内。而×海鹰却在那后十分之九之内。这是我们俩之间最本质的区别。其他如我是男的，她是女的，只要做个变性手术就能变过来。只要×海鹰想到：我何时结巴何时不结巴，乃是个随机现象，那她就不是×海鹰，而是王二。而只要我想到：世界上的每一件事必有原因，王二在说我盘亮之前犯了前结巴也必有原因，一定要他说出来，那我也不会承认自己是王二，而要认为我是×海鹰。当然，我属于这十分之一，她属于那十分之九，也纯属随机，对于随机现象不宜乱揣摩，否则会导致吃下月经纸烧成的灰。

　　现在我回忆当年的事，多少也能找到一点因果的蛛丝马迹：比方说，小时候我见到一片紫色的天空和怪诞的景象，然后就开始想入非非；后来我饿得要死又没有东西可吃，所以就更要想入非非。想入非非的人保持了童稚的状态，所以连眼前的女孩子漂亮不漂亮也答不上来。但是谁都不知道我六岁时为什么天上是一片紫色，也不知为什么后来我饿得要死。所以我长成这个样子纯属随机。

　　作为一个学数学的学生，我对黑格尔的智力不大尊重。这不是出于狂妄，因为他不是也不该是数学家学习的榜样。当你一步步回溯一件过去的事时，当然会知道下一步会发生什么。但是假如你在一步步经历一件当前的事，你就会对未来一无所知，顶多能当个事后诸葛亮，这一点在革命时期尤甚。假如黑格尔一步步活到了一九五七年，也绝不知为什么自己会被打成右派，更不知道自己将来是瘐死在北大荒了呢，还是熬了下来。我一步步从一九七三年活到了一九七四年，到×海鹰问我她是否盘亮那一秒钟前，还是一点都不知道自己会犯前结巴，假如我能知道，就会提前说道："你盘亮。"以便了结此事。后来我更不知道自己到底会不会进学习班，一直熬到了一九七四年底，所有的学习班都解散了，才算如释重负。这说明一步步什么用也不顶。就算是黑格尔本人，也不能避免得罪×海鹰。我倒赞成塞利纳在那首诗里的概括，虽然这姓塞的是个流氓和卖国贼。

　　现在让我回答×海鹰当年的问题，我就不仅能答出"盘亮"，还能答出"条直"（身材好）等黑话。除此之外，还要说她 charming ①，sexy ② 等等。总而言之，说什么都可以，一定要让她满意。×海鹰身材颀长，三

---

① 意为"迷人"。
② 意为"性感"。

围标准，脸也挺甜，说过头一点都不肉麻。除此之外，我的小命还在她手里捏着哪。现在说她漂亮意味着她可以去当大公司的公关小姐，挣大钱，嫁大款。除此之外，如果到美国去，只要上男教授的课，永远不会不及格；去考驾驶执照，不管车开得多糟都能通过。有这么多好事，她听了不会不高兴。但是在革命时期，漂亮就意味着假如生在旧社会则一定会遭到地主老财的强奸，在越南打游击被美国鬼子逮住还要遭到轮奸。根据宣传材料，阶级敌人绝不是奸了就算，每次都是先奸后杀。所以漂亮的结果是要倒大霉，谁知道她喜欢不喜欢。

在革命时期，漂亮不漂亮还会导出很复杂的伦理问题。首先，漂亮分为实际上漂亮和伦理上漂亮两种。实际上指三围和脸，伦理上指我们承认不承认。假如对方是反革命分子，不管三围和脸如何，都不能承认她漂亮，否则就是犯错误。因此就有：

一、假设我们是革命的一方，对方是反革命的一方，不管她实际上怎么样，我们不能承认她漂亮，否则就是堕落。

二、假设我们是反革命的一方，对方是革命的一方，只要对方实际上漂亮，我们就予承认，以便强奸她。

其他的情况不必再讲，仅从上述讨论就可以知道，在漂亮这个论域里，革命的一方很是吃亏，所以漂亮是个反革命的论域。毛主席教导我们说：凡是敌人反对的我们就要拥护，凡是敌人拥护的我们就要反对。根据这些原理，我不敢贸然说 × 海鹰漂亮。

我把 × 海鹰得罪了之后，对她解释过这些想法。她听了说：你别瞎扯了。后来我又对她说：你到底想让我说你漂亮还是不漂亮，应该事先告诉我。我的思想改造还没有完成，这些事搞不太清。她听了怒目圆睁，说道：我真想揍你一嘴巴！一九七四年春夏之交我把 × 海鹰得罪了的事就是这样的。更准确地说，这是四月中旬的事。后来她就打发我去给她买炒疙瘩，我又想往她饭盒里吐唾沫。但是这个阶段很快就过去了。

【六】

到了五月初，我到×海鹰那里受帮教时，她让我在板凳上坐直，挺胸收腹，眼睛向前平视，双手放在膝盖中间，保持一个专注的模样。而她自己懒散地坐在椅子里，甚至躺在床上，监视着我。我的痔疮已经好了。除此之外，我还受过体操训练——靠墙根一站就是三小时，手腕绑在吊环上，脚上吊上两个哑铃，这是因为上中学时我们的体育老师看上了我的五短身材和柔韧性，叫我参加他的体操队，后来又发现我太软，老要打弯，就这样调理我。总而言之，这样的罪我受过，没有什么受不了的。除此之外，×海鹰老在盯着我，时不常地呵斥我几句。渐渐地我觉得这种呵斥有打情骂俏的意味。因为是一对男女在一间房子里独处，所以不管她怎么凶恶，都有打情骂俏的意味。鉴于我当时后进青年的地位，这样想实在有打肿了脸充胖子的嫌疑。

后来我到美国去，看过像《九周半》之类的书，又通读了弗洛伊德的著作。前者提供了一些感性的知识，后者提供了一种理论上的说法。这些知识和我们大有关系，因为在中国人与人的距离太近，在世界其他地方，除了性爱的伙伴，不会有这么近的，故而各种思想无不带有性爱的痕迹。弗洛伊德说，受虐狂是这样形成的：假如人处于一种不能克服的痛苦之中，就会爱上这种痛苦，把它看成幸福。从我个人的经历来看，这种说法有一定道理。但是有关虐待狂形成的原因，他说的就不全对。除了先天的虐待狂之外，还有一种虐待狂是受虐狂招出来的。在这方面，可以举出好多例子。以下例子是从一本讲一九〇五年日俄海战的书里摘出来的，当时日本人没有宣战，就把停在旅顺口外的俄国战舰干掉了好几艘：

"帝俄海军将战舰泊于外海，且又不加防护，招人袭击。我帝国海军应召前往，赢得莫大光荣。"

按照这种说法，俄国人把军舰泊于外海不加防护，就好像是撅起了屁股。日本人的鱼雷艇是一队穿黑皮衣服的应召女郎，挥舞皮鞭赶去打他们的屁股，乃是提供一种性服务。这段叙述背后，有一种被人招了出来，无可奈何的心境。还有个例子是前纳粹分子写的书里说，看到犹太人被剃了大秃瓢，胸口戴着黄三角，乖乖地走路，心里就痒痒，觉得不能不过去在那些秃头顶上敲几个大包。假如这些例子还不够，你就去问问"文化大革命"里的红卫兵干吗要给"牛鬼蛇神"剃阴阳头，把他们的脸画得花花绿绿的——假如他们不是低头认罪的话，那些红卫兵心里怎会有这些妙不可言的念头？另一些例子是我们国家的一些知识分子，原本迂头迂脑，傻乎乎的，可爱极了，打了他一回，还说感觉好极了，巴不得什么时候再挨一下。领导上怎能抗拒这种诱惑呢？所以就把他们打成右派了。我看到毡巴白白净净，手无缚鸡之力，也觉得他可爱极了，不打他一下就对不起他。而我在×海鹰那里受帮教时，因为内心紧张，所以木木痴痴，呆呆傻傻，也就难怪她要虐待我了。这些解释其实可以概括为一句：假如某人总中负彩，他就会变成受虐狂。假如某人总中正彩，她就会变成虐待狂。其他解释纯属多余。

×海鹰出门的时候，只要我不当班，就要把我带上。我说：原来你不是把我锁起来的吗？她说：原来锁，现在不，因为"你翻我抽屉"。就这样把我带到公司团委去。别人见了就问她：这小伙子是谁？×海鹰说：我们厂的一个后进青年，叫王二。听见这样的介绍，我就出了神。直到她叫我：王二，把你干的坏事说说！我才回过神来。然后我就简约地介绍道：我把我们厂团支委毡巴的一条肋骨打断了。她说：讲得仔细一点！我就说：是这样子的，我扭住了毡巴的领子，第一拳打中他的右眼，第二拳打中了他左眼，以后的拳头都打在他软肋上…… × 海鹰说：够了！你到外面等我吧。于是我到办公室外面去站着，叉手于胸前，听见里面嘻嘻哈哈地笑。

　　× 海鹰去公司时，骑一辆自行车，我跑步跟在后面。为了躲老鲁，我把自行车搁在隔壁酒厂了，假如爬墙距离很近，要是从地面走就很远。我跑步时，像一切身体健壮的小个子一样，双臂紧贴身体，步伐紧凑，这样能显得高一点。跟在 × 海鹰背后时，更显得像个马弁。跑着跑着就会唱出一支歌来，是歌剧《阿伊达》中奴隶们的合唱——这是因为我觉得自己像个奴隶。我这个人的最大缺陷还不是色盲，而是音盲。从来没有任何人能听出我在唱什么。这就是说，在任何时期、任何时代，我想唱什么都自由。当然，我唱起来也是绝对地难听。但我不是文字盲，也就是说，我写出的文字别人能够看懂。这就是说，我不是在什么时候想写什么都自由。除了不自由，我还不能保证自己写出的东西一定会好看。照我看这一条最糟糕。

　　我在 × 海鹰面前坐得笔直笔直时，我们俩之间就逐渐无话可说了。与此同时，那间小房子里逐渐变绿了。这是因为院子里那些饱经沧桑的树逐渐长出了叶子，那些叶子往窗户里反光。那些树叫"什么榆"、"什么梅"等等，都是些很难记住的名字，一棵棵罗锅的罗锅，驼背的驼背，都像一些小老头儿；那些树上的肉瘤就像寿星老多肉的额头。人家说，不管什么动物，都是阉了以后活得长。所以我怀疑这些树都被阉过。院里还有一棵赤杨树，长得极疯，大概不会比我更老，已经长得一个人都抱不过来；树身开裂，流出好几道暗色的水来，这棵树肯定没有阉过。那棵树老长毛毛虫，不像那些榆啦，梅啦，什么都不长。我在那张凳子上直着脖子看树长叶子，看到入神时，常常忘了自己是谁，更忘了 × 海鹰是谁，与

此同时，我倒记住了院子里每一棵树的模样。冬天下雪后，有人把雪堆在树根下。庭院深深不见天日，雪也经久不化，只是逐渐变得乌黑，向下缩去，最后变成了一层泥。到了这个时候，所有该长的叶子都长了出来，院子也变成了一片浓绿。这座院子原有的臭气都渗到树叶里，看不到了。相反倒能闻见一股叶子的清新气。这时候我影影绰绰地想到，我和树木之间可能有血缘关系——我是多么喜欢树呀！身为一棵树，遇到什么都可以泰然处之了。一九七四年春天的事就是这样的。

后来我和我老婆到英国去玩时，骑着租来的自行车走在英格兰乡间窄窄的公路上。走到一个地方，看到路边上围栏里一大片树林子。她说钻进去，我们就钻进围栏。进去以后遇到一条大狗。我狠狠地瞪了它一眼，把它瞪跑了。然后我们就钻到林子里去，这里一片浓绿，还充满了白色的雾。我老婆大叫一声：好一片林子呀！咱们坏一坏吧！于是我们就坏了起来。享受一个带有雾气、青草气息和寂静无声的性。坏完以后，又在林子里到处遛。忽然又碰上了那条狗，这会儿我再瞪它，它却不跑了，反而汪汪地叫。然后那狗背后就钻出个人来，肘弯里挎着双筒猎枪。那人使劲看了我们一眼（这时候我们俩身上除了鸡皮疙瘩，一无所有），然后无声地笑了一笑，说道：穿上衣服，来喝咖啡。喝咖啡的时候那人老憋不住要笑，我老婆却镇定如常，临走时还问他吃糖不吃。那是个香蕉脸的老头子，把我们送出大门时，他偷偷对我说：你老婆真了不起。而我从始至终一言不发，保持了泰然自若的态度。等到出了他家的门，我才发现自己一直在想：要把他那条猎枪夺过来，给他当胸一枪。这种事干起来当然是很不好的，最起码可以叫作以怨报德。但只是想想就没有什么不好了。

一九七四年春天我坐在椅子上看院子里的树，一言不发。× 海鹰躺在床上看手表，到了一定的时候跳起来说：走！我就跟她走，跟在自行车背后跑步，从来不问她到哪里去。或者眼看天色向晚，她坐起来递给我个饭盒，说：打饭。我就出去给她打一份炒疙瘩来，虽然我也想问问她，成天吃这一种东西腻不腻，但我从来不问。等到天黑以后，她伸个懒腰说：困了。我就走出这个房子，小心地把房门带上，自己回家去了。

　　×海鹰和我说话时越来越简约，而且逐渐没有了主语。比方说，叫我坐直，就说："坐直"，叫我给她打饭，就说："打饭"，叫我跟她走，就说："走"，这些话言简意赅，但是我逐渐不知道我是谁了。后来她逐渐连话都不说了，改为用手势：让我坐直就往上一指，让我去打饭就指指饭盒，让我回家去就指指门，让我跟她走，什么都不用说，我自然会跟上。她指指嘴，我就开始讲自己过去遇到的事情。这样在她面前我的内心就一片空明，到了该做什么的时候自然会做。在这些简单的动作里逐渐产生了乐趣，而且经久不衰。我常常梦到×海鹰，把她吊在一棵歪脖树上，先亲吻，爱抚，然后剥光她的衣服，强奸她。我就这样地爱×海鹰，因为除此之外别无选择。

第五章

【一】

　　一九六七年我把"拿起笔做刀枪"招到家里来的事可以这样解释：我用这种方法给自己争到了一片领地。虽然这座楼在别人的围困之下，但是他们还没攻进来。虽然这楼里除了我还有别人，但是他们和我是一伙的，这座楼怎么说都有我的一份。虽然得到这座楼的方式不大合法，但是当时也没有合法的事。最主要的是在这里我想怎么干就可以怎么干，但是第一件事就是不能让人冲进来，把它从我手里抢回去。所以我干的第一件事就是把它修成铜墙铁壁。为此我已经竭尽全力，但是还是不能保住它。后来我就再也没有过属于我的领地。

　　我在那座楼里战斗时，精神亢奋，做每件事都有快感。那时我一天干的工作，现在一年也干不完（假设是给公家干）。假如让弗洛伊德解释，他会说因为我当时年龄太小，处于性欲的肛门时期，因为性欲无处发泄，所以斗志昂扬。我觉得这种说法不对。屁眼儿太小，不足以解释我当年的昂扬斗志。

　　我们守在那座楼里时，夜里没有太多的事，只是不能睡死了，叫人家摸了营去。所以打盹儿时，都是两个人一对背抵背。有个女大学生，不是姓黄，就是姓蓝，再不就是姓洪，总之是一种颜色，每回我都和她背抵背。晚上睡着时是抵着的，早上醒时准是搂在一起。有时脸还贴在她乳房上。这件事也能说明我不是在肛门时期。

假如我本人也能算个例子的话，就可以证明男人的性欲从来就没有过一个肛门时期，只有过自命不凡的时期。那个时候看不起一切和自己不一样的人，包括老头儿、老太太、小孩子，还包括和自己最不一样的人——女孩子。虽然心里很想和她们玩玩，嘴头上又不承认。

我干的最糟糕的事，就是告诉了 × 海鹰有姓颜色的大学生这个人，还告诉她说，姓颜色的大学生梳了两条辫子，后脑勺枕起来像个棕织的垫子。后来她就老问那姓颜色的是怎么一个人，简直麻烦得要命。我早就告诉了她，姓颜色的大学生是个女的，她还是问个不休，老打听那个人在哪里，好像要搞同性恋一样。

有关那位姓颜色的女大学生，有一点需要补充的地方，那就是在我清醒的时候，也觉得她挺麻烦的。比方说，我正在五楼顶上和一伙人汗流浃背地布置滚木礌石，准备把进犯者通通砸死，忽听她在二楼叫我，就急星火燎地跑了去。你猜是叫我干啥吧——叫我吃面条。我留在这楼里，破坏了自己的房子，出卖了自己家的利益，还长了一身虱子，就是为了吃这种没油没盐盛在茶缸里的面条吗？我对她很反感，觉得她婆婆妈妈的。但这是我清醒时候的事。到了我睡着，或是自以为睡着了的时候，就和她拥抱，接吻，用双手爱抚她的乳房。干这种事时，她老掐我的胳膊，第二天胳膊上青印累累。这说明这样的事发生过。但是不管她怎么掐，我都没有醒来。除了没有醒，别的事都和醒着时一样。比方说，过道里点了一盏马灯，灯光一会儿红，一会儿黄，游移不定。地下有好多草垫子，给人一种建筑工地的印象。我一点都没觉得是在我住了十几年的家里。姓颜色的大学生嘴里有一股奶油软糖的味道。她乳罩左边有四个扣子，解起来麻烦无比。在那方寸之地集中的扣子比我全身剩下的扣子还多，这说明女人简直是不能沾。我已经决定把这当一场梦，不管她怎么掐，都不肯醒来。这件事我没有告诉 × 海鹰，任凭她怎么问。我觉得把这种事告诉她不适宜。

　　姓颜色的大学生长得很漂亮，眉毛和头发都很黑，皮肤很白。我和她亲近时总是要勃起，而且我也知道勃起了是要干什么，但我就是不肯干。她怎么也想不到我为什么不肯——我是害怕暴露了自己是个湿被套。弄完了湿糊糊的甚是麻烦。假如她能想得到，就会提早安慰我说，这不要紧，反正大家都是湿被套，而且她不怕麻烦。后来她和我说过这样的话，但是这也是很后来的事了。当时我正忙着策划各种行动，晚上从地沟爬到校工厂里去，把各种工具偷回来，把我那座楼改造成个白蚁窝。我有一个计划，想把我们楼地下再挖两层，地上再加一层，为此已经运来了两吨钢管，还有好多水泥和钢筋。假如这个计划完成了，就可以在这里守到二十一世纪。但是这个计划没完成。我给 × 海鹰讲一九六七年的事，一讲到姓颜色的大学生就算告一段落。从此她对别的事就不再关心，只问这一件事。我自己以为我的主要问题是打了毡巴，而我打他的原因是我爱他。但是这些话 × 海鹰连听都不要听。她总和我说这一句话：交代你和"姓颜色"的问题，别的事不要讲了！

【二】

　　我说过，小的时候我到处去捉蜻蜓准备放在我的电源上电死，那时候我手里提着一铁窗纱的笼子，手指中间还夹着一根粘竿。我可以悄悄走到一只停在枝头的蜻蜓背后，伸手去捏它的尾巴，也可以用竿头的胶去粘它的翅膀。不管你怎样捕获它，总要在慢慢伸出手的同时，与它目光相接。

在一片金色的朦胧下，蜻蜓有成千上万只细碎的蓝眼睛，但是没有一只是管用的。每次我逮住一只蜻蜓，都要带着一声叹息把它放在笼子里。后来我的笼子里就有了好多红蜻蜓、蓝蜻蜓，还有一种古铜色的蜻蜓，我们叫它老仔。它们鼓动着翅膀，在被电死之前，翻翻滚滚。当然，我也可以不捉蜻蜓，让它们继续在天上飞。但是这样一来，我就无事可干。

小时候我逮到一只蜻蜓之后，把它拿在手里，逼视它的眼睛。这时候复眼表面的朦胧就消失得无影无踪，里面每只眼睛都放到了拳头那么大。在那一瞬间，蜻蜓也丧失了挣扎的勇气。小时候我心地残忍，杀气极浓，这一点叫我终生难忘。这件事说明，虽然我一生的主题是悲观绝望，但还有一种气质在主题之外。这种气质在我挥拳痛殴毡巴时，在我参加战斗时，还有在我电死蜻蜓时才会发挥出来。

除了那台电死了无数蜻蜓的电源，我还造过一架百发百中的投石机。后来我也想过，那些被我们从楼顶上打下去的人都怎样了，不过那都是好几年以后的事。经过一番计算，得出一个触目惊心的结论：假如那些人没有死，起码也负了重伤。因为投石机射出的石弹最起码也带有几千焦耳的能量，被这么多能量打中了胸口想要毫发无伤，不管穿什么盔甲都是不可能的事；更何况还要头朝下地从五层楼上摔下去。虽然为了防着这种事，楼四周都张了绳网，但是头朝下摔到网上也有可能会扭断脖子。把一切情况都算上，挨上一弹而丧命的概率最起码是百分之十五。这个结论使我很不高兴，但这也是很后来的事。当时没有人为死了人而伤心。当时是革命时期，革命时期没有人会真的死。在革命时期杀掉了对方一个人，就如在工商社会里赚到了十几块钱一样高兴。在革命时期自己失掉了一个人，就如损失了十几块钱，有点伤心。这时候我们背上一段毛主席语录："这种方法也要介绍到老百姓那里去，村上的人死了，开个追悼会，用这种方法寄托我们的哀思……"然后就一点都不伤心，因为伤心被这种程式消化了。这种种程式就是高级智能。因为有了这种种程式，好多东西失去了它本来的意义——连死都不真了。但多少还有些真实的东西：我入了迷地造一架完美的投石机（那东西是用来打死人的，但我当时完全没有想到它会打死人）；在睡梦中和姓颜色的女大学生拥抱、接吻，导致了梦遗。这些事情虽然古怪，但是真实性就在古怪之中。我还记得姓颜色的大学生乳房像两个桃子，每天早上醒来时眼睛都又红又肿；她把我掐得也真够疼的。这就是真的东西。因为毕竟还有真的东西，所以活着还是值得的。我告诉×海鹰这些事，是要说明在一九六七年的秋天，姓颜色的大学生在我胸中只是很多事中的一件，但是她连听都不要听。

　　一九六七年秋天的清晨，你到我长大的那所大学去，可以看到我们家过去住的那座楼房呈现出一种怪模样，以前它不是这样，后来也不是这样。有一个小个子从窗口爬出去，上了没有瓦片的楼顶上从容不迫地走着，脸上蒙了一条黑纱巾。那个人就是我。我对对面楼上打来的砖头不屑一顾，就算有一块大砖头就要击中我的头，我也只稍稍弓一下腰，让它擦过我的领子，就这样向最高处走去。当时没有任何事情让我害怕。我脸上蒙着姓颜色的大学生的纱巾，它带有一点甜甜的香味，还有发丝沙沙的感觉。后来我走到最高的地方，伸了个懒腰，看到四周朝雾初升，所有的楼房都裸出了水泥的骨架，露出了黑洞洞的窗口，好像刚发了一场大水。空气是黄澄澄的，好像溶化了铁锈的水。这种景象就像后来在美国看的那些劫后余生的电影一样。我发誓，再没有一种景色让我这样满意了。

　　姓颜色的大学生从窗口爬上楼顶时不敢睁眼睛，需要有个人在一边拉着她的手引到该抓的地方，然后再爬下去，托她的脚到该蹬的地方。这个过程就像把一个大包裹拖上楼去时一样，那个人手里还要拿一根镐把，因为对面楼上的人看到有人以近似静止的速度顺着脚手梯往上爬，就会用大弹弓打。他们投射过来的砖头飞到这里时速度已经相当慢，可以用木棍

——击落，但是也需要眼明手快。这个人通常是我。我从来没见过比她更笨的爬楼的人，而且她还敢说我是个小巴儿狗。她简直又累赘，又讨厌，十分可恨。但是后来我很爱她。这说明可恨和可爱原本就分不清。

我和姓颜色的大学生爬地沟到海淀镇去买大饼，那些地沟是砖头砌成，顶上盖着水泥板。从里面用灯光照着时，那些砖头重重叠叠，仿佛要向里面压下来。那是一段不近的路。我们俩都戴了涂胶的手套，姓颜色的大学生膝盖上还套了田径队员练腿时绑的沙袋——当然，袋里的铁沙倒掉了。我告诉她说，进了地沟就要像狗一样爬，口袋里的东西都要掏出来，否则会丢掉。她就把钱拿出来，塞到乳罩里，以免爬掉了。然后我们下到地沟里，开始爬了。我嘴里叼着马灯，爬起来膝盖不着地而且很快，这种技术也不是练了一年两年。姓颜色的大学生跟在后面，看来她爬地沟还有点天分，能跟上我。爬了一段，姓颜色的大学生忽然坐在地下，说："小巴儿狗！"就哈哈地笑起来了。

【三】

那年深秋时分，我在四楼上铺设了铁道，架起了轨道，这样我和我的投石机就能及时赶到任何危机地点。除此之外，我还在策划把投石机改为电动的，让它一分钟能发射十二颗石弹。在此之前，我已经把那座楼改造成了一颗铁蒺藜。本来这样子发展下去，谁也不能把我们从楼里撵走，就在这个时候，校园里响起了稀疏的枪声。只要有了枪炮，我做的一切都没了意义。"拿起笔做刀枪"的人开始商量如何去搞枪，我却一声也不响。也许他们能够搞到枪，但是以后的事不再有意思了。他们还说让我回家去，说我待在这里太危险；其实他们并不真想让我回家去，因为在打仗的时候谁都不希望自己的队伍里有人回家。后来我劝他们都回家去，他们不肯听，我就一个人回家去了。因为这再也不是我的游戏。凭我的力量也守不住这座楼。在我看来，一个人只能用自造的武器去作战，否则就是混账王八蛋。罗马人总是用罗马的兵器去作战，希腊人总是用希腊的兵器去作战。那时候的人在地上拣到了德国造的毛瑟手枪，肯定会把它扔进阴沟，因为他们都是英雄好汉。总而言之，钻地沟离开那座楼时，我痛苦地哭了起来，用拳头擦着眼泪。我想古代的英雄们失掉了自己的城邦时也会是这样。还没等我爬完地沟，我身上的杀气就毫无影踪了。我又变成了个悲观的人。

等到一九六七年的武斗发展到了动枪时，我离开了"拿起笔做刀枪"，回家去了。有人可能会说我胆小，但我绝不承认。因为用大刀、长矛、投石机战斗，显然需要更多的勇气。就以我们院为例，自从动了枪，就没有打死过一个人。这一点丝毫不足为怪，因为在历史上也是刀矛杀掉的比枪炮多得多。原子弹造出来已经有四十多年了，除了在日本发了两回利市，还没有炸死过一个人。

我在一九六七年遇到的事情就是这样结束的。到了一九七四年冬天受帮教时，我把它一一告诉了×海鹰。小时候有一位老师说我是一只猪，我恨她恨到要死，每天晚上在床上时都要在脑子里把她肢解掉；而第二天早上到学校时，她居然还是好好地活着，真叫我束手无策。后来我每次见到她，都说"老师好"，而且规规矩矩地站着。过了一阵子她就不再说我是猪，而且当众宣布说很喜欢我。我在×海鹰面前磨屁股并且受到逼问时，对她深为憎恶，但是憎恶没有用处，必须做点什么来化解憎恶。聊大天也是一种办法。

我憎恶×海鹰的旧军装，她坐在桌前时，毫无表情地摆弄着一支圆珠笔，好像在审特务一样。如果她不穿军装，对我就要好得多，我认为她是存心要羞辱我。除此之外，她还梳了两条辫子，辫梢搭在肩膀上。假如我不说话，屋子里空气沉闷，好像都压在我头上。有一只苍蝇从窗缝里飞出来，慢慢地在屋里兜圈子。我知道有一种水叫重水，比一般的水要重。还有一种空气是重空气，假如不用话去搅动，就会自动凝结。那时候我的肚子并不饿，所以我不是在零维空间里。但是我被粘在了凳子上不能动，所以我是在一维空间里面。这使我感到难以忍受，所以我把什么都往外讲。在我的梦里，× 海鹰掉到冰冷的水里，我把她捞了上来。她被困在燃烧的楼房里，我又把她救了出来。我是她在水深火热里的救星。假如没有我的话，她早就死了一百回了。但是这些尚不足以解释五月间我怎么会和她发生性关系。

【四】

把时光推到我在豆腐厂里当工人时，厂里男厕所的南墙原来刷得不白，隔着凝固的灰浆还能看到后面的砖头；所以那层灰浆就像吹胀的牛尿脬，刷了桐油的纸，大片的云母，或者其他在古代被认为是透明的东西。里面的砖头很碎，有红的，也有青的，粘在灰黄色的灰浆里，像一幅意义不详的镶嵌画。后来这些东西就再看不见了。因为老有人在墙上画一个肘部高扬、半坐着的裸女；又老有人在上面添上毛扎扎的器官并且添上老鲁的名字；然后又老有人用灰浆把她刷掉。这堵墙因此被越涂越白，显得越来越厚，墙里面的砖头看不到了。墙里面的一切也逐渐离我而远去。这件事在我看来有一点模糊不清的寓意：在一堵墙是半透明的时候，后面好像有另一个世界，这时候世界好像更大一点。它后来变得不透明了，世界就更狭小了。一九七四年我看到的厕所里的墙壁就是这样的。当时我不是画家，也没有学数学。我什么都没做过，也没有任何一种专门的知识。一切一切都和我割破手腕时是一样的，所以可以说我保留了六岁时的朴实和天真。我唯一能做的事就是观察世界，算出什么时候中负彩。而世界的确是在我四周合拢了。这是否说明我很快就会中头彩？

　　把时光往后推，我到美国去留学，住在 New England ^①，那里老是下雨，老是飘来酸酸的花香。空气里老是有一层薄薄的水汽，好像下雨天隔着汽车雨刷刷过的风挡玻璃往外看。马路老是黑黑的，反射汽车的尾灯。才下午四点钟，高楼上红色的防撞灯就都亮了，好像全世界都在一闪一闪。空气好像很稀薄，四周好像很开阔。New England 好像是很稀薄的水，北京好像是很厚重的空气。白天出去上课，打工，晚上回来和老婆干事，也觉得没什么意思。这可能是因为四周都是外乡人，也可能是因为四周很开阔。我想干什么都可以，但是我什么都不想干。我总觉得这不是我待的地方，因为我的故事不在这个地方。

　　把时光再往前推，我是一个小孩子，站在我们家的凉台上，那时候我四岁到五岁的样子，没有经历过后来的事情，所以我该把一切都遗忘。我的故事还没有开始，一切都是未知数。太阳照在我身上暖洋洋的，我扬起头来看着太阳，一点都不觉得晃眼，觉得晃眼是以后的事情；那时候它不过是一个金黄色的椭圆形罢了。当时我什么都不知道，但是心里也不是空空荡荡。爱、恨、厌倦、执着等等，像一把把张开的小伞，一样都没失去，都附着在我身上。我看着太阳，我是一团蒲公英。以后这些东西就像风中的柳絮一样飘散了。回到中国以后，我想道，这是蒲公英飘散的地方。我从这里出发寻找神奇，最后也要回到这个地方。

_____

把时光推到一九七四年春天受帮教之时，当时我一点都不知道这件事会怎样结束，只知道每天下午要去见×海鹰，在她那里度过三到四小时。当时我丝毫也没想到她是女人，更想不到她有性器官，可以和我性交。我没有见过她乳房是方是圆，更不敢妄加猜测。那时候她对我来说，不过是个坐办公室的面目不清的人罢了。那一天白天下了雪，落到房顶上的雪保留了下来，而落到地上的雪全化了。豆腐厂和它里面的院子变成了一张国际象棋棋盘——白方块、黑方块。我穿过这些方块前往她的办公室。先是老鲁抓我，现在又是×海鹰的逼问。我实在说不出自己对这样的事有多么厌倦，像这样的事什么时候能完哪。虽然空气里没有了臭气而且清新冷冽，吸进肺里时带来快感，呼出的气化成了缕缕白烟，但是这种厌倦之心绝不因此稍减。这种心情后来过去了。但是这件事发生过。发生过的事就不能改变。后来×海鹰说道："假如你怨恨的话，可以像揍毡巴一样，揍我一顿。"但是她搞错了，我揍毡巴是出于爱。而且仇恨这根神经在我身上早就死掉了。

一九六六年我就厌倦了我爸爸，但他仍然是我爸爸。一九七四年我又厌倦了×海鹰，但是后来我又和她发生了一段性爱关系。后来我就没有厌倦过谁，也没有厌倦过任何事。现在我们所里的领导找到我，说我们也要赶超世界先进水平，让我把在美国做过那只机械狗的细节写出来。这件事十足无趣，但是我没有拒绝。不但如此，我还买了市面上最白最厚的纸、黑色的绘图墨水，用蘸水笔写长仿宋字，每个字都是2×3毫米大小，而且字体像铅字一样规范。我交上去的材料上绝没有任何一点污损，所以不管我写的是什么，每一页都是艺术品。但是这样一来，我写得就非常慢，谁也不好意思催我。而且他们在背地里议论说：没想到老王是这样一个人——在此之前，他们是叫我小王的。到底我是个怎样的人，他们并不真知道。连我自己都不真知道。过去我绝不肯把做过的事重做一遍，现在

却在写好几年前做过的工作的报告。这是不是说明我真的老了呢？其实我
心里还和以前一样，以为写这种东西十足无用，但是又不可避免。我只有
四十岁，人生的道路还相当漫长。我不能总是心怀厌倦吧。

【五】

我憎恶×海鹰时，就想起毡巴来。我，他，还有×海鹰，后来是一
个三角。他们俩的裸体我都看见过。×海鹰的皮肤是棕色，有光泽，身
体的形状有凹有凸，有模有样。毡巴的身体是白色，毫无光泽，就像瓷器
的毛坯一样，骨瘦如柴，并且带有童稚的痕迹。冬天他穿灯芯绒的衣裤，
耳朵上戴了毛线的耳套，还围一个黑色的毛围巾。那围巾无比地长，他把
它围上时，姿仪万方；而且他还戴毛线的无指手套。这些东西都是他自己
打的。毡巴会打毛活儿，给我织过一件毛背心。假如他肯做变性手术，我
一定会和他结婚。不管手术成功不成功、他的乳房大不大，都要和他结
婚。当然，假如这样的事发生了的话，×海鹰既得不到我，又得不到毡
巴，就彻底破产了。

等到×海鹰和毡巴结婚以后，她还常常来找我，告诉我毡巴的事迹。
他经常精赤条条地在双人床上趴着，一只脚朝天跷着。毡巴的脚穿四十五
号的鞋，这个号码按美国码子是十二号。除了在后脚跟上有两块红，屁股
上坐的地方有两块红印之外，其他地方一片惨白。整个看起来毡巴就是一
片惨白。毡巴的屁股非常之平，不过是一个长长的状似牛脚印的东西罢
了。他就这样趴在床上，看一本内科学之类的书，用小拇指挖鼻子。当时
是一九八○年，夏天非常地闷热。×海鹰不再梳她的大辫子，改梳披肩
发，这样一来头发显得非常之多。她也不穿她的旧军装，改穿裙子，这样

显得身材很好。她说毡巴看起来非常之逗，她怎么看怎么想笑，连干那件事时都憋不住，因为毡巴的那玩意儿勃起后太可笑了。抱住毡巴光溜溜的身体时更想笑，总觉得这件事整个就不对头。有了这些奇异的感觉，就觉得毡巴非常可爱。见了面我就想吻她，因为她是毡巴的老婆。以前我对她没有兴趣，但是连到了毡巴就不一样了，似乎毡巴的可爱已经传到她的身上。但是她不让我吻嘴唇，只让吻脸腮，说是不能太对不起毡巴。然后我们就讲毡巴的事来取笑。这是因为我们都爱毡巴，"爱"这个字眼非常残酷。这也是因为当时我心情甚好，不那么悲观了。

我爱毡巴，是因为他有一拳就能打出乌青的洁白皮肤、一对大大的招风耳、一双大脚，而且他总要气急败坏地乱嚷嚷。他一点都不爱我，而且一说到我揍过他一顿，而且打他时勃起了，就切齿痛恨。这种切齿痛恨使我更加爱他。他爱 × 海鹰，而 × 海鹰爱我，这是因为有一天我们俩都呈 × 形，我躺在她身上。我很喜欢想起揍了毡巴一顿的事，不喜欢想起躺在 × 海鹰身上的事。因为后者是我所不喜欢的爱情。

现在该讲讲我为什么憎恶 × 海鹰了。这件事的起因是她老要谈起我的痔疮——"你的痔疮真难看！"——每次她对我说这话，都是在和我目光正面相接时。一面说一面把脸侧过去，眼睛还正视着我，脸上露出深恶痛绝的样子，这时我看出她的眼睛是黄色的，而且像猫一样瞳孔狭长。也不知她是对我深恶痛绝，还是对痔疮深恶痛绝。受了这种刺激之后，我就会不由自主地讲起姓颜色的大学生来。她很认真地听着，听完总不忘说上一句："真恶心！"这话也使我深受刺激。后来她又对我说，我的痔疮实际上不是那么难看，我和姓颜色的大学生的事实际上也不恶心。这两种说法截然相反，所以必有一种是假的。但是对我来说，哪一种真、哪一种假已经不重要了。重要的是，我因为前一种说法深受刺激。我对她的憎恶已经是不可改变的了。

【六】

一九六七年秋天，"拿起笔做刀枪"刚到我们楼里来时，外面的人老来挑衅，手拿着盾牌，小心翼翼地向楼脚靠近。大学生们看到这种景象，就唱起了悲壮的国际歌，拿起了长矛，想要冲出去应战——悲歌一曲，从容赴死，他们仿佛喜欢这种情调。我告诉他们说，假如对方要攻楼，来的人会很多，现在来的人很少，所以这是引蛇出洞的老战术——我在书上见得多了。我们不理他们，只管修工事。过了不几天，那座楼的外貌就变得让人不敢轻犯。后来他们在对面架了好多大弹弓，打得我们不能在窗口露头。于是我做了那架投石机，很快就把所有的大弹弓全打垮了。

"拿起笔做刀枪"闯到我们楼里那一年，学校里正在长蛾子。那种蛾子是深灰色的，翅膀上长着红色的斑点。它们在空地上飞舞时，好像一座活动的垃圾堆；晚上扑向电灯泡时，又构成了硕大无比的纱灯罩。当走进飞舞的蛾群时，你也似乎要飞起来。走出来时，满头满脸都是蛾子翅膀上掉下的粉。这是因为墙上贴了厚厚的大字报，纸层底下有利于蛾子过冬。那一年学校里野猫也特别多，这是因为有好多人家破人亡，家里的猫就出去自谋生路。这两种情形我都喜欢，我喜欢往蛾子堆里跑，这是因为我吸了蛾子翅膀上的粉也不喘，而在蛾子堆里跑过以后回家，我妹妹就要喘。她是过敏体质，我却不是。我也喜欢猫。但是我不喜欢我妹妹。

那一年秋天我随时都有可能中头彩，但我总是兴高采烈。人在兴高采烈的时候根本不怕中负彩。我还说过从十三岁起，我就是个悲观主义者。但是一九六七年的秋天例外。

现在可以说说我造的那架投石机。那东西妙得很，有风速仪测风，有拉力计测拉力，还有光学测距仪。所有能动的地方全是精密刻度。发射时起码要十个人，有人报风力，有人用天平称石弹，有人测目标方位和距离，数据汇总后，我拿把计算尺算弹道，五百米内首发命中率百分之百，经常把对面楼顶上走动的人一弹就打下来。如果打对面楼上聒噪的高音喇叭，一弹就能把喇叭中心的高音头打扁，让它发出"噗噗"的声音。假如不是后来动了火器，就凭这种武器，完全是天下无敌。谈到了火器，我和堂吉诃德意见完全一致：发明火器的家伙，必定是魔鬼之流，应当千刀万剐：既不用三角学，也不用微积分，拿个破管子瞄着别人，二拇指一动就把人打倒了，这叫他妈的什么事呀！

到现在我还能记住那架投石机的每一个细节，包括每个零件是用什么做的——用指甲掐来判断木头的质地，用鼻子来闻出木头是否很干。姓颜色的大学生是我的记录员，负责记下石弹重量、风速、距离、拉力，等等。当然，还要记下打着了没有。但是我根本用不着那些记录，因为发射的每一弹都在我心里——人在十六岁时记性好着哪。但是不管怎么说，做试验记录是个好习惯。我一点都没记住打着了谁，被打到的人后来怎么了。他们到底是从屋脊上滚了下去呢，还是躺在原地等着别人来救。说实在的，这些事我根本没看到，或者是视而不见。我只看到从哪儿出来了一个目标，它走进了我的射程之内，然后就测距离，上弹，算弹道。等打中之后，我就不管它了。一般总是打它的胸甲，比较好打。有时候和人打赌，打对方头上的帽子。一弹把他头上的安全帽打下来，那人吓得在地下团团乱转。对付躲在铁网下的哨兵，我就射过去一个广口玻璃瓶，里面盛满了螺丝钉，打得那人在网子后面嗷嗷叫唤。后来他们穿着棉大衣上岗，可以挡住这些螺丝钉，但是一个个热得难受得很。再后来对方集中了好多大弹弓，要把我们打掉。而我们在楼板上修了铁轨，做了一架带轮子的投石机，可以推着到处跑。很难搞清我们在哪个窗口发射，所以也就打不掉，反倒被我们把他们的大弹弓全打掉了。我们的投石机装着钢板的护盾，从窗口露出去时也是很像样子（像门大炮）。不像他们的大弹弓，上面支着一张铁丝编的字纸篓子一样的防护网（像个鸡窝），挨上一下就塌下去。后来他们对我们很佩服，就打消了进犯的念头。只是有时候有人会朝我们这边呐喊一声："对面的！酒瓶子打不开，劳驾，帮个忙。"我们愉快地接受了他们的要求，一弹把瓶盖从瓶颈上打下去。我的投石机就是这样的。

我们家变成了武斗的战场，全家搬到"中立区"，那是过去的仓库，头顶上没有天花板，点着长明电灯；而且里面住了好几百人，气味不好闻。那地方就像水灾后灾民住的地方。我常常穿过战场回家去，嘴里大喊着"我是看房子的"，就没人来打我。回到我们家时，往床上一躺，睡上几个钟头，然后又去参加战斗。× 海鹰听我讲了这件事，就说我是个两面派。事实上我不是两面派。我哪派都不是。这就是幸福之所在。

我活了这么大，只有一件真正属于自己的东西，就是那架投石机。连我自己都不敢相信能造出这么准确的投石机——这就是关键所在。那玩意儿后来不知到哪儿去了。现在家里虽然有些电视机、电冰箱之类，结构复杂，设计巧妙，但我一件也不喜欢。假如我做台电视机给自己用，一定不会做成这样子——当然，我还没疯到要造电视机给自己用，为了那点狗屁节目，还不值得动一回手。但是人活着总得做点什么事。比方说，编编软件。我在美国给 × 教授编的软件是一只机械狗的狗头软件。后来那只狗做好了，放在学校大厅里展览，浑身上下又是不锈钢，又是钛合金，银光闪闪。除此之外，它还能到处跑，显得挺轻盈，大家见了鼓掌，但我一点都不喜欢它。因为这不是我的狗。据说这狗肚子里还借用了空军的仪器和技术来做平衡，有一回我向 × 教授打听，他顾左右而言他。这我一看就明白了：我是共产党国家来的外国人，不能告诉我。这是可以理解的，但是我不高兴，就对他说：我操你妈！你以为我稀罕知道！在美国就是这点好，心里不高兴，可以当面骂。你要是问我说了些什么，我就说我祷告哪。但是后来我选了他当导师，现在每逢年节都给他寄贺卡。这是避免恨他一辈子，把自己的肚皮气破的唯一方法。

"文化革命"里我也没给"拿起笔做刀枪"做过投石机，没给他们修过工事。假如我干了这些事，全都是为了我自己。×教授也做过很多东西，不是给公司，就是给学校做，没有一件是为自己做的。所以他没有我幸福。

【七】

我小的时候，在锅片上划破了手腕，露出了白花花的筋膜，这给我一个自己是湿被套扎成的印象。后来我就把自己的性欲和这个印象联系起来了。我喜欢女人芬芳的气味，但是又想掩饰自己湿淋淋、黏糊糊的本质。这说明对我来说，性还没有成熟。它像树上的果子一样，熟了才能吃。

我小的时候，天气经常晴朗，空气比现在好。我背着书包去上学，路上见了漂亮女人就偷偷多看她几眼。这说明我一点都不天真。我从来就没有天真过。

我在革命时期的第一个情人，就是那位姓颜色的大学生，身上有一股奶油软糖的气味。所以她又可以叫作有太妃糖气味的大学生。这一点在出汗时尤甚。我第一次看见她时，她的头发上带一点金黄色，这种颜色可以和二十年后我在法国尼斯海滩上看到的颜色相比。当时有个女人向我要一支香烟。当时金黄色的太阳正在天顶上融化，海面上也罩着一层金色。那个女人赤裸着上身，浑身上下与阳光同色。我给了她一支烟，自己也叼上一支，点火时才发现把烟叼反了。与此同时，我老婆对着我左边的耳朵喊：你痴了！对我的右耳朵喊：你呆了。她的气味又可以和后来我在美国注册学籍时所遇见的新生们相比，那些疯丫头在办公室里嘻嘻哈哈，带来了各种各样的香气，有的像巧克力，有的像刚出炉的法国牛角面包，有的带有花香，就像尚未开放的玉兰花，带一点清淡的酸味。每次看到我时，她都微微一笑，说：你这小坏蛋又来了。然后就帮我把扯掉了的扣子缝上。那时候我总是爬排水管到他们那里去，所以扯脱扣子的事在所难免。后来我把扣子用铜丝绑在衣服上，并且在衣襟里衬上一根钢条。这样做了以后，扣子就再也不会扯脱了。那时候我只有十五六岁，还是个小孩子。

　　在豆腐厂里 × 海鹰逼问我有关姓颜色的大学生的一切，我告诉她说：我不记得她姓什么，我更不知道她叫什么，我和她只接过吻。这种简约的交代使她如堕五里雾中。有时候她说：你和这个姓颜色的大学生一定干过不可告人的事情，所以你不敢讲！我听了以后无动于衷。有时候她又说：根本就没有这个人，是你胡编的——现在编不下去了吧？我听了还是无动于衷。作为一个讲故事的人，我是个制造悬念的大师，简直可以和已故的希区柯克相比。尽管我已经不再说什么，但是已经说过了一些。这些说出的话是不能收回了。

　　其实我和那个姓颜色的大学生还不止接过吻——我当然记得她姓什么叫什么，但是不知记在什么地方了，现在想不起来——整个一九六八年她都在学校里。当时"拿起笔做刀枪"已经全伙覆灭，只剩了她和我是漏网之鱼。

　　我们院里当时有好多红卫兵派别，"拿起笔做刀枪"是很小的一派，动武的时候也经常处于被围的状态。但是后来他们最倒霉，头头儿被抓起来判了徒刑，分配时，每个人都被送到了穷乡僻壤。这是因为算了总账——他们这派打死的人最多，毁坏东西也最厉害，这两件事都和我有关系。我们那座楼里打满了窟窿，原来的走道门窗全都不存在了。而且他们一面拆毁，一面加固，终于把一座二十世纪的住宅楼改成了十五世纪的城堡，甚至是东非草原上的白蚁窝。后来把它恢复原样时，花了比当初建这座楼还多三倍的钱。后来上面把他们集中起来办学习班，让他们交代谁叫这么干的，他们没把我说出来。因为说出来也没人信。我早就对他们说过，我就管帮你们打仗，别的都是你们自己的事。

当时上面派人进驻学校，把武斗队伍都解散了，把头头儿都抓走了，别的人被关起来办学习班，追查武斗里打死人的问题。只把她一个人剩在外面，等待下乡。这大概是因为上面觉得女人不会打死人——领导上实在缺少想象力。后来她经常找我和她一起去游泳。不好意思到家里来找我，在楼下和自行车站在一起，摇着车铃。游泳时她对我说，我们就像一群小鬼，大人不在家就胡闹了一通。现在大人回家了，就把我们收拾一顿。我答应着"是呀是呀"，心里却在想：这是你们的事，别扯上我。

【八】

我对女人抱的期望一直不高，但是姓颜色的大学生是个例外。不知为什么，我总觉得她该像法国那位风华绝代的杜拉斯一样，写出一部《情人》来。如果不去写小说，也该干点与此类似的事，因为她和×海鹰不一样，是个感性天才。有些事情男人干不来，因为这不是我们的游戏。但是她和别的人一样，只是叫我失望。连她都自甘堕落，我对别人更不敢存什么希望。

那一年春天开始，我常和姓颜色的大学生到运河边上去游泳。当时那里很荒凉，到处是野草。春天水是蓝的，我和姓颜色的大学生之间话不多。她到树丛里换衣服时，让我在外面看着人。姓颜色的大学生皮肤白皙、阴毛稀疏，灰色的阴唇就像小马驹的嘴唇一样，乳房很丰满。脱掉衣服时，就像煮熟的鸡蛋剥下蛋皮，露出蛋白来。尤其是摘掉那个硬壳似的胸罩时，就更像了。在灰蒙蒙的树丛里，她是一个白色的奇迹。而且刚脱掉那些累赘的衣服时，她身上传来一股酸酸甜甜的信息。我换衣服时，她有时盯住那个导致我被称为驴的东西看着，但也是不动声色。到了水里就不停地游起来，从河这边游到河那边，一游就是十几趟。然后爬上岸来，在河边上坐到天黑。姓颜色的大学生嘴唇变成了紫色，头发上好像抹了油，眼睛里充满了油一样的光泽。我们俩之间一点都不熟，只是互相需要。她告诉我说，如果不来游泳，就坐立不安。我想这是因为她心里很烦。她又告诉我说，我好像只有五六岁的样子，和我在一起很不好意思，但是我觉得是个好现象。年龄小一点，就可以多活几年，难道不好吗？

我和姓颜色的大学生坐在树丛里，并排挺起胸膛来。我有两片久经锻炼的胸大肌，她有一对光润细嫩的乳房，乳头朝上挺着，是粉色的。后来她拍拍我的胸口说："算了。别比了。都挺好的。"

我和姓颜色的大学生去游泳，直到天黑以后。天黑以后远处灯火阑珊，河水就像一道亮油。她让我抱着她，我就抱着她，在黑暗里嗅她的气味，晚上她身上有一种温暖的气味。然后我就说：该回家了。然后我们就骑车回来。这个季节，晚上的风是暖的，就像夏天小河沟里的水，看上去黑乎乎而且透明，但是踏进去却感到温暖得出人意料。走到接近村子的地方，听到人声模糊。我爸爸要是知道我和一个大姑娘混在一起，非把我揍扁了不可。人家要是知道她和一个十六岁的男孩子混，也要把肚皮笑破。但是要问我爸爸为什么要揍我，或者要问他们为什么要把肚皮笑破，谁也答不上来。

　　姓颜色的大学生假如有杜拉斯的才能，能写出这样一部《情人》，会写道，她的情人是个小个子，肌肉坚实，脸上、身上（肩膀、胳臂、大腿）都长满了黑毛，又似胎毛，又似汗毛，又似她后来那个秃顶丈夫抹了101生发精后头顶上催出的那种茸毛。才只十六岁，男性就长得和驴一样。站在河岸上时，又开了双腿，挺胸收腹（我不是有意这样，是在体操队被老师训练的），雄赳赳的像只小巴儿狗。她会提到她的情人眼睛是黑色的，但有时也会变成死灰色。她还会提到空寂无人的河岸，杂有荆棘的小树丛，到处是坚硬的土坷垃。有时候她把他拉到树丛里，让他把脸贴在自己湿漉漉的阴毛上。说明了这一点，就能说明我们不是命里注定没有好书看，而是她们不肯写，或者有人不让她们写。如果是后一种情况，那他就持我在革命时期的想法：认为这种事层次太低。

　　姓颜色的大学生在她的《情人》里还会说到，她的情人站在水里时，身上的茸毛都会浮起来，就像带上了静电，还像一种稀薄的蒲公英。初春的水是蓝色的，很透明。但是在这种水里并不觉得很冷。从这种水里出来，会觉得一切都是蓝色的，很透明。有时他会独自走到桥上去跳水。那个时候他还是一本正经，像个小巴儿狗的样子。后来她回想起这些事，一定不会为这种无性的性爱而后悔。真正后悔了的是我。

　　姓颜色的大学生有时候把我拉到灌木丛里，让我把手贴在她赤裸的乳房上，然后就闭上眼睛晒太阳。我把手贴在那个地方一动不动，就自以为尽到了责任，只顾自己去寻找奶油味。这种气味在腋窝和乳下尤重。我把鼻子伸到这些地方——比方说，用鼻子把乳房向上拱开，或者把鼻子伸到腋毛稀疏的地方。刚从水里出来，鼻子是凉的，这就更像只小巴儿狗了。在这种时候，姓颜色的大学生也觉得挺荒唐。但是后来她又想：管他呢，荒唐就荒唐。

　　我还能嗅到姓颜色的大学生小腹下面有一种冷飕飕的清香味，但是不

好意思到那里去闻。这就像一只没睁开眼睛的小狗闻一块美味的甜点心，但是不敢去吃。对于小狗来说，整个世界充满了禁忌，不知什么时候会被大狗咬一口。对我来说，会打仗简直是小菜一碟，不学都能会。但要学会性爱，还需要很多年。

小时候我爬过了一堵高墙，进到了一个炉筒子里面，看到地下有一领草席子，还看到有做爱的痕迹。从现场的情形不难推断出那个女的必然是背抵着炉壁，艰难地跷起腿来——这不折不扣就是米开朗琪罗的著名雕像《夜》。而那个男的只能取一腿屈一腿伸的姿势，那姿势的俗称就是狗撒尿。而且那条伸着的腿还不敢伸得太厉害，否则就会碰上野屎。我觉得这样子十足悲惨——如果你不同意，起码会同意在这样一个环境下，干着又有啥意思。等到我和姓颜色的大学生试着干这件事时，心里就浮现炉筒子里的事。那时候我抱着她的肩膀（她的肩膀很厚实），脸贴着她饱满的胸膛，猛然间感到她身后是炉筒子。一股凄惨就涌上心头，失掉了控制。这在技术上就叫早泄吧。还有一件事必须提到，姓颜色的大学生是处女，也增加了难度。不管怎么说，这件事我失落得很，而且还暴露了我是个湿被套。但是姓颜色的大学生笑了，说道：你都把我弄脏了！然后又说：我自己跟自己来。你想不想看？

一九六八年春天那个晚上，我对姓颜色的大学生十分佩服，但是这种佩服不是始于那时，起码可以上溯到一九六七年的秋天。那时候我们俩到海淀镇去买大饼，在光天化日下掀开了马路中央的阴沟盖，从地底下钻出来。不管在什么时期，一位漂亮大姑娘以这种方式出现在人们面前，总是个很反常的现象。而且钻了这么长时间的阴沟，她还有办法出淤泥而不染，因此就引起了围观。而她旁若无人地走进小饭馆，从胸罩里掏钱买大饼，然后再旁若无人地钻回阴沟里去。有时候既没有钱，又没有粮票，她就一本正经地在街头找人聊天，告诉人家我们几十个人困在大楼里，没钱吃饭。等到要到了钱，就对人家甜甜地一笑，说：谢谢你，你对我们真好。我所认识的叫花子里，就数她最有体面了。

后来姓颜色的大学生让我到树丛外去给她站岗，然后就和自己来。这时候天已经黑得差不多了，在树丛外面只能看到一个模模糊糊的白色影子，但是什么都能听到，还能闻见那种浓郁的酸酸的花香气。我觉得天地为之逆转。姓颜色的大学生在树丛里躺着时，身体洁白如雪，看上去有点轮廓不清。晚上回家以前，她让我帮她把那个有四个扣子的胸罩戴上。那东西是用白布做的，上面用线轧了好多道，照我看来像个袜子底。这种东西她有好几个，都是这样子的。有的太小，戴上后好像头上戴了太小的帽子，摇摇晃晃，有的太大，戴上去皱巴巴。她的内裤像些面口袋。总而言之，这些东西十足糟糕，穿上去不能叫穿上去，该叫套了上去。脱下来不能叫脱了下来，应该说是从她身上滑了下来。假如在臭气熏天的时期，还有什么东西出淤泥而不染的话，她就可以算一件了。

我躺在姓颜色的大学生身上时，觉得她像一堆新鲜的花瓣，冷飕飕的，有一种酸涩的香味。她的乳房很漂亮，身体很强壮，在地上躺久了，会把地上的柴草丝沾起来。时隔这么多年回想起来，我觉得她的身体像一种大块的 cheese [①]，很紧凑很致密，如果用力贴紧的话，有一种附着力。因此不该轻轻地抚摸，而应当把手紧紧地附着在上面。当年我做得很对。她教给了我女人是什么。女人不是世界上唯一的奇迹，但是连这都不知道的话，那就更是白活了。

然后她从树丛里跑出来，说道：走，回家去。还抱抱我的脑袋。这时候我觉得沮丧，好像斗败了的公鸡，而且觉得自己在她面前不过是个小巴儿狗罢了。受这种挫折对我大有好处，因为我生性十分狂妄。后来我记

---

① 意为"奶酪"。

住，不管什么时候，都不要忘记自己是个小巴儿狗和湿被套，狂妄的毛病就大见好。

后来姓颜色的大学生就下乡去锻炼，回城来，结婚，生孩子。干这些事时，就如从阴沟里钻出来，遇乱不惊。她心里始终记着这个小叭儿狗似的男孩子。这是女性的故事，和我没有关系，虽然写出来我能看懂。而我是一个男性，满脑子都是火力战、白刃战、冲锋、筑城这样一批概念。虽然和她亲近时也很兴奋，但是心里还是腻腻的，不能为人，就好像得了肝炎不能吃肥肉。革命时期对性欲的影响，正如肝炎对于食欲的影响一样大。

第六章

【一】

　　假设我是个失去记忆的人，以一九七四年夏天那个夜晚为起点，正在一点点寻回记忆的话，那么当时王二看到的是个肤色浅棕的女人，大约有二十三岁，浑身赤裸，躺在一张棕绷的床上。她像印第安女人一样，梳了两条大辫子，头发从正中分成两半。后来王二常到她家里去，发现她每次洗过头后，一定要用梳子仔仔细细把头发分到两边，并且要使发缝在头顶的正中间，仿佛要留下一个标记，保证从这里用快刀劈开身体的话，左右两边完全是一样重。梳头的时候总是光着身子对着一面穿衣镜，把前面的发缝和两腿中间对齐，后面的发缝和屁股中间对齐。后来王二在昏黄的灯光下凑近她，发现她的头发是深棕色的，眉毛向上呈弧形，眼睛带一点黄色，瞳孔不是圆形，而是竖的椭圆形。她乳头的颜色有点深，但是她不容他细看，就拉起床单把胸口盖上了。这个女人嘴唇丰满，颧骨挺高，手相当大，手背上静脉裸出。她就是 × 海鹰。我认为她很像是铜做的。在此之前几分钟，他们俩一个人在床头，一个人在床尾，各自脱衣服，一言不发，但是她在发出哧哧的笑声。她脱掉外衣时，身上噼噼啪啪打了一阵蓝火花，王二一触到她时，被电打了一下。然后他们俩就干了。他和她接触时毫无兴奋的感觉，还没有电打一下的感觉强烈；但是在性交时劲头很足——或者可以说是久战不疲。但是这一点已经不再有意义。

王二和 × 海鹰干那件事时，心里有一种生涩的感觉，仿佛这不是第一次，已经是第一千次或者是第一万次了。这时候床头上挂着她的内裤，是一条鲜红色的针织三角裤。这间房子里只有一扇小小的北窗，开在很高的地方，窗上还装了铁条。屋里充满了潮湿、尘土和发霉的气味。有几只小小的潮虫在地上爬。地下有几只捆了草绳子的箱子，好像刚从外地运来。还点了一盏昏黄的电灯，大概是十五瓦的样子，红色的灯丝呈 W 形。

王二和 × 海鹰干那件事之前，嗅了一下她的味道。她身上有一点轻微的羊肉汤味。这也许是因为吃了太多的炒疙瘩。因为豆腐厂门口那家小饭铺是清真的，炒菜时常用羊油。但是这种味道并不难闻，因为那是一种新鲜的味道，而且非常轻微。那天晚上灯光昏暗，因为屋里只有一盏十五瓦的电灯。她的下巴略显丰满，右耳下有一颗小痣。× 海鹰总是一种傻呵呵的模样。我说的这些都有一点言辞之外的重要性。她长得人高马大，发缝在正中，梳两条大辫子，穿一套旧军装，在革命时期就能当干部，不管她心里是怎么想的，不管她想不想当。× 海鹰说，她从小就是这样的打扮，从小就当干部。不管她到了什么地方，人家总找她当干部。像王二这样五短身材，满头乱发，穿一身黑皮衣服，就肯定当不了干部。后来王二果然从没当过干部。

假设 × 海鹰是个失去记忆的人，从一九七四年夏天那个夜晚寻回记忆的话，她会记得一个相貌丑恶、浑身是毛的小个子从她身上爬开。那一瞬间像个楔子打进记忆里，把想象和真实连在一起了。后来她常常拿着他的"把把"看来看去，很惊讶世界上还会有这样的东西——瘫软时像个长茄子，硬起来像捣杵。它是这样的难看，从正面看像一只没睁开的眼睛，从侧面看像只刚出生的耗子。从小到大她从来就没想到过要见到这样的东西，所以只能想象它长在了万恶的鬼子身上。从小到大她就没挨过打，也没有挨过饿，更没有被老师说成一只猪。所以她觉得这些事十分地神奇。她觉得自己刚经受了严刑拷打，遭到了强奸，忍受了一切痛苦，却没有出卖任何人。但是对面那个小个子却说，根本就没有拷打，也没有强奸。他也没想让她出卖任何人。这简直是往她头上泼冷水。

这个小个子男人脸像斧子砍出来的一样，眼睛底下的颧骨上满是黑毛，皮肤白皙。这个男人就是王二。他脱光了衣服，露出了满身的黑毛。这使×海鹰心里充满了惊喜之情。她告诉王二说，他的相貌使她很容易把他往坏处想，把自己往好处想。她对王二说，他强奸了她。他不爱听。她又说他蹂躏了她。他就说，假如你坚持的话，这么说也没有什么不可以。后来她又得寸进尺，说他残酷地蹂躏了她。这话他又不爱听。除此之外的其他字眼她都不爱听，比如说我们俩有奸情、未婚同居等等。他的意思无非是说，这件事如果败露了，领导上追究下来，大家都有责任。这种想法其实市侩得很。

这件事又是我的故事，而这件事会发展到这个样子，连我自己都不敢相信。难道我不是深深地憎恶她，连话都不想讲吗？难道她不曾逼问我和姓颜色的大学生之间的每件事，听完了又说"真恶心"吗？假如以前的事都是真的，那么眼前我所看到的一切就只能有一个解释：有人精心安排了这一切，并派出了×海鹰，其目的是要把我逼疯掉。而当我相信了这个解释的同时，我就已经疯了。我有一个正常人的理智，这就是说，我知道怎么想是发了疯。尽管如此，我还是要往这方面去想。这件事只能用我生在革命时期来解释。

在此之前，我记得她曾经想要打我，但是忘了到底是为什么。×海鹰要打我时，我握住了她的手腕，从她腋下钻了过去，把她的手拧到了背后，并且压得她弓起腰来。这时候我看到她脖子后面的皮都红了，而且整个身体都在颤抖。等我把她放开，她又面红耳赤，笑着朝我猛扑过来。这件事实在出乎我的意料，因为我一点都没想到眼前的事是可笑的，更不知它可笑在哪里。所以后来我把她挡开了，说：歇会儿。我们俩就坐下歇了一会儿，但是我还是没想出是怎么回事，并且觉得自己已经成了一根不可雕的朽木头。与此同时，她一直在笑，但是没有笑出声。不过她那个样子说是在哭也成。

后来她就把我带到小屋里去，自己脱衣服。这个举动结束了我胸中的疑惑。我想我总算是知道我们要干什么了，而且我在这方面算是有一点经验的，就过去帮助她，但是她把我一把推开，说道：我自己来。口气还有点凶。这使我站到了一边去，犯开了二百五。脱到了只剩一条红色的小内裤，她就爬到床上，躺成一个大大的×形，闭上了眼睛，说道："你来吧，坏蛋！坏蛋，你来吧！"这样颠三倒四地说着，像是回体文。而我一直是二二乎乎。有一阵子她好像是很疼，就在嗓子里哼了一声。但是马上又一扬头，做出很坚强的样子，四肢抵紧在棕绷上。总而言之，那样子怪得很。这件事发生在五月最初的几天，发生在一个被帮教的青年和团支书之间。我想这一点都算不得新鲜，全中国有这么多女团支书，有那么多被帮教的男青年，出上几档子这种事在所难免。作为一个学过概率论和数理统计的人，我明白得很。但是作为上述事件的当事人之一，我就一点都不明白为什么有这样的事发生。

【二】

一九七四年夏天那天晚上发生的事还有：×海鹰穿了一件皱巴巴的针织背心，脱下来以后，赶紧塞到枕头底下了。王二还觉得她的皮肤有点绿，因为她老穿那件旧军衣。至于她要动手打他的事，她是这么解释的：

你老跟我装傻！但是王二一点都记不得自己曾经装傻。像这样的事要一点一点才能想得起来。也许他不是装傻，而是原本就傻。在她家的床上，王二总喜欢盘腿半跪半坐，把双脚坐在屁股下，把膝盖叉开，把手放在膝盖上，这时候整个人就像一朵扎出的纸花，或者崩开了的松球——从一个底子（王二的屁股）里，放射出各种东西：他的上身、他的折叠过的腿、他的阴毛和阴茎（它们是黑黑的一窝），每一件东西都坚挺不衰。到了那个时候，麻木也好，装傻也好，全都结束了。彩中完了时就是这样的。小时候我从外面回家，见到我爸爸怒目圆睁，朝我猛扑过来，心脏免不了要停止跳动。等到挨了揍就好了，虽然免不了要麻木地哭上几声，但主要是为了讨他欢心。揍我我不哭，恐怕他太难堪。

王二胸口长了很多黑毛，紧紧地蜷在一起，好像一些小球，因此他的胸口好像生了黑锈一样。拔下一根放在手掌里，依然是一个小球，如果抓住两端扯开的话，就会变成一根弯弯曲曲的线，放开后又会缩回去。因此每根毛里都好像是有生命。夜晚王二躺在床上时，×海鹰指指他的胸口，问道：可以吗？他在胸口拍一下，她就把头枕上去，把大辫子搭在王二的肚子上。如果她用辫梢扫那个地方，他就会勃起，勃起了就能性交。这件东西根本不似王二所有。她家里那间小屋子很闷。性交时她有快感，那时候她用手把脸遮一下，发出擤鼻子一样的声音，一会儿就过去了。

但是这件事又可能是这样子的：我伏到×海鹰身上时，她双目紧闭，牙关紧咬，脸上显出极为坚贞不屈的样子；四肢叉开，但是身体一次次地反张；喉咙里强忍着尖叫。那个样子几乎把我吓住了。所以我也把自己做成个×形，用手压住她的手腕，用脚抵住她的脚面，这样子仿佛是在弹压她。×海鹰的身体是冷冰冰的，表面光滑，好像是抛光的金属。干完了以后我也不知为什么会是这样。

　　我和 × 海鹰干完了那件事，跪在床上把胸口对在一起，那样子有几分像是斗鸡。× 海鹰跪在床上，还是比我要高半头。这时候她的乳房在我们俩中间堆积起来，分不清是谁长的了。那东西有点像北京过去城门上的门钉。这些事情都属正常。但是我们俩之间怎么会出了这样的事，我还是莫名其妙。

　　我和 × 海鹰躺在她家那张棕绷的大床上时，我常常伸出右手，用食指和中指把她的乳头夹住。我的手背上有好多黑毛，甚至指节上也有，因此从背面看去，那只手像个爪子。× 海鹰向下看到这种情形，就绷直了身体一声不吭，脸上逐渐泛起红晕。我很想把身上的黑毛都刮掉，但这件事应该是从手上做起的——假如手上的毛没有去掉，把身上的毛去掉就没有意义。用右手刮掉左手的毛是很容易的，反过来就很困难。这是因为我的左手很笨。而两只手一只有毛，另一只没有的话，还不如让它都留着哪。其实还有别的方法可以把手上的毛去掉。比方说，我可以用一份松香，加一分石蜡降低熔点，把它熔化以后，把手背上的毛粘在上面，待冷凝后，再把它揭下来——屠宰厂就用这种办法给猪头拔毛。但是我觉得没必要这样子和自己过不去。这些事说明我的本性是相当温良的。尽管如此，在钳住她的乳头时，我还是感到一种逼供的气氛。我真想把气氛变成事实，也就是说，逼问一下到底是谁派她来耍我的。但是我忍住了，没有干出来。因为一干出来我就是疯子了。

　　× 海鹰说我像个强盗，原因除了我长得丑，身上有毛之外，还因为我经常会怪叫起来。不管白班夜班，厂里厂外，还是走到大街上，我都会忽然间仰天长啸，因此我身上有一种啸聚山林的情调。其实这是个误会，我不是在长啸，而是在唱歌，没准儿在唱《阿依达》，没准儿在唱《卡门》，甚至唱领导上明令禁止唱的歌。但是别人当然听不出这其中的区别。× 海鹰因此而倾心于我，这倒和革命时期没有关系。古往今来的名媛贵妇都倾心于强盗。我们俩之间有极深的误会：她喜欢我像个强盗，我不喜欢像个强盗。因为强盗会被人正法掉。我这个人很惜命。

其实 × 海鹰没说我像个强盗，而是说我像个阶级敌人。但我以为这两个词的意思差不多。我初听她这样说时吓出了一头冷汗。在此之前，我以为我遇上老鲁、× 海鹰和我捣乱纯属偶然，丝毫也没想到自己已经走到了革命的反面。后来 × 海鹰又安慰我说，不要紧，你只是像阶级敌人，并不是阶级敌人。听了这样的话，心里总有点不受用。

假如我理解得不错的话，成为阶级敌人，就是中了革命时期的头彩了。这方面的例子我知道一些，比方说，我们的一个同学在一九六六年弄坏了一张毛主席像，当时就吓得满地乱滚，嗷嗷怪叫。后来他没有被枪毙掉，但也差得不很远。每一个从革命时期过来的人都会承认，中头彩是当时最刺激的事情，无与伦比地刺激。

我十三四岁的时候，常常独自到颐和园去玩。我总是到空寂的后山上去，当时那里是一片废墟。钻进树林子就看到一对男女在那里对坐，像一对呆头鹅。过一两个小时再去看，还是那一对呆头鹅。我敢担保，在这段时间里，他们没说过一句话，也没有动过一动。我对此很不满意，就爬到山上面去，找些大石头朝他们的方向滚过去，然后就在原地潜伏下来，等他们上山来找我算账。等了好久，他们也不来。所以我又下山去，到原来的地方去看，发现他们不在那里了。他们在不远的地方，还是在呆坐着。这种情形用北京话来说，叫作"渗着"。也许当年我就想到了，总有一个时候，这两个渗着的人会开始呆头呆脑地性交，这件事让我受不了。事隔这么多年，我还是有点纳闷儿：人家呆头呆脑地性交，我有什么可受不了的。也许，是那种景象可爱得叫人受不了吧。而我自己开始和 × 海鹰性交时，也是呆头呆脑。

在革命时期所有的人都在"渗着"，就像一滴水落到土上，马上就失去了形状，变成了千千万万的土粒和颗粒的间隙或者早晚附着在煤烟上的雾。假如一滴水可以思想的话，散在土里或者飞在大气里的水分肯定不能。经过了一阵呆若木鸡的阶段后，他们就飘散了。"渗着"就是等待中负彩。我一生一世都在绞尽脑汁地想：怎么才能摆脱这种"渗着"的状态？等到我感觉和×海鹰之间有一点"渗着"的意思，就和她吹了（而且当时强化社会治安的运动也结束了）。使我意外的是她一点都没有要缠着我的意思，说吹就吹了。这件事也纯属可疑。

【三】

我在豆腐厂工作时，厂门口有个厕所。我对它不可磨灭的印象就是臭。四季有四季的臭法，春天是一种新生的、朝气蓬勃、辛辣的臭味，势不可当。夏天又骚又臭，非常地杀眼睛，鼻子的感觉退到第二位。秋天臭味萧杀，有如坚冰，顺风臭出十里。冬天臭味黏稠，有如糨糊。这些臭味是一种透明的流体，弥漫在整个工厂里。冬天我给自己招了事来时，正是臭味凝重之时；我躲避老鲁的追击时，隐隐感到了它的阻力。而等我到×海鹰处受帮教时，已经是臭味新生、朝气蓬勃的时期了。这时候坐在×海鹰的屋里往外看，可以看到臭味往天上飘，就如一勺糖倒在一杯水里。臭味在空气里，就如水里的糖浆。在刮风的日子里，这些糖浆就翻翻滚滚。因为不是每个人都能看到紫外线，我也不能保证每个人都能看到这种现象。刮上一段时间的风，风和日丽，阳光从天顶照下来，在灰色的瓦顶上罩上一层金光，这时候臭味藏在角落里。假如久不刮风，它就堆得很高，与屋脊齐。这时候透过臭气看天，天都是黄澄澄的。生活在臭气中，我渐渐把姓颜色的大学生忘掉了。不仅忘掉了姓颜色的大学生，也忘掉了我曾经受挫折。渐渐地我和大家一样，相信了臭气就是我们的命运。

我在塔上上班时，臭味在我脚下，只能隐隐嗅到它的存在。一旦下了塔置身其中，马上被熏得晕头涨脑，很快就什么也闻不到了。但是闻不到还能看到，可以看到臭味的流线在走动的人前面伸展开，在他身后形成旋涡。人在臭味里行走，看上去就像五线谱的音符。人被臭味裹住时，五官模糊，远远看去就像个湿被套。而一旦成了湿被套，就会傻乎乎的了。

有关嗅觉，还有一点要补充的地方。当你走进一团臭气时，总共只有一次机会闻到它，然后就再也闻不到了。当走出臭气时，会感到空气新鲜无比，精神为之一振。所以假如人能够闻不见初始的臭气，只感到后来的空气新鲜，一团臭气就能变成产生快乐的永动机。你只要不停地在一个大粪场里跑进跑出就能快乐。假如你自己就是满身的臭气，那就更好，无论到哪里都觉得空气新鲜。空气里没了臭气就显得稀薄，有了臭气才黏稠。

一九七四年夏天到来的时候，×海鹰带我上她家去。她家住在北京西面一座大院里，她想叫我骑车去，但是我早就不骑自行车了，上下班都是跑步来往。第二年我去参加了北京市的春节环城跑，得了第五名。所以我跟在她的自行车后面跑了十来公里，到了西郊她家里时，身上连汗都没出。那座大院门方方正正，像某种家具，门口还有当兵的把门，进去以后还有老远的路。她家住在院子尽头，是一排平房。门前有一片地，去年种了向日葵，今年什么都没有种。地里立着枯黄的葵花秆，但是脑袋都没有了，脚下长满了绿色的草。她家里也没有人，木板床上放着捆着草绳的木箱子，尘土味呛人，看来她也好久没有回去了。她开门进去后就扫地，我在一边站着，心里想，如果她叫我扫地，我就扫地。但是她没有叫我。后来她又把家具上盖着的废报纸揭开，把废纸收拾掉。我心里想道，假如她叫我来帮忙,我就帮把手。但是她没有叫我,所以我也没有帮忙。等到屋里都收拾干净了,我又想,她叫我坐下,我就坐下。但是她没有叫我坐下,自己坐在椅子里喘气。我就站在那里往屋外看,看到葵花地外面有棵杨树,树上有个喜鹊窝。猛然间她跳起来,给我一嘴巴。因为我太过失神,几乎被她打着了。后来她又打我一嘴巴,这回有了防备,被我抓住了手腕,拧到她背后。如果按照我小时候和人打架的招法,就该在她背后用下巴顶她的肩胛,她会感到疼痛异常,向前摔倒。但是我没有那么干,只是把她放开了。这时候她面色涨红,气喘吁吁。过了一会儿,她又来抓我的脸。这件事让我头疼死了。最后我终于把她的两只手都拧到了背后,心里正想着拿根绳把她捆上,然后强奸她——当时我以为自己中了头彩,真是无与伦比地刺激。

　　×海鹰带我到她家里去那一天,天幕是深黄色的,正午时分就比黄昏时还要昏暗。我跟在她的车轮后面跑过撒满了黄土的马路——那时候马路上总是撒满了地铁工地运土车上落下的土,那种从地下挖出来的黄土纯净绵软,带有糯性。天上也在落这样的土。我以为就要起一场飞沙走石的大风,但是跑着跑着天空就晴朗了,也没有起这样的风。我穿着油污的工作服,一面跑一面唱着西洋歌剧——东一句西一句,想起哪句唱哪句。现在我想起当年的样子来,觉得自己实在是惊世骇俗。路上的行人看到我匆匆跑过,就仔细看我一眼。但是我没有把这些投来的目光放在心上。我不知道×海鹰要带我到哪里去,也不知道要带我去干什么。这一切都没有放在我心上。我连想都不想。那个时期的一切要有最高级的智慧才能理解,而我只有最低级的智慧。我不知道我很可爱。我不知道我是狠心的鬼子。我只知道有一个谜底就要揭开。而这个谜底揭开了之后,一切又都索然无味。

【四】

一九六七年我在树上见过一个人被长矛刺穿，当时他在地上慢慢地旋转，嘴巴无声地开合，好像要说点什么。至于他到底想说些什么，我怎么想也想不出来。等到我以为自己中了头彩才知道了。这句话就是"无路可逃"。当时我想，一个人在何时何地中头彩，是命里注定的事。在你没有中它的时候，总会觉得可以把它躲掉。等到它掉到你的头上，才知道它是躲不掉的。我在×海鹰家里，双手擒住×海鹰的手腕，一股杀气已经布满了全身，就是殴打毡巴、电死蜻蜓、蹲在投石机背后瞄准别人胸口时感到的那种杀气。它已经完全控制了我，使我勃起，头发也立了起来。在我除了去领这道头彩而无路可走时，心里无可奈何地想道："这就是命运吧。"这时她忽然说道："别在这里，咱们到里屋去。"这就是说，我还没有中头彩。我中的是另一种彩。这件事实在出乎我的意料。

后来我在×海鹰的小屋里，看见了杨树枝头红色的嫩叶在大风里摇摆，天空是黄色的，正如北京春天每次刮大风时一样。这一切都很像是真的，但我又觉得它没有必要一定是真的。宽银幕电影也能做到这个样子。

后来我还到过北大医院精神科，想让大夫看看我有没有病。那个大夫鼻孔里长着好多的毛，拿一根半截火柴剔了半天指甲后对我说："假如你想开病假条，到别的医院去试试。我们这里的假条是用不得的。"我想这意思是说我没有病，但是我没有继续问。在这件事上我宁愿存有疑问，这样比较好一点。直到现在有好多事情我还是不明白，我想，这不是说明我特别聪明，就是说明我特别笨，两者必居其一。

革命时期过去以后，我上了大学，那时候孤身一人，每天早上起来在校园里跑步。每天早上都能碰上一个女孩子。她一声不响地跟在我后面，我头也不回地在前面跑。我以为用不了多少时间就能把她甩掉，但是她始终跟在我后面。后来她对我说：王二，你真棒！吃糖不吃？她就是我老婆。过了不久，她就说，咱们俩结婚吧！于是就结了婚。新婚那天晚上她一直在嚼口香糖，一声也没吭，更没有说什么"坏蛋你来吧"。后来她对我放肆无比，但也没说过这样的话。这件事更证明了我所遇到的一切纯属随机，因为我还是我，我老婆当时是团委秘书，×海鹰是团支书，两人差不多，倘若是非随机现象，就该有再现性。怎么一个管我叫坏蛋，一个一声不吭？

后来我和我老婆到美国去留学，住在一个阁楼上。我们不理别人，别人也不理我们，就这样过了好长时间。她每天早上到人行道上练跳绳，还叫我和她一块儿跳。照我看来，她跳起绳来实在可怕，一分钟能跳二百五十下。那时候我还是精瘦精瘦的，身手也很矫健，但是怎么也跳不了这么多——心脏受不了。所以我很怀疑她根本就没长心脏，长了一个涡轮泵。半夜里我等她睡着了爬起来听了听，好像是有心脏。但这一点还不能定论。这只能证明她长了心脏，却不能证明她没长涡轮泵。我的第一个情人身上有股甜甜香香的奶油味道。那一回我趁她睡着了，仔细又闻了闻，什么都没闻到。

我老婆长得娇小玲珑，白白净净，但是阴毛腋毛都很茂盛，乌黑油亮，而且长得笔直笔直，据我所知，别人都不是这样。她还喜欢拿了口香糖到处送给别人吃。在美国我们俩开了汽车出去玩时，到了黄石公园里宿营。她又拿了糖给旁边的小伙子吃。人家连说了七八个"No，thank you ①"，她还死乞白赖地要给。后来天快黑的时候，那两个小伙子搭了一个小得不得了的帐篷，都钻了进去，看样子是钻进了一个被窝儿里，她

---

① 意为"不了，谢谢"。

才大叫一声：噢！我知道了！具体她知道了什么，我也没去打听。因为我讲了什么她都不感兴趣，所以她讲什么我也没兴趣。

我老婆有种种毛病，其中最讨厌的一种就是用拳头敲我脑袋。假如是在高速公路上开车时我犯困，敲一下也属应该。但是她经常毫无必要地伸手就打过来。等你要她解释这种行为时，她就嬉皮笑脸地说：我看你发呆就手痒痒。她还有个毛病，就是随时随地都想坏一坏。走到黄石公园的大森林里，张开双臂，大叫：风景多么好呀！咱们俩坏一坏吧！走到大草原的公路上，又大叫道：好大一片麦子！咱们俩坏一坏吧！经常在高速公路边上的停车场上招得警察来敲窗户，搞得尴尬无比。事后她还觉得挺有趣。我们俩到了假期就开着汽车到处跑，到处坏。坏起来的时候，她跷起腿来夹住我的腰，嘴里嚼着口香糖，很专注地看着我，一到了性高潮就狂吹泡泡。这种景象其实蛮不坏。但是对眼前的事还是不满意。每个人活着，都该有自己的故事。我和我老婆这个故事，好像讲岔了头绪。

我说过，我老婆学的是PE。她也得学点统计学，所以来找我辅导。我就把我老师当年说过的话拿出来吓唬她。你想想吧，像我们学数学的学生十个人里才能有一个学会，像她那种学文科出身的还用学吗。她听了无动于衷，接着嚼口香糖，只说了一声：接着讲。然后我告诉她，有个现象叫random①，就是它也可能是这样，也可能是那样，全没一定。她说这就对着啦。后来我发现她真是个这方面的天才。用我老师的那种排列法，我能排到前十分之一，她就能排到前百分之一。我说咱们能够存在是一种随机现象，她就说这很对。她还说下一秒钟她脑子里会出现什么念头，也是随机现象。所以她对自己以后会怎么想、会遇到什么事情等一点都不操心。谁知这么一位天才考试时居然得了C。我觉得是我辅导得不好，心里

---

① 意为"随机"。

别扭。谁知她却说：太好了，没有 down 掉。为此还要庆祝一下——坏一坏。我因为没辅导好很内疚，几乎坏不起来。

我现在是这样理解 random——我们不知为什么就来到人世的这个地方，也不知道为什么会遇到眼前的事情，这一切纯属偶然。在我出世之前，完全可以不出世。在我遇上 × 海鹰之前，也可以不遇上 × 海鹰。与我有关的一切事，都是像掷骰子一样一把把掷出来的。这对于我来说，是十分深奥的道理，用了半生的精力才悟了出来，但是要是对我老婆说，她就简简单单地答道：这就对着啦！照她的看法，她和我结了婚，这件事纯属偶然，其实她可以和全世界的任何一个男人结婚。她就是这样一个天才。像这样的天才没有学数学，却在给人带操，实在是太可惜了。

我和我老婆的感情很好，性生活也和谐，但这不等于我对她就一点怀疑都没有了。首先，她嫁我的理由不够充分。其次，她的体质很可疑。最后，有时她的表现像天才，有时又像个白痴；谁知她是不是有意和我装傻。在这一切的背后，是我觉得一切都可疑。但是我能克制自己，不往这个方面想得太多。

第七章

【一】

　　我现在回国来了，在一家研究所里工作。我又遇上了那位姓颜色的大学生——我的第一个情人。在革命时期我们接过吻，现在她已经成了半老太太了，就在我们那条街上工作。她对我说："原来你长大了也就是这样呀……"言语间有点失望，仿佛我应该是丘吉尔似的。后来她又问我有没有挣大钱的路子。我对她也有点失望，因为她憔悴而虚胖，和老鲁当年要逮我时简直是一模一样。而且她闻起来也一点都不像太妃糖，头发上有油烟味，衣服上有葱姜的味道。当然我也没有指望她像二十三岁时一样地漂亮，但是我指望她依然身材苗条，风姿绰约，这并不过分。但是我没有说出来，只告诉她找到挣钱的路子一定找她搭伙，就分手了。

　　我和姓颜色的大学生谈过我的欧洲见闻。夏天整个欧洲充满了一支大军，疲惫、风尘仆仆、背着背包和睡袋，阳光晒得满脸雀斑，头发都褪了色，挤满了车站和渡口，他们就是各国度假的学生。早上到埃菲尔铁塔去玩，下面睡了一大排，都裹在各种颜色的睡袋里，看上去好像发生了一场枪战，倒了一街死人。小伙子们都很健壮，大姑娘们都很漂亮，有些人口袋里还放着格瓦拉或者托洛茨基的书。真是一种了不起的资源。似乎应该有人领导他们制造投石机、铠甲，手执长矛爬上房顶，否则就是一种浪费。但这个人不是我，我已经老了，不在他们其中。混在他们中间排队买学生票进博物馆时，想到自己已经三十六岁了，有一种见不得人的感觉，虽然欧美人不大会看东方人的年龄（我们的年龄长在脸上，不在肚子上）。倒是我老婆满不在乎，到处问人吃糖不吃。然后人家就问起我是什么人。然后就是一声惊叫："Hus——band [①]？"大家一起把谴责的目光投到我脸上来，因为都觉得她只有十六七岁的样子。然后我就宣布和她立即离婚。姓颜色的大学生听了以后，皱皱眉头说，你都是这样，我更是老太太了。

把时光回溯到一九六八年春天，我和姓颜色的大学生在河边上时，当时眼前是一片无色的萧杀世界。树干都是灰秃秃的，河里流着无色的流体，天上灰蒙蒙的有很多云块，太阳在其中穿行，时明时暗，但也没有一点红、一点黄。地上的土是一些灰色的大大小小的颗粒。姓颜色的大学生搂着我躺在小树丛里。她身上湿漉漉的，我心里慌慌的。有时候阳光把我烤得很暖，有时候风又把我吹得甚凉。当时的情形就是这样。

我和姓颜色的大学生在河边上时，没想到还有将来，只想到此时此刻。当时我很想和她干，又害怕干起来自己会像个蜡人一样熔化。当时我丝毫也没想到后来还会有很多事情，更没想到再过六年会遇上一个×海鹰；假如想得到，就不会把自己的熔点估计得那么低。经过了这种时刻，后来和×海鹰干时，就像一个打了二十年仗的老兵上前线，镇定如常。我估计那时候×海鹰的心里倒是慌慌的，因为她后来告诉我说："我好像在你手上死了一回。"这种感觉叫我很满意。我不满意的是自己没有在姓颜色的大学生那里死掉。这种死掉的感觉，就是幸福吧。

我和姓颜色的大学生在河岸上的时候，×海鹰正在干些奇怪的事。她穿上了旧军装，背上背包，和一帮同年的女孩子在乡间的土路上长征，

---

① 意为"丈夫"。

就在离她们不远的地方，汽车和火车滚滚开过。后来她们跑到河北白洋淀一个村子里，要和当地的农民同吃同住同劳动，但是农民都躲着她们，不和她们住在一起，把工具都藏起来，把她们种过的地刨了重种，把她们拔过的麦子重拔一遍。最后终于把她们撵跑了。这件事没让她们学到半点世故，在回来的路上照样嘻嘻哈哈地笑。我和×海鹰好时，她给我讲过这件事。当时她坐在那张棕绷的大床上，穿着鲜红色的三角裤，一边讲一边笑。那时候我坐在她身边，闻见她身上传来青苹果的气息。在革命时期她是个童贞女，而且发誓要做一辈子的童贞女。所以她要时时刻刻保持天真状态。

我和姓颜色的大学生出去玩时，有时她会忽然感到恶心，就躲开我，到没人的地方去吐，回来的时候身上太妃糖的气味更重了。我说，你可能有病，应该去看看。她说没病。后来我自以为聪明地说：你可能怀孕了。她打了我一下说：混账，我和谁怀孕？然后又诧异道：你怎么会知道这种事？从非常小的时候我就知道好多这类的事，但都是半懂不懂的。

后来她告诉我说，她呕吐，是因为想起了一些感到恶心的事，在这种情况下，她宁愿马上吐出来，也不愿把恶心存在胸间。原来她是想吐就能吐出来的。除此之外，姓颜色的大学生眉毛很黑，皮肤很白。她身上只有这两种颜色，这样她就显得更纯粹。不像×海鹰是棕色的，身上还有一点若隐若现的绿色。这大概是绿军装染的吧。

我从来不会感到恶心，只会感到沮丧。对同一件事情我们有全然不同的反应，这就是男人和女人的区别吧。姓颜色的大学生听了这样的解释，诧异道："男人！你是个男人？"我说，真新鲜，我不是男人，难道是女人？后来我想出了这话里隐含的意思，就生了气，不理她。她又解释道：我不是说你，而是说我们大家。你也不是男人，我也不是女人。谁也不知道咱们算些什么。

我和×海鹰从来没有出去玩过，总是待在她家的小黑屋里。那间房子没有阳面的窗子，只有一扇向北的小窗户，开得很高，窗框上还镶了铁条。她说这屋子有一种她喜欢的地下工作的气味。我能在那里闻出一种霉味来，虽然不算太难闻。除此之外，我还看见过一只潮虫，像滚动一样爬过。那盏小灯昏黄的灯光和阴森森的墙壁混为一体。我已经知道了她说的气味是什么，但是我不喜欢。

我和姓颜色的大学生好时从来没到过任何房子里，从来就是在野外，在光天化日之下，也许就是因为这个，我觉得和她的每件事都更值得珍惜。我和姓颜色的大学生接吻时，她总是用一根手指抵住我的下巴，稍一接触就把我推开；我和×海鹰好时，没有主动吻过她。但我和×海鹰性交时，勃起如坚铁，经久不衰；而和姓颜色的大学生的情形，我觉得还是不说更好一点。

我到豆腐厂工作之前，姓颜色的大学生说过让我和她一起走。因为她爱我，所以可以由她来养活我，将来我再养活她。这实际是让我和她私奔，但是在一般的私奔事件里更世故的一方该是男的；在我们这里搞颠倒了。我以为这种想法太过惊世骇俗，所以没有答应。我猜她也不是太认真的，所以后来不打招呼就走掉了。

姓颜色的大学生曾经用她那对粉雕玉琢似的丰腴乳房对着我那张多毛的小丑脸，这个景象给我们俩都留下了深刻的印象——我猜就是因为在这一刻产生的怜惜之情，她才起了养活我的念头。其实我根本不用她养活，但这一点无关紧要；实际上我也没有被她养活过，这一点也无关紧要。重要的是这样的话已经说了出来。我和她的爱情是什么样子的，就由这一句话固定了。

我和×海鹰经历过一模一样的事情。一九六八年秋天，姓颜色的大学生已经走了，我回到学校里去受军训，每天在队列里正步走。我们俩都一本正经地走着，所不同的是我阴沉着脸一声不吭，她却嘻嘻哈哈笑个不停。我还被叫出队来，给大家示范正步走，这件事叫我烦得要命，但我不想顶撞教官（当时不叫教官，叫作排长）。顺便说一句，我的正步走得好，完全是因为我在体操队里练过，和军训没有一丝一毫的关系。当然，教官乐意说这是因为他们训练得好，也没有关系。各种步法队形都操练好了以后，就开始思想教育、斗私批修、忆苦思甜等等。无论大会小会我都是一言不发。假如教官点到我，我就说：下回再发言吧。而×海鹰总是要一本正经地写个发言稿来念的。后来×海鹰问我为什么从来不在会上发言，我想了想答道：不想发。事实上，不管在任何场合，只要在座有三个以上的人，我就尽量不说话。要是只有两个人，我就什么都敢说。这是我一生不可更改的习惯。

　　把时光推回到我守在自己那座楼里时，我不知道这座楼很快就要不属于我，还在妄想把它守到千秋万代。姓颜色的大学生看我时带上了怜惜的表情，她告诉我说，这座楼我们最后还是要交出去的，但是我不相信。而且我还认为女人就是头发长见识短。当时我只有十五岁多一点，还不大知道什么是女人，但是有了很多偏见。

　　深秋时节我在楼顶上走动时，看到晨雾日深。过去每年这个时节校园里都有好多烟，这是因为工人会把杨树叶扫到一处，放火烧掉。杨树叶子着火时，味道别提有多么苦了。那一年没有扫树叶，它们就被风吹到角落里堆积起来，沾上了露水之后开始腐烂，发出一种清新的味道，非常好闻。假如这个校园里总在打仗的话，楼与楼之间很快就会长满一人深的荒草，校园里的人也会越来越少（当时校园里的人已经很少，都吓跑了），野猫却会越来越多。最后总会有一天狼也会跑到这里来追逐野兔子。在我看来，这比挤满了人、贴满了大字报要好。姓颜色的大学生知道了这些就说：王二，你真疯！

　　因为最后还是失掉了我据守的楼房，一九六八年我回到学校军训时，感觉自己经受了挫折，像个俘虏兵。所以当教官喊"排头兵，出列！"时，我就乖乖走出来。姓颜色的大学生感到自己受了挫折时，就不停地呕吐，好像怀了孕。而×海鹰从来就没受过什么挫折。

再把时光推回到一九六八年春天，我和姓颜色的大学生待在河岸上时。那时候有些从云隙里透下来的光斑在田野上移动，我对她说：我们打了败仗。要是在古代，大伙就要一起去做奴隶。像你这样漂亮的姑娘会被铁链锁住，拴在大象上，走在队伍的前面。她说是吗，漂亮的脸上毫无表情。后来又说，别说这些。这时候荒芜的河岸上一片灰蒙蒙，小树的枝头正努力发出绿芽来。T.S.艾略特说：四月是残酷的季节。他说得对。

【二】

我和我老婆到意大利去玩时，坐在火车上穿过亚平宁半岛，看到那些崎岖不平的山地上种着橄榄树，那些树都老得不得了，树皮像烧焦的废塑料。我乐意相信这些树从古罗马活到了现在，虽然那些树边上就是年轻的柑橘树，还有现代化的喷灌设备在给柑橘树上水。后来我们又到庞贝古城去参观，看到城里的墙上古人留下的字迹"选勇士张三当保民官！""李四是胆小鬼，别选他！"等等，就觉得收到了公元前的信息。那个时候每个人都是战士，每座房子都是工事，不管什么官，都是军事首领。这片废墟永远是吵吵闹闹的，只可惜在那些废墟里什么味道也闻不到。据我所知，世界上各种东西里，就数气味最暂时了，既不可能留下废墟，也不会留下化石。假如庞贝古城里出现了公元前的气味，那些雕像和在火山灰里浇铸出的古人的模型就会一齐借尸还魂，跳起来争吵，甚至大打出手。我想象他们的气味应当是一种火辣辣的萧杀之气，就像火烧场的气味，或者生石灰的味道。一个不安定的时代就该充满这种味道，而不该像我后来供职的豆腐厂一样，像个大粪场。

走在废墟上，总是能感到一种浪漫气氛。小时候我也浪漫过。在那座楼里据守时，我在楼顶上建了一个工作间，那里有钳工的工作台、砂轮机、台钻等等搬得进来的东西（当然都是从校工厂里偷出来的），我觉得凭这些工具，还能造出更精良的器械，外面的人永远攻不进来。我们可以永远在校园里械斗，都打着毛主席的红卫兵的旗号，就像中古的骑士们一样，虽然效忠于同一个国王，却可以互相厮杀。这样光荣属于国王，有趣属于我们。除此之外，我还希望全世界的武斗队伍都来攻打我们，试试我们的防守能力。这样的想法太天真，这说明我看了太多不该看的书。姓颜色的大学生比我大得多，知道我很天真（她说，我们的生活不是这么安排的），就怀着一种悲天悯人的心情爱上了我。等到校园里动了枪，工宣队解放军冲了进来，把武斗队伍通通解散，我就永远失去了这份天真。

我天真的时候想过，我们应该享受一个光荣的失败。就像在波斯尘土飞扬的街道和罗马街头被阳光灼热的石板上发生过的那样，姓颜色的大学生应该穿上白色的轻纱，被镀金的锁链反锁双手，走在凯旋的队伍前面，而我则手捧着金盘跟在后面，盘里盛着胜利者的战利品。在这片刻的光荣之后，她就被拉到神庙里，惨遭杀戮，作为献神的祭品，而我被钉在十字架上，到死方休。如果是这样，对刚刚发生的战争就有了交代。而一场战争既然打了起来，就该有个交代。但是事实不是这样的。事实上交战的双方，都被送到乡下教小学，或者送去做豆腐。没有人向我们交代刚才为什么要打仗，现在为什么要做豆腐。更没人来评判一下刚才谁打赢了。我做的投石机后来就消失在废料堆里，不再有人提起。我们根本就不是战士，而是小孩子手里的泥人——一忽儿被摆到桌面上排列成阵，形成一个战争场面；一忽儿又被小手一挥，缺胳膊少腿地跌回玩具箱里。但是我们成为别人手里的泥人不是自己的责任。我还没有出世，就已经成了泥人。这种事实使我深受伤害。

假如事实未使我受到伤害，我会心甘情愿地死在酷热的阳光下，忍受被钉的剧痛，姓颜色的大学生被反缚着双手，也会心甘情愿地把血管喂给祭司手里的尖刀，然后四肢涣散，头颈松弛地被人拖开，和别的宰好的女人放在一起。比之争取胜利，忍受失败更加永恒。而真正的失败又是多么地让人魂梦系之呀。

时隔十几年，我才想明白我和姓颜色的大学生在河边上时说了些什么。我说：给我一场战斗，再给我一次失败，然后我就咽下失败的苦果。而她早已明白没有战斗，没有失败。假如负彩开到了你头上，苦果就是不吃也得吃。但她只是呕吐，什么也不和我说。

现在我想到姓颜色的大学生再见到我时的情形。她说："原来你长大了也就是这样呀——"这应该是一声惨呼吧。我还该是什么样呢。在空旷无人的河边上，我那张小丑脸直对着她的漂亮乳房，那个景象不同凡响。我对她寄予了很大希望，她又对我寄予了很大希望。到后来我看到她形容憔悴，闻到她身上的葱姜气感到失望，她看到我意气消沉、神色木然又何尝不失望。这说明她后来也像我爱她那样爱我吧。没有人因为她长得漂亮就杀她祭神，也没人因为我机巧狠毒就把我钉死。这不是因为我们不配，而是因为没人拿我们当真——而自己拿自己当真又不可能。

【三】

×海鹰给我讲过十六岁时听忆苦报告的情形。当时我们俩都在学校里，那两个学校隔得不远，大概上学时还见过面，但是那时我不认识她，她也不认识我。那种报告会开头时总要唱一支歌:"天上布满星,月牙亮晶晶。"听见歌所有的人就赶紧哭,而我低下头去,用手捏鼻梁——一捏眼泪就会流出来,这样我和别人一样也是眼泪汪汪,教官不能说我阶级感情不深。然后我就看着报告人———一个解放军,摘下帽子,坐到桌子后面,讲了一会儿,他涕泪涟涟。但是他讲的是什么,我一点都没听见。后来×海鹰告诉我说,那是鼓楼中学的一位教导员,他的忆苦报告赫赫有名,就像在古希腊荷马讲的《伊利亚特》《奥德赛》一样有名。后来又发现他说的全是假话,成为革命时期的一大丑闻,假如革命时期还有丑闻的话;——我们两个学校是近邻,听大报告总是在一起的,所以我在礼堂里捏鼻子的时候,她也在那个礼堂里。但是她听见的那些事,我一点都不知道。这都是因为我觉得自己是个俘虏兵,不该我打听的事我都不打听。

现在该谈谈那些忆苦报告了。说实在的,那种报告我从来听不见,我有选择性的耳聋症,听不见犯重复的话。所有的忆苦报告里都说,过去是多么的苦,穷人吃糠咽菜,现在是多么的甜,我们居然能吃到饭,所以听一个就够了。后来×海鹰告诉我,那些忆苦报告内容还有区别,我听了微感意外。比方说,那位军训教导员讲的故事是这样的:在万恶的旧社会,他和姐姐相依为命,有一年除夕(这种故事总是发生在除夕),天降大雪(这种故事发生时总是天降大雪),家里断了炊。他姐姐要出去讨饭(这种故事里总是要讨饭),他说,咱们穷人有志气,饿死也别上老财家讨饭,等等。我听到这里就对×海鹰说,底下我知道了——该姐姐被狗咬了。但是我没说对。那位姐姐在大街上见到了一个冻硬了的烤白薯搁在地上,连忙冲过去拣起来,拿回来给他吃。但遗憾的是那东西不是个烤白薯,而是很像烤白薯的一个冻住的屎橛子。听完了这个报告,回来后我们讨论过,但是我开会从来不发言,也不听别人的发言。所以到底讨论了什么,我一点都不知道。据说那一回的讨论题是对那个屎橛子发表意见。后来我想了半天才说道：这个故事是想要说明在万恶的旧社会穷人不仅吃糠咽菜，而且吃屎喝尿。×海鹰说，这种想法说明我的觉悟很低，我不愿意到大会上去发言，亦不失是藏拙之道。她发言的要点是：那个屎橛子是被一个地主老财屙在那里的，而且是蓄意屙成个白薯的样子，以此来迫害贫下中农。换言之，有个老地主长了个十分恶毒的屁眼儿，应该把他揪出来。对于屎橛子能做如此奇妙的推理，显然是很高级的智慧，很浪漫的情调。不必实际揪出长了那个屁眼儿的老地主，只要揭穿了他的阴谋，革命事业就已经胜利了。而认真去调查谁屙了这个屎橛子，革命事业却可能会失败——虽然是微不足道的失败，所以×海鹰也不肯干这种事。有了这样高级的智慧，再加上总穿旧军装，×海鹰到哪儿都能当干部。有关革命时期的高级智慧，我还有补充的地方：在我看来，这种东西的主要成分就是浪漫，永远要出奇制胜，花样翻新。别人说到一根屎橛子，你就要想到恶毒的屁眼儿和老地主。不管实际上有没有那根屎橛子，你都要跟着浪漫下去。

【四】

后来有一回，在×海鹰家里，她只穿着那条小小的鲜红色针织内裤躺在棕绷大床上。只有在做爱时她才脱下那条内裤，在那种时候她的胯间依然留有红色的痕迹。然后马上穿上。这时我伸出双手，用手指钳住她两侧的乳头。她低头看了一下，就说：这很好。然后闭上了眼睛。这时候我想道：那条鲜红的内裤，原来是童贞的象征。她在刻意地保持童贞。童贞就是一种胜利，它标志着阶级敌人还没有得逞。

我学画时，从画册上知道了圣芭芭拉是被凶残的异教徒用铁钳夹住乳头折磨至死。所以当时我就想道:"噢,原来你是圣女芭芭拉,我是异教徒。现在我总算明白了我是谁啦。"后来我才知道自己不是凶残的异教徒,而是狠心的日本鬼子。这件事实在出乎我的意料。

那位教导员的忆苦报告 × 海鹰还给我讲过一些。其中有这样一段:在月黑风高之夜,该教导员的四个姑姑,加上四个表姐,以上女性都在妙龄,被"狠心的鬼子"架到一座破庙里强奸了。这是她第一次听到"强奸"这个字眼,除此之外,还听到过一些暗示——"糟蹋了"、"毁掉了"等等——但是第一次听到"强奸"这个字眼。当时她恍然大悟,心慌意乱。虽然恍然大悟,却不知悟到了些什么。她还告诉我说,假如当时有个人在她面前叫出"性交"这个字眼,她就会晕死过去。但是这个字眼的意思是什么,她也是一毫都不懂。她能听懂的就是:她本人就是那四个表姐和四个姑姑之一,被狠心的鬼子带到了破庙里,但是这个故事到这里就打住了。直到六年以后那狠心的鬼子才真正到了她身边——那个狠心的鬼子就是我。这个教导员的故事我原本早就听过,但是我听而不闻。

有关恍然大悟,我还知道这样一些例子。我在美国打工时,那位熟识的大厨炒着菜,忽然大叫一声,恍然大悟,知道了下期六合彩的号码是在电话号码本的 yellow page ① 上。他叫我马上去查两个号码告诉他,但是厨房里没有电话号码,所以我到前台去找。正好赶上一个洋鬼子鬼叫一声,他吃了一口大厨炒的菜,被咸得找水喝,还硬逼着 waiter 也尝尝那道菜。我们国家的领导也是在恍然大悟后发现了《第三次浪潮》。当然,阿基米德是在恍然大悟后发现了他的定律。这说明恍然大悟有两种,一种悟了以后比以前聪明,一种悟了以后比以前更傻。我这一辈子所见都是后

———————————————
① 意为"黄页"。

一种情形。而我用不着恍然大悟，就知道自己被扯进了一种游戏之中，扮演着反面角色，只是不知道具体是哪一种。等到知道自己是狠心的鬼子之后，还是不免恍然大悟了一下。

有关我成了狠心的鬼子的事，还有必要加一点说明。虽然我个子矮，但不是罗圈腿，也不戴眼镜，祖籍在四川，怎么也不能说我是个日本人。但是性爱要有剧情，有角色，×海鹰就拿我胡乱编派。其实我宁愿她拿我当异教徒，因为我本来就是异教徒。反正我不当日本人。

【五】

其实那个教导员的故事还没有完。他又画蛇添足，编出好多细节来：比方说，那些狠心的鬼子是一支细菌部队，强奸之后，又把他的姑姑和表姐的肚子剖开，把肠子掏出来，放在油锅里炸。这位可怜的教导员没见过做细菌实验，只见过炸油条。除此之外，他还加上了一些身临其境的描写，好像他也混迹于那些狠心的鬼子中间，参加了奸杀表姐与姑姑的行动。这位大叔现在五十多岁，现在大概正在什么地方纳闷儿，不明白那些故事是真还是假。假如是真的话，他到哪里去找那些表姐和姑姑。如果是假的话，为什么要把它们编出来。我猜他永远想不明白，因为编造这些假话的事，既不是从他始，也不是到他终。我以为这原因是这样的：在万恶的旧社会，假如你有四个姑姑和表姐被日本鬼子奸杀，就是苦大仇深，可以赢得莫大光荣；除此之外，还对革命事业做出了伟大的贡献。在这种情况下，难免会有人想贡献几个姑姑或者表姐出来，但是在此之前，必须先忘掉自己有几个姑姑和表姐——这才是最难的事。不管怎么样吧，反正×海鹰听了心里麻酥酥的。她告诉我说，听了那个报告，晚上总梦见疾风劲草的黑夜里，一群白绵羊挤在一起。这些白色的绵羊实际上就是她和别的一些人，在黑夜里这样白，是因为没穿衣服。再过一会儿，狠心的鬼子就要来到了。她们在一起挤来挤去，肩膀贴着肩膀，胸部挨着胸部。后来就醒了。照她的说法，这是个令人兴奋不已的梦。但是当时我根本没听出到底是什么在叫人兴奋。我还认为这件事假得很。

现在我对这些事倒有点明白了。假如在革命时期我们都是玩偶，那么也是些会思想的玩偶。×海鹰被摆到队列里的时候，看到对面那些狠心的鬼子就怦然心动。但是她没有想到自己是被排布成阵，所看到的一切都是出于别人的摆布。所以她的怦然心动也是出于别人的摆布。她的一举一动，还有每一个念头，都是出于别人的摆布。这就是说，她从骨头里不真。想到了这一点，我就开始阳痿了。

把时光推到一九七四年的夏天，×海鹰家里那间小屋里总是弥漫着一种气味，我以为是交欢时男女双方的汗臭在空气里汇合发生了化学反应生成的，是一股特殊的酸味，就像在这间房子里放了一瓶敞开了盖的冰醋酸。冰醋酸可以用来黏合有机玻璃，我用有机玻璃做半导体收音机的外壳，非常好看。有人出钱买我的，我卖给他；我爸爸知道了狠狠揍了我一顿，并且把钱没收了。他的理由是我小小的年纪，不应该这样地"利欲熏心"。其实他不该打我，因为我既然小小年纪，就不可能利欲熏心。人在小时候挨了打，长大了就格外地生性。在交欢时，我的生性就随着汗水流了出来，蒸腾在空中。那间房子里虽然不太热，但是很闷。一开始，我们躺在棕绷上，所以×海鹰的身上总是有些模模糊糊的红印。后来换上了一领草席子，她身上又箍上了一层格子似的碎印。她自己觉得这种痕迹很好看，但我觉得简直是惨不忍睹。

那一年夏天，我常常用手指钳住×海鹰的乳头。她那个地方的颜色较深，好像生过孩子一样。这是因为她生来肤色深，但也是因为她不生性。每次在交欢之前，她脸色通红，对我相当凶。到了事后，她却像挨了打的狗一样，讪讪地跟在我后面。她对我凶的时候，我觉得很受用；不凶的时候很不受用。

【六】

我现在还是个喜欢穿黑皮衣服的小个子，脸上长满了黑毛，头发像钢丝刷子，这一切和二十年前没有什么两样。姓颜色的大学生变成了一个冬天穿中式棉袄的半老妇人，×海鹰的身材已经臃肿，眼睛也有点睁不开的样子。从她们俩身上已经很难看出当年的模样。当年我遇到她们时，也不是最早的模样。再早的模样，她们都给我讲过。姓颜色的大学生上过一个有传统的女子中学，夏天的时候所有的学生都必须穿带背带的裙子、黑色的平底布鞋；在学校里管老师叫先生，不管老师是男的还是女的。而那些先生穿着黑色的裙子、带襻儿的平底布鞋，梳着发髻，罩着发网，带有一种失败了的气氛。躺到她怀里时闻到温馨的气味，感到白皙而坚实——和她做爱，需要一些温柔。但是我当时一点都不温柔。而×海鹰总是穿旧军装，"文化革命"里在老师的面前挥舞过皮带。那种皮带是牛皮做的，有个半斤多重的大铜扣，如果打到脑袋上立刻就会出血，但是她说自己没有打过，只是吓唬吓唬。她并不喜欢有人被打得头破血流，只不过喜欢那种情调罢了。躺到她身上时，感到一个棕色的伸展开了的肉体。和她做爱需要一些残忍、一些杀气。但是当时我又没有了残忍和杀气。我觉得自己是个不会种地的农民，总是赶不上节气。

×海鹰小的时候，看过了那些革命电影，革命战士被敌人捆起来严刑拷打，就叫邻居的小男孩把她捆在树上。在她看来，我比任何人都像一个敌人。所以后来她喜欢被我钳住她的乳头。像这样的游戏虽然怪诞，毕竟是聊胜于无。她就从这里出发，寻找神奇。秘密工作、拷打、虐杀，使她魂梦系之。在我看来这不算新奇，我也做过秘密工作。一九六七年我们家住在"中立区"时，我在拆我们家的家具。每天下午，我都要穿过火线回家吃晚饭，那时候我高举着双手，嘴里喊着："别打！我是看房子的！"其实我根本不是看房子的，是对面那些人的对立面，"拿起笔做刀枪"中最凶恶的一员。那时候我心里忐忑不安，假如有人识破了我，我可能会痛哭流涕，发誓以后再不给"拿起笔做刀枪"干活儿。而且我还会主动提出给他们也做一架投石机，来换取一个活命的机会。这是因为我做的投石机打死了他们那么多人，如果没有点立功表现，人家绝不会饶过我。假如出了这样的事，我的良心就会被撕碎，因为"拿起笔做刀枪"中不单姓颜色的大学生，每个人都很爱我。当然我也可能顽强不屈，最后被人家一矛捅死；具体怎样我也说不准，因为事先没想过。秘密工作不是我的游戏——我的游戏是做武器，我造的武器失败以后，我才会俯首就戮。所以后来我就不从地面上走，改钻地沟。×海鹰说，我是个胆小鬼。假如是她被逮到了的话，就会厉声喝道：打吧！强奸吧！杀吧！我决不投降！只可惜这个平庸的世界不肯给她一个受考验的机会。

在革命时期，有关吃饭没有一个完整的逻辑。有的饭叫忆苦饭，故意做得很难吃，放进很多野菜和谷糠，吃下去可以记住旧社会的苦。还有一种饭没有故意做得难吃，叫作思甜饭，吃下去可以记住新社会的甜。一吃饭就要扯到新社会和旧社会并且要故意，把我的胃口都败坏了。在革命时期有关性爱也没有一个完整的逻辑。有革命的性爱，起源于革命青春战斗友谊；有不革命的性爱，那就是受到资产阶级思想的腐蚀和阶级敌人的引诱，干出苟且的事来。假如一种饭不涉及新社会／旧社会，一种性爱不涉及革命／不革命，那么必定层次很低。这都是些很复杂的理论，在这方面我向来鲁钝，所以我小心翼翼地避开这些领域，长成了一个唯趣味主义者，只想干些有难度有兴趣的事，性欲食欲都很低。我克制这两个方面，是因为它们都被人败坏了。

有关革命时期，我有一些想法，很可能是错误的。在革命时期，我们认为吃饭层次低，是因为没什么可吃的，假如beef[1]，pork[2]，chicken[3]，cheese，seafood[4]，可以随便吃，就不会这么说了。因为你可以真的吃。那时候认为穿衣服层次低，那也是因为没什么可穿的。一年就那么点布票，顾了上头，顾不了屁股。假如各种时装都有，就不会这样想，因为可以真的穿。至于说性爱层次低，在这方面我有一点发言权，因为到欧洲去玩时，我一直住寄宿舍式的旅店，洗公共澡堂，有机会做抵近的观察。而且我这个人从小就被人叫作驴，不会大惊小怪。那些人的家伙实在是大，相比之下我们的太小。这一点好多华裔人士也发现了，就散布一种流言道：洋鬼子直不直都那么大。这一点也是纯出于嫉妒，因为一位熟识的同性恋人士告诉我说，他们直起来更大得可怕。这说明我们认为性爱层次低，是因为没什么可干的。假如家伙很大，就不会这么说，因为可以真的干。两个糠窝头、一碗红糖稀饭，要是认真去吃，未免可笑。但说是忆苦饭和思甜饭，就大不相同了。同理，毡巴那种童稚型的家伙拿了出来，未免可笑，但要联系上革命青春战斗友谊，看上去也会显得大一点。然而我的统计学教师教导我说，确定事件之间有关系容易，确定孰因孰果难。按照他的看法，在革命时期，的确是没的吃、没的穿、家伙小，并且认为吃、穿、干都层次低；但你无法断定是因为没吃没穿

---

① 意为"牛肉"。
② 意为"猪肉"。
③ 意为"鸡肉"。
④ 意为"海鲜"。

家伙小造成了认为这些事层次低呢，还是因为认为这些事层次低，所以没的吃，没的穿，家伙也变小啦。但是这两组事件之间的确是有关系。我本人那个东西并不小，但假如不生在革命时期，可能还要大好多。生在革命时期，可以下下象棋、解解数学题，还可以画两笔画，但是不要被人看见。在革命时期也可以像吃忆苦饭或者思甜饭一样性交。假如不是这样性交，就没什么意思了。

【七】

我和×海鹰在她家里干那件事时，户外已是温暖的，甚至是燥热的季节，室内依然阴凉，甚至有点冷。我脱掉衣服时，指甲从皮肤上滑过时，搔起道道白痕，爆起了皮屑。我能看到每一片皮屑是如何飞散的，这说明我的皮肤是干性的。而在我面前逐渐裸露出来的身体，我却没怎么看见。对于正要干的事，我的确感到有罪，因为那是在革命时期。当时西斜的阳光正从小窗户里照进来，透过了一棵杨树，化成了一团细碎的光斑，照到×海鹰那里，就像我六岁时看到灯光球场上的那团飞蛾一样。从某种意义上讲，我不能干这件事，但是我又不得不干。在革命时期性交过的人都会感到这种矛盾。有一种智慧说，男女之间有爱慕之心就可以性交，但这是任何时期都有的低级智慧。还有一种智慧说，男女之间充满了仇恨才可以性交。每次我和×海鹰做爱，她都要说我是坏蛋、鬼子、坏分子，把我骂个狗血淋头。这是革命时期的高级智慧。我被夹在两种智慧之间，日渐憔悴。

在此之前，我一个人待着时，不止一次想到过要强奸×海鹰，这件事做起来有很多种途径。比方说，我可以找点氯仿或者乙醚来，把她麻醉掉，还可以给她一闷棍。甚至我可以制造一整套机关，把她陷在其中。像我这样智多谋广的人，如果是霸王硬上弓，未免就太简单了。但是到了最后，连霸王硬上弓都没有用到。这件事让我十分沮丧。事情过去之后，我又二二乎乎的。×海鹰说，我把她强奸了。我对此有不同意见，我们俩就为这件事争论不休。她说，我说你强奸了，就是强奸了。我说，你这样强横霸道，还不知是谁强奸谁。争到了后来，发现她把一切性关系都叫作强奸，所有的男人都是强奸犯。最后的结论是：她是个自愿被强奸的女人，我是个不自愿的强奸犯。还没等到争清楚，我们就吹了。

和×海鹰吹了之后，我苦心孤诣地作起画来，并且时刻注意不把炭条带到厂里来。我在这件事上花的精力比干什么都多，但是后来没了结果。我哥哥也花了同样多的精力去研究思辨哲学，但是最后也没了结果。那年头不管你花多么大的精力去干任何事，最后总是没有结果，因为那是只开花不结果的年代。而×海鹰依旧当她的团支书，穿着她日益褪色的旧军装，到大会上去念文件，或者在她的小屋里帮教落后青年。但是事情已经有了一点改变——她已经和全厂最坏的家伙搞过，或者按她自己的理解，遭到了强奸。她已经不那么纯粹。也许这就是她要的吧。

【八】

一九七四年夏天，我还是常到×海鹰那里去受帮教，但是帮教的内容已经大不一样了。她总要坐到我腿上来，还要和我接吻，仿佛这件事等到天黑以后就会太晚了。其实那时候我已经接近阳痿，但她还是要和我搂搂抱抱。我知道这件事早晚会被人看见，被人看见以后会有什么样的结果实在叫人难以想象，但是我又觉得没什么可怕的。×海鹰在我膝上，好像一颗沉甸甸的果实，她是一颗绿色的芒果。我觉得她沉甸甸，是因为她确实不轻，大概比我要重。我觉得她是生果子，是因为我和她不一样。

那时我想起姓颜色的大学生，嘴里就有一股血腥味，和运动过度的感觉是一样的。这是因为我们在一起经历了失败，又互相爱过——再没有比这更残酷的事了。假如我们能在一起生活，每次都会想把对方撕碎。假如不能在一起生活，又会终身互相怀念。一方爱，一方不爱，都要好一点。假如谁都不爱谁，就会心平气和地在一起享受性生活。这样是最好的了。虽然如此，我还是想念她。因为那是一次失败，失败总是让我魂梦系之。

现在我看到姓颜色的大学生时，她有时把头转过去，有时把目光在我脸上停留片刻，就算打过了招呼。这件事说明，那次失败也一笔勾销了。

×海鹰说，她初次看到我时，我骑着车子从外面破破烂烂的小胡同里进来，嘴里唱着一支不知所云的歌，头发像钢丝刷子一样朝天竖着，和这个臭气弥漫的豆腐厂甚不协调。然后她出于好奇爬到塔上来看我，却被我一把捉住手腕撵了出来。然后我就使她怦然心动。根据一切高级智慧，她不该理睬我这样的家伙，但是她总忍不住要试试。这种事的结果可想而知。后来在她的小屋里，我们果然叫人看见了。开头是被路过的人从窗户里影影绰绰地看见，后来又被有意无意推门进来的人结结实实地看见。再后来整个厂里都议论纷纷。据我所知，她好像并不太害怕被人看见。

后来×海鹰告诉我说，她也觉得自己在一九七四年夏天坏了一坏。唯一的区别就是她觉得自己坏了一次就够了。她把这件事当作一生中的例外来处理。

再后来我们俩就吹了，她还当她的团支书，好像什么事都没发生一样。等到好像什么事都没发生的时候，我才明白了这件事的含义。在革命时期，除了不定期、不定地点地开出些负彩，再没有什么令人兴奋的事。每个活着的人都需要点令人兴奋的事，所以她就找到我头上来了。

我和×海鹰被人看见以后，公司领导找她谈了一回话。回来以后，她一本正经告诉我说，以后不用再到她办公室来，我的帮教结束了；那时候她的眼睛红红的，好像哭过。这使我想到她终于受到了羞辱，和在我这里受到羞辱不一样，不带任何浪漫情调。

一九六七年我曾在一棵树上看到一个人死掉，那件事里也不含任何浪漫情调。那时候"拿起笔做刀枪"最喜欢唱的歌是"光荣牺牲"，光荣牺牲也是死掉，但是带有很多浪漫情调。我以为她遭到了真正的羞辱后，就会像被一条大枪贯穿了一样，如梦初醒。但是等到和我说过了这些话后，她把脸扭向墙壁，嘻嘻地笑了起来。我问她为什么不用来了呢，她说"影响不好"，说完就大笑了起来。我们既然影响不好，就该受到惩罚，但是惩罚起来影响也不好。所以她所受的羞辱还是带着浪漫情调，只值得嘻嘻一笑，或者哈哈一笑。后来我真的没有再找她，这件事就这样别别扭扭地结束了。但这结果就算是合情合理吧。

×海鹰告诉我我们俩影响不好后，我简直是无动于衷。"影响不好"算个什么？连最微小的负彩都算不上。不过这也能算个开始，她就快知道什么是负彩了。就在那时我对她怦然心动。那时候我想把一切都告诉她，包括我和姓颜色的大学生那些不可告人的事。我还想马上和她做爱，因为我觉得自己已经不阳痿了。除此之外，我还乐意假装是狠心的鬼子，甚至马上去学日文。我乐意永远忘记姓颜色的大学生，终身只爱她一个人。我把这些都告诉她，她听了以后无动于衷，只顾收拾东西，准备回家去。最后临出门时，她对我说：这一切都结束了，你还不明白吗？后来她没和我说过话，直到她和毡巴结了婚，才开始理睬我。这件事告诉我，她一点都不以为影响不好是负彩。她以为影响不好就是犯错误。毛主席教导说，有了错误一定要改正……改了就是好同志。对这种开彩的游戏她保持了虔敬的态度，这一点很像我认识的那位吃月经纸的大厨。他们都不认为开彩是随机的，而认为这件事还有人管着哪——好好表现就能不犯错误，吃了月经纸就能得一大笔彩金等等。当然，负彩和正彩有很大的区别。前者一期期开下去，摸彩的人越来越少，给人一种迟早要中的感觉；后者是越开，摸彩的人越多，给人一种永远中不了的感觉。这道题虽然困难，最后她也解开了，对影响好不好这种事也能够一笑置之。不过这是后来的事。这是因为这种游戏总在重复。生在革命时期的人都能够解开这道题，只差个早晚。而没有生在革命时期的人就永远也解不开。

后来我还在那个豆腐厂里干了很长时间，经常见到 × 海鹰。每次我见了她就做出一个奸笑，而她总是别转过脸去不理我。后来她就想办法从豆腐厂里调走了。

现在我要承认，我对 × 海鹰所知不多。这是因为她和我干那件事时，已经不是处女了。这可能是因为小时候除了让别人把她捆到玉兰树上之外，她还玩过别的游戏，也可能是因为狠心的鬼子不只我一个。到底是怎么回事，我没有去打听。我生在革命时期，但革命时期不足以解释我的一切。不但是我，别人也是这样的吧。

第八章

【一】

现在我回忆我长大成人的过程，首先想起姓颜色的大学生，然后就想到我老婆，最后想起 × 海鹰。其实这是不对的。如果按顺序排列的话，事件的顺序是这样的：首先是一九五八年我出现在学校的操场上，看别人大炼钢铁；然后我上了小学，看到一只鸡飞上阳台，被老师称为一只猪；后来上了中学，过了一年后，开始了"文化革命"。我跑回家去帮人打仗，认识了姓颜色的大学生。等到仗打完了之后，姓颜色的大学生下了乡，我又回到了学校，从那里去了豆腐厂；遇到了 × 海鹰并在那里陷入了困境。我老婆是再以后的事情。这都是我自己的事，在其中包含了成败。大炼钢铁就意味着我要当画家并且画出紫红色的天空；鸡飞上了阳台就意味着我要当发明家扭转乾坤；我想和姓颜色的大学生性交，并且强奸 × 海鹰。这都是我想干的事，这些事都失败了——我没当成画家，也没有扭转乾坤，和姓颜色的大学生没有干成，和 × 海鹰仅仅是通奸，但这也是我的失败。如果按和我关系的亲密程度来排列，首先是我老婆，其次是 × 海鹰，最后是姓颜色的大学生——我连她叫什么都不知道。这些事是人间的安排，不包含任何成败。这样讲来讲去，我就像一只没头苍蝇。事实上也是差不多。

按照现在的常理来说，姓颜色的大学生和我如此熟悉，还差一点发生了性关系，分手的时候她该给我留下通信地址，以便逢年过节时互寄贺卡，但实际上不是这么回事。有几天她没来找我，再过了几天我去打听，才知道她离开了学校，不知上哪儿去了。我后来考上了大学，也没找×海鹰去告别，刺溜一下子就跑了。像这样的事，当时不明白其中的意义。过了这么多年再想起来，发现一切都昭然若揭。在一九六七年，姓颜色的大学生和我分手之前无话可说，正如一九七七年我和×海鹰之间无话可说。

【二】

在革命时期，我把×海鹰捆在她家小屋里那张棕绷大床上，四肢张开，就如一个"大"字。与此同时，她闭着眼睛，就如睡着了一样，但是不停地吸着气，仿佛在做忍疼的准备。做完了这件事，我欲念全消，就在她两腿之间坐下，一声不吭地抽烟。屋子里渐渐地暗了。本来我应该打她，蹂躏她，但我只是注意到她的皮肤光滑如镜，像颐和园的铜牛，就拿一根手指在上面反复刮研。她在等我打她，蹂躏她，但是总是等不到。后来她抬起头来说：你把我放开。我就把她放开。我们俩并肩坐着。像这样的事我们干过很多回，没有一次是完全成功的。这说明我虽然长了一身的黑毛，但不是狠心的鬼子。我的心没有夜那么黑。我心里回想起和姓颜色的大学生的缠绵，等着×海鹰吻我，说"爱我吧"，但也总是等不到。她的心属于黑夜和狠心的鬼子。我们俩就这样错开了。这种事的结果是我也没有捆着她，她也没有吻我，就这样凑凑合合地干了，而且双方都不满意。

最近一次见到 × 海鹰时，她告诉我说，现在她觉得搂住毡巴，和他亲吻，然后脱掉内衣——就这样简简单单地干了，也没什么不可以的。而且她还说，看来生活就是这样的，用不着对它太过认真。我觉得这话的意思就是今后她再不会想念我，我也用不着再想念她。我以为她把我想象成狠心的鬼子是以一种独特的方式在爱我。后来她也一直爱着我。为此我就该是个狠心的鬼子，心就该像夜一样黑。这不过是一种游戏，没有什么可怕的。所有的人都能看出我有这种气质，这就是她爱我的原因吧，只是在革命时期我被自己的这种气质吓坏了。现在她已经不爱我了。这是最令人痛惜的事情。

【三】

现在我还在那家"高级智能"研究所上班。毡巴在我们附近的医院里当大夫，凑巧那家医院就是我们的合同医院。姓颜色的大学生就在我们那条街上，× 海鹰也离我们不远。我们这些人又会合了。我有点自命不凡地想道：这可能是因为我的缘故，因为他们之间并不认识。现在我每天早上还要到外面去跑步，跑到煤烟和水汽结成的灰雾里去。我仿佛已经很老了，又好像很年轻。革命时期好像是过去了，又仿佛还没开始。爱情仿佛结束了，又好像还没有到来。我仿佛中过了头彩，又好像还没到开彩的日子。这一切好像是结束了，又仿佛是刚刚开始。

我的阴阳两界

第一章

【一】

再过一百年，人们会这样描述现在的北京城：那是一大片灰雾笼罩下的楼房，冬天里，灰雾好像冻结在天上。每天早上，人们骑着铁条轮子的自行车去上班。将来的北京人，也许对这样的车子嗤之以鼻，也可能对此不胜仰慕，具体怎样谁也说不准。将来这样的车子可能都进了博物馆，但也可能还在使用，具体会怎样谁也说不准。将来的人也许会这样看我们：他们每天早上在车座上磨屁股，穿过漫天的尘雾，到了一座楼房面前，把那个洋铁皮做的破烂玩意儿锁起来，然后跑上楼去，扫扫地，打一壶开水，泡一壶茶，然后就坐下来看小报，打呵欠，聊大天，打瞌睡，直到天黑。但是我不包括在这些人之内。每天早上我不用骑车上班，因为我住在班上。我也不用往楼上跑，因为我住在地下室，上班也在地下室，而且我从来不扫地。我也不打开水，从来是喝凉水。每天早上我从床上起来，坐到工作台前，就算上了班。这时候我往往放两个响屁，标志着我也开始工作了。我待的地方一天到晚总是只有一个人，所以放响屁也不怕别人听见。

我住的地方是医院的地下室。这里的大多数房间是堆放杂物的，门上上着锁，并且都贴一张纸，写着"骨科""妇产科""内科一""内科二"等等。我搬进来以后，找了一支黑蜡笔，在每张纸上都添了"的破烂"，使那些纸上写的是骨科的破烂、妇产科的破烂等等。这样门上的招牌就和里面的内容一致了。但是没有人为此感谢我，反而说，"小神经"的毛病又犯了。他们对我说，我不该在门上写"破烂"二字。"破烂"二字不能写上墙。假如我要写，可以写"储物室"，写成"骨科储物室""妇产科储物室"。但是我说，你们玩去吧。他们听了这话，转身就逃了出去。地下室对他们来说，可不是个好地方。

除了这些堆破烂的房子，就是我住的房子了，门上写着"仪修组王工程师"的字样。我的左边隔壁是破烂，右面隔壁也是破烂。但是除了破烂，这里还有一些别的东西。走廊上，每隔不远就有一个龛，龛里放着标本缸。缸里泡了一些七零八碎的死人。其中一个就在我的对门，和我同一性别，但是既没有脑袋，也没有四肢。我闲下来就去看他，照我看，他死掉时，大概还没有我大。他的腰板挺得板直，一副昂首阔步的样子，只可惜他既没了首，也迈不开步了。人家在他肚子上开了一扇门，在内脏上拴了好多麻线，每根麻线上拴了一个标签，写着大肠小肠之类的字样。假如这位仁兄活过来，一低头就能看见自己的哪一部分叫什么。除此之外，他还会发现人家把他的阴茎切掉了，但是把阴囊和睾丸都留着，所以那些东西泡在缸里，就像半头蒜的样子。不知道他会不会觉得好看。还有一些龛放着一些玻璃柜，放的是骨头架子。那些东西自己不能够站立，所以柜底下安着一根木杆子，杆顶上有个铁夹子，夹在项骨上。把死人弄成这个样子，可是一种艺术。一般的人，你就是给他最好的死尸，他也做不出好的标本。因为这个原因，我住的地方就像一个艺术馆。我对这个住处很是满意。

我住的地方就是这样。我就是门上写的那位王工程师。"小神经"也是我。他们叫我小神经，是因为我有点二百五。过了一百年，也许人们不知道什么叫二百五。这句话的意思是说，因为我只待了二百五十天就从娘胎里爬了出来，所以行为怪诞。其实我在娘胎里待足了三百天，但是因为我行为怪诞，大家就说我只待了二百五十天。这种因果倒置是因为我们有幽默感。其实我行为怪诞，是因为我有阳痿病。因为我有阳痿病，所以和前妻离了婚。我现在四十多岁，还在独身，而且离群索居，沉默寡言。

我不得不离群索居，沉默寡言，因为无论我到了哪里，总有人在我背后交头接耳，说我是个阳痿病人。这就使我很不好意思见人，虽然我已经阳痿了十年，对此已不再感到羞愧，但是我还是不乐意人家这样说我。我不愿他们把我看成了太监一类的东西，虽然实际上我的确和太监差不多。这件事的教训是不要找本单位的人结婚，除非你能确信自己没有阳痿病。我前妻原来是本院的护士，现在调走了。但是在调走以前，她已经把我不行这件事传得满城风雨。现在除了躲在地下室，我也采取了积极措施，到康复科去看病。康复科的马大夫和我关系很好，别人看病要钱（公费医疗不报销康复科），他不管我要钱。

马大夫治我的阳痿病，开头是用内科疗法，给我开了很多药，并且让我多吃巧克力。他说巧克力壮阳。但是巧克力吃多了，食欲全无，我还长了口疮。后来又换了外科疗法，住了一段时间院，躺在床上打牵引。这就是说，在那玩意儿上挂上十公斤铅锤，往外拉。牵引了两周，那玩意儿拉到了一尺多长（后来不牵引，慢慢又缩回去了），但是似乎比以前还软了。他又建议我动手术，移一节肋骨进去。我觉得这样不好，因为肋骨移进去，就会永远硬挺挺，这样很不雅。他对我的病真是尽心尽力，认为我的病老不好，是对他医术的挑战。最后他建议我做变性手术，当不了男人当个女人好了。但是我坚决不答应，因为我身高一米八五，体重九十公斤，头大如斗，手大脚大，当了女人也不好看。最后他说我不肯合作，就再不给我看病了。但是我们俩关系还是很好，他经常跑到我的工作室来和我聊天。这家伙有六十岁了，养得又白又胖，因为不正经，在头头脑脑面前很没人缘，和一些小大夫小护士倒蛮亲热的。就是他有一天跑到我这里来，说要给我介绍女朋友。我觉得他脑子有问题：头几天还要叫我做变性手术，现在又要给我介绍女人，一点逻辑都没有。我就这样和他说了。正说时，有个女孩子从外边闯了进来，说道：马老师，您出去，我自己和他说！然后她就自己介绍说：我是妇科的，我姓孙。其实我在食堂里见过她，就是不知道她是妇科的，也不知道她姓孙。

　　小孙那一天来找我，起头情形就是这样的。马大夫走了以后，她一五一十地对我说，她马上就需要个男朋友，必须是人高马大、膀阔腰圆、能带得出去的那一种，来帮她解眼前的燃眉之急。这是因为她的前男朋友要结婚，今天晚上就要举行婚礼，她已经收到了邀请，想和一个大个子男人一块儿去。我想了想，说道：要是这样的话，我能帮上忙。别的事情我就帮不上忙了。这个姓孙的小鼻子小眼，娇小玲珑，一副小孩样，其实已经二十七岁了。到了晚上，我就和她一块儿去了。婚宴上全是些青年男女，大概都是她的同学，新娘子也是她的同学。我发现，医学院大概只招南方人，所以那一屋子男女全是小个子南方人，白面书生，个个戴着眼镜。我在其中像个巨人。认识我的人都说，我的脸相极凶，还说我吃相难看。我在席上喝了一瓶啤酒，就打了一个大嗝，声震屋宇。然后我讲了一个下流笑话，弄得四座皆惊。其实我没想去捣乱，只是在地下室里待了很多年，很少有人请我来参加聚会，心里很高兴。但是这已经把新郎吓坏了，把小孙叫到一边说了好半天。然后我们就提前退席了。回来的路上小孙说，王工，你把他们都震了！你帮了我的大忙，我不会让你白帮的。我一定也帮你一个忙。

【二】

后来小孙对我说，作为我给她出气的报答，她要把我的病治好。据她自己说，她读过 Masters 和 Johnson 的书，治我的病十拿九稳。我也看过那些书，所以我想这孩子真是个怪人。她梳了个齐耳短发，长得白白净净，还是蛮漂亮的。不管怎么说，也能嫁得出去，干吗要来给我治阳痿？女孩子只要嫁得出去，就不必理睬不想嫁的男人。我对她说，你没搞错吧？那都是夫妇双修的办法。她说，知道，所以我要和你结婚。先结婚，后治病。

我和小孙要结婚的起因就是这样。开头我想，这个孩子还要给我治病，我看她自己就该找人治一下是不是精神病。后来想到她起初找我那一回的情况，我怀疑她吃了别人的亏。既然她都要嫁我了，问一问也没什么。我就问道：你大概不是处女吧？她说，当然不是，你要不要看看？我说看什么。她说我可以对她做个妇科检查。我对此是一没有经验，二没有兴趣，而且也没有必要。只有混充处女的，没有混充非处女的。所以我就说，结婚可是你自己要干的，将来可别埋怨我。她说绝不会。她说这些话时，一点都不脸红。

再过一百年，人们可以在现在留下的相片里想象我：我和大家一样，目光呆滞，脸色灰暗，模样傻得厉害。现在你到美术馆去看看十六世纪的肖像画，就会发现上面的人头戴假发，长一张大屁股脸，个个都是傻模样。过去的人穿燕尾服、瘦腿裤，显得头大身子小，所以很难看。但这样的装束在当时一定是了不起的好穿着。以此类推，现在的人不论穿什么，将来也会傻得厉害。基于这种心理，我根本不打扮，经常不理发，不刮脸。当然，小孙是女孩子，不能和我一样。她经常打扮得干净漂亮，因为留着齐耳短发，下面的头发茬儿每天都要推一推。因为这些原因，我们俩在一起不够般配。但是我们俩经常一道去逛大街，表示我们在恋爱。这是计划的一部分，首先做出了恋爱的姿态，将来请求结婚就不至于显得突兀。

将来的人谈到我们结婚前的到处奔走，一定会感到奇怪。我根本就没有逛大街的欲望，我常年待在地下室里，很少走动，所以腿上的肌肉都退化了，白天走了路，晚上就腿疼。天寒地冻，不能去公园。我们总是在商业区里逛，但也没有要买的东西，更没有买东西的钱。过去我一个人在城里逛，老是低着头，看看地上有没有掉的钱，这是我几十年的积习。现在我也和小孙在北京城里闲逛，我倒是不低头，但是对一切都视而不见。倒是小孙时常有所见，走着走着就会忽然捏我一把，说道：看见了没有，刚才那个人盯着我看。听了这话，我就会猛然转过头去，大声说道：哪一个？她把我拉回来说，别这样，你要把别人吓死了。走到街上，我有时也会注意到她忽然把小嘴一扁，小脸一扬，脸上似笑非笑的模样。要不然就是忽然抓住我的胳臂，把全身挂在我身上。这大概是因为又有人看她了。但是到底是些什么人在看她，我一个也看不见。

星期天小孙把我带到王府井一家理发馆门前，让我往橱窗里看。我看了好半天，才认出橱窗里有一张相片是她。那是一幅黑白上色的相片，再过一百年，人们就会根据相片上的水彩，断言拍照时彩色摄影尚未发明。

相片上的小孙涂了个红脸蛋儿，和她本人一点都不像。那相片就像现在看到的玛丽莲·梦露或者猫王的相片那种五官不清、色彩斑斓的样子，露出五十年代那种村气土气；但是再过一百年，人家看到一个女孩子站在橱窗里自己的相片前流连忘返，也会露出会心的微笑。我对她说，快走吧，待会人家会出来说：小姐，是不是想把相片要回去？她就勃然大怒道：你说什么呀你！

小孙说，她在大街上走时，经常迎上这样的目光：先是盯上了脸，然后一路向下搜索，在胸部久久地停留，然后久久端详她细长的腿。她对自己的腿很是骄傲。这种景象我从没看见过。我想人家也许是在看她那条石磨蓝的牛仔裤，那条裤子值我一个月的工资。她对这种说法十分愤怒，说我在蓄意贬低她。其实我没有这样的意思。我早就注意到她的头发细密茂盛，柔软光滑，就像一只长毛猫的毛一样，每次从外面回去，走到医院门口时，她都要把手伸给我，让我拉着它。那只手非常小，柔若无骨，又凉又滑。我们拉着手从门口进去，她还要去问传达室的老头儿：有我的信没有？然后和每一个见到的人打招呼。我和小孙谈恋爱的情形就是这样的。

我和小孙每天下了班就到王府井喝咖啡。后来我对咖啡上了瘾，每天必须喝五大杯，否则就呵欠连天，而咖啡太贵了，比外国烟还贵。据马大夫说，我这叫作咖啡因依赖。他又要给我治这种病，但是我拒绝了。我怕他用咖啡搀上大粪给我喝，据说他就是这样给人戒烟。我只是向他打听外界对我和小孙恋爱的反应。他告诉我说，情况不容乐观，人家说，小孙是面子下不来。这句话的意思是说，她借用我在她前男友结婚那一天去给她撑过场面之后，如果现在就不理我，则显得太冷酷，太薄情。因此她必须和我假恋爱一段，然后再把我甩掉。这就是说，一个女孩子，应该表现得温柔多情，尽管她其实不是那么温柔多情，也要假装成这样。这也就是说，小孙借用我去参加婚宴的事现在已经是尽人皆知了。这件事起初只有三个人知道：一个是我，一个是小孙，还有一个就是马大夫。我们每个人都有把这件事泄露给别人的嫌疑。马大夫主动告诉我说：这件事我可没对任何人说过，也不知别人怎么就知道了。

假如马大夫没有把这件事告诉别人，小孙也不告诉别人（这事对她名声有损），剩下只有我最可疑。但是我成天待在地下室，从来不和外人接触。最后的结论就是我们谁也没告诉别人，这事就自己传出去了。由此得到一个推论，我们医院里现在安装了一台可怕的仪器，可以窃听全院每一个角落。这台仪器由一个长舌妇操作，她听到了我们在地下室里的谈话，然后就告诉了医院里每一个人。但是这件事非常地不可能，因为他们安这仪器时必定要找我。我是全院唯一的电气工程师。连我都不知道医院里有这台仪器，那就必定是没有。

根据医院里现在的传闻，小孙是个极好面子的姑娘。她不乐意在前男朋友结婚那一天显得孤独无伴，所以借用了我。这是很正确的。根据如上传闻，她的小算盘又极精，找一个阳痿的男人来撑场面，将来不会有任何损失；有损失的是我，因为我被女人耍了。但是实际情况不是这样，实际情况是小孙正在献身于科学，准备在我身上探索一条治疗阳痿的新路。我和她是病人与医生的关系。当然这一点是秘密的。在开始治疗前，她必须嫁给我，然后治疗才合法，治好以后，才好写报告，拿出去发表。为此必须叫大家相信我们在恋爱。小孙说，我们俩必须在人前再亲密一点。她建议我们中午时到门厅里去接吻，但是我觉得过于肉麻。于是她建议我们从外面回到医院里时，显得再亲热一点。这就是说，在经过大门时，她要骑在我脖子上。我问了她的体重，体检时什么也不穿是四十三公斤，现在着了冬装，顶多也就是四十八公斤，这不算重；更何况她说，把你治好了以后，骑我的时候还多着哪；所以我实在没有理由不答应她。

【三】

在小孙骑我脖子之前，发生过很多事。首先是小孙说，她要扮演我未婚妻的角色，就要处处管着我。自从我成了"小神经"以后，已经习惯了别人对我耳提面命。在这些人里，女人尤多，多一个小孙也没什么。比方说，我去领工资，会计一定要再三关照我说：你数数，这是一百三十元。其实没有什么好数的，总共是一张一百元的大票、三张十元小票，完全可以一目了然，更何况数也数不多。因此我拿了钱总是看都不看就往兜里一揣。但是那个二十三岁的小会计一定从柜台后面赶出来，把我兜里的钱掏出来，当着我的面数一遍，然后再塞到我口袋里去。我到食堂里去买饭票，管理员大妈也会把饭票对我一五一十地交代：这种红的是菜票，那种绿的是饭票，千万别搞混了。其实我只是阳痿而已，并不是色盲，更不是低智人。但是因为我阳痿，就不能阻止别人像关心低智人一样关心我。

人家总要把男人的大脑袋和小脑袋联系起来看，小脑袋不行的大脑袋一定不行——这成了一种成见了。我也无心去纠正这种成见，因为既然是成见，就无法纠正。我只管我行我素，待在地下室里不出来。这样省了好多的事：因为大家都觉得我是个傻子，所以什么开会、学习等等都不叫我去了；这样省了我和大家一起磨屁股。后世的人，对我们要开那么多的会一定惊诧不已，因为到了那时候，只有总经理、部长、总统才须开那么多的会。所以那时的人一定会以为我们都是些很重要的人物。其实我们不过是些电工、技师等等，开会讨论过马路要走人行横道而已。而且要开这样的会，必须有一条坚硬的鸡巴，软的不行。过去我除了领工资和买饭票，从来不到楼上去,现在发现连领工资都不必去,因为工资是小孙领去了。饭票也不必去买,因为饭票是小孙代我买了。别人还说,现在好了,王二的事都可以交代给小孙,省了多少麻烦。说完了总要哈哈大笑一通。

小孙和我谈恋爱,结果是我们俩都变成了一种气体,叫作什么一氧化二氮,或者说,叫作笑气,人家一见到我们在一起就要笑。但是我们既然是气体,当然就没有自觉性。我和小孙一道出门去,走过楼道时,小孙一定要叫我站住,给我掖好围脖。其实我根本就不需要围脖,因为我长得相当肥胖,一点都不怕冷。但是小孙一定要这样做,她说这是在大庭广众下和我亲热的唯一机会。掖围脖的时候,过路的护士就会站下来,说道:"小两口出门去呀?"等等。小孙伶牙俐齿地答道:到王府井买点东西,等等。说完了我们一同向前走去。走不了几步,一阵大笑就会在脑后炸开。这时我们转过身去,就会看到那些护士聚成一堆,个个脸色涨红。很显然,她们是在嘲笑我们。我就想转回去,把她们教训一顿。但是小孙把我拉住,叫我沉住气。她说这种情况会改变的。然后她就挽住我的手臂,把全身都挂在我身上。因为我壮得像个狗熊,而她长得娇小玲珑,所以这么挂着还算好看。假如双方的身坯换过来,那就像蚂蚁举着一片饼干渣,一点都不好看了。尽管她使了很大的力气往我身上贴,但是别人仍不相信她真的要和我谈恋爱,更不要说真心嫁给我了。

再过一百年,人们会这样形容我们的医院:这是一座四四方方的院子,四周围着栅栏。院子里全是一些古旧的灰砖房,有一些是两层的,有一些是三层的。他们想象起这些房子,就像现在我们想象地下的墓葬一样。那时候的房子大概都是一百层的大厦,底下五十层放汽车,上面五十层住人。在这些墓葬里,有一些人穿着白大褂来来去去,还有人穿着淡蓝色的睡衣睡裤来来去去。在这些灰砖楼之间,有几片草坪、几棵半死的树作为装点。但是我既不穿白大褂,也不穿蓝睡衣,穿一件粗蓝布夹克衫，在这座古墓里显得很扎眼。但是我根本就很少到上面去，所以也就很少叫人看见。

小孙那天骑着我脖子走进医院时，是星期天下午五点多钟，门诊下了班，天气又很冷，所以到处都看不见很多人。我驮着她，两个人连在一起有两米五十左右，只能小心翼翼从拱门正中通过。两米五十的庞然大物从医院的正门走进去，可算是惊世骇俗之举。这个举动总算是引起了注意。第二天妇科主任就去找小孙谈话，叫她注意影响。但是这个举动也是非常费力的。假如你到过草原，见过人家骑骆驼，就会理解了。骑马骑驴都可以飞身而上，但是骑骆驼时这样干就绝对不可以，因为骆驼太高了。你必须使骆驼倒下来，然后才能骑上去。但是骆驼一般是很不乐意倒下来的，赶骆驼的人要拿个装铁尖的小棍子，围着骆驼转上半天，敲敲前腿，敲敲后腿，磨上一两个小时的嘴皮子，骆驼才肯倒下去。那天下午，我就是那峰骆驼，小孙就是赶骆驼的人，但是她手里没有赶骆驼的棍。她只是一遍又一遍地说：你快蹲下来呀！

我在蹲下之前，先把医院门前的街道打量了很多遍。那条街不算宽，扫得干干净净。星期天下午，没有很多行人。然后我又把小孙的脸打量了很多遍：那是一张白白净净的娃娃脸，留着刘海，嘴巴很大。那时我想的是：记住了，就是这娘儿们要在大庭广众下骑我的脖子，叫我名声扫地。最后我就打量她的下半身：就是这东西要骑上我的脖子——洗得干干净净的牛仔裤，又白又亮的护士鞋。最后我毅然决然地蹲了下来。她一把就揭下了我头上的帽子（那是一顶剪绒皮底的帽子，和二号的钢精锅一样大），然后哈哈笑了起来，说道：王二，你小时候头上几个旋？我知道自己是三个旋，因为一旋拧，二旋愣，三旋打架不要命。但是她说：你现在只剩一个旋了。他妈的，我怎么会不知道自己几个旋？我爸爸不到四十就秃了头，根据遗传，我现在本该一个旋都没有。

　　后来我就看见两条细细的小腿搭上了我的肩膀。在我站起身之前，那双小手还在我脸上摸了老半天。这倒不是在调情，而是在找可以抓的地方。最后她抱住了我的下巴，说一声"起"。我就站了起来，脖子后面热烘烘，想起了一句歇后语：大姑娘骑瘦驴，严丝合缝。虽然我不是瘦驴，但是体会到了严丝合缝的感觉。这感觉非常地不好。尤其是她在我脖子上上下摩擦了几下后说：王二，这感觉非常古怪！好像是我把你生了出来！这时我往左一看，看到一条裹在洗白了的粗布里的大腿，往右一看，也是一条这样的大腿。这是我一生未曾见过的景象。这两条腿一齐夹紧，夹得我眼冒金星，我的感觉就更坏了。这时我想起了小时候看过的《天方夜谭》中水手辛巴达的故事，那位辛巴达也被海老人骑过；但是海老人是个男人，所以辛巴达也没有被人如此严丝合缝地骑过，有史以来，有这种经历的，我是第一人。我就这样走进大门去，影影绰绰地发现有好多人在楼上的窗口看热闹。

　　小孙初次骑我脖子的事就是这样的。有关这件事，还可以补充如下：开头我是不乐意让她骑的，但是她把我说服了。她说，就她个人而言，对我的脖子是很尊重的——我比她早毕业好几年，所以这是老学长的脖子；我比她大了十五六岁，所以这又是一位大叔的脖子。无论从哪方面说，骑这个脖子都是大不敬。但是为了事业，非骑不可。虽然这些说法相当牵强附会，但是我也无法批驳。而正式骑上去了之后，她就毫无崇敬之心。走过大门时，她把身体挺直，去够门顶上的灯泡。走过楼门时，她又蜷成一团，把我的脑袋整个包住。从大门口，到地下室门口，她总共在我头上盘踞了十分钟，在这十分钟里，她还给我讲了一个故事。其实这个故事我早就知道，典出纪晓岚《阅微草堂笔记》（假如你在那书里查不到这件事，你不要和我计较，我是小神经）。这故事说，某阁老家盖房子。按照中国的传统，盖房子时对梁柱之类都很崇敬，柱上要贴"擎天金柱"，梁上要贴"架海银梁"等等的红纸，安柱架梁时还要放鞭炮。当然了，这是生殖器崇拜的遗风，除了梁柱，祖宗还崇拜大炮、高塔以及一切又粗又长的东西。该阁老家放过了鞭炮，正要吊梁，发现一个丫鬟正骑在梁上。按照中国的传统，有一个东西是最肮脏、最不洁的，那东西却紧紧贴在了圣洁的架海银梁上。大家看了无比愤怒，有喊打的，有破口大骂。但是那丫鬟却拍拍那东西答道：你们瞎嚷嚷什么？帝王将相，皆出于此也！

这个故事我讲起来是这样的，小孙讲起来就不是这样。首先，她把出处记错了，说是《聊斋》；其次，她也不记得骑的是什么，只记得是骑个很神圣的东西。结尾倒是记住了：帝王将相，皆出于此也。讲完了以后，她还问我有何感想。我只谈了一点感受：你给我下去！从大门骑到这里，还没骑够哇！

除此之外还有一点感想，就是她的裤子很干净，是用有香味的洗衣粉洗的，另带一点漂白粉的味道，这些气味很好闻，但是我没有说出来，我只是说这故事她完全讲错了。但是我丝毫也没有贬低她的意思，因为很少有女孩子会去看纪晓岚的书，所以就是看得不仔细也属难能可贵。谁知她根本就没看过纪晓岚的书，这个故事是她从老师那里听来的。原来她们在大学四年级分到了妇科实习，眼看后半辈子就要专门看这个东西，所以大家情绪沮丧。带实习的老师就讲了这个故事来鼓舞士气。这故事的寓意就是要让她们记住，眼前这个东西其实是很伟大的：帝王将相，皆从此出也！

小孙给我讲这个故事，也是想鼓舞我的士气。她还说，她有一个完整的计划，给我治阳痿只是其中的一环。这个计划包括将来写一篇医学论文、一本书（纪实文学类的）《我治好了阳痿的丈夫》，以及心理学、社会学方面的研究报告。干完了这件事，她就可以一举成名。要做这样的研究，和我结婚是必不可少的，否则就会受到社会方面的指责。考虑到这个研究惊世骇俗的性质，现在必须好好演出恋爱一幕，免得叫人看出漏洞来。这孩子是四川人，四川人就是有一点疯，而且她看侦探小说看多了，处处透着诡异的模样。她还怕我不乐意，答应将来把全部稿费都给我。为了这一切都能顺利实现，我也要付出些努力，其中就包括让她骑我的脖子，并且不要忘了，抵住我后脑的那个东西，帝王将相，皆从此出也。

【四】

小孙骑过了我的脖子以后，我觉得丢尽了面子，更不肯上楼去了。这更合了她的意思，每顿饭都是她给我打来，可以向食堂里的人表示，我们的关系又进了一步。这就使她需要一台小计算器，以便每天晚上和我清账：早餐的油饼是多少钱，中午的肉片又是多少钱。这些都要从我的饭票账上支出。后来我从会计科送来修理的仪器里找到了一台，是精工牌的，上面带有一台打纸条的打印机，不但能算账，还可以打印收据，花了五分钟修好了给她用。在找到那台计算器之前，一切都要从她的小脑袋瓜子里算出来。这时她躺在我房里的空床上，搜索枯肠，挖空心思，再加上搔首弄姿，看上去真叫人于心不忍。我自己也是医学院毕业的，所以真不能相信医学院能把人教得不识数。我们俩不但都是医学院毕业，而且是同一所医学院毕业，唯一的区别就是我学医疗仪器，她学临床医学，但是这一点区别就使她时时问我十二减九等于几。但是她算账的模样还是蛮好看的，从她拖在地下的两条腿来看，你该相信她是仰卧在床上，但是从她的上半身来看，你又该相信她是俯卧在床上。假如是我在做这个姿势，下半生就要卧床不起了。那时候正是下午五点钟左右，一抹残阳从窗口照进来，正照在那块空床板上。她穿着一件牛仔上衣，脖子后面镶了一块三角形的皮革，一头柔软的短发都被她搔乱了。算到心力交瘁时，她就专心地去闻那支圆珠笔。这些表现一点都不像个人，倒像一只猫咪。这叫我觉得让她来给我治阳痿，实在不好意思。假如是个胖大女人，再长一点胡子，那就好意思了。

这个小家伙每天还要给我讲一课，对着"帝王将相"的图谱，给我上女性的生理解剖学。有件事已经讲了不下十次了，就是一到了我能在帝王将相里站住了脚，我们俩必须立即离婚。就其本心来说，她一点都不想嫁给我，到时候一定要离婚，绝对不准赖的。我当然同意了，但是有另一个问题要提出来的，就是假如治疗没有效果，我老也进不到帝王将相里面去，那该如何是好。她说那是绝对不会有的事。人家 Masters 和 Johnson 做了那么多例实验，应该是很有把握。实在治不了，也只好离婚算了。反正双方都没有损失。为了避免将来离婚时闹纠纷，现在就该把账算清。凡是共同开支，一律用二去除，精确到小数点后一位，然后再四舍五入。

就我的本心来说，也一点都不想娶她当老婆。我一点都不想娶任何人当老婆，但是很想把阳痿病看好，省得大家拿我当个怪物。所以我们俩在这方面一拍即合。为此就需要在某个时间、某个地点、取得性交的许可。我们俩正为此做出努力。下个礼拜天，我们又出去转了一天，晚上她又是骑着我的脖子回来的，这一回引来了更多的人来看。

这一回我觉得她的裤子凉飕飕的，气息芬芳，不是洗衣粉的气味，也不是香水的气味，很可能来自帝王将相。那个东西，我虽然结过婚，却没有见过，现在每天看图谱，渐渐感到十分亲切。经过了一段时间训练，她认为可以了，我们就打报告请求结婚。谁知道居然出了意外，人家不批准。

后来我觉得这整个事情像一个谜。不知道为什么，小孙想和我结婚，也不知为什么，我会同意和她结婚。从表面上看，她是想给我治阳痿，做一项医学试验，其实这样的理由根本就不可信。从表面上看，我是想让她给我治好这种病，以便从此做个正常的男人，但是这个理由也一点都不可信。其实我并不渴望从此做个正常的男人，小孙也不渴望做成这个医学试验。这件事从始至终都可疑得很。唯一可能的解释就是我觉得她是自己人，她也觉得我是自己人。用她自己的话来说，我们俩有缘分。

第二章

【一】

二十年前，有一个冬天的早上，我骑车去找一个人。当时北京的上空飘着一层混了煤烟的脏雾，好像一口黏痰；我的自行车咔咔作响，好像一只铁皮玩具鸭子；我穿了一件油腻腻的棉袄，头上戴了一顶旧毡帽。当时的情形就是这样的。

北京城的中心是紫禁城，绕着紫禁城有一些街道名和紫禁城有些关系，比方说，太仆寺街、光禄寺街、内务府街等等。有条胡同叫馇馇房，大概那里过去是专给皇宫大内蒸馇馇的；有条胡同叫奶子府，过去大概住了一些为大内服务的奶妈。那些胡同里的房子都不怎么样。一九七三年到一九七四年，我经常到那一带去，对那一带的情形知之甚详。当时那一带的胡同里都铺了柏油，但是胡同还是那么窄。有些破房子拆掉了，但是没有好好翻盖。新盖的房子都是用烧得很次的红砖砌的，背面甚至是空心的煤渣砖。没有翻盖的房子都是又矮又破的四合院，和过去完全一样。和过去不一样的还有每条胡同里都多了一间灰渣砖砌的小房子，那就是公共厕所。过去这种房子也有，但是不那么多，这是因为院里的茅房都被填死了，大家都得上公共厕所。自从有了这种小房子，每一条街都臭得厉害。冬天里我骑一辆自行车，从那些胡同里经过，路两边都结了薄冰。我看到

那些房子上都喷上了青灰，好像死了爹又死了娘的模样。过去北京城里，只有煤铺墙上才喷青灰。但是尼克松来北京时，到处都喷了青灰，像煤铺一样。大概觉得这样比较美。我小的时候就没看出煤铺怎么美。我是清晨路过那些胡同的。北京城里当时有一层薄雾，所以没有风。天气很冷，但是并没有冷到冻鼻子的程度。那时候除了上早班的人，都还没起来。在胡同口碰见一位少妇，正在倒尿盆。她的头发还能看出一点理发馆的模样，身上裹了一件缎子的（或者是线绨的，这两种东西我分不清楚）丝绵小棉袄，下面穿一件粉红的棉毛裤，脚下踩着两个毛窝（就是那种毡面松紧口的棉鞋），睡眼惺忪，手提一只搪瓷痰桶迎面走来。棉袄和痰桶都是崭新的，这些迹象表明，她结婚还不到一个礼拜。当时我正盯着她领口看，因为她的脖子和胸口像雪一样白。我记得她是很漂亮的，但是现在想不起她的模样。就我当时的年龄来说，记性本不该这么坏。这是因为她走到了下水道口上，就把痰桶一倒。不仅是哗啦一声，里面还滚出两截屎来。所以我就没记住她的模样，只记住了屎的模样，那屎橛子无比之粗，无比之壮。那东西就冻在了铁箅子上，大概要冻一冬天。在那上面还要冻上剩面条、剩米饭，好像一块奇形怪状的萨其马。这件事情好像马路上冻结的一口黏痰，冻进了我的脑子里，大概要到我死后才会释放吧。

　　时隔二十年，我又想起了那天早上的事。那天我到奶子府去，是要找李先生。不知道现在李先生上哪里去了。现在他大概不会是过去那个模样。但是假如你在一九七三年看到他，就会说他是个狗头猫脸的玩意儿。狗头是指他的脸形，像个哈巴狗的模样，猫脸是指他的眼睛有点黄，瞳孔也有点窄长，他的头当时就歇了一半顶，现在大概全歇光了。此人身材不高，但是身上还算有肉。有一点鸡胸，又有一点驼背。我不但认识他的脸，还认识他的屁股，这是因为我那一天早上把他叫起来后，他只好当着我的面穿裤子。他的内裤太破了，就背朝着我。但是后面更破，和没有是一样的。那时我坐下来，一面欣赏他的屁股，一面找到了他的烟叶子，给自己卷一支烟。当时我看见他的屁股，就像个风干的苹果，皱皱巴巴的，还有无数小的黑痣、息肉等等，我想任何狗急跳墙的同性恋者见了都不会动情。李先生背着脸说：给我也卷一根。这个笨蛋，穷到了抽烟叶的地步，却不会卷烟。于是他只好用烟斗来抽，那味道就像狗屁一样。抽到嘴里像狗屁，别人闻着也像狗屁。

有关烟叶子也有很多学问，现在眼看要失传。这种东西二两一包，外观像简装洗衣粉。有一种是白纸上印红字，那是晒烟，抽起来还可以，假如是特级，就是关东烟，比香烟还好。还有一种是绿字，那是烤烟，抽起来就像狗屁。但是狗屁也分级，二级以下烟叶里有草棍、席箔、秫秸，不是纯狗屁。李先生的烟叶子是五级的，抽到一半，烟头里掉出一个黑球来，经仔细辨认，是个烧糊了的死苍蝇。为此我还恶心了好半天。

我还能想起不少有关李先生的事情。李先生出门时骑一辆自行车，那辆车可不是一般的自行车，而是一辆匈牙利的倒轮闸。这种车非常少见，甚至比日本鬼子留下的老富士还少见，因为它是一九五二年匈牙利在北京开博览会时送来的样品。自从到了李先生手里，他就再没有修理过，任凭车上的零件一样样脱落下来。据说有一次车座不见了，李先生就在座管上骑了一段时间，其状就如在受桩刑：疼得龇牙咧嘴，手舞足蹈。后来他痔疮大发，才不得不买了一个旧车座。李先生上车的样子也是十分奇特，他总是推着车向前奔跑，在奔跑中弯下腰，把脚蹬子转到一个特定的角度，然后踏着脚蹬骑上自行车。那种奔跑中矮身转脚蹬的身法，酷似狗撒尿。

李先生和我一样，专干些不能干的事。我干的事是想写小说，经常往刊物投稿，但是总是被退回来，并且不是退给我本人，而是退到党委办公室，附有一封公函，建议对投稿人加强思想教育。但是很少有人真来教育我，因为我是"小神经"。李先生干的事倒不是写有维多利亚时期风格的小说，而是要研究西夏文。这件事并没有思想意识方面的问题，但他本职工作是个俄文翻译，一研究起西夏文就看不进俄文了。而且他在研究西夏文时，你就是在他眼前放鞭炮他也听不见，这个样子完全不能上班。因此他早早退了职，靠偶尔翻些稿子为生。谁知后来碰见了"文化革命"，取消了稿费，差一点就把他饿死了。李先生因此气急败坏，说过好多大逆不道的话。我听见了这样的话，就这样安慰他：其实这件事也是蛮公平的——为什么只许老天不下雨，饿死非洲的游牧民，就不许中国搞"文化革命"，饿死你这搞翻译的游牧民？何况从现在的情形来看，你到底饿得死饿不死还不一定。但是他还是要继续说些反动话：要是天不下雨，饿死我认了。现在的事是，我又没招了谁惹了谁，有人非要逼我跳火坑。李先生的情形就是这样，我到今天还记得。人活在世界上就像一些海绵，生活在海底。海底还飘荡着各种各样的事件，遇上了就被吸附到海绵里，因此我会记得各种事情。

【二】

那一年我正在山西插队。现在我长得人高马大，相貌凶恶，过去就不是这样。小时候我长得文静瘦弱，还爱和女同学跳猴皮筋。所以我到山西插队时，我妈就睡不着觉。她以为我连窝头都不会蒸，一定要饿死，假如没饿死，也会被人欺负死。但是只过了一年，我就长了一嘴络腮胡子，活像一个老土匪，而且满嘴都是"操你妈"。这说明环境可以改变一个人，只要一年就能变得连他的亲妈都认不出来。在乡下时我很少吃窝头，倒常常吃鸡。老乡们说，母鸡见了我就两腿发软，晕倒在地，连被提走了都不叫一声。这当然是过甚其辞。当时我虽然极具男性魅力，却未必能迷倒雌性鸟类。

那一年冬天我原准备在乡下过冬，但是当地正好刮着很厉害的白毛风，烧炕的柴又不够。我们五六个人挤在一个被窝儿里，身上盖上了所有的大衣。第二天早上起来，发现所有的大衣都从被顶上滚下来，掉到了尿尿的脸盆里，冻成了铁板一块。我们中间没有一个人有勇气不穿大衣就到外面去生火，就在屋里点火把那盆尿煮开，把大衣拿下来。那气味实在是可怕，把我的两只眼都熏坏了。出了这件事以后，大家都不好意思了，谁见了谁都是羞答答，因为六个堂堂的男子汉煮了一锅尿，实在是丢人。这说明我们虽然长得像土匪，脸还是很嫩。约定了谁敢把此事传出去就宰了谁后，我们就各奔东西。我跑回北京来，住在原来住过的地方。那地方原来是一所大学，里面有很多人。当时叫作"留守处"，里面只住了很少几个人。很大的院子里到处是荒草，人们都下干校了。李先生原来也住在这个地方，后来才搬走了。这地方原来每个人都认识李先生。

现在应该说说那天我去找李先生的原委。我从山西跑回来，住在留守处，那院里当时只有大崔一家住。这位大崔原来也是我们的邻居。除此之外，他还是我爸爸的同事、李先生的老同学，长得人高马大，笑口常开，一团和气。大家去下干校，家里还有些东西，是得找个大家都放心的人看着。大崔实在是最合适的人选。他老婆也是我们院的人，所以一起留下来。刚回来我去找他借房子，管他叫崔叔叔，管他老婆叫阿姨。借到了以后就改了口，管他叫大崔，管他老婆叫大嫂。当然这房子不能白住，我也得帮人家干点事，跑跑腿。所以大崔要找李先生，用不着自己去，告诉我一声就得。当时我非常年轻，也没有阳痿病。

我从小就认识李先生。李先生从我小时候就在搞西夏文，而且我们两家过去是邻居，也记不清我第一次见到西夏文时是几岁。所以我后来见到西夏文，也不觉得有什么古怪。那种东西看上去很像汉字，笔画多得叫人头晕，很像是疯子写的，据说除了李先生，世界上没人能够读懂。因为只有李先生能读懂西夏文，所以他有大学问。但是他依然穷困潦倒，这是因为只有他能读懂西夏文，所以他的学问就得不到承认。假如别人能先读懂了西夏文，或许他的学问就有人承认，但是那又不是他的学问了。除此之外，还因为当时在"文化革命"中，北京城八百年的城墙被人拆掉了，都没人说个"不"字，还有谁关心西夏文？除了西夏文，我还记得隔壁李先生那间房子老是烟雾弥漫，李先生的脸色老是那么黄，好像得了黄疸病；李先生对我很凶。后来我才知道，过去李先生最烦有人不打招呼就到他那里串门。但是后来我专到他那里去串门，因为他反正没胆子把我吃了。所谓串门，就是没有事跑到别人家里去坐着。但是那一天我去找李先生可不是没事，而是要告诉他，有人请他翻译些文件。没有稿酬，只有千字三毛钱的烟茶钱。李先生听了很高兴，马上就跑去了。在光天白日下骑着他那辆古怪车子，身穿着一件再生毛料的古怪衣服（那种料子和麻袋片是一样的），闯到那个原来是大学，当时叫留守处，而且人人认识他的地方去，并不是李先生的一贯作风。这是因为那个院子里现在没有几个人。人多时，李先生总是天黑后才去的。这说明李先生虽然穷困潦倒，依然很面嫩。

我和李先生熟，除了过去在一个院里住过几年邻居，还因为不住邻居后，他还是老找我给他修收音机。李先生有一台里加牌的收音机，那收音机有小柜那么大，非常气派。这说明李先生并不是一贯穷困潦倒，还有过能买得起收音机的时候。这家伙晚上睡不着觉，想听听俄语台，但是听不清，就鼓捣他的收音机，胡乱修改线路。直到那收音机惨叫几声再也不响了，他才安心睡觉。李先生会那一点三脚猫的无线电，正好能把响的收音机修到不响。我去给他修收音机时，先要把他自己加上的放大全拆掉。同时还告诫他说，别只想着加放大，这不解决问题。还要想到有干扰：国家留着你的收音机，可不是让你听那些乌七八糟的东西。李先生说，是，是。我不听那些乌七八糟的东西，我只听外语。但是国家不相信李先生只听外语，还以为他要听乌七八糟的东西，所以还是要给他干扰掉。李先生又不相信收音机听不清是因为有干扰，老以为是灵敏度不够，就老往里面加放大。他的手还没有我的脚灵巧，一加就把收音机加死了。然后他就找我来修。这件事循环往复，周而复始。直到邻居揭发李先生偷听敌台，居委会把他的收音机拿走了方告结束。我去找他那回，他刚刚失去了收音机。李先生见了我就说这件事，同时愁眉苦脸。我就安慰他说，这也好，省得再找我修。我这样安慰过以后，他好像更伤心了。这件事证明了一个道理：萨特先生说得很对，他人是你的地狱。我是李先生的地狱。李先生也是我的地狱：被他捅过的收音机就像个马蜂窝，焊过的线头就像些包锡纸的巧克力球。修完了他那个鬼东西，感觉就像吃了忆苦饭，不但肠胃难受，而且拉不出屎。

李先生走了以后，我在他那间小房子里还待了好久，把他那一罐狗屁烟倒到了桌面上，把里面的死苍蝇、扫帚苗都挑了出来，然后又装了回去。我看了半天李先生的西夏文抄本，挨个数那些字的笔画。后来我从上面撕了一条纸，卷了一根烟，就替他锁上门，回家来了。时隔二十年，我还清清楚楚地记得我干了哪些事。但是我再也想不起来自己为什么要干那些事。大概这就叫手贱。

【三】

奶子府六号院里有一棵大槐树，盛夏时节，树上会掉下来数不清的槐蚕，弄得地上好像长满了会爬的草。那些草还会往家里爬。我对那儿的印象很好，因为那里一向邻近大内，街道上都立着禁止鸣笛的牌子，傍晚时分院里静极了。傍晚时分往往是阴天，云彩的颜色有点黄。黑暗凝集在古旧的窗棂上，附着在暗色的树皮上。在院里看天空，就像在水塘的水底隔着厚厚的透明的水看水面。那院里还有一个个子高高的姑娘，傍晚时分穿一件床单布的大裤衩，赤着脚走来走去。我的视线久久地附着在她身上。朦胧中她是白蒙蒙的一团。久而久之，我的目光就和她的肌肤混为一体了。那是一种冷飕飕的感觉，好像早上的水汽一样。这种感觉真好，可惜过去了。

我们医院旁边有个农贸市场，我常到那儿去买水果。后来那儿的人都认识我了。有人想和我拉近乎，就说，老师傅，你有五十了吧。我听了大怒，强忍着没发作。另一个说，老师傅，你的孩子都上小学了吧？气得我几乎动手打他。照他们看来，人要是活到了五十，又有了上小学的孩子，就算有成就。像我这样没到五十，还没结婚就阳痿的就是 nothing 了。虽然他们是想要拍我马屁，我也不高兴。从那天以后，我再也不去那儿买桃了。从这件事你就可以想象当年别人对李先生的态度和李先生对别人的态度。当年李先生虽然没有阳痿，但也没老婆。除此之外，他还没工作。大家当然以为他是矮人一等的家伙。平心而论，奶子府六号的街坊对李先生挺好的，又给他介绍工作，又给他介绍老婆。虽然那些工作不过是临时在副食店卖卖咸鱼，那些老婆都是残疾人，但是别人怎能知道李先生读通了西夏文，并且自视甚高呢。大家都觉得给他找个瘸子就是帮了他的大忙了。就是揭发他偷听敌台，也是怕他给街坊上招事，并无恶意。但是李先生对奶子府六号和街坊都深恶痛绝，老想搬出去。大崔找他翻译东西，他就借机搬到我们院，住进了我屋里。这件事当然有冠冕堂皇的理由（要翻的是一些内部文件，带来带去的不好，等等），那间房子又是大崔借给我的；他能借给我，当然也能借给别人，但我仍然很不高兴。这件事证明我一无所有，连睡觉的地方都是借来的。

　　我现在依然一无所有，连睡觉的地方也不是我自己的。除此之外，又多了一个阳痿。现在马大夫要用心理疗法来给我治阳痿。所谓心理疗法，就是他反反复复对我说：兄弟，你想开点吧。人活在世界上，就是这一点享受哇。这话不错，但是不是我想不开，是它想不开。不知它听见了没有。

　　现在该讲讲我们院的情况。我们院是一片房子，除了一些老房子，都是不加掩饰的四方体，甭提有多难看。将来的人看到了这些房子，一定以为我们长着方鼻子、方眼睛。当时院里没人，长满了荒草。还有很多野猫，到了春天就嗷嗷叫。我和李先生、大嫂和大崔住在大门口一排平房里，就算看住了大门，可是别人从后面进来，把楼房的门窗都拆走了。我对那里的印象原来也很好，李先生来了才坏起来。李先生白天翻译文件，晚上也不睡觉，接着搞西夏文。我对此很不满，就坐在桌子对面，对西夏文发表自己的意见。我认为谁使用这种有这么多笔画的文字，就一定是笨蛋。这些笨蛋死了好几百年之后，还有人想把这种文字读出来，一定也是笨蛋。李先生听了一声不吭。然后我又喝李先生的茶。李先生不知从哪里搞来了一些茶砖，都发了霉，喝过以后嗓子疼。我又告诉他，这茶的味道像墨水，真叫难喝。他听了以后还是一声不吭。后来我问他，你说你已经把西夏文读通了，还看这玩意儿干吗？他说，不看这玩意儿，还有什么可看的吗？

　　和李先生同屋时，他告诉我说，他读通的不只是西夏文，还有契丹文、女真文。总之，他读通了一切看上去像是汉字又没人认识的古文字。这些文字有好多苏联人、法国人和中国人想读都没读懂。他认为这件事证明了他比大家都聪明，我认为这件事证明了他有毛病。对于这一点我还给出了证明如下：李先生干出了一件大家都干不出的事，这一点没有问题。

这证明了他和大家不一样，这一点也没有问题。但是这种不一样是聪明还是有毛病，还没有定论。既然如此，就应该少数服从多数。大家说你聪明，你就是聪明，大家觉得你有毛病，你就是有毛病。很显然，认为他有毛病的人将是大多数。李先生听了为之语塞。后来他就不和我说什么了。

现在别人也都以为我有毛病，所以很浅显的道理都要告诉我。但是我也不觉得讨厌，因为我可以举一反三。比方说，马大夫以为我直不起来，是不知道人生在世就是这么一点享受，好比每年冬天只能买三十斤好的冬贮大白菜。他和老婆干事的心境与排队买大白菜时的心境相同。其实我知道一年冬天只有三十斤大白菜，但是我还是直不起来。因为我不是兔子，不那么爱吃大白菜。

李先生住到我房子里以后，大崔就经常来了。他和李先生聊聊天，聊来聊去，总是当年在学校里的那点事，以致我到现在还能记得那些事：他们的学校叫作哈尔滨外专，一九四八年就成立了。五十年代初期是专门培养高级外语人才的，授课的全是专家，还雇了些老白俄来擦地板。在学校里不准讲中国话，讲一句，做二十个俯卧撑。除此之外，还不准吃中国饭，只准吃红菜汤，刚来的吃不习惯，肠胃作起怪来，放起屁来抑扬顿挫，每个屁都在一分钟以上。可惜他们也就美了那么一阵子。后来中苏交恶，这帮家伙全坐了冷板凳。其实李先生还会德文、法文、英文等等，但是咱们当时和那些国家也交恶。李先生说，假如加把油的话，他还能学会柬埔寨文，但是这种文字里有美国炸弹的味道，学会了也不是好饭碗。看起来他们两个老同学很是亲热，其实不是的。李先生背地里告诉我说，大崔真讨厌，尽耽误他的时间。大崔也说过，李先生真讨厌。有一阵子我不明白大崔在搞什么鬼：既然不喜欢李先生，还把他招来干吗？后来才想明白了，这不关大崔的事。招李先生来的，另有其人。现在我很少到我们院去，因为它不再是"我们院"了。现在那里有好多的人，总数在两万六千以上。而在二十年前，偌大的院子里只住了我们四个人，简直就像一座鬼城。我记得那片荒草离离的院子，草棵下面的石子儿和碎玻璃。马路上有好多风吹下来的枯枝，所有房子的门窗都用木条钉死了。住在附近的人有时溜进来发点洋财，倒也不敢偷什么东西。见到哪个厕所没钉死，就进去把三合板都拆走。我常常一个人在院子里漫步，看着风吹来的沙子和碎石若有所思。后来我就在闲逛中碰上了李先生给大崔戴绿帽子。总的来说，这件事很难看。就和在草地上看见两条蛇绕在一起一样。在这种情况下我总是把两条蛇都打死。

【四】

我现在经常想起李先生，想起我们俩一起逛破烂市，买几毛钱一公斤的废纸边、五分钱一大把的锈笔尖。北京过去有好多破烂市，全称叫作废旧物资门市部，现在没有了。我到那种地方去买便宜电子管和废电容，李先生到那种地方去买散打的过期墨水。墨水这种东西也会腐败，坏了以后比大粪臭好几倍。和李先生住过一个屋以后，北京最脏的公共厕所我也进得去了。

那一年李先生在我们院住了三个月，后来他又回奶子府去住了。其实他是被撵出去的，而且是我和大崔合力才把他撵走。这件事的详情不是我不肯讲，是我现在怎么也想不起来了。也可能推了他，也可能搡了他，甚至打了他，这些都记不得。只记得当时很有正义感。我这一辈子只有那一回有正义感，以后再也找不到那种感觉了。记得雨果说过，凡是不可挽回的东西，都不属于人，属于上帝。所以正义感也不属于我，属于上帝。后来街道上把李先生的收音机还给他，等收音机坏了，他还来找我修。混到了那步田地，李先生不大要脸面。

雨果先生还说过，凡是人分内所没有的东西，都属于上帝。所以像我这样的阳痿病人想娶小孙这样的漂亮姑娘为妻就是冒犯了上帝。上帝他老人家够狠的，把我们管得这么紧。

我和前妻离婚时，听到了一种议论：阳痿根本就是一种思想病。换言之，上面的思想端正了，下面也会端正。人家还说，我一定是面对自己的老婆时想入非非，所以才阳痿。这话不是一点道理都没有的，当年面对我前妻的大裤衩时，我是有过一点古怪想法。如前所述，我自以为有写小说的才能，这种自信不是空穴来风。我的想象力极为丰富，以致我怎么也不敢相信自己的脑袋只有五号钢精锅那么大。在我该对我前妻行周公大礼时，脑子里忽然浮现出二十年前那个冬日骑车去找李先生时所见的情形：那个新婚少妇手提痰桶向我走来，把屎倒在铁篦子上，那个少妇的模样不知为什么，活脱儿就是我前妻。这件事对我 penis 的物理性质大概是有一定的影响，但是要说那就是我阳痿的主因还难定论，因为当时我还在害胃疼。我在山西吃过好几年的土豆和连皮碾的谷子面，那些都是标准的健康食品。但是要是纯吃它们就很伤胃了。结婚那天，我虽然出席了好几场婚宴，但是什么都没吃到，所以到了晚上胃就疼得翻江倒海。在这种情况下，就该和我前妻取个商量。但是她早早地脱了大半衣服上了床，闭着眼睛直挺挺地躺着，脸色潮红，一句话都不肯讲。看到这种情形，我只好关了灯，在她身边躺下睡了。然后的事情我已经说过，她哭起来了。从此后，我的生活就进入了软的时期。

后来我想起当年的事，觉得我前妻不会因为性欲没得到满足就哭了起来。她只是觉得在新婚之夜被弄破处女膜，是她分内当有的东西。只要是分内该有的东西还没拿到，就会引起一种急不可耐的情绪。至于弄破了疼不疼，她就不管了。

　　李先生有一套二十卷本的汤恩比的历史哲学，我叫他教我英文，他就拿那书来教我，教得我七颠八倒，认识好几万个单词，却一点语法都不会。我怀疑他对我破了他的好事怀恨在心，用这个法子来害我。汤先生说，人类的历史分作阴阳两个时期，阴时期的人类散居在世界各地，过着吃了就睡，睡足了再吃，浑浑噩噩的生活。后来人类又到一些河谷平原聚群居住，有了文明，一切烦恼就由此而起。与此相似，我的生活也有硬软两个时期，浑如阴阳两界。软了以后，回想起过去是如此地硬，简直不敢相信我也会有软的时候。

　　我性情冷漠，不善与人交往，一辈子不认识几个人。也许就因为这个原因，我很怀念那位搞西夏文的李先生。现在他也许还活着，也许死掉了，这都无关紧要。紧要的是我现在终于知道了他为什么撇开了好好的工作不要，去搞西夏文。这还是因为我已经软掉了。假如还在硬着的话，就只能想自己是多么地硬，想不到这类事情。在山西时听过一种地方戏，它发出一种极凄厉的、酷似挨刀断气的声音。听时阴囊兜紧，全部神经都在极大的痛苦中。可是大家都走十几里山路去听它。还有我那位前妻，用不着多么达练人情就能看出，将来她准是个母夜叉。可我过去为之颠三倒四。这种感觉就叫作硬。硬的时候我们急着去要自己分内的那点东西，丝毫不想它是不是自己想要的。等到有了一点自己想要的东西，不管它是署了自己名字的小说，还是西夏文，就已经活到了另一界了。

第三章

【一】

我和小孙恋爱了一阵，就向领导上交了请求结婚的报告。从那时开始，大家就不再善意地对待我们。首先是登记结婚的证明老也开不来，总是说：这件事你是不是再考虑一下？我们再讨论讨论。实在逼急了，就说：介绍信找不到了，公章找不到了。其次就是开始听到各种闲话。其实应该说，人们开始不再善意地对待小孙。这件事完全是她在办。我说"我们"，不过是表示自己没有完全置身事外。虽然我待在地下室里不出来，但我已经在请求结婚的报告上签了名，并且认真听取了小孙的各种抱怨，就算尽到了责任，别的事我就帮不了忙了。我可以不参加政治学习，不去开会，不去看上级组织的乏味电影，可以尽情胡说八道，这些好处当然是有代价的。这个代价就是我说话别人可以不理会。因此我被叫作"小神经"。

人家规劝小孙说，你千万不要和王二结婚，他这个人有点说不清。办公室的老太太还对别人说，他们俩的事拖一百年也不怕，反正不会造成人工流产。别人都说，不知我们结婚是要干什么。并且老有人把她叫到僻静处说：孙大夫，你真的要嫁他？你可真把自己看得一钱不值了。小孙说，她感到非常地不好意思，只好摆出一副瘦驴屙硬屎的架势说：我就是爱他嘛。但是晚上却对我说：我爱你个狗屁！除此之外，几乎每个人都要给她介绍对象，包括刚刚从护校毕业的不满二十岁的小护士。因为热心的人太多了，显得她简直像个花痴。假如不马上给她找个男人的话，她就要去和公牛睡觉，生下一头米诺牛来。对于这件事，她没有精神准备，感到惊慌失措。原先她以为结婚像在学校打报告申请实验动物一样轻松，写个报告交上去，然后拎着兔子耳朵到试验室，既可以把细菌打到它耳朵里，也可以把它炖了吃。现在我这九十公斤的公兔子就坐在对面，人家却不给她，可把她气坏了。

　　小孙告诉我这些事时，都是在晚上。我的小屋里黑洞洞的，所有的灯都没有开，只靠一台示波器的绿光照亮。我不喜欢光亮。她在屋里走来走去，双手插在上衣口袋里。走了几趟以后，忽然对准我的耳朵大叫一声：都怪你！！！我耸耸肩说：阳痿还没治好呢，你别先把我耳朵治聋了。你怪我什么？她想了想说：算了，谁也不怪。不过这件事实在是真他妈的。而且她对我也起了疑心（这都是因为别人说我复杂），老是问：王二，你这人可靠吗？你能肯定自己没有偷过东西，或者趴过女厕所窗户吗？

　　关于结婚的事，有一点开头我不明白。虽然我有阳痿病，但我还是个男人，起码户口本上是这样写的。群众怎样议论是另一回事，领导上决定问题，总要有个说头吧。这个谜后来马大夫给揭开了。他说他是康复科的主任，可以参加院务会，会上听见大家说，我有二十年工龄、十年院龄，加上中级职称；小孙又是本院的人。我们俩一结了婚，就是本院的双职工夫妇。其结果是婚后必须分给我们房子，这不是太便宜我们了？房子必须分给真正要结婚的人，而真正要结婚的人就是不管给不给房子都会结婚。他对我说这些话时，显出一副自己人的样子。但是我也不是傻瓜，一听就知道是上面有人叫他来传话。别看平日称兄道弟，但他不是自己人。所以我对马大夫说话用上了对领导说话的口吻：既然我们是为房子结婚，就别分我们房子了。他说，那是不可能的事。够了条件怎能不分哪。于是我就说，那就分我们房子吧。他又说，这也不成。你们想要房子就有房子，岂不是太便宜你了。想要房子的不能让他得房子，没想要的倒会得房子，这才符合辩证法。假如批了你们结婚，领导上会落入违反了辩证法的困境。唯一的办法就是不批准。我对马大夫说，其实我们真的不想要房子。您可以把我们俩都绑起来上电刑。假如我们在严刑拷打下说了是要房子，就别批准我们结婚。他说，你又来了，到精神科去看看吧。说完就走了。

有关分房子的事，我还有一点补充。我们医院只要分一套房子，全院都要搬家。这是因为院长分到了一间四室一厅搬进去，剩下三室的给科主任。科主任搬进去，两间一套让给主治医师；余类推，一直推到看门的老大爷。因此很多人的箱笼捆上以后就不打开了，一心一意等待搬家和再搬家，十冬腊月宁可穿着毛衣硬抗，也不开箱子找大衣，所以我们医院结了婚的少妇比没结婚的姑娘显得漂亮，冬天在室外只穿一件毛衣，一个个是那么苗条可爱。但是现在"小神经"和小孙要从主治医师的层次插进去，打乱搬家的路线，就激起了公愤。

那天下了班之后小孙到我这里来，眼睛都哭红了。原来领导也找她谈了，让她端正态度。她说道：为房子结婚，我是这样的人吗？王二，我不想和你结婚了。但是我还是要给你治阳痿病。我对小孙的想法一点都不理解。为房子结婚不是挺光明正大的吗？总比为性交结婚好听多了。但是我没有说这话，只是说，那就算了，你也别给我治什么病，回去睡你的觉吧。她说，不行，听你的说法，我倒像个卑鄙小人了，我要陪你坐会儿。我说，你爱坐就坐吧。这时候我想起我表哥说过的话：人活在世界上，假如你想要什么，就没有什么。这就叫辩证法。所以假如你真想要什么的话，就别去想它。他说，他当年考不上大学，就是因为太想考上大学了。

假如早懂了辩证法，就不会遇到这种不幸。我在大学里虽然学过辩证法，回回都是补考才及格的。而且那些任课教师总是这样讲：让你及格，我是昧了良心的。

<h2 style="text-align:center">【二】</h2>

晚上我一个人待着时，总喜欢头戴立体声耳机。这样我虽然一个人待在角落里，却与外面的世界取上了联系，可以听见各种声音，人家却听不见我，好像我从地下室往外看，看到了各种各样的人的脚，他们却看不见我一样。现在屋里有一个人，再也不能这样干了。为此我宁愿终身阳痿下去，也不愿有个人在我眼前转。这是因为她在我面前走动的样子，就像养貂场到了喂食的时间，铁笼子里那些貂一样。从人的角度来看，貂除了打盹儿的时候，都是神经病发作。假如人的行为像一只貂，那就更像神经病了。所幸她也有走累了的时候，那时候她也要坐下来歇歇腿。

那天晚上我和小孙并排坐在一张床上，头上戴着立体声耳机。我开始反省我们俩之间的事。我知道，我们之间的关系就要完了，以后她也不会来看我，不会给我打饭，也不会趴在对面的木板床上算账了。这让我感到伤心，我真的很想要她，想把她留在我身边。这也许是因为，我以为她是一个自己人吧。现在自己人是越来越少了。由于有了这样的想法，就违背了辩证法。

当年李先生说，自从创世之初，世界上就有两种人存在，一种是"我们"，还有一种是"他们"。现在世界上仍然有这两种人，将来还是要有这两种人。这真是至理名言。这两种人活在同一个世界上，就是为了互相带来灾难。过去我老觉得小孙是"我们"，现在我才发现，她最起码不是个坚定的"我们",甚至将来变成"他们"也不一定。但是我不想说惹她生气的话,就闭上眼睛听广播。广播里正在劝女孩子们不要戴无纺布衬里的尼龙乳罩,因为无纺布的衬里会渗到她们乳房的导管里去,将来生了孩子没有奶。以前我不知道女孩子的乳房是像锅炉一样的设备,里面有很多管子,并且容易堵塞。于是我问小孙:你戴什么样的乳罩?她回答说:尼龙的,无纺布衬里,将来没有奶。这不要紧,反正牛奶很便宜。原来她和我一样,正在听广播,并且听着一个台。后来我又有口无心地问道:你穿什么样的裤衩?她又说道:尼龙绸的。想看看吗?我说,不了。后来她猛地跳了起来,一把从我耳朵上摘掉了耳机,对我大叫道:王二,你的毛病我找到了。你是淫物狂!这叫我很不高兴。不把事情问明白了就大呼小叫,简直是讨厌!

　　有关裤衩的事是这样的:以前我结过一次婚,新婚之夜,我一看见我前妻那条皱皱巴巴的大裤衩,就不行了。这件事本不是没有挽回的余地,但是我前妻大哭起来。引得丈母娘、大姨子都跑来了,问我:你什么意思吧?我妹妹可是个黄花闺女。叫她们这么一吵,我当然是越来越不行。最后终于离了婚。离婚之前我前妻还在医院哭闹了好几场,让大家都知道我不行,搞得我灰头土脸。但是对此我很能理解。她必须让大家都知道是我不行,而不是她有什么不好。小孙听了大笑说:我不穿大裤衩。咱们来试试吧。我苦笑一下说:还是别试为好。这件事现在对我已经很严重了。

　　晚上我翻书时,耳朵上老架着耳机。耳机里有很多人说话,多数是女的。这些声音很不一样。有的声音很干脆,很紧凑。顺着那声音看去,可以看到一张小巧、湿润的嘴,紧凑高耸的胸膛和平坦的肚子。因为是和这些紧凑的东西共振,所以声音也紧凑。再往下看,就看到一条黑色尼龙绸的内裤。这也是一件紧凑的东西。但是顺着某些故作甜蜜的声音看去,就看到了肥大的鼻甲,身上的零件也松耷耷。再往下看,就是一条床单布的大裤衩，这东西也松耷耷。共振起来也就松松垮垮。除了这些区别，还有一些主观上的东西。有些广播员尽力让声音紧凑，所以说话有一点艰涩。另一些人讲话松松垮垮，一张嘴就是一大串，全是傻话。声音里传来的性有两种，一种讨人喜欢，还有一种叫人讨厌。以前我不懂这一点，所以结了一次婚。结果是使我只能欣赏广播里的性了。

【三】

后来我再想起小孙决定不和我结婚的事，也能够理解了。因为自从她和我表演了恋爱以后，软和硬这两个字就不再是物理名词，而归她专有了。工会分柿子，别人就这样对她说：小孙，来一点吧。软的。或者说，这个你准不喜欢，太硬。其实我们都决定要吹了，但是小孙还是老往我这里跑。别人也看不出我们要吹，还是说那些没咸淡的话。我告诉她说，讲这些话的都是些工友，是很朴实的人，别和人家当真，但她还是耿耿于怀。终于有一天，她在食堂里拿豆腐泼了大师傅一脸，然后哭着跑到地下室来，说道：快跟我走，什么也别问。待会儿我叫你揍谁，你就揍谁。我跟着她跑上去，到了食堂里，见到一大群人。保卫科的人全来了，这也吓不倒谁。我可以直取目标，扭住他的领子。不管付多大的代价，都要把他的脸打烂。问题就在于找不到目标。过了一会儿，院长书记都来了，叫我们到办公室去解决问题。原来肇事的大师傅觉得在哪里都不能保证安全，已经跑到党委办公室去了。听说他事后对别人说：我真是晕了头啦，怎么就忘了地下室还有一个小神经！

那天的事"我们"大获全胜，给"他们"以沉重打击。大师傅被泼了一脸油汤，还要写检查。其实他不过说了一句：孙大夫，来一点豆腐吧。

软的。这些话并不过分，不过是拾别人的牙慧，没有一点自己的发明。但是小孙已经火透了，就如一峰骆驼，驮了好几百公斤，最后因为再加一根草的分量倒下了。

这样处理领导上并非情愿，但是该大师傅很怕我，主动提出要写检查（后来他说，我要是被小神经打了，那还不是白打）。所以院长决定说我们几句：你们两个同志也真是的。都受过高等教育，是知识分子嘛，怎么也干这种哗众取宠的事情？他这些屁话还没说完，我的目光就如两道冷电在他脸上扫了一下，把他后半截的话扫回去了。书记来打圆场说：其实你们俩要结婚的事并不是没商量的，你们不要做不理智的事情。我就叫起来：谁说我们要结婚？他们听了都说，不结婚就对了。其实我们不是不准你们结婚，一套房子也能给得起。我们只不过是希望你们多考虑。小孙马上又叫道：谁说我们不要结婚？院长就说：今天就谈到这里，你们回去冷静一下吧。

出来以后我问小孙，咱们不是说好了不结婚的吗？何不借此机会当众宣布一下？她说，咱们俩是说好了，但是没必要告诉他们。他妈的，结婚是咱俩的事，别人管得着吗？回到地下室里，想起没吃午饭，豆腐也泼了，赶紧在电炉上下挂面。吃完了，坐在光板床上晒太阳。吵了这么一架之后，吃饱了再一晒，就困了。小孙说，王二，你的胸围怎么这么大？我告诉她说是拉拉力器拉的。她说以后她也要拉健身器了。然后她打个呵欠说，太困了。我枕着它睡一觉，你没意见吧？说完她就枕着我的胸口睡着了。

那天下午小孙枕着我胸口睡觉的事是这样结束的：她一觉睡到了快天黑，双手还圈住了我的腰，使我一动也不能动。我只剩了一只左手能动，就用左手掏出烟来吸。还有一件事使我感觉不便：她的头发又轻又软，经常跑到我嘴里来，我又要不停地把它吹开。所幸后来她终于醒了，爬起来伸了个懒腰说，真舒服呀！好多天没睡好觉了。做了好多的梦，全和工地有关系。每个梦里都有打桩机。醒来才知道，是你的心在跳。你这里太好了。我要搬下来住。我听了没言声，因为她不是个自己人。我不欢迎她来住。过了一秒钟她又说，我干吗不搬下来住呢？这就去搬！

后来她真去把铺盖搬下来了，这件事连我都觉得像发疯。但是她说自己一点都没有疯，不过是想气气"他们"。于是她占领了对面的木板床，还带来了无数的毛巾、半干的小衣服，挂得满天都是。现在我在屋里走动，就要在三角裤底下经过了，这肯定要给我带来晦气。但是我一声也没吭。她要怎么干就怎么干吧，谈了小半年的恋爱，也该有这点交情。我不能像"他们"那样小气。

晚上睡觉前，我们又聊了一会儿天，谈到今天和大师傅打架。她说，从早上起就开始窝火了。早上她到病房时，看见有几个护士在交头接耳，传递某东西。她就走过去问：发什么好东西哪，不给我？那些护士一起笑得打跌道：东西倒是好东西，但和你没关系，你用不着。假如世界上没有王二其人，她马上就能想到，这是已婚的护士们在分发避孕工具。那样她就会红着脸走开，或者说一句：臭美什么？恶心死了。但是世界上有我这个人，所以老有人在她背后窃窃私语，她就气昏了头，劈手就抢（这孩子手快极了，她说她在大学里打过垒球，是接球手），结果抢到手一大把避孕套。那些护士就说：抢什么？告诉你了，你用不着。小孙一瞪眼说：你怎么知道我用不着？再给我一把，要大号的！

睡觉以前小孙说了一声：王二，往这边看。我抬头一看，发现她只穿了胸罩和裤衩站在地下，皮肤很白，胳臂腿很细，胸罩和裤衩都是黑色尼龙绸的。等我看完了以后，她就钻进了被窝儿，就着台灯看一本书。但是我还不能睡。我还要拉一百下拉力器，做一百个俯卧撑。这是因为我已经很胖了，如果不锻炼，很可能会死于高血压和心脏病。小孙说我练得不对，这样只会越练越肥。但是我没理她。在这些事情上，我有我的一定之规。她就这样在我房间里住下了。

【四】

第二天一早我就起来拉拉力器，把弹簧撞得当当响。小孙在床上迷迷糊糊地说：你别这么抽风好不好，让别人也睡个懒觉。但是我不理她。谁让你到我这里来住的？于是她就揉起眼睛来，那架势活像是猫洗脸；然后坐起来，在被窝儿里穿上衬衣，又伸出腿来，穿上袜子，就光着腿下地，拿了脸盆去打水。出了门又鬼叫一声被吓了回来，大概是看到了门口那个标本缸，觉得陌生吧。就这么折腾了一早上，我始终没有理她。后来她对我说：王二，你好像不高兴了。我说我总是这样的。她又说，不结婚的事你别往心里去，我是说着玩的，我始终是意志坚定地要嫁给你。我就说，我可真的有阳痿病。她又说，有关治阳痿的那些话你也别往心里去，我闹着玩哪。我说，那我就不知道你要嫁我干什么了。她说，我知道你好多事，要不要我一一讲出来？我把拉力器扔下说，不用了。咱们一块儿去吃早饭吧。这时我再不以为小孙是小娃娃，以为她是个自己人了。

我十七岁时参加过北京市的数学竞赛，在复赛里得了八十来分。这件事本来是有点好处的，可以保送上什么大学数学系，但是后来我什么也没落着。小孙知道这件事。我告诉她，少提这件事。我现在对数学没有兴趣，而且连数都快不识了。我现在干的事是翻译 Story of O，已经译到第三遍了。有些地方拿不准，就托人找老外问。有一次问到一个法国 Lady 头上，她向我赌咒说，从来也没听说过这本书。没听说过就没听说过吧，赌咒干吗？虽然如此，我还是字斟句酌地译着。我干这件事，是因为我相信作者有极大的才气，还因为这本书不可能出版。假如一本书有可能出版，那么"他们"也会去译，并且会争到打破头，因为有稿费。但是假如一本书既没有稿费，也不可能出版，我们不译谁译？小孙看了我的译稿，说道：王二，你要是去干翻译，准是一把好笔。但是你干吗要翻这种书？连我这妇科大夫看了都要脸红，人家能给你出吗？我说，我根本就不想出。她说，不想出，译它干吗？我没接她的茬儿，因为这不是我们的逻辑。再说下去就是灾难。但我也不能说，你在给我带来灾难。这样说她就会给我带来更大的灾难。

好多年前，我也说过这样的言论。那是在李先生的小屋里，抽着李先生的狗屁烟，喝着李先生的狗尿茶（那是用过期发霉的茶砖泡的），我在给李先生修他的狗屎收音机，一边修一边数落他。他听了不好意思，就埋头去看西夏文了。就在这时候我说，李先生，你看这玩意儿干吗？能当饭吃吗？他听了没理我。再问时就说，不能当饭吃。我又问：那你搞它干吗？有人请你搞它吗？他再没吭声，就和没听见一样。对无聊的问题是否充耳不闻，这是"我们"和"他们"的分水岭。我听了小孙的话一声不吭，去拉了二十下拉力器，然后坐下来继续翻书。自从她搬进来以后，我的胸部越来越像两块门板了。小孙看着我拉拉力器，伸出一只手指抹抹鼻子，然后问：我说了什么错话了吗？我答道：没有。她听了要哭了：王二，你有什么话说哇。这么闷着干吗？我就说：一本书，你看看它写得好不好，译得好不好就得了。害臊干什么。听了这话，她开始为自己的卑鄙言论惭愧了，就说：刚才那句话算我没讲好不好？拜托了。

小孙住到我房里半个多月了，我对她秋毫无犯。虽然如此，我对她的行止也略有所知。她像只猫一样，喜欢钻被窝儿。一进了被窝儿就要把乳罩摘下来，挂在床头上，于是它就挂在那里晃晃荡荡，活像一副大号太阳镜，这使我很受刺激。她对我解释说，这东西就像缰绳一样。然后就把被子拉到下巴上看书,灯光把她的侧影照亮。我看了也很受刺激。她睡着了灯也不关,而我是有一点亮也睡不着——以前并不是这样的,所以经常半夜里起来去关灯。夜里经过她的床头,听见她轻轻的鼻息,也很受刺激。对此我很不满,和她说过一次。她回答道:你也抽烟哪,我也没有抱怨你,不是吗?一边说,一边瞪着眼睛看我,看了这个样子,我也很受刺激。我要是说,这是我的房子,那就是卑鄙的言论。所以我只好拉了一条线,把她的开关装到了我这边。要是看到她睡了不关灯,我就给她关上。此后半夜里经常听见她自言自语地说:这王二真讨厌,这不是逼着我犯错误吗!然后她就下了床,到我这边开灯来了。感到了她赤裸胸膛上传来的热气,我也很受刺激,只好紧闭着眼睛。现在我不但阳痿,还多了个失眠的毛病。我经常打呵欠,说晚上睡不好。我一打呵欠,她也跟着打呵欠,并且说:你以为我就睡得好吗?这件事证明了一点,在我和小孙之间,性的感觉等价于咖啡因,它的作用就是让人睡不着觉。

我和小孙之间,有好多话还没说。我翻译 Story of O,不是因为它能让妇科大夫脸红,而是因为它是好的。这世界上好的东西岂止是不多,简直是没有。所以不管它是什么,我都情愿为之牺牲性命。我不知这话她是不是爱听。但是我知道还有一句话她肯定爱听,那就是我觉得她也是好的。但是我没办法告诉她。人家不问我,我就讲不出话。所以我是"小神经"。

第四章

【一】

春天来到时，我把 *Story of O* 又译了一遍，仔细校对了一遍，觉得译得很好，看不出任何败笔，就把它收了起来。干完了这件事，暂时又找不到别的事可干，就和小孙出去玩。在城里逛了一天，又在小饭馆里吃了晚饭，回来时天完全黑了。走进地下室的走廊里，她忽然窸窸窣窣地脱起衣服来，在一片黑暗中，我看到一个白色的模模糊糊的影子，然后又闻到了越来越浓烈的香水味。夜里四处的楼上都开着灯，所以眼前的走廊里有很多的白方块，就像是白漆涂成。小孙走到那些方块里去，马上就变得浑身闪闪发光，而对面的标本柜上就会出现一个白色的影子。她就这样从一个个方块里走过去，在标本柜上留下了一个又一个影子。与此同时，门口的地下留下了蝉蜕似的影子。那些衣服扔在地下杂乱无章，好像是肢解了的人形。我把那些衣服捡起来，小心翼翼地跟在她后面，避开窗口照进来的灯光。仿佛我一贯是这样做的似的。

在每一块灯光里，小孙都回过头来朝我笑笑。那些人造月光照得她浑身惨白。这种感觉好像在做梦一样。有时候她像是要伸个懒腰一样，把手向上伸起来，但又不完全是伸懒腰，因为她把身体弯向一侧，笑得很开心。我觉得这不像真的，所以不打算把它当真。但是我也感到一种冲动，要把鼻子伸入捧着的衣服里。那些衣服散发着香味，尚有余温。这种冲动就像狗想闻东西一样。

走到房间里以后，小孙就径直钻进了被窝儿，一会儿就睡着了。我把她的衣服放在床头，回到自己床上，好久都没睡着。第二天早上起来以后，她不提起这件事，好像这件事只是她一时冲动，或者昨天晚上她在梦游一样。我也不便提起这件事，全当它没有发生。我想女人都有一种冲动，要把自己脱光。

中午小孙告诉我说，她们科主任找她谈话，问她为什么要到我房间里住。小孙就反问一句道，你们为什么不准我们结婚？那老太太就期期艾艾答不上来。于是小孙提高了嗓门儿高叫起来：既然我们俩结婚是有其名，无其实，纯粹是为了骗房子；现在住到一起，又无名，又无实，又不要房子，你管这个干吗？这一嚷嚷闹得全科都能听到。那老太太着了慌，委委屈屈地说：孙大夫，我求求你，不要这样，我这个科主任也不是我自己乐意当的。那口气好像是自己受了强奸一样。干完了这件事，小孙觉得兴高采烈，得到了很大的满足，跑下来告诉我说，她又打了个大胜仗，并且要和我接吻以示庆祝。这孩子嘴里有薄荷味，大概是常嚼口香糖。她还把舌头伸到我嘴里来了。吻完以后，她打了个榧子道：French kiss[1]！就扬长而去，回去上班了。但是我整个下午都不得安生，想着她裹在白色牛仔裤里的屁股、细长的两条腿和白色的护士鞋。除了屁股圆和腿长，她还有不少好处，包括给我打饭，和在熄灯以后陪我聊天，没的聊时就说和我阳痿有关的事。我们在一起，经常玩两种游戏，一种是情人的游戏，一种是医生和病人的游戏。到了前一种玩不下去时，就玩后一种。

晚上我和小孙聊天时，她从被窝儿里钻出来，盘腿坐在被子上。这时

---

① 意为"法式接吻"。

候她背倚着被灯光照亮的墙。我看她十分清楚，那一头齐耳短发，宽宽的肩膀，细细的腰，锁骨下的一颗黑痣，小巧精致的乳房。乳头像两颗嫩樱桃一样。我也坐起来，点上一根烟，她眼睛里就燃起了两颗火星。我们俩近在咫尺，但是仿佛隔了一个世纪，有了这种感觉，什么话都可以说了。她问我，她长得好看吗？我说，很好看。她就说，真的呀。

我和小孙谈这些事时，她的床在窗口射入的灯光中，我的床在阴影里，我们住的地方就像阴阳两界。这叫我想起了我自己的生活，它也有阴阳两界。在硬的时期我生活在灯光中，软了以后生活在阴影里。在这一点上，我很像过去的李先生。只是我不知道李先生是不是也阳痿过。

【二】

当年我问李先生，西夏文有什么用，他只是一声也不吭。后来他告诉我说，他根本不想它有什么用，也不想读懂了以后怎么发表成果。他之所以要读这个东西，只是因为没有人能够读懂西夏文。假如他能读懂西夏文，他就会很快乐。读不懂，最后死了也就算了。后来他的晚景很悲惨，因为他终于把西夏文读通了，到处找地方发表，人家却不理他。因为他不是在组织的人，是个社会闲散人员。还因为当时对西夏文已经有了五六种读法，都读得通。李先生说，他的读法最优越，但是没人理他。后来他就把自己保留多年的西夏文拓片、抄本等等都烧掉了，到处去找工作，终于当上了一个中学教员。再以后就得了老年痴呆症。我算了算，李先生那会儿也有五十六七，到了该得这种病的年龄了。最后一次我见到他，他已经不认识我了。

在我的硬时期，总有一个女人是我的意淫对象。有一年冬天我的意淫对象就是大嫂，她当时是个大个子中年女人，两条大辫子，在那个时期，她那个年龄的女人留辫子，可有卖俏的嫌疑。大嫂的脸也很长，下巴稍有点翘。当时我觉得下巴翘一点好，比较俏皮。脸白白净净的，有点浅麻子。一天到晚老在笑，好像缺心眼的样子。作为意淫的对象，她的屁股太大，腰也比较粗，这都是美中不足的地方。但是她老是笑嘻嘻的，弥补了体形的不足。我想象她做爱时也是这样笑嘻嘻，这会让我激动不已。

小孙说我简直是个下流坯。她希望我永远阳痿下去。但是说了这些话之后，她又承认这样说不对。她说，她是医生，我是病人，医生不该说病人是个下流坯。现在我们又玩起了那种医生和病人的游戏。她问我那个大嫂是谁。我告诉她说，是我们院大崔的太太。她又问，什么院，什么大崔。这个话说起来就长了。我从小住在一所大学里，因为我的父母都是该大学的教师。大崔和大嫂是比我父母小十几岁的另一对教师，是我们的老邻居。而且大崔和大嫂都认识李先生，他们是老同学。这件事的背景就是这样。

我给小孙讲过：那一年冬天我去找李先生，其实就是奉了大嫂之命。大嫂和我说起这件事前，她正蹲在水管前面洗带鱼。而和我说这事时，她站了起来，身上穿了一件红色的套头毛衣，里面衬了一件蓝格子的浅色衬衣。我看到她脖子上有了几道皱纹，下巴也有一点两层的意思，但是大嫂还是蛮好看的。她对我说，让我去找李先生，让他来一下，有件事情可以照顾到他。我听着这些话，眼睛却在她胸口上看。在毛衣底下，她乳房的样子还是蛮好看，只是略微有点下垂。就在这时候，她用洗鱼的手在我脸上抹了一把，说道：看什么看！快干你的事去。她这种满不在乎的口吻很使我 turn on。

小孙对我说，她也是很不在乎的。这种口吻很难说是医生对病人的口吻。这种口吻使我很紧张。好在她马上换了一种口吻说，好啦，讲你的大嫂吧。那天她叫你去找李先生，到底是为了什么？

其实那件事没有什么重要性。大嫂让我告诉李先生，有一批材料要翻译，没有稿费，但是有一点烟茶费，每千字三毛钱。这就是说，你翻译了一千个字，可以抽一支好香烟，或者喝一杯好茶。就是不抽好烟，这笔钱也是太少了。但是李先生答应了干这个活儿。不但如此，他还以取稿子方便为名，搬到了我们院，住到了我的房间里。这件事我已经讲过了。现在我怀疑，每千字三毛钱，就是对李先生也太少了。当年李先生接下这个活儿，动机根本就不纯。

比这还糟糕的是，大嫂和李先生开始在我眼皮底下幽会起来。见了面就接吻，手还不老实，李先生那对前蹄老从大嫂的毛衣底下伸进去。我一看见这种景象，就咳嗽不止。大嫂听见了，说：小王，你好不好回避一下？我们俩玩哪。当时我真是恨得牙根痒痒。大嫂孩子都老大的了，还这么不自觉，老要玩。而且李先生又老又难看，和他有什么好玩？要玩可以和我玩嘛。除了这些讨厌之处，李先生还得了不睡觉的毛病，白天和大嫂鬼混，翻译稿子，夜里还不忘看他的西夏文，二十四小时连轴转。像他那么大岁数的人怎么会有这么大的鬼精神？

有关大嫂的情形，还有不少可以补充的地方。据说她一贯搞破鞋，年轻时就因为和苏联专家有不正当的关系，被开除了团籍。结了婚以后，还是乱七八糟。大崔也管不了她，只能要求她对丈夫好，对孩子好，在饭菜里别下耗子药。李先生在院里时，大崔气得要命，要打她。她也是满不在乎，要打你就打，只别打脸，打哪儿都成。可以用擀面杖，不准用火钩子——动铁为凶！

大嫂对我说，她爱上李先生了，甘愿为他牺牲性命。我以为大崔要和她离婚了，但是大崔没提这个事。他告诉我说，大嫂经常会爱上谁，甘愿牺牲性命也有好几回了，但是她到现在还活着哪。

只要我肯耐心等待，没准儿大嫂也会爱上我，甘愿为我牺牲性命。但是我最缺的就是耐性。我绝对不会像李先生那样搞了二十多年西夏文，最后变成一个白痴。我搞什么事都是要么不干，要么立竿见影。

【三】

我和小孙聊天，经常聊到一半，她就说：今天聊到这里吧。再晚睡明
早上查房起不来了。然后就钻进被子睡着了。当个住院医师实在辛苦，有
时候白班，有时候夜班，睡觉的时间老是不够。小孙的眼窝常常发青，她
问过我是不是该涂眼晕。我说，你想涂就涂好了，我没什么意见。她说，
岂有此理，涂眼晕就是涂给你看，你居然没了意见！看到别人忙忙叨叨，
我经常感到惭愧，因为我老觉得可干的事情太少。翻完了 *Story of O*，就
再也找不到像这样的书了。但是我也不能像"他们"一样，去干没意思
的事情。我们的人在这种时候，往往是去证明一个定理，或者发明一个体
系。比方说，费尔马和爱因斯坦干的事就是这样。但是去证明一个定理往
往会掉进陷阱里——有些定理可能没有证，遇上了一辈子都会陷在里面。
而发明一个体系则谈何容易。想来想去，只有写小说比较有把握。但是自
打认识了小孙，我就一个字也没写过。我写的小说，她每一页都要看，这
就破坏了我的写作情绪。想想吧，昨天刚写出来的东西，今天就成了谈
资，那是多么叫人厌烦。剩下只有一件事可干，那就是睡觉。

后来我又想把李先生和大嫂的事讲给小孙听，但是她不肯听，说道：我
知道，大嫂爱上了李先生，这就结了吧？讲点别的吧。其实那个故事还长得
很。用大嫂的话来说，一次爱情就像吃一个巧克力壳的冰棍。开头是巧克
力，后来是奶油冰激凌，最后嘴里剩下一个干木棍。我所讲的李先生，连巧
克力壳都没化呢。但是小孙不肯听。她说，与其听你这些胡说八道，不如到
外面去看死人。说完她真的从床上爬了起来，拿了手电，到走廊上去了。

我想给小孙讲的事，包括夜里李先生和大嫂在一块儿坐着念俄文诗，

叽叽嘎嘎，听得人好不心烦。那时候我躺在灯影里，大棉被也挡不住那些卷舌音。这时候我只好想象自己是土耳其苏丹，带了队伍征讨俄罗斯草原。逮住了讲这种话的人，就让他们脑袋瓜子朝上，屁眼儿朝下，坐在削尖的木棍上。还有他们俩唱一支俄文歌，叫作嘎嘎林。一边嘎嘎，一边亲嘴，就像斗鸡一样；听了叫人头大如斗。后来他们听我咳得那么厉害，也有点不好意思，到外面去找地方了。但是那已经是开了春后的事。在此之前，他们一直是在我面前表演。开了春以后，我们院子里就开始闹猫，天一傍了黑，它们就开始哀号。我总怀疑里面也有李先生和大嫂的一份。据说母猫的那玩意儿里长了倒刺，公猫插进去，就像插进了蝎子窝一样，疼得拼命嚷嚷。不知李先生和大嫂是不是这样。

我想给小孙讲的事还包括，那一年春天特别暖，晚上外面刮着黑色温暖的风，那种风就像一条深不可测的暖水河，叫人见到它就想脱光了衣服跳下去。用不着别人告诉我我就知道，这条河就是未实现的性欲。现在我心里就流着一条这样的暖水河。我要干的事不过是把这件事说一说。

小孙刚出去时，我很上火。因为我想让她听我讲话，但是她跑了，把我扔在突然到来的寂寞里。我在地下室里住了十年，原本最能忍受寂寞，现在却受不了啦。

寂寞是我的选择，正如在地下室里离群索居是我的选择一样。在我看来，寂寞就是可以做一切事的自由，这是因为你做什么都没人知道，或者知道了也不理会。所以我能够翻译 Story of O，李先生能够读西夏文。自从我割断了对女人的单恋，寂寞就真正归我所有。寂寞纯黑如夜，甜蜜如糖，醇如酒。

但是现在我受不了寂寞了，因为它不再是过去那个样子，既不黑，也不甜了，而是惨烈如白昼。

我坐在床上发了一会儿愣，忽然想起小孙出去半天了，我该去看看她。一推门看见门口堆了一堆衣服，原来现在她身上什么都没穿。我赶紧回去拿了件大衣，顺着灯光赶了去，看见她正趴在标本柜上，高举手电，正往死人眼窝里看哪。我叫道：你疯了，要冻死呀！她却头也不回地说：你别管我。

后来我把她裹在大衣里，抱回屋里去，一直抱到了我床上。在黑暗里摸到了大衣前襟上是湿的，又赶紧去拿手巾给她擦脸，还用那种眼泪鼻涕一块儿擦的手法。然后我又给她揉揉脚。她带着哭声说：别的地方也得揉揉。于是我就往上揉去。从膝盖往上开始有鸡皮疙瘩，她浑身都冷透了。我赶紧哄她几句：算了，我不讲那些无聊故事了。

她说：和故事无关。你得爱我！

我说：我爱我爱。这时正好揉到腰上，她趁势就钻了过来抱住我。我拿大衣把她包上，放在腿上，好像个大包裹。我和小孙恋爱就是这样的。

【四】

我和小孙之间带有性意味的接触是这样开始的：我的手从大衣前襟里伸进去，把她那两个小小的冷冰冰的乳房摸了一遍；与此同时，她的手也从衣襟里伸出来，揪住了我的耳朵，定好了位，来和我接吻。这两件事干好了，我又把大衣裹好，把她裹成个铺盖卷，放在膝盖上，又拿被子给她搭上腿。她在这个铺盖卷里宣布，她现在很幸福，可以听我讲李先生和大嫂的事了。她还说，刚才不幸福，那件事就不能听，因为它属于幸福的范畴。我告诉她说，李先生现在是个大傻子，一天到晚只会摇头。大嫂是个老太太，头发掉了多一半。她说她不管这个。反正我最后也要变成老年痴呆，她也要变成老太太，这些都没什么，这些都能受得住。受不住的事是现在想要幸福却不能幸福。原来她的幸福就是被摸上一遍，再打成个铺盖卷，我既有手，又有打铺盖卷的材料，就可以给她幸福。这件事听了让人放心。我接着给她讲有关李先生的事，一讲到猫儿叫春，她就喵喵地叫唤。但是一点都不像猫儿叫春，倒和一般的猫叫很像。小孙的行为通常就像一只猫，这里就包括了喜欢钻被窝儿，喜欢被包裹起来。但是猫就不会长雪白的小屁股和圆嘟嘟的乳房。

后来我又给她讲李先生的故事。我们院子有一片待拆的危楼，我常到那里去转转，看看有什么可拆的，结果就碰上了他们两个给大崔戴绿帽子。但是不是当面撞见，是在对面一座门窗都没了的破楼里。李先生他们待的也是一座破楼，也没有门和窗子，他们所在的地方比我待的地方矮半层。我看到的时候，大嫂的衣服都躺在地下了，摆得倒像个人似的。她只穿了皱巴巴的针织背心和床单布的大裤衩，跪在地下铺报纸。李先生的样子更难看，他脱得精赤条条，正在摆弄自己的那玩意儿。那玩意儿更难看，半直不直的样子，完全看不得。

但是小孙说，这也没什么看不得，人家相爱嘛，什么东西都能拿出来摆布。像这类的话，她早就听说了。前些日子她申请结婚时，有一些护士大姐吓唬她，什么话都说出来了。比方说，女孩子结婚时都要过一关，就像猪要挨杀一样。要是快刀子热水，死了也就完了。就怕碰上了钝刀子、软刀子，想死都死不了，那才叫难受哪。还有人说，遇上丈夫不成，就得拿手给他弄，后来就像摆布了死人，洗八遍手也去不了那股恶心劲。小孙说，那些话一点都吓不倒她，因为她是大夫，死人都敢摆布。她又说，让我摆布一下你好吧？也许能把你的阳痿治好呢。我说：算了，不好意思。她说：有什么不好意思的？我都让你摆布了。这时候我闭上眼睛，小孙那双小手就出现在眼前。指甲老是剪得那么短，并且洗得老是那么白。这双手拿东西有个特别的样子，比方说，转个旋钮，从来不去抓，而是用侧握的姿势。拿个东西也是很用力、很仔细的样子。把自己交到这样的手里，大可以放心。所以我想了半天终于下定了决心,说道:好吧。待会儿可别埋怨我。她说,绝不会的。咱是这样的人吗?

我想,假如女人都像小孙那样好说话,世界上就不会有阳痿的人了。但是我前妻就不是这样,她心情激动,满脸通红,上了新床就躺倒了像个死人。全身绷得甚紧,以致我把自己想象成一支打井队,要在地层上钻眼儿。但是我做这种对比,丝毫没有挖苦前妻的意思。不管怎么说,是我阳痿嘛。小孙说,你别紧张,就当咱们俩在一块儿吃个桃。这是因为咱们好嘛。她还帮我脱衣服。然后我平躺下,她一只手握住了我的"把把"说:王二,家伙很大呀。我告诉她说,这是马大夫用铅锤拉的,原来没这么大。等到她伸手兜了我几下,那东西就膨胀起来。于是她又说:你这就叫阳痿呀!我说平常我是阳痿的,今天也不知怎么了。她说,你说这话就叫没良心了。什么叫"也不知怎么了"?这是因为我呀!

干这事时,小孙骑在我身上。也不知是为什么,开头很艰难。她一面从牙缝里吸凉气,一面说:刚才哭过,影响了情绪,里面很干。我觉得也是很干,就说,要不算了吧。她说:哪能算了。你不懂,老实躺着吧。于是我就闭上了双眼,一动也不动。后来就湿了,也进去了。从这时开始,我就不算是个阳痿病人。她向前俯下身子,我伸出手来抚摸她。我摸她的脸,那张白白净净的小脸就出现在我眼前。我甚至看到了她脸上有几粒雀斑,是我以前没看见的。像我这样的人,一点都不怕变成瞎子。睁着眼能看见的,闭上眼我都能看见。

后来我又把手放到她肩上,大拇指和食指触到了她的脖子。她脑后那些乌黑的发根就进入我脑海里了。我最爱雪白皮肤上那些乌青的发根了。今后我可以尽情地亲近那些乌青的发根,这是一个很美好的前景。我的手还可以伸到这个小小的身体的任何地方,但是我不想那么做,我就想停留在现在这个地方。

后来她把身体俯得更低了，这时我能感到她呼出的热气。等到事情完了，她在我身边躺下时说道：咱们俩同时达到了性高潮。这很重要。我问为什么重要。她说，这样我也不必为你服务，你也不必为我服务，性生活谐调，好呗。我想，要是能搂着她睡一觉，那就更协调了。谁知她是那样地不老实，睡了没有五分钟，就撩开被子坐起来，说道：你等我一会儿。就从我身上跨过去跑掉了。

【五】

那天晚上，我和小孙做完爱，她跑到自己床上去了。过了一会儿，她拿了一面小镜子回来，坐在我身上，拿了手电，往自己胯下照。然后她又转过身来，跨住了我的上半身，用手电照着说：你看。我抬头一看，看见她的帝王将相和图谱上画的有点不同，是一副血肉模糊的惨状。我吃了一惊，说道：怎么了？她从我身上下来，钻进被窝儿说：你干的好事呗。

后来小孙把头贴在我胸口上，我都快睡着了，猛然想起她说过自己不是处女，禁不住说出了口：不对呀。她马上就扬起头来说：什么不对什么不对。口气相当凶。我说我想起一本小说。她又问什么小说什么小说。我说，法国中尉的女人，那里面有个莎拉，干过你这种事。她就说，你真混。我想这样说是揭了她的疮疤，就不说了。正要睡着，她又把我推醒，说道：告诉你，以前我干过一回，谁知他干得这么不彻底。我说，噢。然后我又问：你告诉我这个干吗？她说：我告诉你这个，免得你太臭美！

但是那天晚上我们到此还没有睡。她又跳起来说，等我一会儿。然后她又往腿上套裤子。我问她要干什么，她说上楼去，找人看看。我说，这么厉害？我陪你去。她愣了一会儿，然后说道：那太好了！你也不能一点良心都没有，是吧？

后来我陪她到了妇科病房，把值班大夫叫了起来。但是我没敢到放着妇科椅子的房间里去，待在外面，听见她在里面说：王二那个家伙，一只手都握不住！真是疼死我了！等到出来以后，我问她：既然如此之疼，你怎么不告诉我呀？她又说，没那么疼，骗她们呢。这我就不懂了，好好的骗人家干吗。她说：笨蛋，申请结婚，要房子呀。有房子不要，便宜他们吗？

果然到了第二天中午，马大夫就来找我传话说，让我们到楼上去拿介绍信，领导上批准我们结婚了。他又对我谈了一阵辩证法，但是我没听。我知道领导上的打算：因为涉及房子，所以要控制已婚人数，原则上不批准结婚。但是假如不批准就要引起非法的性交，那就批准，因为两害相衡取其轻。马大夫还说，想调小孙去康复科搞科研，治疗阳痿。因为她居然能把我的顽症治好，显然是很有办法。后来小孙真的调过去了。科研工作比门诊、病房都轻松多了。她到康复科去给阳痿病人的妻子办学习班，讲Masters 和 Johnson 那套方法，只不过是用中国式的术语——什么握、捏、捺、按、抹、勾、挑、弹八法，听上去就非常难懂了。

后来我和小孙结了婚，住在两间一套的房子里。开头每天都干，后来每三天干一次，现在是每礼拜干一次，因为我毕竟是四十三岁了。小孙扬眉吐气，走到院子里都趾高气扬。因为她自以为无比性感，连阳痿病人见了她都不阳痿了。

从此以后，寂寞再不归我所有。这有好处，也有不好处。走进了寂寞里，你就变成了黑夜里的巨灵神，想干啥就干啥，效率非常之高。你可以夜以继日地干任何事，不怕别人打断，直到事情干成。但是寂寞中也有让人不能忍受的时刻，那就是想说话时没有人听。

现在我不再拥有寂寞了。我的事非常之多。我既然不阳痿，也就没有理由神经。没有了这两项毛病，就得上楼去开会。除此之外，我又成了中年业务骨干，什么仪器都得修了。除此之外，还得念念英文，准备到美国去接仪器。院长对我说，咱们医院懂电子的人太少了，你的病好了，就得多干点。还听说他对别人说：这套房子给得不亏！除此之外，我现在已经混迹于"他们"之中了，说话做事都得特别小心。除此之外，回家还要应付小孙。除了背熟她身上的全部性敏感带，还要背熟她感情上的敏感带，才能讨到她的欢心。我和小孙结婚的事就是这样的。现在我们还住在一套房子里，有时还干那件事，但是已经谈到过离婚的事。我们医院不批准我们离婚，并且说，早就识破了我们想再骗一套房子的狼子野心。所以我们还在一起住。但是小孙说，她不能白给我做饭，我得给她洗裤衩。

我现在和小孙做爱时，岂止是温存，简直是恭敬得很。我还告诉她说，我觉得她是好的，这世界上好的东西不多，我情愿为之牺牲性命。她说她很爱听这句话。但是她又说，我休想因为这句话逃掉洗裤衩的家务劳动。她还说，吾爱王二，吾更爱有人洗裤衩。这话是从柏拉图的名言"我爱苏格拉底，我更爱真理"变化而来，但就是柏拉图，也绝不肯给苏格拉底洗裤衩。

小孙告诉我说，她是个女权主义者。所以用不着我告诉她，她就知道自己是好的。当时她到地下室去找我，就是向我证明这个。她所以要和我离婚，倒不是不喜欢我，而是要和我分清楚一点。这个小家伙现在又给我上课，不过不是讲纪晓岚，而是讲薄伽丘（！），"从前有个教士告诉一个木匠说，他骑的母马，晚上就会变成女人和他睡觉……"一听就叫人脑仁疼。这是《十日谈》里那个装马尾巴的故事，不过又被她讲了个七颠八倒。

现在你买一本《十日谈》，里面就没有那个故事了。这肯定是因为这个故事比其他故事编得都好。小孙说，这个故事说明了"你们男人一个好东西都没有"，因为我们想的是让她们白天变成马去干活儿，晚上又变成女人陪我们睡觉。我就是这样倒霉，前半辈子阳痿，后半辈子又娶了女权主义者为妻。但是我没有再次阳痿的打算。我认命了。

后记

　　罗素先生在他的《西方的智慧》一书里曾经引述了这样一句话:"一本大书就是一个灾难!"我同意这句话,但我认为,书不管大小,都可以成为灾难,并且主要是作者和编辑的灾难。

　　本书的三部小说被收到同一个集子里,除了主人公都叫王二之外,还有一个原因,那就是它们有着共同的主题。我相信读者阅读之后会得出这样的结论,这个主题就是我们的生活;同时也会认为,还没有人这样写过我们的生活。本世纪初,有一位印象派画家画了一批伦敦的风景画,在伦敦展出,引起了很大轰动——他画的天空全是红的。观众当然以为是画家存心要标新立异,然而当他们步出画廊,抬头看天时,发现因为是污染的缘故,伦敦的天空的确是砖红色的。天空应当是蓝色的,但实际上是红色的;正如我们的生活不应该是我写的这样,但实际上,它正是我写的这个样子。

　　本书中《黄金时代》,曾在台湾《联合报》连载。《革命时期的爱情》和《我的阴阳两界》也在内地刊物上发表过。我曾经就这些作品请教过一些朋友的意见。除了肯定的意见之外,还有一种反对的意见是这样的:这些小说虽然好看,但是缺少了一个积极的主题,不能激励人们向上,等等。作者虽是谦虚的人,却不能接受这些意见。积极向上虽然是为人的准则，也不该时时刻刻挂在嘴上。我以为自己的本分就是把小说写得尽量好看，而不应在作品里夹杂某些刻意说教。我的写作态度是写一些作品给读小说的人看，而不是去教诲不良的青年。

我知道，有很多理智健全、能够辨别善恶的人需要读小说，本书就是为他们而写。至于浑浑噩噩、善恶不明的人需要读点什么，我还没有考虑过。不管怎么说，我认为咱们国家里前一类读者够多了，可以有一种正经文学了；若说我们国家的全体成年人均处于天真未凿、善恶莫辨的状态，需要无时无刻的说教，这是我绝不敢相信的。自我懂事以来，领导者对我国人民的生活水平总是评价过高，对我国人民的智力、道德水平总是评价过低，我认为这是一种偏差。当然，假如这是出于策略的考虑，那就不是我所能知道的了。

有关这本书，还有最后一点要说：本世纪初，那个把伦敦的天空画成了红色的人，后来就被称为"伦敦天空的发明者"。我这样写了我们的生活，假如有人说，我就是这种生活的发明者，这是我绝不能承认的。众所周知，这种发明权属于更伟大的人物、更伟大的力量。

本书得以面世，多亏了不屈不挠的意志和积极的生活态度。必须说明，这些优秀品质并非作者所有。鉴于出版这本书比写出这本书要困难得多，所以假如本书有些可取之处，应当归功于所有帮助出版和发行它的朋友们。

作者
1994 年 6 月